永不褪色

贵州省退役军人事务厅
贵州省作家协会 编

贵州大学出版社
Guizhou University Press

图书在版编目（CIP）数据

永不褪色 / 贵州省退役军人事务厅，贵州省作家协会编. -- 贵阳 : 贵州大学出版社，2023.5
ISBN 978-7-5691-0724-1

Ⅰ. ①永… Ⅱ. ①贵… ②贵… Ⅲ. ①中国文学－当代文学－作品综合集 Ⅳ. ①I217.1

中国国家版本馆CIP数据核字（2023）第085122号

永不褪色

YONG BU TUISE

编　　者：贵州省退役军人事务厅　贵州省作家协会

出 版 人：闵　军
策 划 人：吴　瑕
责任编辑：但明天　杨小娟
装帧设计：陈　艺　方国进

出版发行：贵州大学出版社有限责任公司
地址：贵阳市花溪区贵州大学北校区出版大楼
邮编：550025　电话：0851-88291180
印　　刷：贵州思捷华彩印刷有限公司
开　　本：720毫米×1000毫米　1/16
印　　张：25.25
字　　数：426千字
版　　次：2023年5月第1版
印　　次：2023年5月第1次印刷

书　　号：ISBN 978-7-5691-0724-1
定　　价：78.00元

编 委 会

序

党的十八大以来，以习近平同志为核心的党中央高度重视退役军人工作，习近平总书记亲自谋划设计、部署推动组建退役军人管理保障机构，并作出一系列重要论述和重要指示批示。2018年，贵州省退役军人事务部门相继挂牌成立。五年来，贵州省退伍军人事务部门始终以习近平新时代中国特色社会主义思想为指导，围绕学习贯彻习近平总书记关于退役军人工作重要论述，坚持为经济社会发展服务，为国防和军队建设服务，建设组织管理、政策制度、工作运行三大体系，推动新时代贵州退役军人工作奠基启新、爬坡过坎，迈入了高质量发展新征程。广大退役军人获得感、归属感、荣誉感不断增强，担当使命、勇立潮头，牢记嘱托、感恩奋进，彰显“贵兵”风采。

崇军黔行，戎归增辉。在军营，他们是奋勇战斗的战士；离开军营，在基层治理、乡村振兴、创新创业等重要阵地上，他们化身为大展身手、大有作为的好儿郎。他们中有自力更生、创新发展的创业模范，有扎根基层、服务群众的基层干部，有精益求精、追求卓越的能工巧匠，有重诺守信、孝老爱亲的道德模范，有坚持立德树人、爱教乐学的育人楷模，还有弘扬志愿精神、爱心服务社会的文明使者……他们都有一个响亮的名字——退役军人。不同的岗位，一样的奋斗；不同的“战场”，一样的“冲锋”。广大退役军人退役不退志、退伍不褪色，在谱写多彩贵州现代化建设新篇章中书写了不平凡的人生华章。

在全省上下深入学习宣传贯彻落实党的二十大精神之际，贵州省退役军人事务厅与省作家协会联合组织作家围绕贵州退役军人的故事，创作“永不褪色”报告文学，开展“践初心使命　显贵兵风采　喜迎二十大”征文大赛。本书即由“永不褪色”报告文学中的优秀作品和征文大赛的获奖作品汇编成书。

贵州省内外作家、文学工作者、文学爱好者、广大退役军人以及退役军人家属用手中的笔续写一个个生动的故事、一部部精彩的篇章。《鲁班场的守陵老

上篇　永不褪色（报告文学）

攀登路上

——记党的二十大代表、全国劳动模范、
全国最美退役军人龙福刚

◇ 戴时昌　周　梅　赵　倩

引　　子

对面走来一个人，身材魁梧，铁塔般坚挺；脚踏实地，钢筋铁骨般稳重；步伐稳健，节奏铿锵；黝黑黝黑的国字脸，在初秋的阳光下熠熠生辉。

这个人就是龙福刚。他的身上闪耀着众多光环：2018年，获“全国五一劳动奖章”荣誉称号；2019年，获得国务院特殊津贴；2020年，荣获“全国劳动模范”称号；2021年，获“全国最美退役军人”称号；2022年，获得“全国最美电力人”称号，当选党的二十大代表。龙福刚获国家专利18项，省部级以上表彰16次，省部级以上科技进步奖4次，职业技能竞赛奖4次，其他奖项23次，获省部级以上荣誉16次。

光环的背后是付出与奉献，他始终坚韧不拔地走在攀登路上，不断攻坚克难。他说，自己一路走来，离不开母亲的教诲与鼓励，离不开部队的培养与锻炼，离不开师傅的传帮带。师傅吴卫华说，龙福刚的成功，离不开他勇攀高峰的责任担当与无私奉献精神。

一、母亲是指路人

“龙福刚，你起来！男子汉大丈夫，这点挫折都受不了？将来怎么讨老婆养孩子？”父亲吼道。

“刚儿，起来吧，吃点东西，不然你的身体扛不住！”母亲呼唤着。

龙福刚沮丧到极点，趴在床上，用被子罩着头，双手双脚死死地裹住被子，任凭父亲、母亲怎么抓也抓不开，怎么叫唤他也不答应。

那是 1994 年秋天，他才 19 岁，兴致勃勃参加高考，却意外名落孙山。他想不通，平时用功苦读，就想高中毕业后进入大学深造，关键时刻却掉链子。他为自己的失败沮丧，觉得整个宇宙都是黑咕隆咚的，千座大山向他压下来，压得他喘不过气，随时都有可能窒息一般，于是他钻进被窝躲避。

龙福刚的父亲是一名工人，母亲是一名民办教师，家就在兴义城边，家境还算过得去。父母对他最大的希望，就是能够考上一所理想的大学，将来能够有一份安逸的工作，不像父亲这样辛苦，不像母亲这样收入低。

他的理想，就是做一名国家干部，全心全意为人民服务，走到哪里都得到人们的尊重。从小学到初中、再到高中，龙福刚都特别用功，成绩也很好，老师与父母都看好他，都一致认为，他一定能够考上一所理想的大学。结果事与愿违，他辜负了老师的期望，辜负了父母的期望，也让自己的理想泡汤。他越想越难受，母亲与父亲越叫唤，他把被子裹得越紧。

这天清晨，父亲上班去了，母亲来到床前，没有再抓扯被子，只是轻轻地对他说：“刚儿，起来吧，妈妈要去上课了。给你煮好几个鸡蛋，起来吃了，出去找同学玩，散散心。你已经两天不吃不喝，身体吃不消的。”

任凭母亲怎么说，龙福刚始终没有搭话。不一会儿裹在肩膀上的被子抖动起来，被窝里传来“呜呜呜”痛哭的声音。母亲知道，放声痛哭是释放痛苦的最好方式，就让儿子哭吧，哭过之后他就会振作起来，自己的儿子自己最了解。

母亲坐在床边，看着龙福刚肩上的被子起起落落，龙福刚越哭越凶，被子起落速度越来越快，幅度越来越大。母亲没有再劝他，让他大声哭出来。哭着哭着，龙福刚掀开被子，翻轱辘坐起来，看到床边陪着他流泪的母亲，情不自禁地扑到母亲怀里，又一阵痛哭起来：“妈妈，我对不住你和爸爸，让你们失望了。我该怎么办啊？”

“昨晚上，我和你爸爸商量好了，让你去参军，部队是一所磨炼人、培养人的大学校，你爸是退伍军人，你舅舅也是退伍军人，你看看他们身上那种气质，对工作的认真态度，遇到困难的处理方法，都是在部队养成的习惯。”

龙福刚听着母亲的话，渐渐冷静下来。看着母亲慈祥而焦虑的面孔，他的心更加剧痛："妈妈，我对不起你，我要振作起来，不让你失望。"

"我就知道，我的刚儿一定能够战胜一切困难。条条大路通北京，高考只是一条路，这条路不行，我们就换一条走。"

"我听爸爸妈妈的话，参军去！到部队我一定好好学习，做一名优秀的军人。"

"一定要听党话、跟党走。一定要吃苦在前享乐在后。你爸爸说，军训是特别辛苦的，你要有思想准备。"

"我的身体好，吃苦我不怕！"

"我的儿子最棒，我相信你一定能够战胜困难，成为一名优秀的军人。"

"我绝不会再给爸爸妈妈丢脸。"龙福刚抬起头，看着母亲坚定地说。

1994 年 12 月，龙福刚顺利成为武警某部一名军人。部队驻扎在河北。南方人到北方，战胜气候就得咬紧牙关。龙福刚入伍时，恰是冬天，气温在零下十几摄氏度，在操场上练习，只要站着不动，凛冽的寒风呼啸着拂面而来，脸上就像刀刮一样痛，尽管戴着护耳帽，风也会往里钻，耳朵也像被刀割一样痛。他咬紧牙关坚持着，即使双手戴着手套，冻疮仍然无情地长满了他的手背，戴手套和脱下手套的时候，都得忍受钻心的痛。白天训练时，不知不觉就过去了，但到了晚上，一钻进被窝，手背上的冻疮又痒又痛，只能咬牙挺住。

再说吃饭这件事，餐餐都是大馒头和大锅炖菜，前面几天还有新鲜感，时间长了，龙福刚拿着馒头不想咬，拿着筷子也不想夹菜，忍不住想念家乡的大米饭和炒菜，更想念家人。

周末，龙福刚请了半天假，穿着军装到城里照了相，回来就给母亲写信，告知他在部队的一切，取到照片后就给妈妈寄去。

龙福刚在信中写道："冬天，这里的气温很低，天气特别冷，不像兴义那样阳光明媚。新兵训练特别艰苦，都是在户外，手特别容易生冻疮，最不习惯的是天天大馒头、顿顿大锅炖菜，没有小炒肉，不像兴义的饭菜那样香喷喷的；一次在训练时差不多晕倒在地……但是我必须咬牙坚持挺住，挺过新兵训练，一切都会好起来。"

"刚儿说得妈妈心痛、心酸，吃的不习惯，我给你熬制油辣椒邮寄过去，有辣椒你就能啃下大馒头了。时间长了，习惯了，也就好了。天气冷了，我给你要进入带电作业班，必须在其他班组至少锻炼三年，再经过考察才能进去的。一个退伍军人，压根就不懂带电作业是什么事情，你是拿人家生命来开玩笑啊！”

“我看着小伙非常机灵，身板硬朗得很，适合干我们这种重体力活！”

“经过部队大熔炉锻造过的，哪个不机灵？哪个身板不硬朗？但是维护好野外输电线路，哪能是体力活？要靠过硬的技术，否则，就是去送死。你简直是乱弹琴！”唐西明端起茶杯，重重地放到桌上，发出“哐当”一声响。茶杯在桌子上跳舞般晃动几下，水被震动撒到桌子上。这时，唐西明脖子上青筋直冒，脸上皱巴巴的，特别难看。

吴卫华也被吓坏了，他还没有见过唐主任发这么大的火。他愣愣地站着，没有再敢接话。

“难道你就不知道，输电线路作业是最危险的岗位吗？”唐西明敲着桌子吼道。

“我知道。”

“那还开什么玩笑？你把龙福刚要去，不是锻造，而是断送！”

“我是说，我负责带他，带出一个优秀的野外作业技术工人，还不是你的功劳！”

“现在不是说功劳的事情。你知道，技术工人要从最基础的工作干起，再经过考试，才能到输电线路维护班工作，哪能安排一个新同志到这么危险的、这么重要的岗位上？”唐主任脸上阴云密布，就像天要下雨一样难看与恐怖。

“这些，我都知道，我只是想尽快培养一批人出来。”吴卫华提高嗓门道。

“那也不能拔苗助长啊！”

“这些道理我都懂。现在人手实在紧缺啊，再不尽快培养一批年轻人，再过五年、十年就没有人能够爬上高塔作业了。现在就已经青黄不接，如果在用人机制上再没有突破，还是按部就班培养人才，很难适应今天突飞猛进的发展啊！现在我们要做的就是突破那些不合理的机制体制，不拘一格选人才。”吴卫华几乎也是吼出来的。

沉默良久，见唐西明没有说话，吴卫华接着说道：“好钢就要用在刀刃上！请主任相信我的眼光，龙福刚是一块好钢，我一定把他锻造成一把宝剑，插在输电线路上的一把利剑。”

“你原来认识他？”

“不认识！”

“一点都不认识？”

“一点都不认识！”

“就凭刚刚帮助你打扫卫生，你就认准了？”

“对，就是刚刚打扫卫生和打水的时间，我和他简单地交流了，就感觉这人是块好料，一定能够带得出来。”

“你就这么自信？”

“不是我自信，是觉得这个小伙真的很优秀！”

“他优秀不优秀，我还没有你清楚？昨天我专门看了他的档案！”

“我的判断没有错吧？”

唐西明皱着眉头，没有再说话，背着双手在办公室里来回踱步，脸色逐渐好看起来。吴卫华心里一丝喜悦涌上来。他知道，主任已经静下心来思考问题了。

“去把人带来我看看！”主任眉头舒展开来，放开反背的手，示意着吴卫华。

“是。”吴卫华高兴得一路小跑回到自己的办公室。

“小龙，快跟我走，主任让我带你去他办公室。”吴卫华叫上龙福刚，健步往唐主任办公室走去。

唐西明站在办公室门口，远远地看着吴卫华与龙福刚走来，脸上慢慢有了光亮。龙福刚穿着军装，虽然没有肩章，依然武威。越来越近，越来越看得清楚。小伙子身材魁梧，走路如风，阳光帅气，五官精致，气质不凡，眉宇间透露着一股灵气。难怪老部下吴卫华这般要求留在他的班里，这种帅气与灵气的小伙子，哪个师傅不喜欢啊！吴卫华说得对，现在人才紧缺，能够快速成长的就应该让其快速成长，不拘一格选人才，才能为党的供电事业提供坚强的人才保障。

“这是我们主任！”吴卫华介绍道。

“首长好！龙福刚前来报到，请指示！”龙福刚立正，向唐主任敬了一个标准的军礼。

“这是地方单位，不用敬军礼！”唐西明伸出右手，龙福刚也伸出右手，两只手紧紧握在一起。唐主任感觉到，龙福刚的手刚劲有力，确实是块爬电杆的好料，交给吴卫华这位爬杆猛将做徒弟，不久的将来，应该也是一名猛将和智将。

“主任，你看我没有说错吧？”吴卫华看到唐主任的脸已经阳光明媚，就笑着问。

“话没有错，不过你这是向组织抢人才啊！”唐主任看了吴卫华一眼，又看看龙福刚笑道。

“哈哈，我是在为组织培养人才呢。”吴卫华笑道。

“小龙啊，吴班长希望你去他的班，我是想着你在后勤先锻炼几年，再跟着吴班长去野外。你的意见呢？”

“军人以服从命令为天职，我服从组织安排，哪里需要就到哪里去！”龙福刚坚定地说。

“呵呵，现在哪里都需要呢！”唐主任拍了拍龙福刚的肩膀说。

“那就到最艰苦的地方去！”龙福刚依然很坚定。

吴卫华心里暗自高兴。

“那就跟着吴班长吧，这是一位好师傅，好好跟着他学习。”

“是！”龙福刚又向唐主任敬了一个军礼。

“谢谢主任恩准！那我带着徒弟走了！”吴卫华急忙说，生怕唐主任反悔。

“这是一块好钢，你必须给我锻造出一把利剑来！”唐主任拍着吴卫华的肩膀说。

“主任放心，我一定给组织一个满意的交代！”吴卫华说完，就带着龙福刚回到自己的办公室。

三、遇到一个好师傅

“师傅，对电力工作，我一窍不通呢！活脱脱一个电盲，怕给你丢脸啊！”龙福刚担心地说。

“对电，你是零基础，但是你聪明灵光，文化基础好，只要刻苦钻研，就一定能够成为一把好手。”吴卫华鼓励道。

“那我第一步该做什么？”

“观摩。我们外出巡察和检修时，你就跟着学习。”

“有教材或者资料吗？我先学习一些基础理论知识。”

“这类图书实在太少了，做带电作业，更多的是师傅传帮带。”

龙福刚下班后，到兴义市的所有图书馆和书店找和电力有关的书籍，但是，一本都没有找到。第二天，龙福刚和吴卫华说了这事。

“你别急，只要你喜欢学习，是有办法的。”吴卫华说。

“我听师傅的。”

次日，吴卫华带来一本又黄又旧、连封面都没有的《输电线路运行与维护》递给龙福刚。他迫不及待地翻开内页，除了原文，全是密密麻麻的批注，笔迹还不一样。他猜想，这本书肯定是宝贝，估计已经传递到不少人手上过。

“这本书是我师傅送我的，我已经学习了几遍。可以说，里面的内容我已经熟记于心，还用来指导实际操作，但是每一次学习都会有新的收获。现在我把它送给你，希望你尽快掌握理论知识，尽快成长起来，早日独当一面。”

“太感谢师傅了，我这是站在巨人的肩膀上呢。请师傅放心，弟子绝对不会丢您面子。”

绝缘子是电塔上的一个重要部件，出现故障后需要及时进行检修。龙福刚上班不久的一天，吴卫华带着刘师傅和龙福刚等 6 人到 220kV 天兴线 21 号高压铁塔上更换绝缘子串。塔高 78 米，站在塔下抬头看，铁塔高耸入云，要徒手爬上去，要有真功夫啊！龙福刚在部队训练时，也没有爬过这么高的“庞然大物”。一阵恐惧袭来，龙福刚心里打鼓，自己能够爬上去吗？

“福刚，这是高压带电作业，现在你还不能操作，只能站在地上观摩。”吴卫华一边换特制的带电作业屏蔽服一边说。

“我也只敢看啊！”

换好服装，系上安全带，戴好安全帽。安全带也是特制的，两条吊带上的扣子要轮换挂在塔上。吴卫华背起工具包，刘师傅背起绝缘绳，两人一前一后往上爬，每爬一步，就把安全带的一条扣子松开、扣牢在自己头上的塔柱上，两条吊带的扣子就这样轮换扣牢，师傅们就这么向上爬去。

看着师傅们这样有节奏地往上爬，龙福刚才逐渐消除了刚才的恐惧，还萌生了体验登高望远的想法，于是他请求道：“师傅，我也想上来！”

“你在下面看着我们操作就行了。现在你还不能上来，这是电老虎，你没有掌握技术，它会吃掉你的！”

“那我爬到一半的高度去看你们操作，这样才能看得清楚，才学得到家啊！”

“现在你只能在地上观摩，这样才安全。”

“师傅，不到火焰山，哪能取到真经啊？”

“以后有的是机会让你上来，现在还不行！干我们这行工作，始终要牢记安全第一。”

龙福刚只能站在地上，仰头看师傅们操作。只见吴师傅爬在铁塔的横担上，从工具包里拿出专用夹钳，夹住绝缘子与塔端相接的插销，连续扭了几次都滑落了。刘师傅伸手过来帮忙，才把插销拔出来。

龙福刚脖子都仰酸了，脚也发软了，真想躺在地上或者坐下来休息一会。他看到两位师傅一直在塔顶工作，便打消这种想法。他在地上漫步转圈圈，眼睛始终盯着师傅们的动作。看着看着，他摸出笔记本，记录不清楚的问题。

在地面其他师傅的配合下，两位师傅在塔顶折腾了差不多 4 个小时，才换好了两串绝缘子。下到地上，他俩已是筋疲力尽，一下就瘫坐在地上。龙福刚急忙递过毛巾给两位师傅擦汗，给吴师傅递上军用水壶，吴师傅接过水壶，咕咚咕咚喝了一气，又递给了刘师傅。刘师傅喘着粗气，接过水壶，也是咕咚咕咚喝起来。

龙福刚打开一盒饼干摊在地上，两个人都心领神会地吃起来。看到师傅们渐渐恢复正常，也有了些精神。龙福刚才说：“师傅，我们走吧！”

“走，吃饭去！”吴卫华用右手撑地，一跃站起来。刘师傅与龙福刚也站起来。

坐上抢修车，一路向前，他们来到一家小餐馆，已经是下午四点了。龙福刚随便点了几个菜，就催促老板：“整快点呢，我的师傅们刚刚从山上搞完检修下来，饿坏了！”

“看你们穿的衣服，就知道是电力工人。你们稍坐，先喝水。”又调头对一个正在洗碗的小姑娘叫道，“小花，烧大火、洗锅！我马上炒菜！”

老板备菜，小花洗完锅，就往灶膛里加柴烧火。龙福刚给师傅们沏茶。

一会儿工夫，老板端着热气腾腾的菜走过来，小花端着饭跟在后面。

龙福刚急忙给师傅们添饭。几个人一边吃，一边聊天。

“师傅，我在下面看到你们在上面换绝缘子的时候，拔插销几次都滑落了，最后你是怎么一下子就拔出来的呢？”见两位师傅吃了点饭后，精神恢复了，龙福刚就问。

“插销起着连接两头的作用，也就是有张力，只有张力集中到中间一个点的时候，才能够轻松地拔出来。我试了几次都没有成功，最后一次才成功的。”

“有张力，拔出来两边导线不是就掉下来了吗？”

“还有卡子卡住，换好绝缘子要立即将新的插销安好、铆紧，才能万无一失。”

“这个有技术也有运气喽？”

“算你看得认真，的确有运气的成分，但是技术是关键！”

“我看到你们趴到电缆线上，心里都在冒冷汗！人的安全就靠这根安全绳，实在危险啊！”

“不仅危险，还遭罪呢。你看看我们肚皮上和大腿上，全是青的。”吴卫华说着就撩起衣服，指着肚皮上青一块紫一块的地方说。

“妈呀，真的是遭罪啊！”龙福刚惊讶道。

“怕了？”

“我不怕，师傅都能够吃这样的苦，徒弟还有什么怕的？”

“看来，没有白向唐主任要你来。”

“能不能有什么简便的方法，换绝缘子既快又安全，人不这样遭罪呢？”

“目前还没有，只能用这样的笨办法呢！”

“我觉得应该是有办法的。”

“看你能够发明不？听你爸爸说，你小时候还发明了小车呢？”

“那个哪是发明啊？是小伙伴们整着玩的。”

“说说看，是怎么整着玩的？”

“我们几个小伙伴，看着寨子里大人们拉着板板车到兴义城里拉货，上坡时大家一起往前推，下坡时车上还可以坐几个人，一个人在前面拉着跑，车轮胎下塞着一根木棒算是刹车。当时我就想，坐车肯定比跑步好，板板车省力是因为有轮子转动。于是我找来一块木板做车厢，砍了一棵棕树，锯成轱辘，当轮子，在轮子中间钻一个洞，用一根木棒穿过连接起来，把木板放在木棒上，木板钉了一根抓钉，再用绳子拴在抓钉上，几个小伙伴坐在木板上，前面一个小伙伴拖着跑，就算坐车了！”

“不错不错，没有看错你，真的好机灵！今天就算师傅交一个任务给你，好好思考，如何能够实现刚才你说的，既轻松又不遭罪，安全地在塔上作业。让每一位工友，高高兴兴外出作业、平平安安回家来。”

“我努力，只怕让师傅失望呢！”

“世上无难事，只要肯攀登。你有这方面的天赋，只要你勤于思考，勇于实践，就一定能够做好这一造福于我们野外工友的发明！”

得到师傅鼓励，龙福刚虽有些忐忑，但是充满了信心，于是他半开玩笑半认真地说：“实践出真知，你得让我先上去试一试才行呢，我才知道怎么着力，才能找准发明的方向啊！”

“你说这个有道理。但是，你要想学会带电作业，先要学会爬电杆，学习理论知识、实操技能，这些都要熟练掌握，精准度必须达到 100%。”

“我也想早点学会，师傅快点教我啊！”

“你先把我送给你的书学习完，然后进行停电检修等实操培训，熟练掌握各个环节的技巧，再去学习带电作业。”

“书我已经学习完一遍了，包括师傅们的备注，都认真地学习与研究了，只等实践呢！”

“好，那我们从低到高开始，先从爬电线杆开始实践。电线杆不像铁塔这样高，换绝缘子也没有那样复杂。”

龙福刚听着师傅的安排，心里痒痒的，期盼着爬电线杆的日子早点到来，脸上露出了自信的笑容。

四、“登杆神器”诞生了

龙福刚对着书本，按照师傅们传授的方法，每天一有时间就练习。他还随身揣着一个笔记本，记录练习与学习中遇到的困难和问题，虚心向师傅们请教。凭着这种刻苦钻研的劲头，他很快掌握了停电检修更换绝缘子等输电线路检修的操作技能。

一个周末，兴义市威舍镇一条 110kV 线路因故障停电，吴卫华叫起刘师傅和龙福刚一起，一人背着一个工具包，沿着线路检查故障，一直到一座高山上，才找到了故障点。

“龙福刚换三联杆的 A 相，刘师傅换三联杆的 B 相。我在下面安全监护，哪里需要我就帮助那个。”此次操作是在停电状态下，与带电操作相比，是很安全的。攀登的电杆只有 20 来米高，比铁塔矮 60 米，相对也是安全的。为让龙福刚实地操作，吴卫华便做出如此分工。

龙福刚背上工具包，穿上脚扣，把安全带套在电杆上就往上攀登，攀登一步就抬头看看电杆顶端，又低头看看脚下，就这样慢慢往上攀登。刘师傅攀登到杆顶了，他才攀登到一半。

“头抬平，眼睛看着前方，速度就能提起来。”吴卫华对龙福刚说。

“好呢，师傅！”龙福刚速度明显加快。不料，右脚脚扣脱落，“哐当当”顺着电杆滑到地上。他右脚悬在空中，恐惧一阵阵袭来，他双手紧紧抱着电杆，安全带也绷紧。

“左脚站稳别动，有安全带保护着你，不要怕，我给你送脚扣上来。”

“师傅，你让我适应一会，你也别上来，我想我能行！”

“我不上来，你一只独脚扣是攀登不上去的，你双手抱着电杆，身体与电杆之间就没有空隙了，没有脚扣就找不到地方着力，也就无法往上攀登。”

“师傅等等嘛，我真的要喘喘气。”

“你的手可以松开，不要那么紧张。有安全绳保护着你，掉不下来。”

龙福刚慢慢松开双手，觉得自己还是稳稳当当站着的。他试着往上攀登，右脚蹬住电杆，却是滑滑的，不能着力，连续试了几次，都不能攀登上去。

“不要浪费体力，没有脚扣，你是无法登上去的。你别动，我给你送上来。”吴卫华在下面喊道。

“师傅，你别上来，我有办法了。”

“你有办法了？难道你能飞上去。”

“我不会飞，但我可以让脚扣飞上来。”听得出，龙福刚的恐惧已经逐渐消除，说话轻松了许多。

“怎么让脚扣飞上来？”

“我的手套脱线了，我沿着线头，把手套拆了，把线头丢下来给你，你把脚扣拴在线上，我就能够吊上来了。”

“戴手套一是增加摩擦力，二是保护手的，没有手套，你一样上不去，即使上去了，你的手掌也会被磨破。”

“师傅就放一只手套在脚扣上，一并吊上来。”

“咦！你这个主意可以。”吴卫华也高兴起来，说着就从工具包里拿出一只手套，捡起脚扣，接过龙福刚放下来的线头，把手套与脚扣牢牢绑在一起。他抬头看看龙福刚，龙福刚也看着他。他站起来，右手往上挥了挥说：“拉吧，不要用力过猛，不然线断了就麻烦了。”

“师傅站远点，怕万一线断，脚扣掉下来，砸着你。”

“你吊吧，这个线牢实得很。”

“你还是站远点，以防万一。”

“好吧！”吴卫华离开电线杆几米远。

龙福刚拉着线慢慢往上拽，一会工夫，脚扣重新套在了他脚上，他戴好手套，又继续往上攀登。

登上电杆顶端，龙福刚像刘师傅一样，骑在电杆横担上，定了定神，才开始换绝缘子。

“需要我上来帮忙不？”刘师傅已经换好回到地面，关切地问他。

“我能行的，你们稍等一会。”

龙福刚换好绝缘子回到地面，双腿还有些打战。吴卫华装作没有看到，鼓励道：“你已经熟练操作了，多实践几次，速度就快起来了。”

“谢谢师傅鼓励，脚扣都搞掉了，还望两位师傅保密啊，说出去丢人得很。”龙福刚笑道。

“这个有什么丢人啊？登杆的人，哪个没有掉过啊？我和刘师傅都掉过的呀。”吴卫华也笑起来。

“这是家常便饭，只要登杆，没有人敢吹牛不掉脚扣的。”刘师傅也笑着说。

回到家里，龙福刚觉得脚板生痛，比在部队第一次超强度训练结束后还痛，这是穿脚扣登杆的缘故。那脚扣硬邦邦的，一根带子勒在脚背上，很不舒服，脚尖被吊得往下坠，不穿又不能登杆，穿上又容易滑落，滑落一次再穿上，最少也要耽误 10 分钟。这种既费时间又让人痛苦的工具，有什么办法能够改善呢？让人穿上去就像穿鞋子一样舒舒服服，还不脱落？

龙福刚把脚扣拿出来，仔细观察，这脚扣的设计者，一定是借鉴鞋子的设计，他把鞋子的后跟去掉，一是减轻重量，二是便于脚掌穿进去，把前面部分换成镰刀一样弯弯的，能够扣住电杆。脚背上这根带子起到稳固的作用，有这根带子紧紧套在脚上，就能往上攀登了。这个设计只是考虑到实用性，没有考虑到舒适性和稳固性。

如何把实用性、舒适性、稳固性结合起来，做一套完美的脚扣？他向母亲索要了鞋样图，仔仔细细看了半天，感觉脚扣与鞋样还是有很多区别。他照着鞋样比着脚扣，结合自己的思考开始设计，一连设计了六版，还是没有设计出"三性"合一的脚扣来。他想请教鞋子的设计师，探讨一下，看看能不能得到启发。于是他跑到兴义卖皮鞋的门店，问了售货员也问了老板。一连跑了好几家，他们都说，只是进现成货来卖，没有设计过鞋子。

"你们的鞋子在哪里进的呢？"

"贵阳、昆明都有。"一个老板回答道。

"能够帮我联系厂家吗？"

"我找找看。"老板很热心，把进货单翻了个遍，又看大纸箱、小鞋盒，都没有标明厂家。

龙福刚有些失望，骑着自行车往回走，一边走一边思考怎样才能够设计出"三性"合一的脚扣来。

骑到火石坡顶开始下坡时，自行车开始自动加速，他下意识地捏刹车，不料脚下"哐当"一声，龙福刚还没有反应过来，就连人带车"扑通"一声倒下去，自行车哗啦啦往前滑去，把他重重地摔在地上。

一个补鞋匠端坐着正在补鞋，猝不及防被撞倒在地。

"你是找死吗？骑个自行车比火车还快！"鞋匠一边爬起来，一边收拾被撞散一地的工具，一边骂道。

"实在对不起！伤着哪里没有？我送你去医院。"龙福刚一边爬起来，一边道歉。

"我身板硬朗得很，没有那么娇气。不过，我提醒你，年轻人不要冲，稳到点。"补鞋匠看着龙福刚穿着一身电力工装，语重心长地说。

“师傅批评得对，下次一定注意。”

“你是遇到我，遇到那些敲竹杠的，你就麻烦了。”

“谢谢师傅！谢谢师傅！”

龙福刚把自行车推起来，龙头歪在了半边。他请师傅帮助他稳住前轮，他用力掰龙头，几下子就掰正了。他推着车来到师傅的摊子前。

“咦，师傅是补鞋子的？”

“是啊，你要补鞋子？”

“不是要补鞋子，是想请你设计一双铁鞋子。”

“你脑壳进水了？还是你要去演戏？”补鞋匠上下打量龙福刚，一半开玩笑一半好奇地问。

“我脑壳没有进水，我也不演戏，我要登杆。”

“你们登杆有脚扣啊！”

“你也知道？”

“前两天还有一位师傅的脚扣皮带断了，来请我给他换上新的呢！”

“那师傅还是熟悉脚扣的嘛。”

“几乎每个月都会有师傅来我这里换扣带，所以我还专门进了这种厚实的帆布带子。”补鞋师傅一边拿出一卷带子，一边说。

“我们在登杆时，脚扣容易脱落，怎么才能不脱落呢？”

“这个就不晓得了，我只知道哪点坏，就修补哪里。”

龙福刚没有再说话，坐在一个独凳子上看师傅补鞋子。一个男子提着一只凉鞋过来问：“师傅，我鞋后跟脱落了，能够帮助修补一下吗？”

“只要是鞋子的问题，在我这里都是能够修好的。”师傅自信满满地回答。

师傅接过凉鞋，看了看。在一个箱子里找出一根帆布带子说：“实在找不到与你这个同色的，这个接近，可以不？”

“只要牢实就行！”

“牢实得很，我给电力师傅们修补脚扣用的都是这种材料，只是凉鞋的没有他们那个宽。”

“那就补嘛！”

师傅把凉鞋放在怀里，拿出帆布带子比了长度，就剪断一块，放在缝纫机上，哒哒哒一气就补好了："你试一下，好穿不？"

男子接过鞋子，坐在凳子上，慢慢把脚穿进去，摸了摸修补的地方连连说："好穿，好穿，觉得比没有坏的这只还舒服一点。"

"大哥，能不能给我试一下。"不知怎地，龙福刚有点小兴奋地说。

"没有关系的！"男子脱下鞋子，递给龙福刚。

"真的舒服呢！"龙福刚穿上鞋子走了几步，又脱下来拿着认真观察。这凉鞋与脚扣都是一条带子套在脚背上，区别在于，凉鞋还有一条带子，套住脚后跟，脚掌处也有一条带子套住。他想如果在脚扣上再加两条带子，一条套住脚后跟，一条套住脚掌，应该就不会脱落。

"喂！师傅还给我吧，我还得去做活路呢。"见龙福刚发呆，男子叫道。

"哦，哦。不好意思，我想着脚扣了。"龙福刚回过神来说。

男子走后，龙福刚从自行车上取下工具包，拿出脚扣请补鞋师傅，比着凉鞋做后跟和前套。

"你这个要求也难也不难，难的是前面一条带子找不到粘的地方，后面可以缝在套脚背这条带子上。"

"那你先把后面缝上去试一下。"

补鞋师傅拿出帆布袋对龙福刚说："你穿上，我比比要多长。"

量好尺寸，补鞋师傅将脚扣抱在怀里，把套脚背的带子放在缝纫机底座上，压上刚刚剪好的帆布带子，小心翼翼地转动缝纫机，缝好一边又缝另一边。

"你试一试。"补鞋师傅将脚扣递给龙福刚。龙福刚接过来放在地上，就迫不及待地把一只脚穿进去，往上抬了抬脚，觉得舒服了很多，又往前踢了几下也没有甩脱。他兴奋极了，急忙请补鞋师傅把另一只脚扣也加了后跟带。

补鞋师傅照着刚才的样子，很快就缝制完成。龙福刚也照着刚才的样子试了试，脸上就灿烂地笑开了："感觉很好呢。"

补鞋师傅看着龙福刚笑得这么喜悦，也跟着笑起来："你满意就好了。"

"走，师傅！我们去找一根电杆爬一下。"不由分说，龙福刚拉着补鞋师傅到一根电杆前，他套上脚扣就往上攀登。

"咚，咚，咚……"龙福刚有节奏地往上攀登，当他攀到离顶端还有一段距离的时候，他又"咚，咚，咚……"往下回到地面，他兴奋得跳跃起来，连连说："我成功了！我成功了！"

补鞋师傅站在一旁也跟着笑。

龙福刚与补鞋师傅告别，骑上自行车，飞快地走了。

"师傅，师傅，我成功了！我成功了！"龙福刚来到吴卫华家门口，大声地呼喊着。

"什么成功了？"吴卫华闻声，急忙开门出来，只见龙福刚提着一副脚扣。

"师傅，刚才我攀登了一下，真不错。"

吴卫华接过脚扣，看了又看，放到地上，用脚试了又试："走，我们去试一试。"

二人来到一根20米高的电杆下，龙福刚套上脚扣就往上攀登，很有节奏感。

龙福刚回到地面，吴卫华套上脚扣，也往电杆上攀登。看得出，他很轻松地攀登上去了。

"能用，但舒适性、柔韧性和强度还不够。"回到地上，吴卫华说。

就这样，龙福刚制作出第一个升级版的脚扣。后来在吴卫华和同事们的支持下，脚扣一代一代地更新，更新到第三代后，无论是实用性、舒适性、稳固性，还是强度与柔韧性都完美地融为一体，被同事们赞誉为"登杆神器"。

这个"登杆神器"在贵州得到全面推广，云南、广西部分地区也开始推广使用，一位同行特意拍照发给龙福刚，并附言称赞："'登杆神器'太好用了！"

五、攀登脚步永不停

龙福刚把刻苦学习作为进步的阶梯，把勇于实践作为创新的源泉，把勇攀高峰作为人生的目标。在攀登路上他始终没有停歇，"登杆神器"发明后，激发了他创新的激情与热情。他始终记得第一次看师傅们在80米高空作业的情景，始终记得师傅交给他的任务，始终梦想着早日到80米的高空进行高压输电线路带电检修。

龙福刚已经掌握了带电作业的基本要领，几次参加220kV输电线路带电检修都是零差错。

"师傅，你就批准我到高塔上实践一次吧！"龙福刚向吴卫华请求道。

“我也想早点让你攀登上去，但是你的基础还不牢固，没有经过系统训练、专业训练，即使攀登上去了也是很危险的。明知危险的事情，我们怎么能够拿自己的生命开玩笑呢？”几次申请，吴卫华都没有同意。

机会始终留给有准备的人，也留给常思进步的人。

“今年在沈阳带电作业培训中心开展集中培训，培训时间为半年，我们局有一个指标，唐西明主任向党委推荐你参加，党委已经开会研究同意。你准备准备，下周就出发。”2000 年元旦节刚过，吴卫华就告诉龙福刚这个好消息。

“太感谢师傅了，是不是回来就能够攀登高塔了？”

“你培训结束，要经过严格的理论考试和实践测试，只要理论与实践都顺利过关，就应该可以攀登高塔了。”

“我一定刻苦学习，不给师傅丢脸！”

2000 年 7 月，龙福刚学成归来。吴卫华就带着他到天生桥水电站附近的高山上更换绝缘子。他们爬到山顶，做好带电作业准备，就登上 80 米高塔。龙福刚像吴卫华一样站在高塔横担上，感受山风抚摸肌肤的温柔，再放眼望去，群山连绵起伏，风景独好，让人心旷神怡。看看脚下，却是悬崖峭壁，万丈深渊，如果掉下去，必然粉身碎骨。身旁是高压线，就是师傅说的电老虎。此时，他才明白，为什么师傅之前几次都不准他攀登高塔了。

“准备好了没有？我们可以开始作业了。”

“让我再欣赏一会，登上高塔，我才体会到什么叫惊心动魄，什么叫危机四伏了。”

“塔上危险系数高，多待一分钟就多一分危险。准备好了就立即换，换好就下去。”

“在沈阳培训时，实操攀登高塔，也没有这种感觉，今天跟师傅一起登塔，心情就是好，什么也不怕了。”

“实操的塔是平地而起的，80 米就是 80 米，我们这塔是架在大山之间，离地面的高度就是山的高度与塔的高度的总和。现在这塔少说也是几百米，如果爬上龙吟大山的那座铁塔就是上千米了。”

“太佩服师傅了，我看你登塔如履平地。”

“你也不要吹捧我了，我们开始吧。”

吴卫华师傅经验丰富，指挥着龙福刚安装好带电作业工具，他们趴在铁塔横担上，拆下坏掉的绝缘子，安装新的绝缘子，几次都因工具安装不稳固再加上风的影响导线舞动没有成功，两人也是满头大汗。对吴卫华来说，是凭借经验早点换好绝缘子；对龙福刚来说却多了一些思考，上次看到吴师傅与刘师傅一起换绝缘子，小本子上记录的问题，现在都搞明白了，但是实操下来还是不能一次成功。那是什么原因呢？龙福刚一时还没有搞明白。怎么样才能做到省时省力呢？龙福刚没有想明白。

一个动作，重复几次，总算成功了。他们下到地面，看看时间，花了两个多小时。这个速度，在他们班组已经很优秀了。

长时间的思考与琢磨，加上几次实操的经验，让龙福刚灵感迸发。他想明白了，影响更换绝缘子速度的是工具能否安全稳固地安装，如果能快速安全地安装好带电作业的工具就能提高工作效率。迸发的灵感，让龙福刚心里有了一套完整的方案。他到废品店买回一块废铁，根据自己的设计图纸请农机厂的师傅帮忙加工了一个“承力座”。在槽钢上焊接好两只脚，两只脚能分别稳稳地在铁塔的角钢上固定，农机厂师傅明白他的意思，很快就加工好了。

龙福刚把“承力座”送到吴卫华办公室，并向吴卫华汇报了使用方法。吴卫华越听越兴奋，对这位徒弟的刻苦钻研精神敬佩起来，竖起大拇指连连称赞：“不错，不错。我们去实操检验检验。”

带着满心欢喜，他们来到离兴义较近的一处铁塔下，带着“承力座”登上铁塔更换绝缘子。安装好“承力座”，没有想到这次二十多分钟就换好了。回到地面，吴卫华兴奋得连连拍打着龙福刚的肩膀说：“这个发明，太管用了，我回去立即向党委汇报，先在州内推广。”

龙福刚激动得满脸笑容，没有说出一句话来。

“这东西实用，但是太重了！体积也太大了，不方便携带。”一旁的刘师傅说。

“刘师傅说得有道理，福刚再琢磨琢磨，如何使它更轻便、更好携带一些。”

“好，一定不让两位师傅失望。”龙福刚回答道。

龙福刚思考着把槽钢换成铝合金，经过承重测试，完全能够满足安全要求，于是有了第二代“承力座”。不断实操和思考后，又更新到第三代。此时“承力座”已经成为使用方便的带电检修必备工具。这个发明一面世就成了抢手货，云南同行争相使用。

习近平总书记指出，自主创新是攀登世界科技高峰的必由之路。在创新这条路上，龙福刚越走越有劲，越走越有信心。从“防滑防脱脚扣”到“多功能折叠检修梯”，再到“带电水冲洗枪头”“M销给销器”“输电线路检修用卡具”“车载便携式无人机电池维护箱”……其中，带电作业TYK卡具发明后，已开展带电作业200多次，助力电网企业多供电量2.3亿度，创造经济价值近1亿元。

龙福刚说：“创新发明，不是为了获得多少奖项专利，也不是为了多高的荣誉，而是为让每一位外出作业的同事，能够高高兴兴上班，平平安安回家。”

一花独放不是春，万紫千红春满园。一人再强也不能包打天下，只有团队的力量才能形成过硬的武装。龙福刚已经成长为“龙师傅”，他带领团队勇攀科学高峰，团队整体素质越来越高，创新能力越来越强。入行10年的周志波，多项发明获得国家专利；入职不到一年的罗俊凯，已参与创新项目两项。

无论是周志波，还是罗俊凯，抑或团队其他成员，都记得龙福刚笔记本扉页上的一段话：一名共产党员，一名退役军人，无论走到哪里，都要成为一面旗帜；无论面对什么样的艰难险阻，都必须无畏前行，争取最后的胜利。

2022年10月，龙福刚应邀到北京参加了党的二十大。他说，能够参加党的二十大，是他一生最大的光荣，作为党代表，一定要发挥榜样作用，继续攻坚克难，开拓创新，为党和国家的电力事业做出更多贡献。

结束对他和他的团队的采访，已是正午，太阳的光芒照耀大地，前行的道路无比亮堂。行走在路上的人们笑容灿烂，幸福感与获得感毫无掩饰地写在他们脸上。

本　色

◇ 班雪纷

一

时间之水悄然向前，然而，记忆会留下珍贵的瞬间。

2019 年 7 月 26 日。

夏季的北京，木槿、合欢、紫薇、玉簪争相开放，大街小巷花团锦簇。

当天上午，全国退役军人工作会议在北京召开。京西宾馆礼堂内，集聚着来自全国优秀的退役军人代表。大家怀着无比激动的心情，等待着幸福时刻的到来。

王焱刚挺直身体，站在等候的队伍中。一股滚烫的激流穿过胸膛，他悄悄做了几次深呼吸，依然无法平静下来。

在急切的等待中，中共中央总书记、国家主席、中央军委主席习近平和国家总理李克强等党和国家领导人步入礼堂，一一向代表们问好。总书记走到王焱刚身边，和王焱刚握手。王焱刚激动地说："总书记好！"总书记亲切地说："你的奖章很多啊！"王焱刚大声回答："谢谢总书记。我是来自贵州省都匀市公安局的王焱刚。"

西京宾馆外面的天空，蔚蓝如洗。晨风拂过，带着淡淡花香。

王焱刚用右手按住胸膛，却无法将那份激动按下去。他看着自己胸前挂满的各种奖章，暗自告诫自己："王焱刚，总书记表扬你的奖章多，可不能骄傲，要继续好好工作。"

国家领导人接见优秀退役军人代表仪式刚结束，王焱刚就接到局长发来的信息："我们在电视上看到总书记接见你们的画面了，大家都为你感到骄傲，你要把中央领导的指示精神带回来，在全局传达学习。”

这一天，王焱刚内心充盈着满满的幸福，这一路走来的艰辛，早已经烟消云散。他给同事发了一条信息，内容是：“明天我就回去了，晚上的巡逻班我来带。”

二

1992 年夏天，王焱刚跟当年的高三毕业生一道，完成了人生中最重要的那场考试——高考。在母校都匀振华一中的一间教室内，他和同学们在填报高考志愿。青春的梦想，带着斑斓色彩，年轻学子的未来，有着无限的可能。轮到王焱刚谈自己的心愿时，他脱口而出：“我想去武警技术学院。”

梦想只为有准备的人存在。高考分数出来，王焱刚的心愿顺利达成，他成为武警西安技术学院的一名学生，主修电子视监专业。

开学典礼上，院长向新生介绍学院的历史：武警技术学院始建于 1983 年，是中国人民武装警察部队唯一的高等工程技术院校，隶属于武警总部。学院担负着为武警部队培养通信、技术指挥、警用技术装备及后勤各类工程技术人才的任务。

典礼结束后，王焱刚牢牢记住了院长的话：“从进校的那一刻起，你们不仅是一名大学生，更是一名军人，毕业后要到部队去工作。”院长的话让王焱刚感到无比踏实，正是学院的特殊性质，让他选择了它。

当天夜里，王焱刚在日记本里写上：做一名军人，是所有男孩的梦想。做一名有知识的军人，才是我的追求。

教室里，王焱刚认真学习；操场上，王焱刚刻苦训练。青春，在汗水和欢笑中更加闪亮，心中的理想和信念，从未改变。

1996 年，王焱刚大学毕业，被分配到贵州省武警总队第三支队工作，担任排长；1997 年 9 月，王焱刚到武警黔南支队第二中队任中队长；1998 年，他调到支队司令部任参谋；2001 年，他调到武警指挥学院贵阳分院任军事教官。

一路走来，心中的信念陪伴着王焱刚。在部队这个钢铁熔炉中，他不断成长、进步，成为一名优秀的战士。

1998 年 6 月 8 日，都匀遭遇特大洪灾。暴雨过后，剑江河水猛涨，浪涛像挣脱束缚的恶龙，一次次扑上河堤。很快，河滨大道被洪水吞没。在很短的时间内，洪水越涨越高，洪流越来越猛。停在路边的轻型小轿车开始漂浮。

都匀告急！黔南告急！

在都匀小城，有一个四面环水的小岛，当地人称“海南岛”。河水猛涨，通往小岛的唯一桥梁被淹没，小岛陷入一片汪洋之中。

王焱刚和战士们驾驶冲锋舟，在惊涛骇浪中努力靠近“海南岛”。被围困的群众看到他们到来，趴在窗边高声呼喊：“救救我们。”“这里有老人和小孩啊。”“有病人急需送医院！”……王焱刚交代战士们注意安全，自己往深水中的一栋楼房游去。那栋楼房比较矮，窗户的三分之二已经淹没在洪水中。平房顶上，站着一个瘦小的红色身影。红色身影似乎被四周的洪水吓呆了，一动不动地站着。王焱刚将皮划艇划到这栋矮房子前，冲着楼顶大声喊：“你不要慌，顺着柱子慢慢滑到船上，我在下面接你。”红色身影似乎惊醒了，转过身来，原来是一个二十来岁的小姑娘。王焱刚尽量将皮划艇靠近那根水泥柱子，鼓励小姑娘不要害怕。小姑娘看看漫天洪水，眼一闭，顺着柱子滑下来，王焱刚将她稳稳接住。小姑娘刚坐到皮划艇上，就放声大哭，边哭边说：“我以为自己死定了。”王焱刚一边划着皮划艇往河对岸而去，一边安慰她：“你那么年轻，哪会轻易就死了？别哭了，还有很多美好的生活等着你。”

那一天，输送群众，抢救物资，来回往返，不计趟数。王焱刚和他的战友们早已忘记身处险境，也丝毫不觉得累。

忙碌中，夜晚来临，狂暴的洪水似乎也闹腾够了，开始消退。灾害造成电路损坏，城区停水停电。黑暗中，王焱刚嘴里咬着手电筒，两手不停地接过重物或行动不便的老人、孩子，将他们输送到安全地带。

来来回回中，东方天空露出了鱼肚白。

洪水退去后的小城，枯枝残渣，一片狼藉。王焱刚又带着战士们清理道路上的杂物，尽快恢复道路畅通。

一个小战士来通知王焱刚：“王参谋，支队长让你带战士们先回去休息，副支队长带人过来接着干。”王焱刚召集战士们整队集合，他说：“回去休息两个小时，我们再来。今天要把路面都清理出来。”

王焱刚和战士们吃过午饭，准备抓紧时间休息。这时，支队接到命令："薛家堡发生山体滑坡，请求立即救援。"王焱刚主动说："我带人过去。"支队长有些顾虑："你一夜没睡了。""没事，我能坚持。"紧急时刻，支队长一狠心，答应道："带几个战士去，要注意安全。"

王焱刚他们赶到南郊的薛家堡。一座坍塌的土山旁边，围着几十个群众。每张脸上，都堆积着焦虑，甚至还有恐惧。一个三十多岁的瘦高男人，跪在土堆前大声号哭。看到王焱刚他们来了，瘦高男人立即转过身来，断断续续说："求……求你们快救人，我……我妈和……和孩子都在里面……"

一座山坍塌成另一座山，之前的绿草、丛木早已经面目全非，断枝翻根，新鲜的泥土中夹杂着大石头。不远处还有几栋民房，非常庆幸，没有遭受损伤。土山是什么时候坍塌下来的，谁也不知道。瘦高男人夜里在别人家玩扑克，天亮时，被人喊回去，说他家房子被埋了。屋内住着他的母亲、岳母、孩子，一共三个人。

王焱刚指挥战士们开始挖土，瘦高男人比划着房间的结构形状。只要确定好堂屋的位置，就能迅速找到卧室。从土山掩埋的厚度和时间上推断，这三个人存活的可能性都不大，但是，大家都不愿意放弃，希望有奇迹发生。王焱刚和战士们加快手上动作，围观群众也有序加入救援中，一筐筐山土被运走，一块块大石头被移开。

挖了半天，还是没有碰到瘦高男人说的堂屋里的家具。王焱刚后退几步，盯着这堆已经彻底翻新的土堆，认真思考着。接下来，王焱刚让大家往前移动两米，再开始挖。大家不明白为什么，王焱刚解释道："山体滑坡后，由于强大的冲力，土堆都往前移动了一段距离，房屋的位置应该也跟着移动了。"按照王焱刚分析，大家移动了挖掘的位置。不一会儿，终于看到了摆放在堂屋的米缸。土窑烧制的米缸已经破碎，白花花的大米混杂在瓦砾和黄土中，特别醒目。王焱刚及时叫大家停下来，他说："米缸与卧室只隔一道木板墙，不能再用锄头挖了。"

大家的焦虑，挡不住天黑的脚步。暮色降临，为救援现场增加了难度。雪白的急救灯光，映衬得远处更加漆黑，忧虑和紧张，比夜色更浓更重。

救援还在紧张有序地进行。担心伤着被掩埋者，王焱刚带头用双手刨土。

他的手像大筢子，快速往筐里扒拉土石。他浑身是汗，满身污泥。终于，第一个老人被发现，已经没有生命体征。紧接着，又发现了另一个老人和孩子。

战士们的双手都不同程度受伤，有被石头磕破皮的，有被树根戳进皮肉里的。

王焱刚带着战士们到河边去冲洗身上的泥渣，他发现自己左右手上有三个手指甲已经撕裂。什么时候受的伤，他都不知道。

大家都看到，洪水携带而来的原木、建材，以及各种意想不到的废物，都纠缠在不远处的桥洞里。

一直以来，剑江河上随处可见各种形状和结构的桥，一道道宛若彩虹，将两岸连接。都匀人对桥的热爱，桥给都匀带来的便利与美观，都体现在“都匀桥城”这个美称上。然而，一场洪灾，让桥被污垢残渣缠绕，面目全非。

王焱刚问战士们：“是回支队还是留下来把这些桥洞清理？”战士们异口同声地回答：“我们都不累。”就这样，王焱刚和战友们又继续清理洪水过后的道路和桥洞。这一干，又是十多个小时，直到天黑，无法正常继续下去，才收队。

暴雨过后，无比灼热，被洪水冲来的有死猪、死鱼、死耗子。在太阳光的暴晒下，开始腐烂，发出恶臭。王焱刚在清理桥洞时，在横竖交织的乱树枝间，看到一只死狗，已经被洪水泡得发胀。他伸手一拉，满手都是黏糊糊的腐肉。他忍住恶臭，将整条死狗都掏了出来。这一天共清理了多少动物腐烂的尸体，他都记不清楚了。吃晚饭前，他一遍一遍地洗手，反复涂抹香皂，依然洗不掉手上的异味。

三

射击、越野、攀爬、驾驶、搏击，这些都是每一个部队战士必须完成的军事技能。王焱刚对自己的标准是：必须全“优”。他对战士训练时的要求，只有一个词能概括：苛刻。

2001 年夏天，黔南武警支队被推荐参加全国标兵支队创建。在贵州武警总队，这是首次推荐国标创建。总队下达死命令：“要么不推，要推就必须达标，只能给贵州争光，绝不能抹黑。”

正在这个节骨眼上，王焱刚调到武警指挥学院贵阳分院任军事教官的命令同步而来。武警指挥学院贵阳分院那边催得急：“学院急需军事技能过硬的教官，学员都在等着。”黔南武警支队也在告急：“王焱刚得留下来，直到全国标兵支队创建工作验收结束。”

谁都知道，人才就是战斗力，留住人才是取得成功的保障。

支队领导多次向总队领导请求，总队终于同意王焱刚继续留在黔南支队，待国标创建验收结束后，再去武警指挥学院贵阳分院报到。

黔南武警支队队长袁克勤把这个消息告诉王焱刚，同时说：“国标验收不合格，你别想去贵阳。”虽然只是玩笑话，王焱刚却郑重回答：“请支队长放心，我保证完成任务。”袁克勤说：“不但是自己的项目达标，还要带动整个支队。哪怕磨掉一层皮，都必须保证创建成功。”

部队第一次军事技能测试下来，成绩不理想，支队长的脸色很不好看。王焱刚主动请缨：“我来带大家训练。”当天，他就跟大家吃住在一起，每天天不亮，他第一个起床；夜晚，他最后一个离开训练场。队员动作不规范，王焱刚毫不客气指出，一遍一遍示范，监督整改，直到过关。大家都信服于他，因为他的动作太标准，一招一式，透露出军人的果敢与刚毅。榜样的力量总是具有无限的感染力。大家都是兵，谁也不认怂。

一个月后，支队领导来到训练场，被眼前的情形所震撼。战士们虎虎生威，动作整齐划一，气势震天。支队长和政委相视一笑，内心踏实了许多。

支队长叫来王焱刚：“训练效果不错。你自己的项目呢，有没有跟上？”

作为参谋业务小组成员，王焱刚还要接受机关公文、参谋业务等内容的考核验收。军事地图、作战地图的制作，对他来说，属于新技能。训练之余，他一头扎在电脑旁，一边请教身边的同事，一边在网上进行学习。

支队长接着说：“我知道你每天都在加班准备，训练很辛苦，你要注意休息。”王焱刚不善于说客气话，回答说：“支队长，我能坚持。”

三个月很快过去，黔南武警支队迎来了上级部门的验收考核。流过的汗水，终于浇开艳丽的花朵。所有项目都通过了考核验收，成绩都很优秀。

贵州省武警总队终于有了第一个全国标兵支队。部队官兵欢呼雀跃，奔走相告。武警指挥学院贵阳分院打电话来祝贺，同时催促：“请王焱刚尽快报到。”支队长袁克勤来到王焱刚的宿舍，看到他躺在床上熟睡，脸上和手臂上黑黝黝的，整个人瘦了一大圈。袁克勤悄悄带上房门，对身边人说："让他好好睡一觉。"

到了武警指挥学院贵阳分院，王焱刚作为骨干教官，更是严于律己，坚持训练。由于他技能战术最好，又有亲和力，深受学生喜爱。

2006年秋季学期结束后，王焱刚奉命来到学院领导办公室，得到的命令是：转业。军人以服从命令为天职，王焱刚却忍不住说了一句："我很喜欢部队。"领导说："我们也舍不得你走，在这批老兵中，你的军事技能最过硬，总队可以推荐你到贵州省公安厅去工作。"让领导意外的是，王焱刚拒绝了这一次机会，他的理由是："我不想留在机关，还是回黔南吧。"

四

人总是面临一个又一个选择，每一次决定，都会带来不一样的人生。王焱刚回到黔南，又一次面临选择：在州级机关单位，还是到县（市）工作。

总有那么一些人，不管世事如何纷繁复杂，内心始终有明晰的方向。王焱刚的抉择再一次让朋友们惊讶：放弃州公安局、州司法局等机关单位，到都匀市公安局工作。一个朋友问他："你莫非不晓得州直部门工作相对轻松，待遇更好？"另一个朋友直接说他："当几年的兵，傻了吧？"面对朋友们的质疑，王焱刚并不解释，只说了一句："我喜欢基层。"

都匀市公安局为欢迎新警召开座谈会。会上，王焱刚又主动向局领导提出："我不想在局机关，愿意到一线部门去锻炼。"

公安局长岑凯一下子高兴起来，对这个部队转业的"新警"多了几分欣赏。基层公安事情多，警力不足，大家都怕去。岑局长当时就说："不怕苦，愿意累，那你去刑侦大队。"

从刑侦大队的一名侦查员到巡特警大队副大队长、大队长，王焱刚的进步似乎比别人快。岑凯局长多次说："王焱刚的骨子里还是军人的情结，他还保留着部队的作风，他是真正热爱公安工作。这样的人，就应该放到重要的领导岗位，让他发挥最大作用。"

慧眼识英雄。王焱刚没有让信任他的人失望。

2008年以前的都匀市，社会治安比较差，年轻人出来玩，基本上都带着管制刀具，一言不合就大打出手。年轻的女子，晚上根本不敢一个人出门。

为了打击违法犯罪行为，提高人民群众的安全感和满意度，都匀市公安局特别调整了“拼命三郎”李永祥副局长，分管巡特警大队。别看李永祥年轻，干公安工作有狠劲，更有经验。他上任第一天，召集分管部门负责人来开会。针对市区的治安乱象，李副局长说了一番话：“公安民警就是要为老百姓保驾护航，要让妇女穿金戴银上街也不担心被抢，让老人孩子晚上回家路上有安全感，否则对不起这身警服。”这番话深深触动着王焱刚，他的脑子里闪现着很多画面：一个中年男子无助的泪眼，他来自偏远的乡村，身患重疾，东拼西凑了点钱，在去州医院的公交车上，被偷走了，中年男人到公安局报警，泪眼巴巴看着王焱刚；一个八十多岁的老爷爷，因为走得太慢，在一条窄巷子里，被几个年轻人从后面推倒在地，眼巴巴看着他们扬长而去；一个花季少女，下夜班回去的路上，被几个流氓欺负，女孩子绝望的样子，让人不忍直视；一个性格内向的少年，莫名其妙被人打伤在街上……这些都是王焱刚接待过的受害者，他们满怀希望地看着他，跟他讲述自己的遭遇，把他当成自己的救星和唯一希望。

都匀市公安局开始进行犯罪实时控制、社会治安整治。专项治理行动开展不到一个月，就收缴了大量的管制刀具，堆满了大队的一个仓库。那段时间，王焱刚像被打了鸡血一样，随时都处于战斗状态。作为一名好猎手，在捕猎的过程中总是被一股强大的力量牵引着。他每天都带领便衣队巡逻、盘查、设伏、抓捕，累了就在面包车上休息；渴了，街边找个水龙头，拧开就喝。那段时间，他养成了一个习惯，对讲机随时戴在身上，听不到对讲机的声音，就不安心。深夜回到家，担心对讲机频繁的呼叫影响家人休息，就悄悄睡在沙发上。一旦听到对讲机传来呼叫，他就会在一秒钟之内弹坐起来，稍有情况，他就会在两分钟之内走出家门。有个队员特别佩服他，问道：“王队，你是怎么做到从睡梦中爬起来，马上就能保持清醒？”王焱刚回答：“在部队训练出来的，闻令而动，令行禁止。”

专项治理行动进行到第二个月，全市盗抢案件数量直线下降，老百姓的安全感、满意度大幅度提升。

李永祥副局长特别欣赏王焱刚，多次夸他有胆有识，把公安局的事当成自己的事来办。“要是每个人都像王焱刚这样去工作，没有干不好的公安工作，没有完不成的工作任务。”

五

2015 年 4 月 26 日晚，正是仲春时节，也是都匀最美的季节。春水在剑江河道内缓缓流动，河面闪耀着霓虹。河堤两岸，杨柳依依。樱花盛开，花团锦簇。夜色中流淌着清新的春天气息。很多游人在河堤花树下漫步，闲聊。

此时，王焱刚带着一名队友，正往市公安局走去。他们刚在西山桥头处理好一起纠纷。本来，这天晚上不是王焱刚带班，但他跟平时一样，晚饭后总要到大队来一趟，有事就处理，没事，看看才放心。

刚踏进巡特警大队的门，值班员小李挂掉值班电话，报告说：“刚刚接到一个报警电话，报警人喊救命，说在大西门一带被抢劫，没问清楚，电话就断了。”

当晚带班的副大队长说：“王队，你出警才回来，先休息，我带人去看看。”王焱刚说：“我去，大西门我比较熟悉。”其实，王焱刚不只是熟悉大西门，整个都匀的大街小巷他全都了如指掌。

王焱刚带着三个队员往大西门去，同时拨打报警人电话，关机。王焱刚内心有些担心，吩咐队友沿途仔细搜寻、打听，都没有发现异常情况。有个队员说：“会不会又是假报警的？”日常工作中，会有一些无聊或喝醉的市民拨打 110 电话。也不知道为何，王焱刚内心有股说不出的担忧。他带着队友们继续沿街打探，逢人就问“有没有听到或者看到什么异常情况？”

走到附中路口，路边一个人说：“没有听说被抢劫，只是，前面这家门面里好像有人吵架，还有人哭。”王焱刚抬头一看，这是临街的一排长长的铺面，大都是卖餐饮或小杂货的。夜里，很多铺面都关闭了，唯有卖夜宵的铺面灯火通明。路人指的这家铺面，门楣上挂着“×× 服装店”的招牌。铺面的卷帘门放下来，没有上锁，门缝里透出灯光。

铺面里传来女人的抽泣声，声音不大，嘤嘤嗡嗡的。还有人说话，但听不清楚。王焱刚暗示队员跟在自己身后，他一把往上推开卷帘门，看到屋里有两个女人在哭，一个男人背对着门口。王焱刚问："这里发生什么事情了？"话刚说完，背对门的男人突然一转身，一把大刀随之横扫过来。王焱刚快速推开身边队员，一个飞腿踢过去，男人扑倒在地，啪的一声，手中的大刀脱落，砸在地上。"这是我的家事，不要你们管。"男子一边嘶声大喊，一边挣扎着爬起来，要去抓地上的大刀。王焱刚一跃，猛扑在男人身上，队友们立即将男人制服。这时，大家才看到铺面里的情形：距离两个哭泣女人不远的地上，躺着两个血人。王焱刚上前呼喊，两人再无声息。墙上悬挂的衣服，两个哭泣女人的身上，都是点点血迹，血腥味充斥整个房间。

被控制住的男人还在大声叫喊："快放开我，我要杀了她们，我要自杀。"两个女人中比较年轻的那个，一边抽泣，一边告诉王焱刚他们："我哥把我嫂子和我爸杀了，还要杀我和我妈。"

原来这个男人刚刑满释放出来，怀疑妻子对自己不忠，便产生杀意。其妻害怕，便叫来男人的父母和妹妹，想要他们劝告他，不想这个男子失去理智，竟然把自己的父亲和妻子都杀害。

年轻女人控制不住自己，放声大哭："你们再晚来一分钟，我和我妈也活不成了。"

事后，巡逻队员小林复述当时的情景："我在王队的左手边，大家的注意力都在那两个女人身上，她们哭得很伤心。谁也没有想到，那男人一转身就挥刀砍来。当时我也懵了。王队使劲推了我一下，那刀带着风声从我的眼前闪过，等我注意看时，王队已经一脚将他踢倒，接着扑在他身上。"这段叙述，大家都百听不厌，每次听，都如同身临其境。有一次，大队来了新队员，小林又把这经典的一幕拿出来说，刚好王焱刚听到了，就笑着说："小林，我看你可以去当评书先生了。"小林回答："当时的情形比我讲的还要惊险，幸亏王队反应快速，不然，我可能都破相了，甚至是更坏的结果。"王焱刚接过小林的话："作为一名警察，随时随地都会遇到危险，所以，我们务必要保持警惕，随时有应对之策。"

2008 年 8 月，是都匀最炎热的季节。对警察来说，酷暑无惧，风雨无阻，已经是常态。这天下午，王焱刚和同事正在百子桥一带巡逻。烈日当顶，背着单警装备，走大街，串小巷。难怪夏季执勤服总是不经穿。太阳暴晒，汗水侵蚀，再好的质量也只够一个夏天。

突然，对讲机里传来110指令："有人在老火车站一带持刀抢劫手机，嫌疑人逃往西山方向。"王焱刚拔腿就往西山方向跑，追到一条巷子里，一个老大爷指着不远处的排污渠说："有人钻进去了。"王焱刚走上前一看，排污渠直径大约70厘米，只能爬进去，无法站立。渠内流淌着肮脏的污水，臭不可闻。王焱刚把上衣一脱，蹲下身子就往渠里爬。大爷脱口道："里面脏得很。"王焱刚顾不上回答，继续往里钻。里面越来越黑，气味也越来越浓烈。王焱刚摸出手电筒，用嘴咬着，继续向前爬。污水浸湿了身体，两手触到的全是垃圾、污泥。大约爬了15米，电筒光照见了嫌疑人。嫌疑人气急败坏喊道："你再追我，不要怪我的刀不认人啊。"在电筒光的照射下，那把尖刀发出寒光。王焱刚伸出满是污泥的手，将电筒取下，大声说："我是警察，你不准乱动，不然我可要开枪了。"其实，王焱刚身上没有枪，即使有枪也不能开，他只是吓唬这个嫌疑人罢了。果然，嫌疑人害怕了，握着刀子又迅速往前爬，王焱刚继续在后面追赶。几分钟后，嫌疑人看到有个出口，逃命似的挤上去，刚冒出头来，就被守在井盖处的民警抓个正着。嫌疑人在接受审讯时说："里面的气味太难闻了，再待一分钟我都受不了，追我的警察逼得太紧……"钻出排污渠的王焱刚，得知嫌疑人已经被抓住，他便径直往河里去。他这身污渍，这身臭味，只有到河里才能洗干净。即使下河洗了，回家时，两岁的女儿跑过来让爸爸抱时，还是闻出了异味，说："爸爸好臭啊。"王焱刚抬手左闻右闻，逗女儿道："哪里臭了？我闻不到。"

2016年夏天，都匀市区连续发生几起车内物品被盗案件。一些粗心的车主不锁车门，嫌疑人轻易就将车门打开，盗取车内物品。王焱刚召集巡逻队员集中研判这类案件，他说："这段时间，全州公安机关正在开展夏季严打专项行动，绝不能让这伙人逍遥法外。"

2016年6月29日，伯爵花园小区地下停车场又一次发生拉车门盗窃案，被盗物资价值还很大。

市局成立了专案组，王焱刚被列为专案组的主要成员，负责带一个组蹲点守候。王焱刚不蹲点的时候，就带领队员反复查看几次案发时的监控录像，认真查找蛛丝马迹。录像资料冗长枯燥，一看就是一天。队员都有些泄气，说："王队，这几乎就是大海里捞针，找到的概率太小了。"王焱刚说："希望再小也要找，我不信就抓不到他。"蹲点的夜晚，王焱刚他们不仅要克服孤独寂寞，更要忍受蚊虫叮咬。查看录像资料时，王焱刚两眼盯着屏幕，一动不动，直到看得两眼发麻，头昏脑涨才休息。

世界上的事情，就怕"认真"二字。经过反复对比，分析研判，王焱刚发现了疑点，锁定了嫌疑人。"他们一定还会作案，但好久再来，会在哪里？这些都不知道。我们得蹲守，争取抓现行。"

2016年7月1日凌晨，市区已经一片静寂，城市进入梦乡。然而，在某个隐蔽的角落，王焱刚和战友们像一群狩猎者，静悄悄地等待着，丝毫没有睡意。经过分析研判，今晚猎物可能会出现。

突然，一个人影慢慢向伯爵花园地下停车场走来，进入王焱刚他们的视线。人影先是左顾右盼，见四周安静无人，他慢慢靠近一辆高档轿车，伸手去拉车门，门没有开，他接着靠近下一辆轿车。藏在水泥柱后面的王焱刚，向身边战友们做了一个"就是他"的手势。人影拉到第五辆车门，门打开了，他弯下身子在车内翻找。"搞到事没有？"王焱刚大声呵斥道。人影吓了一大跳，回头一看，身边站着几个人。

嫌疑人就住在附近一间狭窄的出租屋里，屋内摆满了高档烟、酒、茶叶等。嫌疑人想不明白，王焱刚是怎么盯上他的。"一般都是半夜三四点钟才出来，专门偷豪车，车主都比较粗心，丢一些烟酒也懒得报警。"嫌疑人交代了自己的作案手法和心理分析。王焱刚教训嫌疑人："有一句话，叫莫伸手，伸手必被捉。你以为只是说着玩的？像你这样的小偷，来一个，我们就抓一个，不可能让你们祸害老百姓。"

在都匀市区，小混混们非常了解王焱刚，提到王焱刚都害怕，说他比他们更大胆，更不怕死，最好别惹王焱刚。

这天，王焱刚来找局长汇报工作。他刚进门，局长就吓一跳："你怎么这么黑？跟非洲来的一样。"王焱刚咧嘴一笑，雪白的牙，衬得他的皮肤更黑。他说："今年的太阳非常热情，往年我只脱两次皮，今年三次了，新皮都被晒透了，长出来就是黑颜色。"整个夏天，他都带着巡逻队员顶着烈日晒。在公安局，大家都知道巡特警的这群黑小伙，个个都黑得英俊而又精神。只不过，大队长王猋刚比任何一名队员更黑。

王猋刚在局长对面坐下来，开口道："上次发生因出警不及时导致嫌疑人逃脱事件后，我就有个想法，在城区进行网格化管理，一旦发生警情，由最近的网格警力第一时间赶到现场。"局长一听，兴奋起来："你把这个想法具体化，提交到局党委会上来讨论。"

很快，都匀市区就推行了以 3 分钟出警距离为半径，将全市划分为 12 个巡区，24 小时不间断的网格化巡逻模式。巡逻警力部署在市区主要街道和重点要害部位，囤警街面，实行多层次预警机制，压缩违法犯罪空间，形成高压打击违法犯罪态势。

如今，不管是白天还是夜晚，走在都匀市的大街小巷，即使是单身女青年，也不会害怕。大家都知道，随着黔南治安网格化管理逐步升级，城区每个网格点都有警力，一旦出现警情，3 分钟内就会有警察出现，让犯罪分子插翅难逃。

市民安全感、满意度得到提升，都夸奖公安局为市民安全做出的努力。局长多次在各种场合点名表扬王猋刚："巡逻时不忘动脑子，想出这么一个好主意，解决了城区街面治安管控的老大难问题。"队员们更是得益于网格化管理，不再为一个警情东奔西跑。

六

战场上，战士们都会将有利地形作为自己的阵地，并誓死坚守它。王猋刚和他的战友们也一样，会在街面上建立自己的"阵地"。可别小看这"阵地"，很多破案线索都是从"阵地"上来的，很多民意也都在"阵地"上得到体现。

王猋刚的"阵地"在羊肠街。

提到羊肠街，老都匀人没有不知道的，它还有个名称，叫"下岗一条街"。街道狭窄弯曲，类似一段羊肠。这里房屋破旧，大部分居民都是企业下岗职工，生活条件较差。早些年，这里曾经是街上小混混浪迹之处，喝酒闹事，打架斗殴，鸡鸣狗盗。总之，这里藏污纳垢，面上治安较差。有顺口溜为证：无事不去羊肠街，进去容易出不来；坑蒙拐骗无王法，地痞流氓耍无赖。

王焱刚还在刑侦大队时，多次到羊肠街去调查走访，早就见识过里面的污垢与复杂。到巡特警大队来，他就主动提出把羊肠街作为自己的“阵地”。王焱刚几乎每天都要去“阵地”一趟，有时候一天去几趟。他挨家挨户走访，耐心和群众交流，将羊肠街的人员情况摸得一清二楚，做到了心中有数。羊肠街谁家被盗了，路过羊肠街的人谁被摸包了，哪些小青年又因为什么事情打架斗殴了……王焱刚准能在第一时间得到线索，做出准确判断。慢慢地，羊肠街清净了，吵打声消失了。大叔大妈们每次看到王焱刚进入羊肠街，都会争相喊他到家里坐，一旦街上有什么情况，老人们也会主动打电话给他。羊肠街的治安越来越好，大妈不止一次对王焱刚说：“孩子啊，这些变化都是你来了以后才有的，大妈们感到从来没有过的舒坦。”很多老人都当面感谢过他，还给他送锦旗。小混混们陆续搬离羊肠街，他们的头目最终也被逮进了拘留所。这个头目对审他的民警说：“巡特警的王焱刚太厉害了，我们都打不过他，跑不赢他。他像是在羊肠街安装了很多只眼睛，只要我们稍有动作，他就知道得清清楚楚。”

在羊肠街，有一个从116厂退休的老职工刘阿姨。因为单位集资建房的问题，老人不停地上访，多次找领导闹，成了人人嫌弃的“刺头”。

这天，王焱刚提着香蕉、葡萄等水果来到羊肠街。刘阿姨家房门紧锁，门前石缝长出的青草已经结籽，浅浅的两级石阶上布满绿苔。王焱刚敲了几下门，嘎吱一声，门开了，一个面目阴沉的老太太站在门后边。王焱刚开口道：“您是刘阿姨吗？我是都匀市公安局的，我叫……”话还没说完，门哐当一声关上了，紧接着从里边传来上插销的声音。那天，任凭王焱刚再怎么敲门，怎么呼喊刘阿姨，那道房门始终紧闭不开。

邻居胡大妈告诉王焱刚：“刘老太现在怪异得很，都不和大家往来了。”胡大爷提醒王焱刚：“下次你来时，不要穿警服。”

第二天，王焱刚穿着一件夹克，又一次来到羊肠街。老人打开门看到王焱刚，冷冷地问：“你到底有什么事情？”“刘阿姨，您能不能让我进屋再说？”“要进屋可以，把你提的水果放在那个灯杆下面。”王焱刚照办，刘阿姨才让他进了屋。

屋内陈设非常简单，只有几件陈旧的家具，却打扫得很干净。刘阿姨主动说：“我不晓得你要找我做什么事，但是，我晓得你是警察，我还晓得你们警察

八

2014 年 8 月 27 日，对福泉市来说，是一个灾难性的日子。这一天，道坪镇英坪村发生山体滑坡地质灾害，几户房屋被山体掩埋。灾难发生在傍晚，正是吃晚饭的时间。

哪里有难，哪里就有人民警察。接到增援命令后，王焱刚带领队员连夜赶赴灾区。

山区的七八月，正是暴雨季节。王焱刚他们到达英坪时，天上正下着瓢泼大雨。现场一片凌乱，大雨中，山体处不时有落石和泥沙滚落下来。临时组装起来的棚子下，除了救援人员，就是附近的村民。村民们情绪失控，一次次要往土堆里面冲，他们想通过双手从如山的土堆下面将他们的亲人救出来。暴雨声中，现场不时传来泥石垮塌的声响，主要山体矗立在灯光不远处，隐藏着巨大的危险。

王焱刚组织队员们站成一道人墙，阻挡村民靠近危险的现场。家人被埋在土堆里的村民拼命往里冲，被阻拦后，开始向公安民警又骂又打。王焱刚站在人墙队伍中，一个村民朝他的腹部狠狠踢了一脚。王焱刚痛得弯下腰去。身边的队员站出来，要想扑倒那个村民，王焱刚连忙制止，一再告诫队员们“打不还手，骂不还口”。

雨越下越大，围观的村民越来越多，更多的救援队伍增加进来。大雨中，王焱刚和队员们如一道坚实堤坝，将冲动的群众拦截在安全地带。

在王焱刚和战友们的劝说下，村民慢慢平静下来。大家都知道，这群公安民警冒着大雨，竭力阻止他们靠近滑落下来的山体，都是为了大家的安全。村民主动退后，给救援队伍让出平地，不在现场添乱。还有的村民把身上的雨伞和雨衣递给王焱刚他们。那一刻，大家的心愿一致：尽快救出被掩者。

王焱刚和队员们加入救援队伍中。垮塌下来的大石头有上千斤重，王焱刚和队友们齐心协力将它挪开。树根藤蔓，要清理出来。救援工作已经不分白天夜晚，大家只会在饿的时候，快速啃上两个干馒头。干到半夜，实在困了，就倒在又脏又潮湿的地上眯几分钟。王焱刚仗着自己体力好，一直站在最艰苦最费力气的救援点上，整整两夜不眠不休。

夜晚下大雨，白天却是火辣辣的太阳。由于天热、地湿，被掩埋的尸体很快腐烂，令人作呕，遇难者家属都受不了，纷纷退缩。王焱刚戴上口罩和手套，主动带头抬起装尸体的担架，将遇难者送到停尸处。他和队员们抬一次吐一次，吐一次再抬一次，直到习惯。

英坪村的救灾持续了13个昼夜。王焱刚和队员们一直坚持在山上，睡在有浓烈异味的地上，吃干粮、喝矿泉水。

完成任务要离开的那天，村民们自发站在路边，一遍一遍弯腰致谢。一个遇难者家属说："警官，你们这样无私帮助我们，不是亲人胜似亲人，我刚失去父母，但我非常感激你们为我们做的这一切。"

在回去的大巴车上，王焱刚和队友们满身污泥，上车就睡着了。大巴车驾驶员将车子开得平平稳稳的，不忍心将他们颠醒。13天的恶战，王焱刚总的睡眠时间不超过20个小时。回到家，女儿差点认不出他了："爸爸，你怎么又黑又瘦，胡子拉碴的，还浑身发臭，像流浪的乞丐。"王焱刚来不及给女儿解释，他太需要赶快洗漱，然后睡上一觉。

列夫·托尔斯泰说过："所谓爱，正是把他人的'我'认作自己的。"在王焱刚的心里，人民群众的冷暖喜怒，都跟自己有关。

2016年春天，王焱刚到都匀市墨冲镇凤鑫村开展扶贫工作。

早在20世纪50年代初期，都匀墨冲在社会治理方面就走出了一条群防群治的新路，通过村民自治，预防和抵御反革命破坏分子企图推翻新政权的一系列破坏活动，形成了著名的"墨冲经验"。毛泽东主席对"墨冲经验"极为认可，时任都匀县第五区（墨冲镇）公安局公安特派员吴金荣把在墨冲镇的工作经验写成一篇调研报告，这篇报告随即被中央办公厅编入《中国农村的社会主义高潮》一书中，毛泽东同志阅后，作出批示："要学都匀县这个区一样，以党、团员为骨干，建立保卫组织。"这条批语后来还被收录到《毛泽东选集》（第五卷）。

把墨冲镇列为自己的扶贫联系点，是王焱刚有意为之。中华人民共和国建立初期，墨冲人依靠群众自治，把社会治安维护好，取得明显效果，是因为大家都把社会安全和群众利益放在第一位。墨冲是做好群众基础工作成功的典范，这些宝贵的经验对做好公安工作有着十分重要的指导意义。

在凤鑫村，王焱刚走访了村民，得到一个重要信息：拱板小学90%的孩子是留守儿童。

离开爹娘的孩子，总是比其他孩子更需要温暖和爱。

拱板小学坐落在大山深处，是农村半寄宿制学校，全校有 5 个年级，有 60 多名学生。地处边远山区，学校环境和配套设施落后。孩子们第一次看到警察叔叔来到学校，都感到害羞，也有大胆的孩子围在王焱刚身边，羡慕地看着他的警服。王焱刚拿出随身携带的单警装备，教孩子们认识警棍、警绳、手铐等警用器械。慢慢地，孩子们都放松了，争着问王焱刚很多问题。比如“抓坏人时，如果对方手上有刀，要怎么办？”“小孩子被坏人盯上了要怎么脱身？”“发现坏人正在干坏事，自己又打不赢，怎么办？”……面对孩子们提出的各种问题，王焱刚一一耐心回答。在操场上，他还给孩子们表演了一套搏击拳，引得几个大胆的男孩子跟着在他后面比划学习，一招一式，有模有样。

回来的路上，王焱刚对同事说：“孩子们最想要的是体育器材、新书包和彩色画笔，我们得想办法帮他们解决。”同事不明白，王大队怎么了解到孩子们的需求？王焱刚回答：“学校连一张乒乓球桌都没有，孩子们背的书包大都很破旧，墙上的黑板报，都是黑白铅笔画上去的。”王焱刚外表高大威猛，内心其实还挺细致。

从拱板回来后，王焱刚来找刘成，他们是好朋友。刘成一见王焱刚就说：“太阳从西边出来了吧？你竟然有时间来看我？”王焱刚笑着说：“昨天我去墨冲回来，拱板小学的那些留守儿童很可怜哦，父母都外出打工，跟爷爷奶奶在家，老人也不重视小孩子的学习，书包烂得不成样子了。”刘成太了解王焱刚了，大笑道：“你又要发善心了，难怪来我这里。”多年的老朋友了，王焱刚直言道：“这种事我也不好意思跟别人开口嘛，你是经常做公益的民营企业家，就只有来找你了。”

第二个周五下午，王焱刚又出现在拱板小学。这次，随同他一道来的，除了刘成和另外几个爱心人士，还有阳光慈善团队代表，大家为孩子们带来价值两万元的体育用品和学习用具。孩子们再次看到王焱刚，都兴奋地围在他身边，争着靠他近一些。从那以后，王焱刚一有空闲，都会到拱板小学去看望孩子们。他是孩子们喜爱的“王伯伯”，孩子们都把他当亲人。

2017 年 4 月 8 号，都匀市王司中学高二年级周青同学不幸身患白血病，生命垂危，急需大量血液进行输血治疗。阳光慈善团队将消息发出来后，王焱刚第一时间号召巡特警大队队员为其献血。80余名队员前往医院，21名队员成功为周青同学献血6300毫升，并成立应急献血小组，解决了周青同学用血的后顾之忧。周青的母亲流着感激的泪水，一次次向大家表示感谢。病床上的周青依旧闷闷不乐，王焱刚安慰她："你放心，安心治病，我们会一直给你输血。"周青看看母亲刚好不在病房，小声对王焱刚说："王叔叔，我不想继续治疗了。"王焱刚吓了一跳，连忙问："怎么回事？"原来，周青家经济并不宽裕，治疗白血病的医疗费用让家庭负债无数。"那天医生催交费用时，妈妈转过身去抹眼泪，被我发现了，我心里很难过，不想他们再继续借钱。"

王焱刚安慰道："周青，你不要着急，更不能放弃治疗，有困难不怕，我们一起想办法。"那段时间，王焱刚经常往医院跑，主要是看望周青，开导她。没几天，王焱刚带来近两万元钱，存在周青在医院的账户上。那钱，一半是王焱刚和队员们捐助的，另一半是王焱刚向社会爱心人士募捐所得。王焱刚还积极向当地政府反应情况，为周青争取到一笔补助金。

希望又回到周青的身上，她积极配合治疗，勇敢和病魔做斗争，终于恢复健康，重返学校。周青在她的作文中写道：人间有大爱，生命绝境处，也能绽放鲜花。

现在，周青在学习上取得进步或者遇到困难，都会在第一时间告诉王焱刚，王焱刚也会在第一时间分享周青的喜悦，或帮她解决实际困难。在周青的心目中，王叔叔早已经是她的亲人。周青是一个有志气的孩子，慢慢地，她只是向王叔叔分享自己的进步，基本不提困难了。在学习上她刻苦努力，成绩在班上遥遥领先。

九

2020年初，新型冠状病毒来势汹汹，桥城都匀，陷入一片紧张之中。

市局紧急召开抗击疫情工作会议，王焱刚和巡特警大队全体队员第一时间向党委递交请战书，发出"疫情不退，我们不退"的抗疫誓言。根据工作安排，巡特警大队的工作任务是：承担全市防疫应急处置。"防疫应急处置"，简单的6

个字，包含的是无上限扩展的工作量。

针对疫情防控需要，王焱刚科学调配警力，实现了点上控得住、线上巡得密、面上防得牢，见警灯、见警车、见警察，切实做到严防严管。针对医院、超市、菜场、隔离点等重点区域，延长巡逻时间，增强巡逻密度，确保社会秩序稳定。在巡逻过程中，加强对疫情防疫知识的宣传，纠正大家喜欢聚集的不良习惯，强化查控力度，及时发现和制止各类妨碍或破坏疫情防控工作的违法行为。

疫情期间，王焱刚和队员们共核查“鄂”字头湖北籍车辆 28 辆 41 人，协助卫健部门核查重点人员 63 人，配合护送隔离观察人员 48 人，处置疫情突发事件 5 起，执行强制隔离任务 4 次，劝导未戴口罩人员 236 人次。数据是枯燥的，但每个数字的背后，都是惊心动魄的时刻，面对的不是密接者，就是高度疑似人员。普通人闻之恐惧，不敢靠前。胸中没有大爱，肩上没有责任的人，是不可能完成这些工作的。

2020 年 2 月 14 日，元宵节刚刚过去一周。由于新冠病毒感染蔓延，这个春节的氛围与往年大不相同，缺少了年节的热闹与喧嚣。桥城都匀，大街上空空落落，没有了以往的车水马龙。

这几天，王焱刚内心还为另一件事着急。由于疫情期间出行管制，巡特警大队一直帮扶的夕阳红福利院，老人们的蔬菜早已告罄。这天一大早，王焱刚就带着 2000 多斤新鲜蔬菜来到敬老院。这儿的负责人叶阿姨激动地说：“我们还在犯愁呢，很多老人没有蔬菜根本吃不下饭。这下就好了，2000 多斤，能吃上一阵子了。”叶阿姨哪里知道，这些蔬菜，是王焱刚省出来的。每天，他都要到巡特警的厨房去跟炊事员说：“尽量给我省点蔬菜，够大家吃就行了。”他又对队员们说：“现在买不到蔬菜，只能从我们这里省，我们少浪费一口，福利院的老人们就能有一口吃的。”福利院的王阿姨让叶阿姨转达她的谢意，王阿姨说：“王焱刚这孩子真是大善人啊，这样的时候，还能想到我们这些孤寡老人，希望老天爷保佑他们平平安安！”

2020 年 2 月 15 日 13 时许，巡特警大队接到报警：有疑似病人在隔离病房闹事。都匀市新型冠状病毒肺炎（2022 年 12 月 26 日，“新型冠状病毒肺炎”更名为“新型冠状病毒感染”）定点医治点在贵州医科大学第三附属医院。放下电话，王焱刚立刻带领处置小组赶过去。在一间隔离病房外面，几个医生在门口站着，一脸的无奈。病房内传来一男一女的争吵声，特别是女人的声音，歇斯底里，还带着明显的哭腔。原来，里面住的是一对夫妻，他们从外地回都匀，有咳嗽发热现象，医院明确为高度疑似人员，要求进行隔离。两天后，这对夫妻经常大吵大闹，要求出去。今天，夫妻俩又吵得不可开交，妻子还将房门踢坏，把身子伸出悬空的窗外，扬言要跳楼自杀。医生束手无策，才报警。

医生刚把基本情况介绍完，王焱刚已经套上防护装备。他对队员们说："我一个人进去，你们都在外面等着。"正在哭闹的女人看到警察进来，就停止了哭声，悄悄坐在床上不吭声。王焱刚一直往里走，停在窗户旁，问夫妻俩是怎么回事。王焱刚心里有数，这家妻子是不满意被隔离，心中有抱怨，所以才拿丈夫当出气筒。王焱刚向夫妻二人做了自我介绍，接着把当前严峻的疫情形势分析给他们听。最后，夫妻二人终于认识到，隔离既是对他们自己负责，更是对整个社会负责。女人不好意思地说："住在酒店几天了，看不到一个外人，我心里很闷。现在我知道自己的行为不对，我保证配合隔离，不再找麻烦，不再给你们添乱。"

由于受到新冠肺炎疫情的影响，出行人员大幅度减少，黔南布依族苗族自治州血液中心存血告急，很多患者危在旦夕。得知这一消息后，王焱刚又组织巡特警大队发起倡议，号召全体队员开展"我为群众做贡献，我为大队争荣誉"义务献血活动。2020 年 2 月 23 日，王焱刚带着全体队员来到都匀市民族路献血中心鲜血，缓解了医院用血危机。

2021 年 7 月 18 日，一场突如其来的暴雨席卷了都匀地区，"团山发生险情，立刻前往救援"，指挥中心一声令下，王焱刚迅速组织 30 名警力赶赴受灾现场。据了解，现场有 7 名来自贵阳的游客因山洪暴发被困河边，另有一名群众已经被卷走，估计凶多吉少。先期抵达的消防官兵在河道的另一侧。此时，距离群众被困已过去七八个小时，贵州地区降雨过后昼夜温差大，被困时间过长极易产生失温情况，严重的可能会导致死亡。经过对现场综合分析研判后，王焱刚带着几名骨干队员向被困游客方向寻去。黑暗中，他们进行了两个多小时的急行军，赶到河边，找到被困游客。游客在冰冷的雨水里浸泡时间过长，情况危急。此时，河水不但没有停下来，反而越涨越猛。王焱刚下令："不能再等了，将绳子绑在身上，慢慢蹚水过去，看看能不能找出一条路来。"王焱刚点名让 4

名队员跟着他。他们在身上绑着安全绳，5 个人手挽着手，趟过湍急的河流。水流越来越急，王焱刚脚下一滑，身边的队员急忙将他拉住。5 个人都分别滑倒过，又被战友们拽了回来。就这样，一次次不懈的努力，终于成功将 7 名被困游客转移至山下安全地带。

作为巡特警大队的领头羊，王焱刚总是把危险留给自己，把安全留给队友。

2020 年 10 月 23 日，已经是午夜 23 时许，王焱刚接到 110 指令：在贵州省电子信息技师学院旁一工地民房内，有人企图点燃液化气罐自杀。

这样十万火急的警情，让王焱刚顾不得多想，带领大队 5 人战斗小组赶赴现场。原来一个男人与家人发生矛盾，一时想不开做出极端行为。从当天下午起，派出所民警就一直在现场劝说。男人根本听不进去，情绪越来越激动，他甚至打开了手中的煤气罐阀门。王焱刚一看，这个房间是工地厨房，屋内存有 5 个液化气罐，一旦引发爆炸，后果无法估量。

王焱刚悄悄下令疏散现场群众及其他工作人员，同时召集突击组制定攻坚计划。王焱刚提出：由消防官兵利用高压水枪对屋内煤气进行稀释，他带领突击组冲进屋内。王焱刚的意见被采纳，他对突击组的队员说："你们就跟在我的后面。"

几支高压水枪同时往屋内喷水，强大的水柱如同天河泄流，嫌疑人愣了一下，他移动了手中的打火机，做出要点火的动作。由于水雾太大，男子睁不开眼。王焱刚趁他抬手揉眼睛的瞬间，一下子冲上前，死死将嫌疑人双手按住，夺过他手中的打火机。

男子大声哭喊："放开我，我要把所有都炸掉，放开我……"哭喊声在黑暗中回旋，高亢、疯狂。大家都知道，这声音已经没有任何危险。危险在王焱刚飞快猛扑的那一秒就已经解除。

尽管王焱刚从来不会将这些惊心动魄的瞬间讲给家人听，但这种只在电视电影中才会出现的精彩镜头，总会被人们口口相传。人们都为身边有这样一个不怕死的人而欣慰、激动。

王焱刚的家人也听到了这个让人激动的故事，心情却大不一样。家人劝说他："太危险了，我们不希望你当这样的英雄。"

十

细数王猋刚获得的荣誉，那真是太多了。“先进工作者”、“贵州省我最喜爱人民警察”的提名奖、“黔南骄傲”十大年度人物、“黔南州十佳政法干警”、“贵州省最美退役军人”、“全国最美家庭”、“全国模范退役军人”、“全国公安系统二级英雄模范”、“全国最美基层民警”等荣誉称号，个人荣立二等功一次、三等功六次，带领大队全体队员艰苦奋战荣获集体三等功两次。

面对这些荣誉，王猋刚只是淡然地说：“自从穿上军装的那一刻起，我就知道，一辈子都不能让它掉色。”

人生两幸事，从戎与信史

◇ 徐必常

黄大远，贵州省遵义市红花岗区忠庄街道人，1949 年 6 月生，1968 年 2 月入伍，1969 年 2 月入党，大专学历。历经战士、文书、干事、秘书、军校学员、团政治处主任，贵州省军区机关副团职干事、副处长、处长，军分区政治部主任、副政委，大校军衔。受表彰奖励 50 余次。2004 年 8 月退休。2005 年 5 月返聘至贵州省军区编纂第二轮军事志，2022 年 6 月 22 日不再聘用移交工作。17 年里，为保存改革开放以来贵州辉煌的军事信史，黄大远甘做修志路上老黄牛，共编纂、审查志（鉴、史）等书 155 部，总计 5237.12 万字。其中编纂军事志（鉴、史）等书 26 部（本）、计 1363.6 万字，审查地级市、县级市两级军事志和军事史等书 104 部（本）、计 2836.7 万字，审查地方编纂的志（史）等书 13 部、计 758.7 万字，编写史料读物 12 本、计 178.63 万字，编写审查呈报的军事年鉴条目释文计 930 条、计 40 万字，编写图片说明和军史馆展陈大纲等、计 59.49 万字。2010 年 1 月被贵州省军区评为先进离退休干部。2012 年 7 月被总参谋部表彰为全军军事志工作先进工作者。2016 年 12 月入选贵州省地方志专家库专家，2020 年 2 月入选中央军委国防动员系统党史军史专家库专家。2021 年 7 月，中共中央颁发“光荣在党 50 年纪念章”。

一、勤敏少年

黄大远的人生一开始就和贵州大地血肉相连。1949 年 6 月 29 日（农历六月初四）出生于贵州遵义忠庄铺乡下一个叫白窖的地方。中华人民共和国成立后，行政区划为遵义市忠庄公社华兴大队白窖生产队，现在为红花岗区忠庄镇勤乐村石岭岗村民组白窖组。黄大远的父母务农，父亲曾任农会主席、乡长、大队党支部书记。黄大远有两个哥哥和一个妹妹。

黄大远从小就热爱劳动，小小年纪农村的活儿就会了很多。比如说栽秧、割草、施肥、收庄稼、晒粮食……就栽秧这事，黄大远还赢得人生中第一次奖励。那是1958年的春耕农忙季节，那时的黄大远只是一个刚满9岁的孩子，由于栽秧栽得好，被驻生产大队的负责人奖励“农庄牌”香烟一条。

当时黄大远已经上了小学。工作队的叔叔看见他栽秧栽得好，就对他说：“哎，娃儿，栽得好呢，你赶快栽，把这块田的秧栽完。”

黄大远一边埋头栽秧，一边还不忘回答工作队的叔叔。黄大远回答说：“好呢，一定要栽完。”

那是一块不小的田，少说也有300平方米。黄大远还真的把那块田的秧给栽完了，栽得有板有眼的。工作队的叔叔去检查工作后回来，手里拿着一条烟，看一个小孩能把秧栽到这种水平，就决定把手上的那条烟作为奖品，奖给了黄大远。

60多年后的今天，黄大远还记得工作队的叔叔当年给他奖励时说的话。

工作队的叔叔说：“娃儿你栽秧辛苦了，奖励这条烟给你，拿回家给你爸爸抽。”

黄大远非常欣喜又有些胆怯地从工作队叔叔手上接过烟，郑重地向叔叔鞠了一躬表示感谢。

“农庄牌”香烟当时卖5分钱一包，红皮的，和现在的红皮“中华牌”香烟包装相似。

年幼的黄大远栽完秧后，就把烟拿回家去，跟父亲说：“有个叔叔说我栽秧栽得好，就给我一条烟，我就拿给您老人家抽。”

他等着父亲接过去，也等着父亲表扬。可父亲却回他：“我才不抽你那个纸烟呢。”没有因儿子栽秧得到工作队叔叔的肯定而高兴。

黄大远小学读完四年级后，在1959年9月遇到3年困难时期，然后他就不读书了，在家学做农活。

整个3年困难时期，黄大远一直在家里从事农业生产劳动。

黄大远再次回到学校去念书是1962年9月，念书的学校名叫遵义市建设小学。黄大远深深感受到能读书真的不容易，是一件非常幸福的事，于是他在学习上特别用功。功夫不负有心人，因为学习成绩优秀，1963 年 7 月和 1964 年 7 月，两次被学校评为三好学生。

1964 年 9 月，黄大远以优异的成绩和良好的表现，顺利地升入初中，成为家里第一个上初中的“秀才”。黄大远初中就读的学校是遵义县松林中学。他非常珍惜这难得的学习机会，在学习上更加用功。1965 年 7 月，被学校评为三好学生。

这就越发激励了黄大远的学习兴趣。他在学习上加倍努力，学习成绩有着质的飞跃。他不仅学习成绩优秀，还担任班长、学校学生会主席等职务，在班级管理、学生会工作上都很出色。1966 年 5 月，他被遵义县教育局、共青团遵义县委评为三好学生。1966 年 10 月，遵义地区组织师生代表团赴京接受毛主席的检阅，松林中学根据遵义县教育局给的名额，选 10 多名师生为进京代表，黄大远自然当选学生代表。遵义县教育局集中全县师生代表编队时，指定黄大远为其中一个连的连长，松林中学的梅福江老师为指导员。1966 年 10 月 18 日，毛主席第 4 次检阅众多的红卫兵和师生，其中一个就是黄大远。

黄大远读到初三的时候，“文化大革命”开始。遵义县松林中学虽然是乡村学校，但仍然受到影响。黄大远在读初二期间，学校将他列为提前保送读中等专业学校的对象，1966 年 12 月被录取到遵义耕读师范学校。1967 年 9 月，黄大远回到遵义市忠庄公社华兴大队白窖生产队务农。

二、在军营成长

黄大远军旅生涯 36 年，这 36 年中，他从一个士兵成长为大校军官，从一名有志青年成长为党和军队的中高级干部——副师职政委。

黄大远的成长历程自然是一步一个脚印，每迈出一步都非常坚实。他用 36 年坚实的脚印，为中华人民共和国的军队建设添砖加瓦，为自己走出一条成功之路，走出辉煌的军旅人生。

1968 年 2 月，通过征兵工作严格的体检、考查、考核、政审，黄大远在众多有志青年中脱颖而出。他胸前佩戴大红花，雄赳赳气昂昂走进了人民解放军这所大学校，成为一名意气风发的光荣战士。

黄大远所在的部队叫 7578 部队，就是贵州省军区独立师。黄大远在新兵连训练结束后，被分配在师警卫队。当时执行“三支两军”任务，警卫队在贵阳市公安局搞军事管制，队部及一、二班驻局里（今大十字广场处），三班在花溪区公检法搞军事管制，四班在乌当区公检法搞军事管制。黄大远到警卫队后被安排在四班，当一名战士，投入军管工作。他向公安干警学习，积极配合完成治安巡逻、侦破案件、追捕犯人等各项工作。同时，黄大远爱岗尽职，从军事训练到政治学习，都精神抖擞。

在首长和战友们看来，黄大远好像有使不完的劲。

黄大远那一身使不完的劲，不仅用在苦练军事技能上，还用在政治理论思想知识的学习上。黄大远最爱学习的是毛泽东著作，他仅用了 9 个月的时间，就认真通读完了 4 卷《毛泽东选集》，并把书中学到的知识运用到军管工作中。他还试着写学习心得和体会。最初由于没有人指点，想到哪里就写到哪里。不过即便是这样，他所写的心得体会仍旧出色，得到了首长的表扬。

有了毛泽东思想的武装，黄大远在苦练军事技能上更加下功夫，军管工作也更加积极肯干。由于出色的表现和实实在在的成绩，1968 年 12 月，黄大远这位兵龄仅 10 个月的新兵，就被贵州省军区独立师警卫队评为五好战士。

得到了上级的肯定，黄大远在工作上更加勤奋，更加积极，工作成绩更加突出。1969 年 2 月 11 日，也就是入伍刚刚一年，黄大远光荣地加入了中国共产党。

年轻的黄大远是知恩图报的人，他从心底感谢组织对他的培养。他努力把心里的感谢转化为工作的动力，决定百尺竿头更进一步，立志以优异的成绩回报组织。1969 年 12 月，黄大远又被警卫队评为五好战士。

1970 年元月他任警卫队文书，随部队到黔东南苗族侗族自治州公安局搞军管工作。组织上加大对他的培养力度，于 1970 年国庆节后送到师教导队作为干部苗子进行培训。

在思想上不断要求进步，在业务上不断成长的他，组织上给他准备了更能够发挥他才干的舞台。1971 年元月，黄大远被提升为干部，任贵州省军区独立师政治部干部科干事，一直当到 1977 年 11 月。在这 6 年的时间里，他每一年的工作都非常突出，以至于每年都被独立师政治部表扬。

1977 年 11 月，黄大远奉命到贵州省军区政治部干部处当干事。1979 年年初，也就是在中国对越南自卫还击战之前，黄大远奉命给贵州省军区贺明政委当秘书，一直当到 1983 年 6 月贺明政委离休。

黄大远在新的岗位上更加尽职尽责，他知道政治工作是军队工作的生命线，每一点都马虎不得。好在黄大远一直以来都不马虎。然而他自己认为的不马虎，是不是能够达到组织上要求的不马虎呢？政治工作可是千万马虎不得的。黄大远给自己定位，作为一名党和军队培养了多年的政工干部，必须努力做好政治工作，在学中做、做中学，将工作越做越好。

黄大远虽然被提为干部，却一直保持着农村孩子勤劳肯干、任劳任怨的本质，他一直认真做好干部工作，完成领导布置的任务。同时，他事无巨细地为领导和同事们服务。比如说他在独立师政治部干部科当干事那些年，他每天出了早操、吃了早餐后，就到办公室拿上开水壶，把开水打好，把首长的茶泡好，把办公室的卫生打扫干净；到冬天的时候，把铁炉子捅好，把火烧好。除了星期六的晚上外，每个晚上他都在办公室，做一个闲不住的人。

黄大远非常感激组织派他给贺明政委当秘书。贺明政委久经沙场、戎马一生，是中华人民共和国开国少将，1936 年参加革命，亲身经历了抗日战争、解放战争、抗美援朝战争，曾荣获二级独立自由勋章、二级解放勋章和朝鲜民主主义人民共和国三级国旗勋章，1988 年被授予一级红星功勋荣誉章。黄大远做梦也没有想到，他能在贺明将军身边工作，而且一工作就是 4 年的。

黄大远在这段时间成长非常快，业务上越发精进。1981 年 12 月，因工作成绩突出，黄大远被贵州省军区政治部嘉奖一次。他还在通讯写作上做出了骄人的成绩，1982 年 12 月因新闻报道成绩突出，被昆明军区《云贵民兵》杂志社评为通讯报道三等奖。自此，黄大远从手握钢枪的优秀军人，成长为既能紧握枪杆子，又能熟练运用手中笔杆子的优秀军人。

三、学成归来

人们常说“近水楼台先得月”，而对长时间工作在政治部干部部门和首长身边的黄大远来说，他得到“月”的时间，却是在好多人之后。

黄大远一直要求进步，不仅是政治上和业务上的，他在知识上更是如饥似渴。黄大远一直牢记着《毛泽东选集》第三卷那篇《文化工作中的统一战线》文章，关于文化与军队的见解。那是1944年10月30日，毛泽东主席在陕甘宁边区文教工作者会议上的讲演。毛主席在讲演中说："没有文化的军队是愚蠢的军队，而愚蠢的军队是不能战胜敌人的。"

中国人民解放军自然是有文化的军队，但黄大远只上过初中，虽然一直以来他都在努力学习，却一直以来都没有系统地学习专门的文化知识，他怕自己所学的文化知识不够，适应不了军队建设的需要。

黄大远一直想去上大学，特别是从大学招收工农兵学员起。就工农兵学员来说，黄大远少说也是和"农""兵"紧密联系在一起的，自己又在政治部的干部科，自然也起了一番"近水楼台先得月"的心，但始终没有如愿。那时贵州省军区政治部每年都将贵州大学分配的名额安排给独立师。1974年，南京大学汉语与文学专业也招部队学员。黄大远每年都给组织提出申请，组织上每年都没有批准他。有一次，当黄大远又去申请的时候，干部科的领导就语重心长地用毛主席的话对黄大远说："读书是学习，使用也是学习，而且是更重要的学习。"这句话是毛主席语录，黄大远早就把它背得滚瓜烂熟。

不能去大学学，就在军营里学。黄大远既然做了政治工作，就利用业余时间索性把有关政治工作的知识学透。军营不仅是一个炼钢炉，更是一所大学校，黄大远在军营里加强锤炼自己的政治品性和军事本领，不断把政治工作的知识学好和运用于实践。

黄大远在学中用，在用中学，实践出真知，以至于组织派他去给贺明政委当秘书时，他对秘书工作得心应手。

黄大远在给贺明政委当秘书的时候，全军军校开始对军队干部进行培训。那时他已经是副营职秘书了，他知道自己肩上的责任，虽然怀揣一颗强烈渴求知识的心，但看到贺明政委没日没夜地为省军区建设操心，请求首长让他去军校学习的话，好几次都到了嘴边，最终还是强忍着咽了回去。

贺明政委自然是把积极要求上进的黄大远的一行一动看在眼里，把黄大远渴求进军校深造的事放在心上。

黄大远最终还是"得月"了的，不过在大部分人看来，这"月"得有些迟。要不是贺明政委亲自关照，这迟到的"月"，也可能会和他失之交臂。

那是 1983 年，贺明政委在离休前夕，亲自给政治部主任说，黄大远同志工作情况特殊，耽误了他学习培训，看能不能网开一面，给他一次学习深造的机会。

这才有了黄大远由组织选送，去南京高级步兵学校为期两年深造的机会。

黄大远学的是军队政治工作专业。他原本认为这一专业学起来很轻松，因为他有着 10 多年从事军队政治工作的经验。学起来他才知道并不轻松，因为知识的海洋无边无际。学海无涯，他只有苦作舟，才能抵达知识的彼岸。

黄大远学习是用功的，他很快就掌握了学习方法和要领，他越学越有劲，越学越有兴趣，两年时间好像一眨眼就过去了。1985 年 7 月，他在南京高级步兵学校获大专文凭，被评为优秀学员而毕业，以优异的成绩回到贵州省军区政治部。

学成回来后，他接受了组织的验收。组织对他的学习成绩很满意，又把他安排到秘书处工作，提升为正营职秘书。

有了系统知识的武装，加之他历来积极肯干，工作勤勉，工作开展起来事半功倍，收到的成效立竿见影。

回来也就是几个月，到 1985 年 12 月，他因工作成绩突出，被贵州省军区政治部嘉奖一次。1986 年 4 月，组织对他委以重任，提升他担任兴义陆军预备役师第三团政治处主任。

黄大远在新的岗位上工作了两年，在这两年里，他全身心投入到工作中去。他一手抓好团的政治工作，一手做政治工作研究和新闻采写报道。这两年内，他被兴义预备役师嘉奖两次；因政治工作研究成绩突出，被贵州省军区政治部《政工简报》评为一等奖；他撰写的《预备役部队发展战略思考》一文，在成都军区 1987 年后备力量建设学术讨论会上被评为优秀论文，他撰写的《组建预备役部队是个好办法》一文，在成都军区召开的新时期军队建设思想研讨会上被选用。因采写新闻报道与通讯成绩突出，他先后被贵州省军区政治部、兴义军分区政治部、兴义预备役师政治部奖励，被贵州省军区政治部评为 1987 年优秀新闻报道员，还被贵州省军区授予 1987 年军事学术研究显著成绩奖。他因军事学术研究成绩显著，被贵州省军区于 1988 年 4 月记三等功一次。

四、大显身手

1988年3月，黄大远接组织调令，重新回到贵州省军区政治部。这回他出任的是组织处副团级干事。

回到原来的部门，走上新的岗位，黄大远意气风发，他下决心要以更优异的成绩回报组织，在新的岗位上勇立新功。黄大远目标明确，意志坚定，行动迅速，说干就干，各项成果呈井喷之势。在1988年4月至1991年2月不到3年时间里，受到上级表彰10次。这10次中，有出色完成任务的嘉奖，有在军事学术研究上取得优异成绩的奖项，有新闻通讯报道工作成绩突出的奖励，有被表彰为优秀共产党员和优秀党务工作者。最为出彩的是，在不到3年的时间里，黄大远被贵州省军区记三等功3次，其中筹备召开贵州省军区第八次党代会立功1次，年度工作成绩突出立功1次，参加都匀陆军预备役师军事训练试点完成任务好立功1次。

1990年年底，黄大远走上了更重要的工作岗位，任秘书处副处长；1991年8月，提升任群联处处长。

群联处的工作主要是群众工作和联络工作，群众工作就是做双拥工作，联络工作就是做对台湾宣传工作，重点宣传在党的领导下改革开放取得的成就，人民生活的改善，以及党和国家的对台政策。

黄大远带领全处在对台宣传工作上表现突出，1991、1992、1993年，连续3年均被成都军区政治部表彰为先进单位；处里的拥政爱民工作，被成都军区评为“拥政爱民先进单位”；1993年年底，群联处被贵州省军区政治部评为先进处。

黄大远在群联处处长岗位上，个人成绩也十分突出。1992、1994年两年度被成都军区政治部表彰为对台宣传工作先进个人，以及各级、各类、各项表彰，总计有9次之多。

黄大远的对台宣传工作不只是在任上，在他升任副师职领导干部以后，仍旧不遗余力地做对台宣传工作。因工作成绩突出，被成都军区政治部两年度评为对台宣传工作先进个人，被贵州军区政治部6年度评为对台宣传工作先进个人。

1996年1月，黄大远升任为副师职干部。其中，1996年1月任兴义军分区政治部主任，1999年6月任都匀军分区政治部主任，2001年8月任贵阳军分区副政委。

黄大远到贵阳军分区任副政委之前，军队进行调整改革，省会城市的军分区全部撤销，改为军事工作处，贵阳军分区改为贵阳市军事工作处。因工作上管10个县（市、区）人武部，要推进工作，最后还是对外叫贵阳军分区。

那段时间，贵州省军区副参谋长兼任贵阳军分区司令员，省军区政治部副主任兼贵阳军分区政委，黄大远任贵阳军分区副政委。

2003年12月，成立贵阳警备区，军事工作处撤销，贵阳军分区名称不能再用。

那时，黄大远还有半年多就退休了，首长却给他肩上压担子。首长对黄大远说："命令就不给你下了，但是你还要工作，任警备区党委常委、纪委书记。"黄大远挑着担子，一直干到2004年7月下旬，组织给他下了退休命令为止。2004年8月，黄大远移交了工作，正式退休。

黄大远历经36年的军旅生涯。在这36年里，累计受各类表彰奖励50余次。其中，1988年至1991年，连续4年荣立三等功；1990年7月1日成都军区党委评为优秀党务工作者；1995年4月贵州省精神文明建设指导委员会、中共贵州省委宣传部授予他1992—1994年度省精神文明建设先进工作者称号；1995年12月中共贵州省军区委员会评为廉洁勤政先进个人，贵州省扶贫开发领导小组评为贵州省"八五"期间扶贫开发先进个人……

一路上，黄大远始终保持勤奋刻苦的学习精神、踏实肯干的工作作风，以对党和军队的无限忠诚，以对军队事业的无限热爱，以骄人的成绩，向党和军队交上了满意的答卷，谱写了自己人生的辉煌。

五、受命修志

黄大远退休后的打算是陪着爱人到全国各地走走，欣赏祖国的大好河山，拜访老朋友。黄大远的孩子都学有所成，大女儿毕业于贵州大学，二女儿毕业于天津医科大学。他觉得欠爱人的太多，由于一直在部队上，很少有时间陪她。爱人是贵州省交通医院的内科主任，于2004年年底退休。黄大远想，这下好了，有时间还上之前欠下的时间债了。

在等爱人退休的4个月里，黄大远几乎包揽了所有的家务活，以弥补在职期间家庭方面的“缺课”，又可以每天有效地活动身子骨。黄大远还充分利用做家务空闲下来的时间看书练字。看书学习是黄大远一直以来的习惯，之前是从繁忙的工作中挤时间，现在直接把时间安排得很妥当。练字是黄大远一直以来的心愿，他的毛笔字和钢笔字都写得很不错，他还专门系统地学习过书法。1987年4月，从江苏省无锡书法艺专函授毕业。他的毛笔书法受颜真卿的影响很深。苦于没有大把的时间，现在有时间了，他得把书法课补回来。

爱人的退休手续是2004年12月办的，移交完工作，一脚就迈进2005年的门槛了。这门槛一进，两人先是忙于全家人过元旦。过完元旦，两人稍事调整，又投入到备年货中去了。那一段日子，黄大远觉得过得最有味道，合家团圆，含饴弄孙，颐养天年。这就是他想要的退休后好日子的味道。

过完春节就到了3月，3月的贵州乍暖还寒。黄大远和爱人商定，一到4月，想去哪儿旅游就去哪儿旅游。

当日子欢天喜地跑到4月，情况却变了，去不了。

一进入4月，组织就让人给黄大远传话，请他出山去修志。

黄大远听到后就是一愣，表示要与爱人商量后再定。他和爱人已经约定好了，大丈夫一言既出、驷马难追。况且不只是追不追的事，是他多年来欠下的亲情债。

黄大远在心里盘算，这事呢，还得多谢组织上器重。但欠下爱人的债呢，他又想还。这事让他两难。他想只要组织需要，随时奉命。他将修志的事与爱人商量，表示欠的债一定偿还。爱人听后说，老夫老妻的，哪有什么债要偿还，你喜欢的事，组织又需要，你就去做吧！

黄大远回复传话的人说：“哎呀，我都休息了，修志的事就算了。”

那人笑笑地看了他一眼，什么话也没有说。

黄大远知道，这事肯定是铁板钉钉了。

结果是，刚过完2005年五一长假，5月9日，黄大远准时去贵州省军区军志办报到了。

一报到才发现，这个军志办主任是老乡、老战友，叫刘德友，湄潭人。在机关时，大家都是处长，黄大远从兴义军分区政治部主任岗位调到都匀军分区任政治部主任时，刘德友调兴义军分区当参谋长，后来任兴义军分区副司令员。

刘德友握着黄大远的手说：“老乡、老战友，请你来帮我一程。”

黄大远爽朗地回答：“行。”

刘德友问：“一言为定？”

黄大远爽快地回答：“一言为定！”

就这样，黄大远一头就埋进修志工作中去。

六、17年坚持

2012年7月27日，全军军事志第三次工作会议在北京召开，总结部署了全军军事志工作，要求要适应形势需要，努力探索实践，积极推动军事志工作持续深入发展。总参谋部下发了关于“表彰全军军事志工作先进单位和先进工作者”的通报。

中国地方志指导小组常务副组长、中国社会科学院原副院长朱佳木应邀出席会议并讲话。

全军军事志指导小组成员，各军区、省军区军事志指导（领导）小组组长，办公室主任，受表彰的全军军事志工作先进单位和先进个人代表，军委办公厅、四总部、各军兵种、武警总部机关的有关领导共150人出席会议。

在这次会议上，黄大远作为先进个人代表，作了题为“甘做修志路上老黄牛”的交流发言，发言完毕，赢得全场热烈的掌声。

从担纲修志工作起到走上修志工作最高领奖台和发言台，黄大远用了7年多的时间。黄大远用7年的时间甘于寂寞，勇于奉献，在青灯黄卷中，在原本不是很熟悉的另一个战场，实现了人生的又一次超越。不过，在长达17年的马拉松式的长跑修志征程上，7年多的时间，还不到一半。

关于修志，黄大远自然不是很陌生。他在给贺明政委当秘书的时候，就接触过这项工作。黄大远喜欢看军史方面的书，差不多是一有空，就跑到军志办去，去了以后一方面是请教有关军史的知识，一方面是看有新书没有。如果有，他总会讨上一两本回来。就这样他喜欢上了修志工作，但喜欢归喜欢，他从没有想过在退休后，自己的喜欢变成了职业，而且一干就是17年。

我问："黄老，这 17 年是怎么走过来的？"

黄大远回答说："把铁心修志落实在坚持上，专心做自己喜欢的事。"

黄大远说的坚持有 4 个。

第一是在繁重任务中坚持。黄大远担纲修志的背景是，贵州省军区在第二轮修志刚开始的几年进展较慢，在成都军区处于滞后状态。根据成都军区首长的指示，为加快修志步伐，贵州省军区决定军志办单独办公，采取抽调现役干部和回聘离退休干部相结合的办法落实修志人员，调兴义军分区副司令员刘德友任军志办主任，确定了现役干部和回聘人员，要求把这个工作搞上去，搞好。这任务，具体落到军志办全体人员身上，也落到黄大远肩上了。

黄大远一肩扛起滞后的活儿，感觉到任务实在是重。因为未接工作之前搜集的资料很少，完全无法满足修志的需要。任务压在头上，开始对业务又不是很内行。黄大远选择在学中干、干中学，学以致用。他把能利用上的时间，要么是用在搜集资料上，要么是用在学习上。

任务一大堆，既要修志书，又要编《贵州年鉴》省军区部队建设的条目释文，《成都军区年鉴》要编贵州省军区条目释文，还要参与写贵州省军区史等。

黄大远到职后，与大家一起努力，截至 2005 年下半年，就编纂出二轮《贵州省军事志》资料长篇，呈报给成都军区。

这并不能给人松口气，因为一连串的任务排着长队在等。黄大远除了编纂军事志书之外，贵州省地方志办公室赋予的一些编修任务还要完成。还有贵州省 9 个市州和全省 88 个县级的第二轮军事志书，以及《贵州省军区后勤史》《贵州预备役师史》都要审查。这些工作，都需要黄大远去做。

黄大远与军志办同事们一直没日没夜地忙，不分周末，不分节假日。他们既编纂出省级志书，又要审查市、县两级军事志的书稿。这些都是耗时间和精力的事情。经过辛勤耕耘，按照中央军委规定的时间，到 2010 年，全省三级军事志书共 98 部全部出版，突出记述了 1978 年党的十一届三中全会至 2005 年贵州区域军事的新发展、新成就和新面貌，也算是一件欣慰的事情。

贵州省军区编辑《贵州军事年鉴》是中央军委 2006 年部署的任务。这是一项繁重的工作。从 2007 年起，直到 2022 年 6 月，黄大远一直在编纂这部年度军事年鉴。即使在 2017 年军志办撤销、人员减少的情况下，黄大远都没有停止这项工作，共编纂了15年卷，全面、系统地记述了各年度贵州区域军事活动情况，为新一轮军事志编纂积累了资料。

第二是在人员减少中坚持。黄大远刚开始担纲修志的时候，军志办有主任1人，现役干部3人，还聘请了1名转业干部写《贵州省军区史》，另有1名驾驶员，加上他，一共7人。可没多久，人员变动就频繁了。刘德友主任退休了，其他人员呢，刚熟悉业务就调走了，又换上不熟悉的人，等来的人从不熟悉到熟悉，又调走了，只剩下黄大远和姚启勇、谭玉党，就他们3人。再后来姚启勇转业到贵州省委党史研究室，现在任一处处长；谭玉党调任六盘水市钟山区人武部副部长，最后只剩下黄大远1人。他从2017年起一个人担当修志，坚持了5年之久。

第三是在机构改革当中坚持。在深化国防和军队改革中，2016年元月，成都军区撤销，贵州省军区改归中央军委国防动员部领导。2017年7月，贵州省军区进行调整改革，撤销了军事志办公室。黄大远手上这些工作，原来是一个办公室六七个人干的，现在办公室没了，工作归到贵州省军区政治工作局的宣传口去管。管理方式是让一名现役干部来做一些协调工作，具体业务工作就是黄大远一个人做。他一人从2017年机构改革以后，一直坚持干到2022年6月。2022年6月，组织上考虑到黄大远年事已高，出于对他的关心和爱护，才决定不再聘用，他才将工作做了交接，离开坚守17年的修志岗位。

第四坚持黄大远却不愿谈及。黄大远所坚持的，是在极端气候环境与病痛中，一直坚持工作。17年里，不论炎热伏天，还是数九寒冬，黄大远都坚守在修志岗位上。2008年初，贵州遭遇一月多的特大凝冻灾害，当时贵州省军区大院凝厚路滑，他却每天走路到办公室编纂志稿。再是他患痛风，不时发作，严重的时候，引起脚拇指肿痛，行走困难，但他仍坚持上班。这17年来他一直坚持，从未退缩过，对自己的付出，无怨无悔。

七、硕果累累

修志工作，黄大远从始至终都是认真的，认真得出乎常人的想象。

在案头，他用钢笔工整地写有两张纸条。一张写的是“思路清、目标明、计划好、抓紧办、效率高”，另一张写的是“宁愿自己多费心，确保志书不失真”。黄大远说：“前一张写的是我对自己的工作要求，后一张写的是我对自己修志工作的要求，算是我的座右铭。”

黄大远还说：“编纂地方志是一项永不断章的事业，修志人要有淡泊名利、甘于奉献的品质以及恪尽职守、锲而不舍、开拓进取的精神，才能做好这项工作。”这句话他没有写在纸条上，而是说出来，并付诸行动，他言行一致。

他在这方面的经验主要是：编纂一部志书，宏观上篇目设置要全，入志资料要实，内容记述要准，文字表述要精，图片编配要好。具体到军事志上，就是严格把好政治关、保密关；对入志资料的取舍，文字的表述，数据的使用，都需要特别注意保密问题。

就拿学习这件事来说吧。黄大远 56 岁重新走上一个全新的工作领域，他得从头学习新知识新业务，学深研透。为此，他买来了一大堆业务书，一本一本地啃。他自费购买方志理论书籍，达百余部。比如《军事志编纂理论与实践》《地方志工作条例》《军事志编纂工作规定》《军事志编纂细则》等。这些书，他都不止一次通读。他在读的同时还做笔记，这笔记最后成了他最用得上的工具——《军事志编纂百题问答》。

光学业务知识还不够。由于志书的特殊性，有着明确的指导思想。黄大远就着重深入学习理论，学习历史唯物主义的观点和方法；学习国务院、中央军委关于修志工作的条例、规定、指示，学习全国历次地方志工作会议的精神和全军军事志第一、二、三次工作会议文件，用正确的思想武装头脑。

黄大远一有时间和机会，就主动向贵州省内省外修志专家请教。他利用贵州省地方志办组织的二轮省级志书评审会，全军、成都军区军志办工作组来检查修志工作的机会，虚心向各路专家请教。让黄大远受教最深和收获最丰的，是当面请教方志出版社夏红兵编审，当面沟通修改意见。使他视野大开，一下子就拓宽了思路，掌握了更多的修志技巧。

对于修志这项艰难、辛苦、清苦的工作，黄大远 17 年甘于寒灯冷凳，乐于动笔爬格子，当好资料收集员、志稿撰写员、图片编配员和样稿校对员，凡遇到拿不准的史实、人物、时间、地点、数据等问题，都要查找资料反复核实才定稿，以提高志书质量。

视野一开阔，思路一拓宽，技巧一熟练，工作一扎实，黄大远在修志路上如虎添翼。时间在他脚下跑得飞快，学问越做越深，成果越积越多，荣誉纷至沓来：

2010 年 1 月，贵州省军区评为先进离退休干部。

2012 年 7 月，总参谋部表彰为全军军事志工作先进工作者。

2016 年 12 月，入选贵州省地方志专家库专家。

2020 年 2 月，入选中央军委国防动员系统党史军史专家库专家。

黄大远不仅个人获得了荣誉，还为贵州省军区修志工作从滞后跃为先进立下了汗马功劳。他与军志办的同志共同努力，修志工作一年比一年好，贵州省军区先后被表彰为全国全军和成都军区修志工作先进单位，编审的一些年度的《贵州军事年鉴》被贵州省和全国评为一、二等奖。

还有一些荣誉本应属于他的，他却让给了更需要的人。一直以来，他都不计个人得失。早在黄大远当群联处处长期间，1994 年根据贵州省的通知和分配的名额，群联处干部承办呈报推荐黄大远为省劳动模范时，他谢绝了，将这一名额让给了另一干部。16 年后，黄大远修志成绩突出，按照上级 2010 年下达的名额，军志办呈首长审定黄大远为上报推荐的全国修志先进个人，但他从大局出发，为推进省军区全区的修志工作，将这个名额让给军分区修志的一名现役干部。

支撑这些荣誉的，是他用 17 年的心血和汗水，浇灌出来的累累硕果。

黄大远对每年的史志年鉴工作要点，向上级工作组的汇报材料，首长在史志鉴工作会上的讲话稿，修志情况通报，都参与拟稿或修改。

黄大远积极当好基层修志的服务员。当贵州省军区所属各军分区（警备区）及 20 余个人武部修志人员到军志办汇报修志问题时，他都十分热情细致地与来人研究，并提出中肯的意见和建议。他与军志办的同事一起，对 104 部市县级军事志和军史文稿集中阅改，从篇目设置要全、入志资料要实、内容记述要准、文字表述要精、图片排版要好等方面，提出具体要求。他亲自拟稿下发的修改意见，就有 6 万余字。他先后到各军分区（警备区）和 40 余县（市、区）人武部帮助修志，每到一个单位，不顾乘车劳累，稍事休息就抓紧阅读志稿，及时提出修改意见，当面对编纂人员释难解疑。

为了增强编纂人员的业务素质，他认真备课，多次在省军区和部分军分区举办的修志编鉴培训班上授课，传以知识，帮以方法，带以提高。他的授课全是“干货”，受训学员都收获满满。

黄大远修志不只热衷于编纂、审查和传帮带，还热心于红色文化传承和传播。

红军长征在贵州活动时间最长、活动范围最广，为后人留下了宝贵的精神财富，贵州是名副其实的“精神高地”。

在黄大远看来，弘扬长征精神，开发利用军事志资源，是每个军事志编纂人员的义务。他既要着眼把这一段历史资料编好，又着手让其传播开来。

2011 年，省军区党委提出要编写图文并茂的贵州红色战例，传承、弘扬贵州红色军史文化。为落实省军区党委安排要求，黄大远与编辑部的同志一起拟制编纂方案、收集资料、选配图片、撰写书稿。2012 年 3 月，以红军转战贵州、解放贵州、剿匪斗争为主题，汇编了 50 个经典战例，字数约 30 万字的《贵州红色战例选编》出版。2013 年 12 月，黄大远他们以在编纂《贵州红色战例选编》过程中收集到的大量翔实资料为基础，又编印了汇集 500 余个战斗故事的《贵州红色战事汇集》。

黄大远还参与了贵州省档案馆《红军在贵州史料汇编》的审查工作等。

黄大远热心于军史馆展陈升级、校园红色文化建设等工作。他帮助清镇职教城实训中心、贵州装备学院、贵阳警备区军史馆编写、审查展陈大纲，为清镇职教城实训中心涉及红军长征到贵州的内容亲自写了前言，为贵州装备学院红色文化园撰写了红军长征的简介，在传承红色基因、弘扬红色文化上尽了心、出了力。

黄大远在 17 年修志中，耐得住，坐得住，静得住，踏踏实实做自己喜欢的事，编记载史实的方志书，当红色资源的传承人，做强军文化的耕耘者，贵州省档案馆（贵州省地方志编纂委员会办公室）主办的《贵州档案方志》2021 年第 5 期，以《一位军人的方志情怀》为题，对他做了专题记载和宣传。

八、赤子情怀

2012 年年底，贵州省军区的退休干部，交给贵阳市军队离休退休干部第二休养所统一管理服务。黄大远到干休所后，首先任老干部党支部省军区院内退休干部党小组组长。当时，干休所250来名离退休干部组成一个支部，下设数个党小组。省军区院子的退休干部党员为一个党小组，他被推选为这个党小组组长，他履行职责，认真开展党小组的各项工作。2018年11月，党中央印发了《中国共产党支部工作条例（试行）》，按《支部工作条例》规定，每个支部不能超过50个党员。这样，贵阳市第二军休所老干支部分成了5个支部，黄大远当选第二支部书记。2020年10月，黄大远当选所总支委员。作为支部书记的他，一边忙于修志，一边忙于组织党建工作，开展党建活动。黄大远每年都认真按照《支部工作条例》的规定和所总支的要求，保质保量完成任务，好多工作得到了所总支、所领导的肯定。黄大远做支部工作与时俱进，鉴于军休干部年老体弱，行走不便，居住又分散，为便于开展工作，他在干休所5个老干部支部中率先建立支部微信群，搭起便于为军休干部服务管理的平台。他把集中上党课与微党课相结合，在群里给大家上微党课，他的微党课的题目非常接地气。从2020年6月起，他在微信群里给第二支部党员上了“退休干部时刻记住自己是共产党员”“军休干部要自觉学习《习近平谈治国理政第3卷》”“在新征程上争做合格党员”“学习党史是军休干部党员的终身必修课”“军休干部走好新的赶考之路”“在新征程上继续发光发热”等课程。用微党课这种形式上课反响很好，党员都乐于接受。在落实所里布置的各项工作上，第二支部都有落实。第二支部军休干部有什么问题反映，在支部解决不了的情况下，黄大远都及时跟所里面报告。因为做得好，第二支部被贵阳市退役军人事务局列为“筑固工程”党建示范点。

黄大远还在支部里创造性开展了送精神蛋糕活动。第二支部都是些老同志，每年老干部们过生日的时候，所里发生日慰问费，支部没有钱，黄大远就给军休干部打电话，代表支部祝老干部们生日快乐。这项活动深得人心。

黄大远对党和人民一片情深，他深爱着党，也深爱着党领导下的人民。像2008年汶川地震、2020年初新冠肺炎疫情等灾难来临之时，他都捐款捐物。在中国共产党成立100周年这个特殊日子，他交上一份特殊党费。

2008年四川汶川地震时，当时黄大远交特殊党费500元，过后感到交少了，他就让爱人陪着他，购买了500块钱的物品，到解放军第四十四医院慰问住院的汶川受伤灾民，特别是小朋友灾民。2020年新冠疫情的时候，他先是捐款

1000 元，再是给母校松林中学捐资 1000 元，并多方协调，给松林中学捐赠了抗疫紧俏物资——口罩 500 只。

特别是在 2021 年 7 月 1 日党的百年诞辰，他一大早就守候在电视机前观看纪念大会直播。刚看完，就和爱人商量，他要交特殊党费。

他说：“今天是我们党成立 100 周年，我作为党员感恩党，我去交特殊党费。”

他爱人非常支持，立马去准备。

黄大远激情满怀，他想到党对自己的培养，党领导下的中国取得的巨大成就和中国人民过着幸福祥和的好日子，他手捧着“光荣在党 50 年纪念章”，幸福之情难以言表。

于是，黄大远给干休所陈勤书记去了个电话。

他在电话这头说：“书记，我要来跟你们汇报个事。”

陈勤书记问：“什么事？”

黄大远卖了个关子：“我来了以后再说。”

黄大远讲到陈勤书记办公室，说的第一句话是：“我来感恩党。”说完，就郑重地把 10000 元的特殊党费，递给陈勤书记。

陈勤书记没有直接接下，而是立即召集班子成员，还有在岗的党员同志，给黄大远举行了郑重的交特殊党费感恩党的仪式。几家新闻媒体闻讯而来，纷纷作了报道。

九、继续前行

2022 年 6 月 22 日，组织出于年龄和身体健康上的考虑，决定让黄大远卸任修志工作。

黄大远并没有因解聘修志而停止前进的步伐，而是以一个老党员、老军人的姿态，不忘初心使命，继续前行。

黄大远不修志了，进入真正的退休生活。他周密计划退休生活的内容，既做家务又要读书，既要健身又要习字，既要游玩又要做事，重点是学习而武装头脑，履职而落实党建，研志而有所作为。

黄大远继续钻研学习，固思想之本，补精神之钙。党章是最根本的党内法规。他首先从重温党纲党章开始，将马克思、恩格斯的《共产党宣言》通读了两遍，把中国共产党一大到十九大的党章通读了一遍，进一步把党纲、党章搞清楚，自觉做到严格遵守党章，切实贯彻党章，坚决维护党章，坚持按照党章办事，使自己“光荣在党 50 年”的历史赓续下去，立志永远跟党走。

黄大远履行支部书记职责，讲政治，抓大事。在党成立 101 周年的纪念日，他给支部全体党员上了题为“牢记七一，永跟党走”的微党课。为庆祝人民解放军建军 95 周年，他组织本支部军休干部举行了重温军人誓词宣誓。2022 年 8 月 21 日，他生病住院，在病床上他在支部群里对支部将要学习 8 月 30 日中共中央政治局会议精神作了安排。2022 年 9 月初出院后居家养病。当 9 月 9 日中共中央政治局会议经央视报道后，他带着虚弱的身体，在支部群发出微信，要求全体党员认真学习会议精神，深刻认识召开党的二十大的重大意义，深刻理解中央对召开党的二十大做出的部署要求，以实际行动喜迎党的二十大胜利召开。10 月 8 日，他主持召开支委会，要求本支部各位军休干部党员自觉收听收看党的十九届七中全会和党的二十大召开的盛况，认真学习会议精神，把学习落到实处。

2022 年 9 月 1 日新冠肺炎疫情在贵阳市爆发，随后贵阳市实施静态管理。黄大远落实规定，居家防疫。他不顾患病体弱，3 次在支部群发出微信，要求各位军休干部自觉执行防疫规定，尤其是省市联动指挥部临时静态管理的公告，切实做好疫情防控，确保身体安康。针对静态管理时间长、居家防疫久的情况，黄大远给本支部 42 名军休干部逐个打电话，了解他们身体、生活的情况，告诉他们要增强信心，战胜疫情。对部分军休干部反映的生活物资保障问题，他第一时间向所领导汇报。所里将联系协调情况向军休干部作了反馈。静态管理结束后，他又发微信，提醒各位军休干部疫情还没结束，思想不能松懈，防控不能放松，要坚防严控，直至取得胜利。

黄大远心系方志，解聘不丢志，继续研方志。他舍不得同伴 17 年的修志工作，利用不去上班修志后的充足时间，全面回顾 17 年修志情况，认真总结 17 年修志经验，丰富完善原编写的《军事志编纂百题问答》，为军事志新一轮续修的后来人留下可以借鉴的经验。他利用志书资源，在 2022 年国庆假期中，从两轮省人物志、民政志以及史书中查找为革命烈士列传的资料，为省委党史研究室一处编《贵州革命烈士传》第三辑提供了 100 余人的名单。若有战，召必回，一旦军事志工作需要，黄大远将会发挥银发老兵的作用。

黄大远对他所经历的戎马生涯，充满幸福的回忆。他说：“我有幸经历了两段幸福的成长，一段是在现役中成长，一段是退休后在修志中成长。”他感谢党，感谢军营，感谢时代赋予的机会，感谢所有的人。

年逾古稀的黄大远老人，活到老、学到老，改造到老，他用真实的行动，践行一名党员、一名军人的使命与担当，在新的赶考路上，奋勇前行。

电闪雷光

——科技尖兵雷光新炼成记

◇ 张　婷

比起树上抓鸟，水里捕鱼，百货大楼里琳琅满目的柜台，承载了雷光新对未来所有新奇的幻想。

“妈妈在楼上上班，我就在里面闲逛。直到有一次，我看到了玩具柜里的电动机……”

1969年出生在贵州省贵阳市花溪区的雷光新，在念小学三年级时，第一次对这种新鲜的电子产品产生了好奇。虽然年幼，他也知道两块多钱的价格并不便宜。可是柜台后的电动机像是有魔力一般，勾起了他全部的好奇心和求知欲。

他犹豫了很久，终于鼓起勇气向母亲说出了自己的愿望：“如果我在期末考试考好了，可以作为奖励给我买一个吗？”

自此，种子种下，慢慢地生长。它一寸寸破开智慧的土，发芽、出叶、抽枝、扭转躯干，变换姿态，同时脚下的根扎得很牢，坚韧且灵活。

梦想在那根标注兴趣的神经上升腾跳跃

几个月后，雷光新拿着优异的成绩单，兴冲冲地跑进百货大楼，如愿以偿地拥有了那台电动机。

“因为来之不易，我就每天拿来钻研，用它做船做车，做出了很多东西……”回忆起自己最早的那个电动机，雷光新眼里依然闪烁着骄傲的光芒。

小小的电动机，在少年的心里从此扎了根。他身上总有一种求知的欲望，总想知道，各种玩具或者电器装备里边到底是什么结构。所以，他总想通过拆卸的过程，尽快掌握各类设备的技术特点。

小学毕业后，雷光新高分考入了花溪中学。科技活动一直是这所学校的特色，梦想的种子很快在这片土壤里生根发芽。除了平时的学业，雷光新将自己的时间都花在了课外科技活动上面。

看着自己的儿子每天“不务正业”，经常课后将自己关在房里，如痴如醉地捣鼓科技发明。时间一久，雷光新的父亲坐不住了：“你这样下去，影响了学习怎么办？”

雷光新抬起头，盯着自己的父亲：“我刚刚考了第一名，还被选为班长……”

为了腾出时间参加科技活动，雷光新总是抓紧时间完成作业，久而久之，学习的效率变得特别高。而在进行科技活动的过程中，每次遇到困难和挫折，雷光新都会大量查阅书籍，弄清楚来龙去脉，丰富和扩充自己的知识面。

兴趣是最好的老师，不知不觉间，雷光新已经在这条路上走出很远。

初三那年，他接到了去甘肃兰州参加全国青少年小发明比赛的通知。从贵阳坐火车到兰州，要20多个小时，对于13岁的雷光新而言，更是第一次离开父母。和老师一起，坐上火车的那一刻，他感到有些紧张，但很快就被兴奋和期待填满，他又想起了自己小时候第一次在百货大楼柜台前见到电动机的场景，而这一次是全国的比赛，一定有很多厉害的发明！

在兰州的比赛现场，他信心满满地拿出了自己发明的多功能弹簧秤，认真地讲解演示。小小的身影，吸引了现场所有的目光。比赛结束，雷光新获得了二等奖，并且申报获得了国家专利授权。

因为有科技活动小组，初中毕业时，雷光新毅然选择留在花溪中学的高中部。

“后来我在省里面拿了很多奖，一直在科技小组担任活动骨干。”雷光新说，中学的那个科技小组，为他未来的科研道路打下了坚实的基础。

由于热爱和钻研，雷光新在电动竞速和电动花样绕标两个航海模型比赛项目中取得了全省第一名的好成绩，并且创造了贵州省的纪录。正是因为这份成绩，雷光新被派往参加全国青少年海模比赛。

然而这一次，他只取得了第六名的成绩。

在雷光新比赛的前一天，他本来和其他人一样，在观众席上观看其他选手的精彩比赛。一切正在有序进行着，湖水中的一艘船模，却突然失控了。

和雷光新的电动船模不同，这是一个烧油的内燃机船模。发生故障后，船模的速度很快，声音也很大，在水面上疯狂绕圈。拿着遥控设备的参赛选手在湖边急得满头大汗，却因为水性不好，只能原地跺脚。

这一切，雷光新都看在眼里。他知道，这场比赛和船模对于参赛选手意味着什么。没有考虑太久，雷光新纵身一跃，跳入了水中。湖水很脏，雷光新几乎是半闭着眼睛游了过去，没想到刚靠近船模，意外就发生了。

可能是因为电子感应或者其他原因，失控的船模突然调转方向，对着雷光新冲了过来。虽然只是模型，但是船的体积并不小，船身下面，还有一个高速旋转的金属螺旋桨。

来不及反应，雷光新本能地伸手去接，瞬间，血水就浸染了湖面。

“当时在水里，只是觉得手麻，看到螺旋桨被打停了，于是我就握着船游了回去。”回到岸上，雷光新才发现自己流了很多血，手上被切割出了很多大大小小的伤口。

第二天的比赛，雷光新依然没有缺席，整只手缠着纱布上场。遗憾的是，由于操控船只受到影响，他最终只获得了全场第六名。

“如果不是这只手受伤，应该会得到更好的名次。”回忆起这场没能夺冠的比赛，雷光新笑着举起右手，上面一道浅浅的疤痕依然清晰可见，“受伤也是意料之外，至于影响比赛成绩还是感觉有些遗憾，毕竟自己和辅导老师都花了很多心血。但是我不后悔，如果再选一次，我依然会这么做。”

聊完这段惊心动魄的往事，雷光新突然眨了眨眼睛，笑得很顽皮：“除了这种英雄壮举，我也当过‘大反派’！”他身上有着一种“人之初”的那种天真。

高二时，在纪念抗日胜利40周年的话剧巡演中，雷光新所在的学校排了一部话剧名叫《放下你的鞭子》。故事讲述了“九一八”事变后，从中国东北沦陷区逃出来的一对父女流离失所，以卖唱为生的故事。雷光新经过层层报名筛选，最终获得了参演资格，还没来得及高兴，就被告知，自己的角色是日本特务长。

为了排好这部话剧，学校还专门请了贵州省艺术校的专业老师进行指导。正式演出后，话剧取得了巨大成功，还到贵阳市人民剧场进行汇报表演，收获了一片掌声。

舞台下，有的小朋友指着雷光新大喊："坏人！日本鬼子！"

同学和老师们看向他，正想说点什么，雷光新却哈哈大笑："这说明我演得好，反派也是需要的，我就是要让大家看到日本鬼子的凶残和丑陋，要大家勿忘历史，振兴中华！"

初三毕业后的暑假，雷光新参加了全国青少年航空夏令营。从那时起，他就已经坚定了自己的人生目标，要成为一名顶级的军事科学家。

高中毕业，雷光新的成绩已经达到了国内最好大学的录取线，然而，他却毫不犹豫地选择了北京航空航天大学。

机遇都是留给有准备的人

北航当年的空气动力学专业，全国只招 14 个人，雷光新就是其中之一。他就像父母手中脱了线的风筝，一路迎风而上，高飞远航。他说："我喜欢看飞机在空中飞行的样子，我仿佛能感受到有一股向上的力，将我的梦也托了起来。"

一切才刚刚开始，未来之路既荆棘密布，亦多姿多彩。当他如愿亲眼见到、亲手触摸到梦寐以求的各种飞机时，那些烂熟于心的图纸和线路，反而好像没了用武之地。强烈的紧迫感和求知欲，让他下定决心要分秒必争，尽早"摸透"自己的最爱——飞机。

"能够在这所学校学习，我觉得自己还是比较幸运的！那时候，我对知识的渴求非常强烈，废寝忘食地学习，学校的学习氛围也很浓厚！"近乎痴迷般的热爱，让雷光新将所有的精力都投入了科研工作中。

在学校里，他给自己定下了"三不放过"的要求：不放过任何与战机相关的理论，不放过任何飞行中暴露出的问题，不放过任何与强劲对手较量的机会。经过多次参加项目、任务的历练，他不断拓宽视野，刷新高度。

有一个女孩对雷光新心生爱慕，鼓足勇气，在他去实验室的路上将其拦了下来，约他一起看电影。雷光新想到自己的实验还没完成，就跟女孩说："我还有个飞机模型没有做好，你等我一下。"女孩愣愣地点了点头，真的就在学校等他。

可是雷光新进了实验室后便沉浸在自己的飞机模型中。他铆在改装一线，钻研理论，研究装备性能……等到夜里从实验室出来，才想起和女孩的约定。

而那个从中午等到天黑的女孩，早已生气地离开了。

就这样，在一天天的钻研中，他对各种飞机的主要系统、常用部件、各类仪表、技术参数，达到了“一口清”；对液压、燃油、滑油、冷气等系统的原理图达到“一笔成”；对几百种航材和机务维护工具，蒙上眼睛也能够“一摸准”。

平日里，这个身高 1.8 米的大个子，要么窝在研究室狭小的空间里，要么钻到各类飞机底盘下，专注于每一根电线、每一个卡环；一颗小小的螺丝，被他用食指和中指夹住，反复拧下、装上，练习手感。哪怕骄阳炙烤，他也要研究线路；哪怕一脸灰、两手油，他也要仔细触摸每一个零件。课余时间，他还抱着教材看个不停，好几本书都翻卷了页。拼命学习，点滴积累，成了雷光新那个时候最重要的事情。

因为成绩突出，在宋庆龄基金会的支持下，雷光新和另外两名同学被派到深圳一家公司当核心技术人员，进行实践锻炼。

当时的深圳刚刚开放，很多项目处于刚起步的阶段，雷光新他们到来后，让班组工作效率突飞猛进。夜以继日地苦练精钻，让雷光新对公司里各类机器的大大小小零部件都了如指掌。技术日益精进，他终于听到越来越多的人说起那句“你在，我们就放心了”。这几个年轻人身上认真钻研、高度负责的精神，也让公司经理看到了无限潜力，他给这几个技术骨干开出了丰厚的薪酬待遇。

一直读书的雷光新，第一次享受到了经济独立。

“在学校里，每个月家里给我 40 块钱的生活费，我一星期也就吃一两次肉。而到了深圳，只是一个月，我就可以领到 400 块钱。”

一年实习期结束后，公司经理找到了雷光新：“别回去了，留下来在公司干吧，我们挺需要你的。”这种认可，是发自内心的敬意。

意外的是，雷光新感谢了经理的好意后，还是婉拒了。

“理想”这个词就像悬在他头上的一把利剑，随时会提醒他初心何在。

时间真的有魔法，好在我们都在漫长的岁月中经历许许多多拥有和失去之后，还是一个本真的人，去取悦和迎合的只是自己，而不会选择大众都相同的答案。

“经理开出这么好的条件留我，正是因为我的知识和能力，回北航继续念书，能够让我学到更多的知识，更加提升自己的能力。”在深圳工作的一年，雷光新攒下一笔不小的财富，物质生活几乎有了飞跃式的提高。但他一直没忘记，自己为什么选择北航。

他的梦想还没有实现，不能在这里止步。因为幸福不是线条形状，只是生命刻度里一个又一个点状。谈及自己的人生历程，他的目光中透露出坚定不移的信念。

勇于攀登的人脚步从不停歇。1990 年，回到北航继续念书的雷光新和同学一起设计制作了国内第一艘氢气飞艇，并获得了全国大学生挑战杯航空类最高奖。

当年，中国北京迎来第十一届亚运会，雷光新在老师的带领下应邀参加操控热气飞艇的表演，并开创了使用飞艇做广告的先例。

要知道，每颗钻石在被发现前，都要经受埋藏尘埃的寂寞时光。雷光新没想到的是，这次表演，竟然为两年后的一场节日狂欢埋下了伏笔。

“我想要两个飞艇在开幕式上同时表演和做广告，可以办到吗？”1992 年 4 月，海南海口将迎来第一个国际椰子节，带着活动方案，主办方找到了北航。

时间紧、任务重，为了按时完成，雷光新和同学们直接跑到了北京航空材料研究所，在那边租了个场地，整整做了两个月。

那段时间的他像个超人，似乎有着无穷无尽的精力，他从来不觉得需要帮助，也从来不向组织反映自己的困难。他自信，以他的能力，任何困难都能兵来将挡，水来土掩。

由于时间仓促，还没来得及试飞，两艘巨型飞艇就要赶紧从北京空运到海口。更加麻烦的是，飞艇吊舱较大，一般的飞机还不行，只有波音 747 的舱门才能进去。

好不容易找到首都机场的师哥师姐们，协调好一切，过安检的时候，居然出问题了。

飞艇上的电池是一种铅酸电池，在过 X 光机时，直接被拦了下来。机场工作人员并不知道这究竟是什么，但是秉持着小心谨慎的负责态度，还是坚决判定有问题。

要知道，面对危机，大多数人都是害怕的、抵触的，所以大多数人都会选择逃避，或者拖到最后一刻才临阵磨枪。

雷光新不是这样的人，他们已经换好了登机牌，赶紧跑过去，将电池重新

十几个人被分成三组，雷光新和同事们负责飞机的设计、制作及最后的组装和试飞。

从正式成为军人开始，他经历和见证了中国无人机的更新迭代。那段日子里，没有什么值得参考，全靠自己摸索，他每天睡眠不到三个小时。白天全神贯注钻研，夜深人静时，战友们都休息了，他仍在埋头研究，找方法。

几个月的时间过去了，每一天的努力如蚂蚁啃骨头那样，他们终于掌握了相关的技术。在所有人的注视下，将无人机缓缓送到了天上。可是还没来得及欢呼，机身在空中突然一阵剧烈抖动，随后重重坠落到地上，一片狼藉。

有人惊呼，有人困惑，还有人在一旁叹气。雷光新却是从头凉到脚，他说那一刻真知道什么是“冷汗”了。汗确实是凉的，他只觉得自己的灵魂仿佛被抽离了那具麻木的身体，飘忽忽地无处回归。

他体会到自己的生命跟飞行员的生命紧紧地连在一起，责任重大。所以他会认真对待每一个故障，飞行后的检查要认认真真，不放过任何一个疑点。

这段时间的辛苦算是白费了，而且科研经费紧张，他们也没条件再继续做下去。雷光新最后看了一眼地上的残骸，一言不发地和同事们一起返回了实验室。

所有的失败一定都有原因，问题到底出在哪里？

雷光新没有把时间浪费在沮丧上，忽略外界的声音，刻意迟钝，专注目标。他很快陷入沉思。无人机项目虽然已经翻篇，试验品已经被摔得粉碎，但他还是想把问题找出来。

虽然他有着粗犷豪爽的性格，但他所从事的飞行事业却需要细致入微、一丝不苟。于是，他耐住性子，从设计原理入手，反复核实运用公式，认真验算数据，终于发现，原来问题出现在第二部分。第二组的同事把数据弄错，让飞控装置出现了偏差。

雷光新再次主动请缨，立下军令状，每天五点钟起床，整理内务、研究无人机，这一套重复了无数次的流程早已变成一种习惯，成为他生活的一部分。

听惯了“一二三四”的口号声，习惯了听吹号、跑步的声音，雷光新始终绷着一根弦，始终保持战斗精神。

他反复触摸不同的开关，形成肌肉记忆，同时将各类数值记在脑子里，练就了眼观六路、耳听八方的能力。终于，成功带队完成了单兵便携式无人机。

"其实，从小到大，我失败过很多次。搞科研，哪有那么容易就轻松成功？可是我从不认输，失败是教训，但也是经验呀，只要能从中总结发现问题，下次就一定能做得更好！"善于思考，发现问题，分析原因，再做出总结，这就是雷光新不断进步的制胜法宝。

作为军人，雷光新有着绝对热血和担当，作为科研人员，他同样有着不为人知的狂热和冒险精神。

"这个事情是偷偷背着学校干的，现在想想，真的是挺冒险的。"雷光新脸上又露出那种调皮的笑。他神情激荡，仿佛再次回到了穿越天门洞的那个下午。

当时，张家界天门山景区还只是一座荒山。从张家界市区远远看去，只是一片悬崖峭壁，令游客望而生畏。

当地一名旅游开发项目的经理看到山上的天门洞，竟然想到一个绝佳的主意，那就是举办一场大型活动，邀请世界上有名的航空爱好者驾驶飞机穿越天门洞。

但是这件事需要到国际航联去申报，而国际航联要求首先证明这个洞适合飞行，洞里的流场不会带来飞行安全方面的影响。

因为之前有过几次飞行方面的合作，经理找到了雷光新："这将是历史上的一次壮举，也是一次突破和创新。"

雷光新犹豫了。他知道，自己现在是名军人，按照正规程序跟学校请示的话，很难获批去做这件事。可是如果不去，自己又觉得心痒难耐，强烈的兴趣和探索精神，让他的心跟着经理的话早已经飞到了天门山。

思前想后，雷光新决定不留遗憾，大胆冒险一次。

思如智者永不惧海阔天空，行如少年永不知山高地远。

"现在想来，当时真的挺大胆，我们几乎是冒着生命危险，从悬崖爬到山洞。"踌躇满志的雷光新进行实装操作训练时，却犯了难。时至今日，他还清楚记得，面对着一个小小开关，自己内心的那种纠结。那就是一个平常的开关，他心里想的是到底使多大劲儿才能扳过去？力气大了怕扳坏，力气小了怕扳不动，心里很紧张。操作的时候，手心儿全是汗。

幸运的是，他成功用无人机飞行穿越了天门洞。

所谓的逆袭从来都不是充满传奇的瞬间开挂，而是一步一步踏踏实实走出来的。

张家界电视台的记者用摄像机记录了整个飞行过程，雷光新为成功申报有人驾驶飞机飞行穿越天门洞立下了汗马功劳。后来经过央视直播飞机飞行穿越天门洞，大大提升了张家界天门山的知名度。

“今天天门山景区已经建设成为国家 AAAAA 级景区，现在想起来我也很有成就感，这也是科技助力经济发展的一个鲜活例子。”

其实，当时还是挺惊险的，差点就穿帮了。

顾及自己的军人身份，为了不被发现，从山上下来，雷光新立刻就花 1000 块钱包了一辆车，直接从张家界包送到长沙。刚到家还没来得及喘口气，学校的领导就来了。看到面色苍白、额头冒汗的雷光新，领导很是关切，以为他病了，安慰一番后，嘱托他好好休息，随后就离开了。

所有的幸运都是善良的积攒。雷光新只觉得累得双腿发软，把门一关，直接瘫在了沙发上，随后又嘿嘿地笑了起来。荒山野岭，悬崖峭壁，那个尚未被人们熟知的天门洞，他已成功穿越了！

除了冒险，雷光新还不止一次跟死亡擦肩而过。

有一次，雷光新被安排到一个实验基地，研究一种特殊军用武器。在这个过程中，一点差错都不能有。差之毫厘，可能就失之千里。一时疏忽，就会大意失荆州。在试射过程中，尚在实验阶段的炮弹成功发射，可观测点的众人还没来得及欢呼，就察觉到了不对劲。没有期待中的轰鸣爆炸，只是寂静，死一般的寂静。

最糟糕的情况出现了，哑弹！

几个人面面相觑。终于，雷光新开口了：“我带人过去，将炮弹回收。”作为重要的科研试验材料，炮弹需要带回去继续研究。

“轰”的一声巨响，正在路上的雷光新等人被热浪掀飞，刚刚一直沉默的炮弹发出惊人般的嘶吼。

爬起来后，雷光新等人个个灰头土脸，狼狈不堪。有名同事因为躲避不及，胳膊被飞射过来的碎石砸伤，鲜血直流。几个人却忘记了危险，欢呼着抱在一起：炮弹爆炸了，试验成功了！

刚刚的生死一线，已被大家抛之脑后。原来，全身心投入其中，是不会因为所谓的危险而感到负累，反而能被专心的投入和意外的成就感的治愈。

雷光新用实际行动交出了自己的人生答卷：国之需要，我之理想。用自己的专业能力为部队的各类飞机“把脉治病”。用雷光新的话说，自己一手托举战友的生命，一手托举国家的财产，既然选择了这个职业，守护安全是自己永恒的责任。

无数次危急关头的经历让雷光新深刻地领悟到，在国家财产和战友生命安全面临危险时，自己也要像“医者”一样，拥有逆行的勇气和精湛的“医术”，这是他的职责所在。

所以平日里他更加刻苦，从严从难要求自己，力争每一次任务都做到万无一失。每次任务中，他都带着这种绝对安全的信念全力以赴去工作。

这是一条筚路蓝缕，没有硝烟弥漫的征途，在拨云见日那天到来之前，充斥它的是黑暗与孤独，质疑和阻挠。

他参与的实战化演训任务越来越多。作为经验丰富的“兵专家”，他在急难险重任务中总是冲锋在前。

2000 年，雷光新设计制作的“蜂王 -100”作为炮兵校射侦察无人机代表广州军区参加“砺剑 2000 军事演习”。当时该无人机的动力系统是国外进口的，发动机配套的是木质两叶螺旋桨。

夜里，他就举着手电筒在飞机底下看弹架、线路，研究每一个部件的用处，一点一点地学习。

每次进场前，雷光新他们都会按照大检查的标准来检查飞机，从前到后把所有的部件、插头、电源都检查一遍，确保飞机没有任何问题。

有一次，离参加演习时间不到两个月，在一次飞行测试中不慎损坏了螺旋桨，从国外采购至少需要两个月以上。关键时刻，雷光新自告奋勇，发挥自己理论基础好、动手能力强的特点，自己优化设计，亲自动手制作了一个螺旋桨。经过测试，比原配的螺旋桨性能提高了 55%，雷光新高兴得跳了起来，完全忘记了手掌心打起的直径两厘米的大水泡的疼痛。

使命召唤，重任在肩，汇聚成无穷的力量，激励着雷光新和他的战友们苦练精飞。经过在北京南口五十多天的紧张准备，他们白天写预案，进行飞行训练，每天训练结束就看视频、判断飞行参数、写总结、评成绩，立足于最复杂气象、最大困难，以最高标准完成这项任务。

他们要将成百上千的螺钉全都检查到，一个一个地看，确保万无一失。在那种压力下，就是靠他们的细心、负责，确保零故障。那时候，驾驶杆随便一晃就飞到十几米开外，哪能精确到几米，只能靠概率。通过反复训练来摸索这个概率，观察偏差量变化的情况，一点点调整修正量，从而实现队形稳定。

2000 年 10 月 16 日，在七级大风的情况下，为了能以高标准接受检阅，雷光新和战友们克服了重重困难，成功为时任国家领导人及其他军委领导进行了无人机飞行表演。因为稳定性和可靠性的要求，雷光新的无人机是这次军事演习中唯一参演的无人机。

这构成了他军旅生涯中最闪亮的坐标。

“以前真的很不容易，很多东西掌握在发达国家手中，为了追上他们，我们必须硬着头皮上，外国有什么，中国也必须有！”这种情怀支撑着雷光新取得了一项又一项成绩，他既有激情，又有静气，在自我实现上，完成一次次里程碑式的飞跃。

焦虑改变不了什么，努力才能得到正向反馈，才能在机会到来的时候有勇气抓住它。

曾经因为看到美国研制的一款新型飞行器登报炫耀，雷光新就根据图片，没日没夜带队钻研，日常工作就是在创新研究上“翩然起舞”。

“我不敢说背后付出了很多汗水，但是做这个工作一定要心细、勤快。我时刻提醒自己，只要到外场，看到飞机就告诉自己必须心细，不能马虎。”他说。

如饥似渴地学习，是雷光新一直的好习惯。在部队时，他总是把吃饭的钱用来购买相关书籍，在他那面积不大的宿舍里，墙上贴的、桌上摆的，都是各种飞机模型和制造飞机的工具。

他乐此不疲，以问题为导向，晚上学习理论，白天对照印证，在发现问题和解决问题的过程中不断提升自己，一切将变得简单有趣，他终于造出了一款类似的飞行器。

雷光新研究时，人不离飞机；有休息的时间就手不释卷。他熟悉飞机连接每个零件的电线颜色。“技能和体能一样，技术不是光凭满腔热血便可以掌握的，需要日复一日地学习积累。”他说。

上进，只是一种不断向前的状态。而人生，更应该是一个量变引起质变的过程。要么广泛撒网，寻找突破的机会；要么做到极致，每一次坚持都是为了跨上一个新台阶。

2004年，雷光新参加了火箭军某杀手锏武器关键技术演示验证。他带领六名博士生、四名硕士生在湖南常德机场花了150余天进行试验测试，每一分、每一秒、某个人该处于哪个位置，做哪个动作，方案中都有严格的规定。为了确保不出纰漏、万无一失，充分展现中国军人风采，他们严格按照方案要求一遍一遍刻苦训练，共飞行了133架次，投弹124发，克服各种困难，使演示验证获得圆满成功，获军队科技进步一等奖，国防专利授权两项。

雷光新也因贡献突出选优提前由副团级晋升正团级。有一次遇到雷电交加的暴风雨突袭，所有参试人员全身都淋湿了，仍奋不顾身保护测试飞艇。雷光新在现场指挥，果断命令所有人员保护飞艇出库，就在飞艇和人员离开临时飞艇库不到一分钟，飞艇库就被大风刮倒坍塌了，避免了一次重大人员和财产损失。

其间，雷光新做了科研项目二十多个，研究的某杀手锏武器项目荣获军队科技进步一等奖，低空投放试验系统项目获军队科技进步二等奖。毫无疑问，这也是他军旅生涯中最闪光的记录。这些光荣的奖项为他的军旅生涯留下更多无悔且闪亮的印迹。他谦虚地说，这些都是额外的回报和奖赏，绝不在虚妄中迷失，绝不在傲娇中沦丧，而是每一步都算数，认认真真提升自我，书写人生。

不知不觉间，军装已经成为他身上的烙印，再也无法割舍。他做到了军人该有的纪律严明、忠诚担当，也做到了科学家的思维敏捷、开拓创新，风雨兼程。

正当所有人以为雷光新会一直在部队干到退休，进入干休所时，43岁的雷光新却选择了转业。

他选择不要温顺地走进那个良夜，仍然愿意忍痛挣脱荆棘林。

大部分人要么放弃自己对个人独特性的坚持，要么躲进一个封闭的世界里孤芳自赏。雷光新说他自己发现，越是回避自己的内心世界，就越会茫然无措。

军旅生涯20多年，他把飞机当作亲密的战友和挚爱的家人，朝夕相伴，倾注了大量的心血，如今哪怕只是听声音、闻气味，他就能快速了解装备故障情况。他笑着说，是部队成就了今天的自己，他和飞机谁也离不开谁，同心同行，彼此成全。

确定离开后，他用手轻轻抚摸陪伴自己这些年的各种飞机，他望向飞机时的眼神温柔又专注，就像对待自己的孩子一样。当丝丝凉意滑过指尖，20 多年的军旅岁月仿佛就在瞬间流淌而过，留下深深浅浅的印记。

他回头、转身，行走在黎明的晨曦里……

所谓成功，无非是用自己喜欢的方式过一生。成为一个有独立思考能力的人，一个不流于俗的人，一个不谙世事的人。

常言道，铁打的营盘流水的兵。每年退伍时节，一批批老兵告别军营，在泪洒军营返回家乡的同时，他们在另一个战场翻开人生新的篇章。脱下军装后，他们不再驰骋沙场，而是要面对如何尽快融入社会，为以后的人生奋斗打拼。

“我特别不愿意进干休所，一堆老头儿没啥事，每天坐在一起聊天晒太阳。我还想过一下另外一种生活，用自己的知识和技术，再为国家尽点力。”

就好像美国诗人弗罗斯特的《未选择的路》说的：“一片树林里分出两条路，而我选择了人迹更少的一条，从此决定了我一生的道路。”

最险的路也是那条延续梦想的路

溪水潺潺，向东而流。

雷光新好像时代浪潮中短暂脱轨的钉子，他沿着自己的轨迹滚落前方，却无意间“滚出”一条新的路途。

从部队回到家乡，雷光新的人生翻开了新的一页。

转瞬 22 年过去了，是从头开始自主创业蹚出新路子？还是利用自己的名气和地位，进入知名企业任职？

知悉方向与道路之后，他需要穿过丛丛人群与喧嚣，坚持抵达那个地方。他的血性迸发出来，就说我要自己干，必须自己先趟出一条路子来。

大河的奔流是那样的。你站在舟上，只能看到此刻的风景，你不能预测下游——干涸，汹涌，入海，还是分流，你都无从知晓。只有当你的船行至彼处，你才了解。人生如此，时代亦然。在此之前，还是像圣地亚哥一样，尽管去冒险吧。

雷光新深知，创业不仅需要技术，更需要资金、人才、管理，一旦失败，此前工作多年的积蓄都有可能亏空。

在人生的又一个岔路口，雷光新再次选择了最冒险的那条路。

还有什么比把理想和才华揉在一起，持续变成产品来回馈给社会更高贵的灵魂吗？

于他而言，前半程人生固然因为那些卓越的奖杯与成就而闪闪发光，可当时他一直在用社会的标尺去匹配自我；经历各种后，他开始用自己的标准去衡量社会。

戎装虽解，军魂犹在。2015年，他和昔日的同学一起在深圳创立了深圳市苍泰科技有限公司。他身上既有军人令行禁止、雷厉风行的工作作风，又有企业家踏实上进、善良暖心的进取心。

他们将目标瞄准在交通安全领域，直面挑战，精益求精、追求卓越的工匠精神早已深深刻在他的骨子里。他致力于攻破因缓速器技术难以突破、大型汽车制动力不足而造成的刹车失灵、爆胎等世界性难题。

大仲马曾在《基督山伯爵》中写过："人类的一切智慧，都包含在这四个字里：'等待'和'希望'。"

经受了部队大熔炉的历练，雷光新的身体素质过硬、意志品质顽强，既有"择一事、终一生"的执着专注，又有"偏毫厘不敢安"的细致严谨，更有无私奉献，勇于担当的精神。

创业初期，他以车间为家，工人下班了，他还在设备旁钻研生产工艺。好在，时间让坚守变得不凡，专注成就了核心竞争力。

在高强度的工作压力下，团队里却没有一人喊苦叫累，原因就是他在专业上令人信服，大家愿意跟着他多学、多干，同时因为他平日里待人真诚，关心同事。

在员工眼中，雷光新身上不仅那种不服输的韧劲让人佩服，他还特别睿智，是大家公认的"终结者"。他们都说，只要雷光新在，技术研究室就有了"安全阀"，各种"疑难杂症"都能治愈。处理小问题时，他有侦察兵般的细心和耐心；处理大矛盾时，他又显出带兵人独当一面的果断。

他靠着军人的诚信实在和过硬的作风，打响了公司的品牌，他带着公司技术团队攻坚克难，创造性地将航空的技术用在了汽车上，研发出全球首创的水介质液力缓速器，把匠心铸进产品中。

产品的推出，创造性地解决了以往两代缓速器的缺陷，并且可以灵活方便地安装在各类大型载货汽车、大型客车和大型拖挂车上，解决了大型车辆长时间连续制动能力不足这一困扰世界百年的难题。

设计图纸，他审阅了数百遍。在他心中，钱多钱少并不重要，重要的是能让社会、让更多的人受益，满足公众需求。

在此之前，世界上第一代电涡流缓速器在1940年由法国人发明，第二代油介质缓速器在1970年由德国人发明。此后，缓速器技术一直没有突破，大型汽车制动能力不足的问题没有得到根本解决。

面对挑战，他一次次咬牙挺住。“我是一个兵，绝不会轻易倒下。”雷光新以军人的拼搏姿态应对挑战，以初学者的谦逊加强学习，以工匠的细致严谨追求卓越。

累了的时候，他就会想起激情燃烧的军旅时光，一个人唱起那首曾经响彻军营的《血染的风采》，从中获取继续前行的力量。

创业经历，让他明白，军人解甲转身，只不过是转移到了一个新的战场而已。无论还有怎样的曲折坎坷，只要唱起这首军歌，他的心中就会充满军人的豪气与力量。这支歌，让他依然充满当年的青春激情和蓬勃向上的力量。

现在的他，工作之余每天坚持运动，无论是工作还是生活，他都把军人顽强奋进的品质贯穿其中。

这项技术一突破，不仅解决了难题，更是赢得了竞争对手的尊重。

在一次国际展览会中，隔壁展台正是德国福伊特公司——第二代油介质缓速器的发明和生产厂家。该公司的技术人员高傲地走进展台：“就凭你们中国的技术，怎么可能实现突破？”

在场的中国同胞好几个瞬间变了脸色，当场就要发作。

雷光新淡淡一笑，拦住了怒气冲冲的公司员工，走到台前：“很高兴您对我们的产品提出质疑。下面，就让我来为大家讲解演示，有不对的地方，还请批评指正。”

雷光新没有在意对方轻蔑的态度，他有过人的机智头脑、强大的抗压能力、缜密的心思、了不起的情商和沉着冷静的处事能力。他对自己公司的产品，有着十足的自信，逞口舌之快没有意义，一切都要靠实力说话。经过详细介绍，雷光新他们甚至把缓速器拆开并告知原理后，该技术人员彻底服气，承认了眼前这台液力缓速器在技术上的领先和突破。最终，他竖起大拇指，并为自己的傲慢无礼真诚道歉。

罗曼·罗兰说："一个人如能让自己经常维持像孩子一般纯洁的心灵，用乐观的心情做事，用善良的心肠待人，光明坦白，他的人生一定比别人快乐得多。"

从一名优秀的军人到一名成功的企业家，军队锻炼的点滴累积，不仅强健了雷光新的体魄，而且砥砺了他的精神，赋予他坚韧、勇敢的力量。

真情爱军不言悔，拥军伴随创业路。在发展个人事业的同时，雷光新一直牢记着"帮战友"的使命。在经营企业的同时，他积极助力退役军人就业创业，为100多名退役军人提供就业岗位。

热爱，对祖国科研事业的热爱。曾经贫穷落后的家乡，更让他对家乡人民有着一份社会责任感。

在他的企业里，军人优先，一份爱军情感融入他的创业之路，在打拼的同时，想方设法为复转军人和军属创造就业机会。

从2017年在贵州三都水族自治县建立第一个规模化生产研发基地，到2020在贵阳市综合保税区成立贵阳丽天苍泰科技有限公司……

一路走来，成功的背后，洒满艰辛的汗水，

一棵树只有一直往上长，才知道自己适合怎样的高度。

雷光新的记忆里一直有一个雨天。那天下午，他和另一位创始人从三都县开车赶往贵阳市参加项目评审，3个小时的车程还没结束，就在路上接到通知，次日有黔南布依族苗族自治州的领导要到公司考察工作。深夜，参加完评审两人连夜开车返回三都县。一路上细雨蒙蒙，雷光新他们一边聊天，一边不停地打呵欠，进入三都县，二人才松了口气，将车停在路边，点了根烟。

身边的老友突然感慨："咱俩都已年过半百，还要这么拼命，值得吗？"

短暂的沉默后，二人相视一笑，他们彼此从对方眼里，看到的是真诚和坚定。从选择这条路开始，就注定不会轻松，而踏上这条路，他们义无反顾。

为了对退役军人有所启示和帮助，雷光新还经常走进自主择业军转干部培训班的课堂，主动把自己的经历和体会分享出来。它是一种纵向的自我提升，同时在横向上也是对自我人生的一种丰盈。

所以雷光新毫无暮气，经验和荣誉都不能阻止他探索、挑战极限。他从未流失勇气，不停经过颠簸和洗礼而获得成长……因此，他拥有无数次甚至一生都不退场的青春。

身体上的疲累在其次，产品质量出问题，才是公司最大的考验。

液力缓速器有600多个零部件，需要在不同的厂家定制生产，每一个零部件都事关产品的性能。生产初期，曾经由于一家供应商生产的产品质量不达标，从而导致多批次缓速器出现产品质量问题。一时间，退货、返修率快速上升。

“这样的问题对公司伤害很大，最严重的后果，就是让客户对我们的产品产生了不信任。”发现问题后，雷光新高度重视，带领技术团队不停测试，最终找到问题零件并进行更换，挽救了公司产品的信誉。

自产品研发出来后的3年时间里，雷光新和团队不断改进完善产品，先后完成了20余次修改和完善。

“目前，产品的性能和质量已经基本稳定，从用户的反馈来看，已经达到了我们设想的效果。”

科技兴则民族兴，科技强则国家强。

2020年11月12日，首届全国退役军人创业创新大赛决赛在广州落下帷幕，由贵州省推选的“苍泰水介质自冷却液力缓速器”创业创新项目获得了“创新团队组”二等奖。

站在台上，雷光新仿佛又回到了曾经大大小小的领奖台，当时的自己还是一名懵懂的少年，只是凭着一腔热爱，驰骋在科研的战场。今天，他又回到了这个熟悉的战场，带着自己最骄傲的科研项目。

他奋斗的动力，早已超越了物质层面上改善生活条件的欲望。引领和驱动他们不断拼搏的，是一种“天命”一样的东西，他无法停下来，一旦停下来，就被焦灼感所伤。他必须披上战袍，跨上战马，马不停蹄地带领团队奔向前方。

他奔向的前方，荆棘密布是必然，等候着他的也未必是成功；可是他心中的信念，就是那光亮，是茫茫暗夜里的灯塔，他是开拓者，也是创造者。

“之前你离开学校选择转业我还有些不理解，现在知道你们做的产品不仅是一项新技术，还能救人生命于车轮之下。我很欣慰，我相信你一定能成功。”台下，雷光新的父亲再次为自己的儿子感到骄傲。他知道，儿子做的事是造福国家和人民的大好事。

“其实拿不拿奖不是最重要的，最重要的是，这是一项救人的技术和产品，一定要坚持做下去，让更多的家庭不再因为交通意外而支离破碎。”讲起自己每天的工作流程，雷光新滔滔不绝。什么时间，在什么战位，完成哪些任务，几乎精确到分秒，对工作的热爱之情溢于言表。

他的获奖感言赢得了全场的掌声……

他就是这样的人，无论在什么环境，无论相隔多远，多久不见，你再见到他，还是被他旺盛的生命力所感染，被感动。张狂的，苍劲的，优美的，温柔的。不管是什么样的，但那生命力像暗夜里的明珠，透过一切介质向你逼近，心会跟着颤动。

作为远近闻名的“技术大拿”，雷光新现在已经有了可爱的小孙子，但他仍奋战在自己热爱的岗位上。新的荣誉面前，他依然心怀感恩，保持着低调谦卑的作风。

他一直在跨自己要翻越的山，去趟自己要渡过的河。在时间之书的腰封上，烫印金光灿灿的二字：无悔！

“哨位”鲁班场

◇王　洒

“知道红军长征吗？”

“知道。”

“知道‘四渡赤水’吗？”

“知道。”

“知道鲁班场吗？”

“知道鲁班，不知道‘场’。”

“这就对了！所以今天我跟大家讲讲‘鲁班场’。”

最近一次高中学生革命传统教育课上，71岁老人郭德刚以提问的方式，开始了他关于鲁班场的又一堂红色教育课。

郭德刚，贵州省遵义市仁怀市鲁班红军烈士陵园的守陵老兵。他提问的鲁班场，就是当年红军长征鲁班场战斗的战场所在，行政区划几经变更，当年的鲁班场变成了今天的鲁班街道。因此，当地青少年对这个“场”，不甚了解。可对郭德刚来说，这个“场”就是两名老兵54年的“哨位”，就是两名老兵“一句诺言、半个世纪”的信仰家园。

一

时光回到1988年前。

1935年3月15日，黔北赤水河畔，阴云密布，硝烟弥漫。

为掌握战场主动权，中央红军发起对鲁班场守敌周浑元纵队三个师的进攻，从而打响了著名的鲁班场战斗。

这次战斗，红军歼敌400多人，有力地挫伤了敌人的锐气，战略上为中央红军顺利实现“三渡赤水”赢得了宝贵时间。但同时，中央红军也付出了惨重代价。据《中国人民解放军战史》记载，负责指挥这次战斗的林彪、聂荣臻在1935年3月17日向中央革命军事委员会要求派干部的报告中称，红军伤亡489人，其中牺牲团参谋长、参谋、营长各1人，连长3人，排长6人，伤营长1人、连长4人、排长10人。

碧血鲁班场，丹青染春秋。

为纪念牺牲的红军烈士，中华人民共和国成立后的1953年，仁怀县人民政府在鲁班场下场口的晏家山上修筑了红军烈士公墓。在党和政府以及当地群众的寻找、考证中，先后发掘在鲁班场战斗中牺牲的146位烈士遗骸，集中安葬在烈士血染的山丘上。

晏家山四周田畴环绕，静谧祥和。田畴之外，是层层叠叠的高山，是郁郁葱葱的气象。冬去春来，晏家山烈士公墓长眠的烈士，始终凝视着自己舍生忘死的得偿夙愿。

二

何曾想，10多年后，晏家山简朴的鲁班场红军烈士陵园里，会迎来一名与烈士命运相牵的老兵——刘付昌。

刘付昌，1922年出生，家就在离鲁班场几千米外的村庄。

鲁班场战斗打响时，年仅13岁的刘付昌，躲在茂密的山林里，目睹了惨烈的战斗场面，第一次看见先烈们如何用鲜血染红了河山。战斗结束后，他也目睹了村里的大人们是如何冒着生命危险，含泪掩埋了战士们的遗体。

几年后，令刘付昌想不到的是，他也会成为保家卫国的军人。

1944年，刘付昌参加中国远征军，从而颠簸到云南，随后出境到缅甸。不久，为抵御日军进攻，刘付昌所在的部队被紧急调回贵州，在都匀、独山与日军激战。在一次近距离搏杀中，刘付昌干掉了两个日本兵，也被日本兵的刺刀在左臂上留下了一条10厘米长的伤疤。

1948年，中国人民解放军发起了著名的淮海战役。刘付昌在团长带领下，

这几天脚痛。”

“那你拿钱我跟你买。”

“不，我自己去买。”

“你不是说走不开、脚又痛吗？”

…………

此时继父心思，王其英一眼就明白——他身上没有钱啊！下山为继父买来一些米、面、油、肉后，王其英才回家。

尽管生活困难，可刘付昌从不向组织伸手，就连扫墓用的扫把，都是他到高山上砍竹子绑扎的。在陵园树林下种的瓜菜吃不完，他还要背到区部食堂充公。

20 世纪 90 年代初，刘付昌开始领取每月 36 元的补贴。补贴不高，可刘付昌常说，这跟牺牲的战友相比，自己已经很幸运了。

五

烈士陵园里，刘付昌像一颗钉子，死死地钉在“岗哨”上。

徒弟郭德刚介绍，守陵 50 年间，他没出过远门，最远的一次是民政部门送他去百里之外的遵义疗养院疗养。50 年间，他就去过离陵园十几公里外的县城三四次，都是生病检查身体和探视病中的胞弟。

烈士陵园，五十春秋。经他栽种并成长起来的千余棵柏树、梧桐、白杨、香樟已参天耸立，有的双臂都合围不完；他扫坏的扫把 3000 余把，扫的树叶黄了又青，青了又黄；他讲的先烈故事、守陵故事超万场次，每场相同的故事，打动的却是数以万计的不同心灵。陵园里，他每天与烈士“对话”，像有道不完的战友情、述不完的甜日子；他每天围着烈士墓散步，生怕把墓内“战友”冷落了。

他的亲人，在墓里；他的“家”，在陵园。

寂静、清冷的晏家山上，刘付昌与孤独为伴。年年岁岁，不知他送走多少日月星辰，不知他送走多少风霜雨雪，也不知他收储了山下多少孤单到繁华的灯火。不过，的确有人知道，眼前这个满头银丝的耄耋老人，送走了那个风华正茂的青年。

六

仿佛，陵园里的146位烈士，就是一支部队。

仿佛，将自己铆在陵园里的刘付昌，就是这支部队的“哨兵”“巡逻兵”。

背后背的木条，是刘付昌管理、守护陵园“哨位”上的标配。只要发现游客特别是调皮孩子捣乱，哪怕摸一下花草，他都会上前制止，或者扬起木条吓唬一下。

“陵园是烈士睡觉的地方，得清静，得干净，得守规矩。”刘付昌向来客介绍。

侄儿带朋友来参观陵园，看到伯伯栽的月季花特别鲜艳，于是与随行朋友上前左摇右晃摆“造型”。哪料，背后的伯伯朝他膀子上抽了一木条。

“这是献给烈士的花，你只能看，不能动！”刘付昌教育起侄儿。

回忆起刘付昌管理陵园的严格劲儿，鲁班街道星河村党办干部李光飞说，在镇上读初中时，他带同学去陵园游玩，随行同学因贪玩就摘了一朵花。这还了得？在一侧“侦察”他们举动的刘付昌火冒三丈，扬起木条就追了过去……

从此，镇上中学的孩子，都知道陵园里的那个倔老头儿，不敢惹，进陵园参观学习，必须守他定的规矩。

守好陵园是要动点真格的。

有一次，一名游客骑自行车进了陵园，刘付昌担心自行车弄坏花草，于是上前劝离。

“我骑会儿就走。再说，陵园又不是你家的，你干吗干涉？”游客拒不配合，话也说得糙。

刘付昌二话不说，回到屋里取出修剪树枝的工具，就向游客自行车车胎打去，随后就准备报警。见老头儿较真碰硬，年轻人猛一蹬自行车，逃了。

陵园，烈士，是刘付昌心中神一样的存在。烈士陵园，是一个肃静的地方，任何人进来都不能破坏规矩，都不许嘻哈打闹。

任何人来陵园，哪怕是来接受革命传统教育的干部，以及他们时时处处的举动，都成了刘付昌“巡逻”“侦察”的内容。

在向烈士敬献花篮时，因人多拥挤，退休干部刘潮涌没在意就站进了绿化地。再小的举动，也逃不脱刘付昌的火眼金睛。举起木条，刘付昌就向刘潮涌抽了一下。

“老刘，这是刘老县长啊！你看你，管得也太严了吧。”

随行人员话刚落，刘付昌就补充：“县长？县长也应该被罚。牌子上写有‘禁止踩踏花草’嘞，你没看见？领导不能搞特殊嘛……”

还未等刘付昌说完，刘潮涌立即赔礼道歉，还称赞老刘做得对。

“对喽，这才是好县长！”老刘边说边往背上收起木条的那一刻，老干部一行都会心地笑了。

多年后，当刘潮涌回忆起在烈士陵园接受红色革命教育和接受刘付昌“教育”的那一幕，心中就肃然起敬：有这老刘，有这哨兵一样的品格，烈士陵园的管理就是令人放心的。

七

父亲守的陵园，应该是一个机关单位吧？

二女儿刘世芬 13 岁那年，才第一次走进鲁班烈士陵园，才知道爸爸的单位原来是烈士的住所，他的工作就是陪伴烈士。

好神奇的工作！刘世芬又是惊讶又是羡慕。

更让刘世芬欣喜的，是父亲在陵园里栽种的几十棵葡萄树和柑橘树。

葡萄、柑橘成熟时节，刘世芬跟来陵园的人一样，都想品尝一下父亲亲手培育的果实。没想，刘世芬失望了，父亲是种给烈士“吃”的。

那年，刘世芬见父亲摘了几盘熟透的葡萄过来，还以为是摘给她吃的呢。

岂料，父亲直接将葡萄端到烈士墓前，口中不停念叨：“烈士们，战友们，我种的葡萄熟了，你们先尝尝。”

时隔几个月，刘付昌培育的柑橘也成熟了。同样，他也要摘给烈士“吃”，也同样念念有词：“我亲手栽的，请战友们不要客气，一定‘吃’高兴！”

看到父亲给烈士敬水果时，刘世芬就琢磨，这水果难道就是父亲专为烈士种的？怎么没见烈士出来“吃”呢？

刘世芬不懂就问父亲，父亲答：“娃娃家，懂什么？”

等烈士“吃”了半天后，刘付昌再端给刘世芬。刘世芬胆怯：“这是烈士‘吃’过的，我不敢吃。”

见女儿不理解，刘付昌则跟她打气：“烈士‘吃’过的，你再吃的话，就不会胆小，跟烈士一样就有冲锋精神，干事就有闯劲儿，办事就更顺利。”父亲这一解释，刘世芬信了。

“爸爸心中，烈士最重。”

父亲将亲手培育的果子敬献烈士，并鼓励女儿传承红色精神的往昔，几十年后仍清晰地浮现在刘世芬眼前：那葡萄，那橘子，甜透父亲守墓的苦恼、信念与岁月。

八

与烈士分享的，不仅仅是甜蜜的果实，还有节日的欢庆，还有光景的繁盛。

二女儿刘世芬家里，丰盛的除夕年夜饭正在进行。

吃到一半儿，刘付昌发话了：“我们吃得倒好，可我们的烈士呢？他们也要过年啊！”

吃完年夜饭，刘付昌就急忙回陵园，要与墓里的战友一起“过年”。这是刘付昌除夕夜的惯例。

到陵园后，刘付昌炒了几个菜，并盛上饭食，在屋里就与烈士一起“吃”起年夜饭来。“战友们，过年了，你们吃好！尽管吃，饭菜挺丰富的，不像过去吃草根。这日子，都是你们用生命和鲜血换来的……”念叨中，刘付昌朝烈士墓方向敬香献茶、鞠躬作揖。

“爸，您为啥子不跟他们敬酒呢？”眼尖的刘世芬在一旁发问。

“喝了酒怎么打仗？怎么工作？”父亲告诉刘世芬，当初在部队就不准许饮酒，所以他一生都不喝酒。“我不敬你们酒，望理解！”

建党节、建军节、国庆节、元旦节……有节日，就有刘付昌与烈士一同庆贺的仪式，就有刘付昌与烈士关于甜美日子的分享。

刘付昌生日时，也忘不了烈士。墓前，刘付昌双膝跪地，拉开“龙门阵”就跟烈士摆谈起来：“今天这日子，过去想都想不到。到处是高楼，到处是轿车，天天有肉吃，顿顿有酒喝，家家生活过得比过去地主老财好十倍……你们一定没见过这种安逸的日子吧？这都是你们用鲜血和生命换来的，感谢了……”

摆完“龙门阵”，刘付昌就向烈士焚香敬茶，每道仪式都做得特别认真。

生日敬烈士？生日跟烈士摆“龙门阵”？

最初，刘世芬疑惑不解，以为父亲神思恍惚，但当她知道父亲年年如此时，刘世芬明白了。墓里的烈士都是无名烈士，他们的家乡和亲人在哪里，没有谁知道。仁怀，就是他们的家；仁怀人，就是他们的亲人。

“我们不敬，还等谁嘛！”刘世芬喃喃自语。

九

烈士是刘付昌的亲人，陵园里的一草一木、一砖一瓦，在刘付昌看来，都是烈士的、国家的。陵园里的一切，必须丁是丁卯是卯。

2001 年 9 月的一天，一名游客参观时，不小心将花坛里的一簇盆景弄坏了。掏出 50 元钱，这游客就要递给刘付昌。

为化解尴尬，陪同参观的当地干部说，就一簇小盆景，何必当真，不用赔了。

“怎么不赔？这是烈士的。”刘付昌反驳。

“是，是，是。所以你看这 50 元够不够？”游客问。

“够不够你都别忙走，等我下山买了盆景后再说。”收起游客递过来的现金，刘付昌态度铿锵。

“怎么，我还走不了了？”游客开起玩笑来。

“不，不，不。我怕多收或少收了。”

刘付昌让游客在陵园里等候，他立即下山购买同样的盆景，如果还剩钱，就要立即退给游客；如果差了，游客补上。烈士面前，任何人都不能贪占小便宜，一分一毫也不行。

不一阵，刘付昌扛起盆景回来了，并坚决向游客退回了未使用完的 5 元钱。

看着眼前这位瘦弱的守墓老人，游客像发现一座高山。跟烈士精神一样，守陵老兵品格，也让游客受到感染。

泾渭分明、公私有别，是刘付昌管理陵园的准则。

成家后的二女儿刘世芬，一家四五口人挤在 30 多平方米的房子里，出入起居相当不便。为挣钱改善房子，刘世芬与丈夫带起幼小的孩子来到鲁班镇上打工，可是镇上没房可租的难题成了刘世芬的焦心事。

刘世芬找到救助部门，请求组织帮助解决能借住的空余房子。

递交申请后，鲁班镇政府很快就将他们安置在烈士陵园父亲住的房子里。之前，为改善刘付昌守陵的居住环境，当地政府将他搭建的工棚拆除后，为他建起集管理、办公、居住于一体的安全住房。多余的空房间，就成了刘世芬的借住房。

一年半后，刘世芬怎么也想不到，父亲突然让他们搬走。“这是烈士的，这是国家的，能让你们住这么长时间，已经不错了。”

这哪是亲爹？况且，政府也没让搬啊，干吗无缘无故撵我们走？刘世芬想不通。

静下心来，刘世芬做起父亲思想工作：“爸，再让我住半年如何？等家里的房子修好后，我一定搬走，不跟你添麻烦。”

再怎么乞求，刘付昌就是不同意，称这是国家的，这是烈士的，你们没资格住。时间住久了，旁人要说闲话。

刘世芬知道父亲说一不二的秉性，无奈之下，只好和丈夫辞去工作，搬回老家的旧房子里。

遭受“逐客令”的，还有刘付昌大女儿的孩子曾祥泽。

那年，曾祥泽在集镇上读初一。从 20 公里外的地方来集镇上学，人生地不熟，房子也不好找，于是曾祥泽就来“投靠”外公。

住了半年，外公突然对外孙说，搬走吧，这是国家的，时间不能住得太久。“能让你住半年，已让我很对不起国家和烈士了。”

正当曾祥泽要搬走时，外公又突然对他说：“你要走去哪啊？为什么要搬走？”

“外公，是你让我搬的，你忘了？你说这是国家的房子，我不能住得太久。”

刘付昌沉默了，随后就帮外孙收拾起行李。

十

十多年前的一天，侄儿刘世明找伯伯刘付昌帮忙。

“伯伯，我家没菜板，想请你帮忙找截废旧木板给我做一块。”

“不行。那是国家的，晓得不？”

刘世明吃了闭门羹。

“不就一块菜板儿的事嘛。再说，这废旧木板你也用不上，时间长了还会坏。”刘世明好说歹说，刘付昌就是不同意，还告诫侄儿：“如果你硬要拿，我就去政府告你。”

见老刘上纲上线，周围人就劝：“刘大爷，那是你侄儿，何必嘞？一块木板子，有什么好稀奇的嘛，就让他拿去。”

“我侄儿更不行。年轻人要培养不拿国家一针一线的品行。”直到刘世明答应不拿木板后，刘付昌的“训诫”才收了场。

守墓，不能把国家资产守少了。这是刘付昌定的铁规。

陵园内，一名街坊邻居正支起身子砍柏树枝。杀了年猪，他想用柏树叶熏腊肉。

刚砍几枝，刘付昌跑来了。“这是什么行为？守护烈士的柏树，你也敢砍？”刘付昌不依不饶，立即报警。

邻居赔礼道歉后，刘付昌才停歇下来。从此，每当杀年猪时，再没人敢打陵园内柏树枝的主意。

不敢打陵园主意的，还有侄儿刘世利。几年前，刘世利父亲去世。安葬父亲后，刘世利就找伯伯商量，打算在园内扯几株黄杨木苗栽在父亲坟前。

刘世利还未讲完，刘付昌一句“不行，一万个不行”就向侄儿塞了回去。

“伯伯，那是你亲兄弟。坟前栽几棵常青树，你也应该欣慰的吧？”

“那是国家的。说不行，就是不行。现在跟你交代，要是树苗少了，我直接找你算账。”

伯伯这是什么逻辑？“偷鸡不成，还要让我蚀把米？”伯伯的强硬态度让刘世利感慨：“他最爱的家，是陵园；最亲的人，是烈士。无与伦比！”

“国家”“烈士”，已深深镌刻进刘付昌的骨头里。在刘世芬家里，刘付昌看到的物件、粮食都是“国家的”，还反复叮嘱女儿女婿和外孙：“你们要把财物看管好，不能让它丢了，不能让它浪费。这是国家的，这是烈士用生命换来的！”

十一

待遇得到解决后，刘付昌的生活也渐渐得到改善。

但是，刘付昌养成的省吃俭用习惯，依然没有改变。

大女婿曾凡坤回忆，一件涤卡布上衣，岳父穿了整整 20 年。头上那顶“雷锋帽”，曾凡坤结婚时就看到岳父戴起的，30 年后，曾凡坤的儿子都结婚了，岳父还在戴那顶帽子。

“只要能穿，就不能扔，不然就是忘本。”曾凡坤永远记得岳父这句话。

亲人和好心人买给他的衣物，总是见不到他穿。他说，新衣服穿在身上不自在，都送给有困难的人了。

生活越来越好，待遇也越来越高，但是刘付昌捡废品卖钱的习惯，总是改不掉。

有一次，他凑了一堆纸壳和塑料之类的废品，就让前来省亲的大女儿刘世容帮他背到街上卖掉。为省事儿，刘世容支走父亲后，点火将废品烧了，随后按回收品的价钱给父亲现金。

大女儿的做法露馅后，刘付昌骂开了：“你这是败家子行为。哪有你这种铺张浪费的？不尊重我的劳动成果就是不尊重我……”

“大老远去卖你那点儿废品，值不？力气钱都不够哩！你捡那点儿废品，充其量卖 10 块钱，我给你也是一回事嘛。”

“能是一回事？你的钱，我不要……”

“不要算了。我是想你年纪太大，不要再去捡了，不然摔倒了怎么办？现在又不差钱用。”

大女儿与刘付昌吵一架后，刘付昌反倒更认死理：“有一分算一分，总比没有强。人不能忘本，忆苦思甜。”

十二

刘付昌节省的钱，收废品卖得的收入，都干什么去了？

二女儿刘世芬回忆，除了借给有困难的乡亲外，就是资助贫困学生了。借出去的钱，他也不指望还。当然，也有来还的，可他从不去催。他资助大学生的事，一年十多起。受过资助的刘斌介绍，当年他考上大学，刘大爷就来家中祝贺，并亲手给了他 500 元钱，临走时还叮嘱："娃儿，好好读哟，将来为国家干大事。"

刘付昌还有一手绝活——做精致烟杆。

每次去大女儿刘世容家，他都要让女婿或外孙帮他到山上挖罗汉竹。把罗汉竹背回陵园后，他就用业余时间打造起"刘氏旱烟杆"。制作一根烟杆，至少一天工夫，还要花他一笔买烟嘴、烟斗的钱。

经他精心打造出来的烟杆，一根要卖几十上百元，可他从不卖，都赠送。每年，他送出去的烟杆五六十根。

大女儿见父亲送烟杆的慷慨劲儿，就问："花这么大的力气和时间制作出来，为什么不卖钱？这比你捡废品卖强啊！"

"不要啥子都钻在钱眼儿里面去了。"

父亲捡废品卖与赠送烟杆的戏剧性行为，其实很令大女儿刘世容敬佩。

鲁班山水村村民刘付贵至今后悔，把刘付昌大哥送给自己的烟杆弄丢了，从此他再没抽旱烟而改抽香烟。"那烟杆好看又好用，哪个见了都喜欢。大哥留的纪念物，丢得太可惜！"

邻居生病，只要刘付昌知道，就一定登门看望，不是买吃的，就是给个小红包抚慰。陵园旁边农地上有人抢收，他一定上前帮助。赶集天有人摆摊设点忙不过来，他也闲不下来，总得帮上一把，还不忘"不昧良心、诚实经营"的嘱托。学校、社区、行政机关一有红色革命传统教育的邀请，他一定前往。课堂上，他一开口，就是亲身经历的抗日战争、解放战争的故事，就是自己守墓的故事，就是吃苦耐劳的故事。他的课，不用准备，不用稿子。

刘大爷的口碑，在鲁班街头巷尾传颂，在鲁班人的心尖矗立。

烈士陵园里，刘付昌用米籽兰精心"栽培"出的巨型党徽，总是吸引游客驻足。面对生机盎然、璀璨夺目的党徽，老刘叹称，守墓老兵不仅要守好墓，不仅心里要有红军烈士，还要做到心中有党，心中有人民！

十三

烈士是父亲的亲人，父亲是家人的亲人。

自刘付昌守陵后，就很少回家。家人对他的思念，也越来越浓烈。

大女儿刘世容 15 岁时，一次偶然的时机，才和 13 岁的妹妹见到多年未见且心中已模糊的父亲。

看着眼前这个又矮又瘦又黑的守墓人，刘世容与妹妹不敢相信，心中高大威武又当过兵的父亲，原来是这般模样。刘世容揉了揉眼，却不肯开口。

“叫爸爸呀，世容世芬，这真的是你们爸爸！”有人提醒姐妹俩。

“爸爸！”好不容易，刘世容弱弱地嘣出这两个字。

看到已经长成半大个子的两个女儿，听到女儿一声“爸爸”的称谓，刘付昌激动得说不出话来。

第二天一早，住在亲戚家的刘世容和妹妹，就要随邻居回家了。临别时，父亲突然将两条新裤子递在刘世容和妹妹面前。这裤子，是父亲找裁缝连夜缝制的。

“我和妹妹当时好感动。分别时，我哭了，爸爸也流泪了。”

从那之后，刘世容与妹妹经常去看望父亲。一年到头，父亲身上始终是一件棉袄，头上始终是一顶棉帽。夏天穿棉袄，是什么滋味儿呢？刘世容没有尝试过。

当时没有收入，很难穿新衣的父亲，当晚拿什么换取布料、换取裁缝工天赶制裤子的呢？多年后，姐妹俩才清楚，这是父亲做小工换取的。

那时裁缝是个香饽饽。

父亲让姐妹俩学这门手艺，往后好到集镇上谋碗饭食。刘付昌动员说：“老家太苦，当了裁缝后就不用回去了。”

然而，母亲不同意，因交不起学徒费，愿望未实现。

其实，父亲不是铁石心肠之人。只是，在公私面前，他分得特别清楚。

1997 年，继外孙女结婚，刘付昌用省下来的钱为她买风扇、衣物、衣柜等嫁妆。一家国有企业赠送给他的毛毯，他舍不得用，就当嫁妆送给继外孙女。

见继女与两个女儿家中沙发旧了，刘付昌就用节省下来的钱为仨姐妹各买了一个，不要还不行。好久不见继外孙欧明权了，于是他买上水果，专门打车为欧明权送去。放下水果，拉几分钟家常，刘付昌就往回赶。

继女王其英心中，继父身板硬朗，腰肢挺拔，做事果断，心中藏大爱，精气神十足，走路带出风——军人本色，一生不变。

十四

还是难以抵御岁月的侵蚀，刘付昌身体今不如昔。毕竟，已经是 90 多岁的老人了。

见他年岁，见他身体的变化，2016 年 6 月，政府决定，刘付昌“退休”不再守陵，回家让女儿照料。陵园工作，就交给徒弟郭德刚。

于是，女儿和侄儿争相接刘付昌尽孝。

在侄儿刘世明家，刘付昌住了几天后，屁股像是有钉，坐不住，于是搬回陵园。

在大女儿刘世容家，刘付昌住了两天后，就嚷着要“回家”。“爸，我这里，就是你的家！”刘世容提醒。

“我的家？我的家在烈士陵园……”说着说着，刘付昌就起身往外走，一刻也不犹豫，谁也别想阻止。

军人作风，干净利索，说一不二。

太了解父亲的脾气了。当时正在洗刷的刘世容把碗筷一放，立即陪同父亲回到 20 公里外的烈士陵园。

时隔半月，二女儿刘世芬来接他。

刘世芬家离陵园几公里，去看父亲，父亲去看他们，父亲想回陵园，都要方便些。说服父亲后，刘世芬决定接父亲与他们一同居住、生活。

刘世芬知道父亲的性格，知道父亲会思念烈士、思念徒弟、思念陵园那个“家”的，也一定会回去走走看看的。但令刘世芬想不到的是，父亲到她家后，天天盘算的，天天惦记的，就是陵园，就是“回家”。

“世芬，送我回去吧。我怕徒弟一个人不习惯，我怕他没照顾好烈士，没接待好来参观学习的客人……我去看一眼，交代几句就回来……”

父亲念得紧，刘世芬只好让丈夫送他回去了个心愿。

回陵园后，刘付昌的腿像绑在柱子上，走不动，不回二女儿家了。

“老者，你说话不算话嘞。你若不回去，我就天天陪你在陵园住。”

果真，二女婿李朝伦陪他在陵园住了几天，后来在徒弟和社区干部的劝说下，刘付昌才恋恋不舍地与二女婿一道，返回刘世芬家。

了却心愿后，父亲短时间内该不想回去了吧？

刘世芬想错了。几天后，父亲又闹腾起来，一定要回陵园，一定要回去陪烈士。

趁刘世芬一家人不注意，他就朝陵园方向走。

拦下他后，刘世芬问：“爸，你才去没几天啊，怎么现在又要回去？你回去总得有事吧？”

“陪烈士就是我的事。我昨晚梦见烈士了，我要回去看看。”

拗不过父亲，刘世芬只好找车又送他回去。

十五

一天傍晚，观望着天边晚霞，刘付昌想着想着，又突然起身要回陵园。刘世芬劝他，天都快黑了，等明天再送你回去。

刘世芬劝不住，也阻挡不住，只好打电话给丈夫的堂兄弟李朝军来劝。

李朝军刚走到他跟前，他抓起一根木棒，就向李朝军打去。

没辙，刘世芬又只好找车送。

劝刘付昌别回去而被“修理”的，还有外孙李轩华。

那天，李轩华帮他卷旱烟，卷着卷着，刘付昌就突然想起要回陵园。口头还在说，脚下已迈步。

李轩华上前劝阻，可他哪听劝，同样抓起一根木棒，就朝李轩华打去。李轩华一躲，木棒打在铁炉子上。“铁炉子被打的印痕，至今还在哩。”

2017年冬季的一天，刘付昌提起拐杖，也不跟任何人打招呼，就奔向陵园的方向。李轩华想，就让外公去吧，让他朝那个方向看看，了一下心愿，兴许会回来。于是，李轩华扶起外公，沿着公路一直走。

李轩华感觉到，外公的腿脚，已经不灵便了，走路开始打战。尽管如此，外公还是停不下来，坚持朝前走。李轩华担心，就请邻居帮忙，“架”起外公返回家。

可外公哪肯依？回到家，他就开始生闷气，不理大家，一直到第二天送他回陵园后才解气。

十六

陵园就是他的家。

回家的方向，回家的思念，难以泯灭。

刘付昌又想回陵园了。外孙媳罗永霞上前劝，他就干脆坐在地上“耍赖”。

“这是你家啊，外公。你回陵园干啥子？那里有你徒弟在管，你去了也没有作用嘛。”罗永霞边扶外公边劝慰。

“我要和烈士摆‘龙门阵’。两天不跟他们说话，我心里闷得慌。那是一支部队，我要为他们‘站岗放哨’……烈士陵园才是我的家。我死，也要死在那里。”

“你逢人就夸我们好，可你天天闹着要回陵园，其他人晓得了还以为我们不孝敬你、虐待你呢。”

外公不再跟罗永霞理论，坐在一个胶桶上生气。不一阵，见罗永霞放松了防备，他起身又往前冲。

见罗永霞阻拦，刘付昌火从心上来，顺势将身边水龙头对准自己身上冲水。

衣服打湿了，罗永霞担心外公着凉，就准备跟他换，可他不准许。外孙媳使出绝招：“外公，你换了衣服，我一定让你回去。”

“说话作数？”

“保证作数。”

换了衣服后，罗永霞立即找车又送他回陵园。“只要回陵园，他就兴奋！”

外公是不是糊涂了？不，他明白得很。

罗永霞说，每次扶外公上厕所，一到门口他就让外孙媳回避，然后把门给他关上。外孙媳不放心，怕他在厕内摔倒，就半掩起厕所门，拿只眼睛管着他。

“你一个女娃子，开起门看着我干啥子？有你盯起，我怎么解得出来？”

“要真糊涂，他一定是没有这种思维的。”罗永霞感悟，外公就是舍不得烈士和陵园。

大半辈子光阴，都献给了陵园，那里的每寸墓碑、一砖一瓦、一草一木，对他来说都有感情。

十七

刘付昌吵嚷要回陵园，还不分时间。

半夜三更一觉醒来，就闹着要回去，弄得邻居都睡不好。太闹，一家人又只好找车送他。刘世芬说，父亲自来他家后，他家就没有几天是安静的，一家人每天都要跟他“斗智斗勇”。阻止他时，他就像个小孩倒在地上闹，直到你答应他回陵园后才消气。

2017 年要过年了，他又想起烈士和陵园。

年底，一家人都为迎接新春而忙活，再说，天气很冷，怕他受感冒。所以，刘世芬这次来硬的，死活不让他去，并把院坝出口堵起来。

刘世芬哪堵得住，他干脆翻院坝一米高的围墙。

担心摔倒，刘世芬就立即阻止，用力扶他回屋。“爸，你才回去没几天啊。天这么冷，又要过年了，别闹……”

刘付昌不语。女儿扶他进屋时，他在女儿左手上狠狠咬了一口。痛得难忍，刘世芬只好松手，只好又让丈夫找车送他回陵园。

刘世芬左手上，从此落下疤痕。

十八

“世芬，我可能日子不多了，你再送我回一趟陵园吧。”

有天，刘付昌的话出人意料。

“找不到其他话了？别拿这话吓我，不管用。你回去，就是跟烈士说几句话而已，我请你徒弟替你说就行了。你再这样闹，我们一家都要被你折腾死啊，爸！”

这回，女儿再没听父亲的，好像父亲也“规矩”起来。

真没两天，刘付昌病倒了，茶水不进。医生诊断，因年岁太大，各种器官与功能都衰竭了，没有办法了。

一个星期后，刘付昌走了。那天，是2018年7月12日。

父亲最后一次心愿，也是刘世芬唯一没有让父亲实现回陵园的心愿，从此成了刘世芬追悔莫及的事。谈起此事，刘世芬的心就隐隐作痛。

让刘世芬隐痛的，还有父亲过的最后一个生日。

2018年，刘付昌96岁生日临近。

客厅里，刘付昌清清嗓子突然宣布：“你们帮我操办一个生日席吧……我得提前酬谢大家。我死时，还要麻烦、打搅邻居、乡亲和组织嘞……不过，不能铺张浪费，心意表达到就行！”

父亲是不是发高烧说胡话了？父亲过去生日，都是跟烈士一起过的，怎么这回想通了要跟我们一起过？以前，请都请不来嘞！

刘世芬走到父亲跟前摸了摸他的额头：“不烧嘛，怎么说起不吉利的话？”

“我跟你说正事……不行算了。”刘付昌施起激将法。

垂暮之年，刘付昌想到的，是感谢大家，是以过生日为由，提前与大家道别，与“自己”道别，与烈士道别。

理解父亲想法后，刘世芬一家为老人操办起生日席。那天，见到前来祝寿的乡亲、邻居和社区干部，刘付昌乐得像个孩子。

哪知，酬谢大家后第二十五天，刘付昌与世长辞。

“父亲走时正属夏天。当天骄阳高挂，酷热难当，可我们的心是凉的。”刘世芬说。父亲像知道自己要走一样，把最后一个生日、唯一跟亲人一起过的生日，当为了他的答谢日、道别日。

出殡当天，乡亲们特意将刘付昌遗体绕到鲁班烈士陵园晏家山山脚下，让刘付昌在那里停留了十多分钟，让这位陪伴烈士大半辈子的守陵老兵，再次“看看”他朝夕相处的“战友”，再次“看看”他守了半个世纪的“家园”。

行世近百年，守陵半世纪；丹心为家国，事迹感动天。刘付昌没有遗憾，在亲人的哭泣声中，在所有人敬仰思慕中，他会战友和烈士去了。

十九

忆起岳父，李朝伦几度哽咽。

“从此，再也听不到岳父讲他打仗、守墓的故事了，再也听不到夸奖我的声音了。”

自接岳父来家里后，李朝伦就跟他住一个房间。岳父晚上去卫生间、洗漱、喝热水、换衣服，要靠李朝伦帮忙。岳父生活很简单，也不浪费，有时一杯牛奶、豆奶就解决问题。军人作风始终不变，整个房间他收拾得干干净净，衣物和被子垫得整整齐齐，手脚不灵便时，也要叮嘱李朝伦收拾。

女婿家，刘付昌即便不闹着回陵园，也总是闲不下来。

提起扫把，他就开始打扫院坝、路道，还扫到邻居家去了。房前屋后，都被他打理得干干净净，连棵杂草也不放过。

跟在陵园一样，每天起床第一件事就是扫地，哪怕是干净的，他也扫。陵园里的习惯，改不掉。

最后一段时间，岳父身体状况不佳，李朝伦就劝他：“别扫了，地脏了还有我们呢。”

岳父不听，提起扫把继续扫。

担心岳父摔倒，李朝伦就扶住他扫。

邻居见状，笑了：“朝伦，你扫不行吗？有你扶老丈人扫地那工夫，你自己都扫干净了。”邻居哪里知道，这是老人家每天保留的“节目”，不让扫他心里难受。

岳父保留的“节目”，还有摆故事。

女婿家，只要有客人来，他就跟客人讲他打仗、守墓的故事，不管客人愿不愿意听，他只管摆。有时深夜，岳父一觉醒来，就喊李朝伦：“醒没，朝伦？我又想起一个故事，我摆给你听哈。”其实，岳父摆的故事，已经几十遍上百遍了。为迎合老人，李朝伦只好翻起身，开起灯，又听起岳父摆得连耳朵都起了老茧的故事来。

家中没人时，岳父就跟自己摆。

口中念的，始终是战场，始终是红军，始终是陵园；心中装的，只有陵园，只有一刻也离不开的烈士。

二十

刘付昌的事迹感染无数身边人，郭德刚就是其中之一。

1998 年，郭德刚来陵园参观，听了刘付昌守陵的感人事迹后，回去就睡不好。“刘大爷是退役军人，我同样也是，可为什么我就干不出件像样的事呢？”

郭德刚曾参加过边境自卫还击作战的支前任务，身上留下的伤痕让他倍感光荣。“可我躺在‘光荣簿’上，在回乡的 20 年时间里‘一事无成’。我愧对军人这个称谓，我必须做一件对得起自己的事——跟刘大爷一起守墓！再说，刘大爷年纪大了，需要有人接班。”

下定决心后，郭德刚握住申请书找到鲁班民政部门。

经组织考察，郭德刚最终如愿以偿。

1999 年 12 月，从家中背起铺盖，年近 50 岁的郭德刚到陵园刘付昌住的简易房子里“安营扎寨”，自此成为鲁班红军烈士陵园第二代、第二个守陵人。

郭德刚来守陵了，可家中 10 来亩地，每年要出栏的 10 多头猪牛，以及全家人的开销，包括孩子的抚育，全落在爱人田云芬肩头。

“这么累的活就我一个人干，怎么行？”

当初，田云芬很有想法，也经常埋怨，但一想到自己和老郭曾经也是穷苦孩子出身，一想到老郭“要做一件有意义的事来报答国家”的心愿时，田云芬渐渐理解了。

“没有革命烈士，哪来今天的好日子？”守陵动力，还来源于郭德刚深埋心底的秘密——祖母右手指和背脊落下的残疾，就是在中华人民共和国成立前，因她交不起层层加码的地租，被地主打伤致残的。

郭德刚深明大义，懂得感恩。

二十一

见到刘付昌，郭德刚立即拜师学艺，了解陵园的情况和要开展的工作。对新来的徒弟，老刘很欣慰，除了介绍烈士、介绍陵园修建的历史外，再无任何交代。“我干啥子，你就干啥子，很简单。”老刘就提这个要求。

第二天，天刚蒙蒙亮，老刘起床了。洗漱结束后，他立即提起扫把，出门开始清扫广场、台阶、路道。

老刘不作声，也不招呼徒弟。等郭德刚醒来，师父已在门外扫了一大片地。愧疚的郭德刚立即下床，拿起扫把跟随师父扫起来。

扫着扫着，郭德刚感到奇怪，地上没有树叶和垃圾，也没有尘土，我们师徒俩这是扫什么啊？扫空气啊？郭德刚疑惑不解。

第三天，天边刚起鱼肚白，老刘扛起扫把，又出门了。醒来的郭德刚觉得，师父扫这地，跟太阳底下点灯有何两样？扫个地，何苦起那样早，又不是抢收抢种。嘟哝两句后，郭德刚倒头又睡。

第四天清晨，在门外扫了一个多小时地的师父回来了。这时，床上憋起一肚子话的徒弟郭德刚举头就问：“师父，地那样干净，你天天起这样早去扫，为啥子？”

“你的脸不脏，为啥子一起床就要洗？陵园里的地，就是烈士的‘脸’嘞……”

师父一句简单的比喻，一下子震住了郭德刚。

从此，师父起床，他就起床，师父扫地，他就扫地。

为能及时醒来，郭德刚只好买了个闹钟。师父起床从不喊他，说干革命靠自觉。“我瞌睡大，怎么自觉嘛？所以，我必须买个闹钟。”有闹钟，郭德刚就能跟师父一同起床，一同打扫陵园了。

“我敢说，我还是有进步的。可是，师父从不表扬我，是好是歹，应该评价几句吧，但他‘吝啬’得很！”

两代守陵人相依相伴，千篇一律的工作，就是打扫陵园、擦拭墓碑、扶植花草、讲述历史……师徒俩深知自己看似枯燥的工作，实则庄严、崇高，其中蕴含着守陵人的承诺、对英烈的崇敬，以及为党工作的忠诚。

二十二

不清楚，师父为什么要为一句诺言坚守半个世纪？这需要怎样的胸襟与笃定的信念啊！

郭德刚觉得，师父当过兵，对军人有不一样的情感。他把烈士当成跟他一同出生入死的战友了。战友在墓里，他在墓外，陵园里他是最忠实的“墓外战友”。

冬天漏风，雨天漏雨，夏天漏太阳。陵园里的一切，见证了师父当初搭棚子安家 20 年、修修补补 20 年的窘况。

郭德刚去陵园那年，师父的木棚子被拆掉，取而代之的是一层砖混平房。尽管窄小，但对师父来说，已经知足了。

光阴在陵园的每个角落轮流。

夏天来临，酷热，让师徒俩难以逃避。

夜晚，烈日暴晒后的窄小居室里，师徒俩躺下几分钟后，汗水湿透的背心能拧出水来。

卷起草席，握起蒲扇，师父带郭德刚来到烈士墓外的台阶上。

在草席上躺下后，仰望头顶的星空，郭德刚感伤起来：天上星星陪着月亮，地下孩子陪着爹娘，屋内夫妻陪在炕上，而我们呢？不来守陵，师徒俩这会儿应该睡在凉爽的房屋里啊。枕着信念，陪着烈士，师徒俩睡在外头，烈士睡在里头！

“日子苦点儿，但光荣，我和师父做的是一件有意义的事。”想着想着，郭德刚泪水来了。

睡在一旁的师父，早已没了多愁善感，感觉这样睡更香，更踏实。把墓内烈士当亲人，就没有睡不好的觉。

清晨一觉醒来，身上裸露的地方，全是蚊子叮咬的疙瘩。不过，师徒俩觉得，这比起屋内的热来，好多了。

酷热夏天后，陵园的冬天，如期而至。

陵园所处的晏家山较高，冬天格外冷。为取暖，师徒俩就从山脚下背煤上山生火。小屋内煤烟太重，有时弄得师徒俩呛得喘不过气来。

尽管寒冷，可师父每天天不亮就去打扫陵园的习惯，始终不变。为多睡会儿，郭德刚有时就祈祷，希望每天清晨都下大雨，这样师父就不会出去扫地了。

越祈祷，老天爷似乎越捉弄他，似乎下大雨的清晨，就没有出现过。有时等来的毛毛细雨，仍然阻挡不了师父扫地的步伐。师父出门扫地，徒弟还能赖在床上吗？

师徒俩坚持每天打扫陵园，像是部队每天清晨出操一样，雷打不动。郭德刚说："光跟着师父扫地，我每年至少要用 60 把扫帚。守陵 23 年来，我一个人就用去 1300 多把。"

扫帚声声催日出，霞光先敬扫墓人。郭德刚最终懂得师父那份虔诚的含义，也明白师父对红军烈士的特殊感情，所以"师父干什么，我必须干什么"。

二十三

师徒俩都曾是军人，都曾经历过硝烟弥漫的战场，都有共同的气质与品格。可郭德刚却认为，师父的洒脱劲儿，难以超越。

2000 年的一天，刘付昌搭起高脚凳就开始修剪树枝。由于没安稳好凳子，受力不均，凳子倒了，刘付昌重重地摔在地上，额头上撞出一条口子。

出了血，刘付昌不问医不问药，潇洒地抓起泥巴就止血。

郭德刚见状："师父，你这样搞，伤口要被感染的。"

哪有那么娇气？在部队打仗受伤出血，就是这样干的，先止了血就行。

师父啊，泥巴哪能止得了血？

背起师父，郭德刚就往卫生院赶。见缝了五针，郭德刚和医生就要求刘付昌住院观察、治疗两天，毕竟年岁高了。可刘付昌不干，一定要回陵园。"好吧，我们尊重你的意见。"

回陵园第二天，天还没亮，师父又起床了，又继续扫地。对徒弟的劝说，他根本不放在心里，还说小伤算什么，又没缺胳膊少腿。"在部队，轻伤不下火线嘞！"

2012 年，刘付昌走着走着，兴许是体力不支，脚虚，又摔倒了。这次很严重，滚了五级台阶，摔伤了坐骨神经，同时带发了参战时留下的旧伤，使他腰直不起，走路一瘸一拐的。

这次，不得不住院了。

二十四

没人来访，没人来祭奠，没人来听他讲红色故事，刘付昌就围着烈士墓转，天天如此，少则个把小时，多则两三个小时。算下来，每天几万步，好几公里或十来公里。

刘付昌一边转，一边念：同志们，你们在里头，我在外头。外头变化大，跟当年你们打仗时的景象比，是两回事……今天的日子，都是你们用生命换来的。谢谢你们了！

刘付昌围着烈士墓转，还有其他作用，一来当锻炼，二来可以看看四周有没有调皮的孩子破坏花草。转烈士墓，与烈士交流，向烈士介绍今天的变迁，是刘付昌的另一职责。几十年，脚下的路面，都被他走光滑了。

他未曾离开过陵园，生怕被人抢走了他的“阵地”。

2010 年，政府安排他去遵义疗养院参加健康疗养，时间一个月。郭德刚为师父算了算，40 多年，这是他第一次出不足 100 公里之外的地方。上一次出远门儿，是随部队参加解放战争时的事儿了。

疗养院里，刘付昌如坐针毡，时常问，疗养时间要结束了不，再不结束，我就要走了。工作人员知道他的想法，就跟他说，快了快了。

每次下山，要么捡拾废品，要么买菜，要么乡亲有红白喜事，刘付昌就去坐一会儿，然后就急匆匆往陵园赶。

刘付昌像钉子一样钉在陵园里的精神，也影响了郭德刚，使他也不轻易下山，像坚守阵地一般守在这里。

二十五

由于环境清静，陵园里也经常有小动物来陪伴，包括松鼠、小鸟、蛇等。

有次，郭德刚在同一个地方发现了几条蛇，他感觉奇怪，就回来拿手机去拍照片。可等郭德刚返回时，几条蛇已经无影无踪。

每次发现蛇，郭德刚就要向师父“禀报”。师父称，万不可伤害它，它是老天爷派来监督我们的，随后就跟蛇说：“回去吧，我们会把烈士守好的，放心吧。”

一刻工夫后，蛇真走了。

尽管郭德刚不相信师父的话，但当看到师父在陵园里什么都可以同红军烈士联系起来的那份笃定之情时，他“相信”了。

邻居黄永有天来陵园小坝子晒粮食，靠在亭子的长椅上睡着了。睡着睡着，突然红军来了。见黄永挡在路上，红军就说：“我们要出操，请不要挡了我们的路。”突然，黄永惊醒过来。

梦醒之后，黄永再也不到陵园晒粮食了。

好神奇的梦！烈士英灵，革命精神，已融进当地群众的梦里。

刘付昌倔强的另一面，就是坚持不用手机，买给他他也不用，教他他也不学。有人要找他，就只能到陵园来。当然，在陵园里一定能找到他。

刘付昌记性越来越不好，炒菜时经常烧干锅，菜经常被炒煳。但对烈士，对守墓职责，他一刻也忘不掉。他不喝酒，不打牌，也从不进馆子，有人请就称游客要来参观走不开了！

来鲁班烈士陵园开展爱国主义教育活动的，也相当多，每年也有上百场次，清明节、建党节、建军节、烈士纪念日等时间节点，来的人特别多，一波接一波。来一波，刘付昌就讲一次，一天下来，嗓子都沙哑了。讲的，依然是他参加抗日战争、解放战争的故事和守陵故事。尽管嗓子冒烟儿，但他从不推辞。

二十六

师徒俩相处、生活 17 年后，2016 年，刘付昌准备离开陵园去女儿家居住了。

依依不舍的刘付昌向徒弟交代：“我走了，你要坚持哟，不要‘三天打鱼两天晒网’的。要管好陵园，照顾好烈士，要跟我一样，干一辈子，干到老死！”

郭德刚答应，一定跟师父一样，干到干不动为止。

不几天，刘付昌在家人的陪同下回陵园了。一回陵园，刘付昌就找徒弟交代：“一定要守到老死哟。”

“师父，我跟你一样，守一辈子，守到老死！”

徒弟答应后，刘付昌微微一笑："那就好，那就好。陵园、烈士，就交给你了。"

在二女儿刘世芬家里，刘付昌根本坐不住，三天两头就往陵园跑。其实，师徒俩并未真正离开，直到师父去世。

师父走时，郭德刚像失去亲人一样，泪水一阵一阵的。师徒俩守陵 19 年后，师父见他的战友般、亲人般的烈士去了。

师父走后，郭德刚跟他一样，也要围绕烈士墓转，转着转着，就想起师父，就怀念起跟他一同睡在烈士墓台阶上看星星、看月亮的情景。

而今，郭德刚再不会到烈士墓外的台阶睡觉了，取而代之的，是政府新建的楼房，里面空调、暖炉、床铺、沙发、厨房、厕所、洗澡间……什么都有，再热，再冷，再大的风雨，都不用担心。

"守陵条件越来越好，不变的，是烈士的革命精神，师父的守陵精神，必须继承下来。"郭德刚态度坚决。

师父走后，郭德刚依旧每天 6 点起床，6 点半开始清扫陵园、擦拭墓碑，整理游客敬献的鲜花。8 点半准时开园，并登记入园信息，随后为前来参观祭扫的人介绍陵园情况，讲解英烈故事，讲述师父守陵的故事。近些年到烈士陵园接受红色革命精神教育的人越来越多，特别是建党 100 周年之际，最多的一天达 46 个单位，人次 2000 多，当天郭德刚宣讲高达 28 场次。

"当时我嗓子都讲冒烟儿了。"

"坚守陵园，直到生命结束。"师父的话，必须铭记，尽管年过古稀，可郭德刚跟年轻人一样，干劲十足。跟师父一样，烈士陵园就是他的"哨位"，陵园里的一砖一瓦、一草一木，已经融入他的生命和血脉。

一座陵园，一句诺言，两名老兵，半个世纪……用这组数据构筑起来的精神家园，令人神往。两名老兵接力守陵的感人故事，在人世间传扬！

血色青春

——记一级战斗英雄秦国富

◇ 萧子静

红色的领章，绿色的军装，圆圆的钢盔，手握的钢枪，遍地芭蕉绿意盎然却暗藏杀机，丛林中的艰难跋涉，阵地高地的枪林弹雨……呐喊、冲锋，哀号、沉寂，硝烟弥漫、烽烟四起，经常出现在秦国富的梦里。

每一次回忆，想起倒下的战友，想起血染的风采，都会令这位两鬓染霜的老英雄眼里噙着泪水，眼望南方，良久沉思。

首场战斗

1979 年 2 月 17 日，是秦国富永难忘怀的日子，23 岁的他作为火箭筒班班长参加了对越自卫反击战。

火箭筒是当年备受倚重的利器，火箭筒手自然是首长青睐、战友们羡慕的兵。秦国富敏捷精干、沉稳果敢，被首长百里挑一，成为一名火箭筒手。经过刻苦训练，他成为一名弹无虚发的射手，战前被提拔为班长。

攻打 110 高地的战斗在清晨打响。

枪声、炮弹爆炸声交织在一起，几百米开外的营预备队什么也看不见。天亮云开雾散之后，110 高地终于露出了真容，战斗情况清晰地呈现在秦国富的眼前。

听到枪炮声，看着战友在 110 高地与越军激战，作为火箭筒班长的秦国富十分着急。连长王建国指挥二、三排占领无名高地后，三排留下坚守阵地，继续向 110 高地进攻的二排，一具火箭筒也没有。

秦国富向罗副营长请求支援二排，得到同意后，他便带着副射手毛侦林奔向激战中的110高地。

此时，110高地的战斗打得非常激烈，越军地堡里的重机枪、冲锋枪子弹，铺天盖地朝二排倾泻而来。二排被对方的火力封锁在一块洼地里，先后有9个战士倒下了，王连长的右手也负了伤。

正当王连长急得骂娘、焦急万分的时候，秦国富赶到了他的身边。王连长用手朝左前方一指，急切说道："秦国富，你看，左前方100米处，有越军地堡一个，赶快把它干掉！"

秦国富顺着王连长指的方向看去，只见一个坟墓一样的地堡射击孔里的轻重机枪，正在疯狂地扫射。"哒哒哒"的枪声，像重锤一样敲打着秦国富的心房。他和副射手毛侦林朝左前方的一个土包跃进，越军发现了他们的意图，调转枪口对着他们猛烈射击。

说时迟那时快，秦国富选择有利地形，从侧面快速移动，不料脚下一滑，摔倒在地。与此同时，敌军的子弹擦身而过，秦国富逃过了生死一劫。

子弹"啾啾啾"地擦着秦国富的头皮飞过，钻进脚边的泥土里。秦国富什么也顾不上，带领毛侦林利用石头、树木和坑凹作掩护，时而跃进，时而匍匐前进。途中，子弹好几次从他们的头顶、耳边擦过，但都有惊无险。

为了更有把握，一弹毙敌，秦国富决定再靠近一些。俩人一步一步地向前移动，终于爬到了离越军地堡80米左右的土包上。秦国富蹲在土包上一看，越军地堡的形状一清二楚，黑洞洞的射击孔，活像蟒蛇那样张开了血盆大口，机枪喷出的火光，像毒蛇吐出的舌头一样可恶。

秦国富迅速跃到一个土坎上，这块地形对敌军同样很有利，就看谁能先发制人。当时地形上并不好隐蔽，子弹随时都可能打中秦国富，如果不迅速干掉这伙敌军，还会有更多的战友流血牺牲。

千钧一发之际，秦国富迅速架好火箭筒，瞄准地堡射孔，扣动扳机，"砰—咣！"随着火箭弹的爆炸声，射孔里滚出来一团焦臭的浓烟。越军的地堡被摧毁了，二排长王茂才操起冲锋枪喊："战友们，冲啊！"憋了一肚子气的战士们，个个像离弦的箭，从凹地上跃起，勇猛地朝高地冲去。

秦国富还来不及喘口气，突然，高地的右侧又有一挺轻机枪向冲锋的二排猛烈扫射，前进的道路又一次受阻。

王排长命令秦国富立即把越军的机枪干掉。为了争取时间，秦国富顾不得个人安危，提起火箭筒迅速向右侧跃进。

越军一看秦国富扛着火箭筒迎面而来，再也顾不得二排长王茂才了，调整枪口对着秦国富猛烈射击。在通过一段开阔地时，子弹险些击中秦国富的右手。王排长一看秦国富有生命危险，立即命令战士们集中火力掩护。

秦国富借机一跃而起，迅速占领了最佳射击位置。越军一看不妙，机枪突然停止了射击，秦国富的前方只能看到一片草莽树丛，一下子失去了攻击目标。

正当秦国富左右为难时，向指导员带着机枪连五排冲上来了。秦国富看了看五班长手中的冲锋枪，灵机一动，指挥重机枪班长引出火力，叫五班长朝前方射击，自己在旁瞪大眼睛观察越军还击。没想到，一个弹夹的子弹打空了，狡猾的越军毫不领“情”，连泡都不冒一下。

看来用冲锋枪不行，秦国富建议用重机枪引诱，机枪手迅速架好机枪，一阵猛扫，只见一片树木纷纷倒地。可是任你怎么打，敌人还是不暴露，当二排长王茂才他们发起冲锋时，躲在暗处的越军又打了一梭子。王茂才他们一卧倒，阵地上又恢复可怕的寂静。

离上级规定的发起占领110高地的时间马上就要到了，如不消灭这个隐藏的机枪手，将给连队带来巨大的伤亡。

越军的机枪手激怒了秦国富，他本想站起来挺直胸膛往前冲过去，迫使越军开枪，但转念一想，不行，如果一发子弹就要了命，自己白白牺牲不说，还影响整个战斗。

秦国富强迫自己冷静下来，瞪着双眼对前方进行细致扫描。由近到远，从左到右，任何疑点也不放过。

突然，秦国富的目光落在两棵紧靠在一起的芭蕉树上。这两棵挨在一起的芭蕉树，为啥一棵的叶子有些蔫呢？也许火力点就在那里！秦国富把自己的判断告诉了身边的王建国连长。连长用望远镜一看，肯定地说：“没错，80米开外的芭蕉树下，有越军火力点一个，你瞄准那棵蔫了的芭蕉树根部打……”

没等连长把话说完，秦国富立即架好火箭筒，对准芭蕉树根部发射一枚火箭弹，把两棵芭蕉树掀翻了，越军的机枪手跟芭蕉树一样，被炸得直挺挺地倒

他的身上充满传奇色彩。

一面是安顺师范学校的录取通知书，一面是征兵喜讯。他毅然放弃了去师范学校学习，以及以后稳妥的就业机会。

正当家里人以为秦国富下地干农活的时候，他却天不见亮就往县城赶了，连走带跑，生怕家人追上来。40 公里路，足足走了大半天，终于在县城追上了要开拔的新兵队伍。

直到第二天县里把秦国富换军装后脱下的衣服送回新庄村的家里，一天见不着儿子的秦老汉才猛然醒悟，猛击额头感叹："这小子还是巴着部队跑了！"

新兵岁月

进入十四军新兵训练营，队列、体能训练成为家常便饭，站军姿、唱军歌、军体拳，战术训练、内务整理、对抗训练，投弹、射击、会操、擒敌、敬礼，轮番进行……一日三餐要唱歌，《三大纪律八项注意》《打靶归来》《送战友》等。部队纪律和军人本色很快烙在了秦国富的脸膛，植入他的胸膛。

毛云乡的入伍新兵一整个班，被分到 125 团一连，乡友变成了战友。秦国富体力好，精神干练，他最喜欢的还是野战军事作战训练，再苦再累心里也乐开了花。

可是秦国富的毛脾气还是上来了！

一天，班长主持开会，总结本班训练。秦国富拿着子弹壳做手工。朱班长就对着他用四川话开骂了："格老子，站起来！"骂一通之后，又来一句："格老子，坐下！"

秦国富回了一句："说话注意点，文明点！"

班长火气更大了："格老子你懂什么？"越来越难听了。

秦国富一声不吭，像一头发怒的豹子，手上把玩的子弹壳一下子给班长投掷过去，正中额头，一下子"冒烟"了。

班长自己掏出手帕按压，才把血止住。大伙被怔住了。奇怪的是，班长没有再发脾气。

秦国富赶忙跑上去赔礼道歉："对不起！班长，你很生气，但你骂我，我也不愉快……”

班长摆摆手说：“罢了罢了，晚上再谈心交心。”

到了晚上，朱班长给他说了两条终生受用的话：“一是即便有情绪，也得尊重老兵；二是训练再艰苦，人生再苦，也得格老子挺住！”

直到近些年，秦国富去拜望在某安全局当局长退休的老班长。两个战友相见，分外亲切。

老班长“狠狠地”捶他一下，还是满口“格老子”：“屌兵！不得老子，你也有今天？哈哈哈，格老子！”

秦国富说：“老班长，你的话很受用，我永远都记住你的！格老子！”

这都是后话了。战友情，是人间真情中最为宝贵、永难说尽的。

话归正题。当时可是“好景不长”，按秦国富的话说是“运气不好”。部队开展野战军事训练后，要轮流到后勤生产基地，这一年正好轮到他们连去生产基地种粮食。他们响应上级“改变一下环境，栽秧打谷”的指示，从新兵训练基地转到云南开远的生产基地。

来部队种地！这是哪门子事？要种地我在开阳老家还没种够吗？当兵就是要离开锄头把子，扛上枪把子，才算英雄好汉！……离开集训环境的秦国富情绪兜不住，一脸的不愉快。

400 多亩稻田，起先，全排用集体劳动“吃大锅饭”的方式耕作。战士们耙田、栽秧、管水，整个白天全耗在农事上，互相“内卷”，产量却不高，原因是种植经验不科学，加上大田机耕不平，稻子要么干死，要么淹死。秦国富看在眼里，急在心里。第二季稻，他建议将任务承包到人头。他的任务是管好 100 亩水田。

清晨，秦国富早早下田劳作，采取打圈围田方式解决平整度问题，火辣辣的太阳当空，他就回营房休息睡觉；中午走走看看，管好水，傍晚太阳快落山的时候，他又下田劳作。用好一早一晚，既不费力，产量又高，看得其他战友直傻眼。有战士告他睡觉偷懒。上级来检查工作时，他确实还在睡觉，排长也跟着告状。连长也不是傻的，就叫大家一起到田间地头看实情，结果秦国富管理的田稻谷长势很旺，其他战士的依然有不少干死、淹死一片片。收粮时，秦国富的田平均每亩高产六七百斤。因此秦国富不但没有被惩罚，反而得到上级夸奖。

后来，秦国富因体能强壮、脑子灵活，被安排到连队作为骨干培养，进了教导大队四排，专门训练火箭筒和迫击炮，火箭筒专攻坦克、地堡，迫击炮则重点攻击集团目标。这是战士们最羡慕的“重火器排”。

1981 年 5 月 17 日至 7 月，扣林山战役打响。秦国富经历过战场硝烟的洗礼，大脑里面没有“怕不怕”这个概念。在 1000 多千米战线上，秦国富和战友见着敌人就打，打了就走。缴获的军需罐头，打开过的不能吃，避免炸弹和投毒，没有开封过的红烧肉之类的罐头，可以用来充饥。扣林战斗中，秦国富和战友们的任务是配合大部队守住一条山里的廊带，让敌人的重武器过不来。战斗一打响，他们就进入阵地“守株待兔”，坚守了 45 天，没得仗打。神奇的是，敌人并没有越过雷区和铁丝网，他们那一块阵地不费一兵一卒，硬是在规定时间内守住了这条封锁带，保障了整体战略的顺利推进。

收复老山

1984 年 4 月 28 日，收复老山之战打响。在秦国富记忆中，124 高地的战争场景最悲壮、最惨烈。

20 世纪 80 年代我国的社会生活发生了深刻的变化，改革开放的春风吹遍了祖国大地，年轻人身边充满了各色各样的诱惑，迪斯科、录音机、喇叭裤一轮又一轮的时尚，考学、读研、办公司、出国潮，形形色色的机会，使年轻人心潮难平。

年轻的中华人民共和国将士，却义无反顾地走上保卫祖国的战场。热带山岳丛林恶劣的气候和自然条件，多雨潮湿酷热蚊虫滋生，猫耳洞里 40 摄氏度的高温，80% 的干部战士烂裆，蚊子咬就是一个包，流黄水 10 多天不消，更不用说双方的炮火你来我往随时都有生命危险。

直到战斗打响前，战士们的伙食标准每餐只有九毛三分钱，在昆明买的包包菜，从昆明运到麻栗坡一大半都烂了，部队没有菜吃，就在田埂上挖鱼腥草，加点盐一拌就是一顿饭的菜。

“战友战友亲如兄弟，革命把我们召唤在一起，你来自边疆，他来自内地，我们都是人民的好子弟。战友战友，这亲切的称呼，这崇高的友谊，把我们结成一个钢铁的集体……”军歌嘹亮，秦国富和他的战友们克难而上。

老山战斗，越军依托坚固的防御工事，正面是六七十度的峭壁，作战部队伤亡都比较大，战士们用血肉之躯，维护了祖国领土完整和主权的尊严。“亏了我一个，幸福十亿人。”“理解万岁。”“祖国在我心中。”这些当年叫响的口号至今回忆起来仍令人激动。老山是对越作战将士们永远难忘的高地。

秦国富所在的部队是40师119团一营二连，秦国富任三排排长。119团团长张又侠下达作战部署，一营主攻124高地，二营打穿插，三营作为预备队。秦国富所在的二连负责正面攻打124高地。

124高地是松毛岭、662.6等高地的主要支撑点，驻守敌军一个排，只有攻占124高地，才能配合兄弟连进攻662.6高地。秦国富知道该阵地对松毛岭战斗的重要性及对整个战役的影响。这一带属于原始森林，楠竹多，又粗，又硬又密。敌人在阵地上布满地雷、铁丝网，钢钉撒在必经之路上，竹签带毒，用尿泡过，桐油熬煮，毒性很大，疮口容易溃烂。战士们穿着钢板鞋对付这些钢钉和竹签。山岳丛林地，和敌人最近也就三五米，反应过来时已是面对面，就看谁眼疾手快。

1984年4月28日凌晨，部队急行军5000多米路程，向攻击阵地挺进。

由于之前侦察掌握的情报与实际路况和敌情有一定的误差，再加上天黑林密，严重影响了行军速度。为了按时赶到攻击阵地，秦国富身先士卒，带领突击排克服难以想象的困难，连跑带爬，拼命向前奔去。一路上，战士们不知道摔了多少次，因山高林密，坡陡路险，道路泥泞，途中一些战士掉队了，到部队发起攻击时，秦国富数了数，连他自己在内，只上来7个人。

攻击的目标124高地，是越军一个连部防地。按理，7个人攻打越军一个连防御阵地根本不可能，但时间来不及了。秦国富决定借着炮火掩护，出其不意，直捣越军连部。

他们说干就干，秦国富下令7人呈扇形展开，向越军发起冲击。当冲击到124号高地前沿时，突然遭到左侧无名高地越军一挺重机枪的火力压制。子弹像蝗虫一样飞来，把战士压得连头都抬不起来。

狭路相逢勇者胜，秦国富瞪着发红的眼睛，从旁边一个战士手中夺过火箭筒，挑选有利位置，快速瞄准，一扣扳机，火箭弹不偏不倚，落在越军阵地重机枪手处爆炸。顿时，两名越军被炸死在堑壕边，越军的重机枪立即成了哑巴。

接着，秦国富冒着炮火，带领通讯战士钟堂兴交替掩护，不到10分钟就抢占了表面阵地。在激烈的堑壕争夺战中，秦国富又先后毙敌多名，缴获电话单机1部，望远镜1具。

“现在都无法想象，当时是怎么能够在负重之下，几分钟之内攀上那段丛林密布、坡陡路险的山崖，以少胜多迅速拿下阵地的。”时至今日，老英雄秦国富仍然感叹这场惊心动魄的战斗。

血染沙场

战斗还在残酷地进行，秦国富一边指挥战士们还击，一边抢占有利地形。当秦国富刚跳上坑道顶部，准备扩大战果时，左腿骨被越军重机枪射过来的一枚达姆弹打断。

秦国富刚跑出几步，突然感到左腿一阵钻心的疼痛。战斗异常激烈，秦国富顾不得停下来包扎，继续向前冲了大约五六十米，实在坚持不住，一下子摔倒在地。他低头一看，才发现是一颗子弹从左腿肚内侧打了进去，鲜血浸透了秦国富的绑腿和胶鞋。

重伤不下火线。秦国富用枪支撑着身子半跪在地上，动了动左腿，听见骨头嚓嚓响。秦国富并不知道自己中了传说中的达姆弹，事后在医院动手术时，医生发现这颗子弹的弹头在秦国富腿内爆炸，小腿骨粉碎性骨折，当时为了保腿，没取完弹片。

迅速占领阵地后，指导员樊波也跟了上来，发现秦国富受了重伤，迎着弹雨跑过来，想为秦国富包扎伤口。快到秦国富面前时，樊指导员右手腕也中了弹。秦国富忍着剧烈的疼痛，爬到樊波面前，给他包扎好伤口后，用急救包包扎了自己左腿的伤口。两人一起边包扎边紧急商量防御作战方案。

战斗激烈进行，为尽快拿下高地，秦国富和樊指导员忍着钻心的疼痛，互相搀扶着钻进越军丢下的一个指挥所，一人卧躺在一边，仔细观察敌情，带伤继续指挥作战。

秦国富把冲锋枪固定好，装好弹夹，随时准备打击反扑之敌。与此同时，他命令战士们抢占有利地形，一线摆开，准备迎头痛击敌军。

不出所料，没过几分钟，对面高地上的越军果然偷偷向124高地摸了过来。秦国富默默地数着，1个、2个、3个……10个……好家伙，17个敌人。秦国富小声地告诉战友放近了再打！

当越军距离缩短到只有三四十米远的时候，秦国富和樊波不约而同地喊出“打！”的指令，全排一齐猛烈开火，打得越军晕头转向，丢下五具尸体，连滚带爬钻进丛林逃跑了。

越军虽然死伤惨重，但他们也不甘心失败。不一会儿，在敌军官的威逼下，又有20多名顽敌利用炮火掩护，再次向124高地发起疯狂反扑，秦国富带领战士们和越军展开异常激烈的近战。

越军的炮火非常猛烈，排里有3名战士相继负伤。看到战士们一个接一个倒下，杀红了眼的秦国富怒火中烧，组织大家顽强战斗。战士们用冲锋枪和机枪形成交叉火力，猛烈射向敌群，迫使越军趴在地下，动弹不得。

随后，秦国富命令战士们抓住战机，向越军扔出一排又一排手榴弹，越军丢下7具尸体后，再次仓皇逃窜。

这时，连长带着一、二排的战友们赶了上来。在全连战友的共同努力下，不但打退了越军的多次反扑，而且很快歼灭了反攻的越军，牢牢地守住了阵地。

英雄本色

身中46块弹片，仍坚持战斗到最后一刻。这是秦国富的英雄本色。

124高地拿下并巩固后，为一营正面突击、掩护友邻部队穿插迂回攻占其他高地创造了条件，为老山作战的胜利立下了汗马功劳。

然而，敌人并不甘心失败，他们一而再、再而三地组织反扑、偷袭和炮火袭击，连里抽不出一兵一卒送秦国富到战地医院救治。

当时，天下着雨，战友们把秦国富抬到连指挥所，为防止伤口被污泥浊水感染，营部医助李正海让秦国富躺在担架上休息，寸步不离地守候在秦国富身边，给秦国富用止痛药控制，呼叫和等待军工前来接运。

秦国富从部队开进，到与战友们共同收复和巩固阵地，已经数十小时水米未进，加上流血过多，昏迷在担架上。

到了师救护所，医生根据秦国富的伤情，以最快的速度为他做了抗休克、抗感染处理后，挂上了输液瓶，立即转送到离师救护所10多千米的落水洞72医院野战医疗所抢救。

在野战医疗所，医生通过X光片，发现秦国富的左小腿里散布着数十块大大小小的弹片，伤情非常严重，保守治疗风险很大，手术截肢又觉得愧对秦国富。为了救活命、保住腿，让秦国富能够重新站起来，野战医疗所火速报请前线指挥部首长批准，决定调直升机，从前线将他转送到技术力量更强、医疗条件更好的昆明军区总医院抢救。

担任救治任务的是总医院骨科医生文家福。文医生是一位医术高超、医德高尚的白求恩式的好医生。秦国富被送到医院后，当他了解到秦国富的事迹，检查确诊伤情后，下决心不仅要挽救他的生命，还必须千方百计保住他的腿，让秦国富尽快治好伤，站起来，重返疆场。

根据X光片的判断，击中秦国富左腿的子弹很奇特，秦国富的左小腿伤口虽然不大，没有贯通伤，但肌肉和骨头中有大大小小40多块弹片，中弹部位的骨头几乎被炸成碎块。文医生通过查阅有关资料，知道了秦国富所中的子弹是禁用的达姆弹，这种子弹威力很大。

秦国富是受伤后的第三天才转送到昆明军区总医院的，伤口已严重感染，保住腿存在很大风险，就连生命都有危险。文家福医生决定不管冒多大的风险，也要拯救秦国富的生命，保住秦国富的腿。文家福带领科里的医生们制定了精密的抢救治疗方案。

抢救过程可谓一波三折，由于秦国富所中的达姆弹是射入左腿后，在肌肉和骨头处爆炸的，弹片和骨头碎块太多，有的弹片还深深嵌入骨头和骨髓之中，伤情之复杂，远远超出想象。

达姆弹弹头在秦国富小腿内爆炸后，形成40多块弹片，有的是有指甲盖那么大，有的如黄豆大小，还有的跟芝麻差不多。

由于手术难度太大，超出了预计手术时间，麻醉失效。秦国富先是听到文家福医生对其他几位医生护士说："我从医以来，做过近千例手术，从未碰到过如此复杂的伤情，要不是小秦毅力坚强，很难坚持到今天，我相信他会挺过手术关的。”

麻醉失效后，秦国富痛得大汗淋漓，他请求文医生把伤腿锯掉。文医生说：“秦国富，你是英雄吗？战场上你死都不怕，疼痛算什么？慰问团的首长专门强调，一定要治好你的腿，如果出现意外，我就会被送上军事法庭。你一定要配合治疗，相信我一定能让你重新站起来。”

秦国富一下子从手术台上坐了起来，在场的医生护士震惊不已。文医生问秦国富要干什么，秦国富说：“让我看看我的伤口和达姆弹的弹片是啥子样吧。”

秦国富看到了手术盘子里，摆满了好多好多的弹片，秦国富也看到了自己被切开的血肉模糊的左腿……

经过近 10 个小时的手术，文家福医生从秦国富受伤的腿中取出了大大小小 30 多枚弹片，但有几块扎进骨头和骨髓的弹片无法取出，至今还残留在秦国富的伤腿中。

手术中，文家福医生还将秦国富被炸碎的骨头拼接起来，为他后来的康复创造了条件。

令秦国富永生难忘的是，为了让他早日康复，文家福医生和妻子还专门给他熬鸡汤和筒子骨汤，每天用轮椅推着他在医院晒太阳，呼吸新鲜空气，陪他做康复训练……他们都是秦国富一辈子无法忘怀的恩人。

在文家福医生和妻子的精心照料下，秦国富终于康复出院，出席了昆明军区召开的庆功大会，在全国各地巡回作英模事迹报告。战争结束后，秦国富继续战斗在守卫西南边疆的岗位上。1989 年，秦国富因伤残提前退休。

永不褪色

有这样一首老歌叫作《血染的风采》，很多年轻人也许没有听到过。但在 20 世纪 80 年代，大街小巷、城市乡村，广播里、录音机里都播放，家喻户晓。原唱者徐良像秦国富一样，是中国人民解放军一级战斗英雄，都在战场上经历了生与死的考验。由陈哲所作的词，蕴含硝烟味、饱含离别情，讲述着像秦国富一样的英雄儿女们的血色青春，字字句句，直抵人心。

也许我告别，将不再回来，你是否理解？你是否明白？
也许我倒下，将不再起来，你是否还要永久的期待？
如果是这样，你不要悲哀，共和国的旗帜上有我们血染的风采。
如果是这样，你不要悲哀，共和国的旗帜上有我们血染的风采。
也许我的眼睛再不能睁开，你是否理解我沉默的情怀？
也许我长眠将不能醒来，你是否相信我化作了山脉？
如果是这样，你不要悲哀，共和国的土壤里有我们付出的爱。
如果是这样，你不要悲哀，共和国的土壤里有我们付出的爱。
如果是这样，你不要悲哀，共和国的旗帜上有我们血染的风采……

“一个有希望的民族不能没有英雄，一个有前途的国家不能没有先锋。”这是习近平总书记饱含深情的话。

秦国富记得，张又侠、陈知健等首长爱惜战士，指挥若定。战友们奋不顾身，血染疆场。敌我双方激战之中，炮兵团长不敢下命令开炮，果断的首长下令向前沿阵地 50 米开炮，赢得了关键一战，歼灭了 10 倍于我的敌军。

秦国富难以忘怀，在防御阶段的战斗中正值他养伤期间，听闻越军几个特工趁夜偷偷摸进我方指挥所，杀死了通信兵和军医，我军特务连副连长刘开亮军事素质很强，与 4 名敌特用匕首展开近距离肉搏战，4 名敌特被刘开亮刺死，尸体东倒西歪横在指挥所，而刘开亮胸部也中了 4 刀，壮烈牺牲。秦国富知道战友牺牲前的殊死搏杀异常激烈，心中万分悲痛。

秦国富不会忘记，出国门战斗的时候，精神高度集中，没啥特别的感觉。当战斗胜利回国迈过国界的那一瞬间，感觉空气都好清新，山川更加秀丽，回到祖国领土，有一种说不出的感觉，感觉就像回到了母亲的怀抱 1 头天晚上在归国的行军途中，月亮特别明亮，当路过前不久激烈作战的阵地时，还有着浓烈的焦臭味和腐尸味。到了黎明，秦国富和战友们跨过国界之时，顿时觉得吹过脸庞的风，都是那么的清新。

每一年，秦国富都会和战友们到麻栗坡烈士陵园去看望那些永远驻守在南疆的烈士。秦国富曾为收复老山主攻团 118 团代政委、党委书记黄宏重返老山时写下《祭文》：

28年过去了，硝烟早已散尽，记忆和思念更加强烈。今天，我们曾参加收复老山作战的战友们，聚集这里，向长眠的战友，送上深深的缅怀和崇高的敬礼！

据说时光可以消磨记忆，岁月能够抚平伤痕，然而28年了，我们对你们的思念从未消减。小诗人石伟，俏皮鬼程江……你们灿烂年轻的脸庞，依然时时浮现在我们眼前。我相信有一种记忆能穿越时空，有一种怀念则弥久愈深。在心里，在梦里，老山永远是我们心灵的家园。

……我们相信，无论潮起潮落，花开花败，而每天升起的依然是光芒四射的太阳。张大权、孙思广、韦玉辉、陈小川、陈发川、韩跃奎……长眠于此的英雄，你们就是中华民族不朽的灵魂，你们的血肉之躯，撑起了中华民族的精神殿堂。老山，英雄山，你永远是有良知的中国人心中不朽的丰碑。

……据说青春易逝，不能永驻。然而，我却相信，战友的称呼超越时空。老兵不死，战火熔炼的青春永远燃烧。老山，我们心中的圣地，镌刻在胸中的丰碑，它就是光荣，它就是圣洁，它就是辉煌，它就是崇高，它就是我们心中不灭的灯，永远的魂！战友们，请相信，我一定会来到你们中间！

对秦国富而言，每次走进麻栗坡烈士陵园，为逝去的战友点上香烟，深切缅怀，都是一次精神的洗礼、灵魂的净化。正是烈士的牺牲换来了今天的幸福生活，提醒后人千万不要忘记，珍惜来之不易的和平环境。

战后，秦国富被中央军委授予“战斗英雄”荣誉称号，受到了党和国家领导人的亲切接见，并赴全国各地巡回演讲。中央军委副主席、原老山战役119团团长张又侠曾在1986年在北京举办活动期间专门为秦国富过30周岁生日，一起怀想那段难忘的烽火岁月。

那个时候，英雄是全民尊敬和爱戴的“明星”，无论秦国富走到哪里，都是夹道欢迎的人潮，都被鲜花和掌声包围着，到处都是争相与英雄合影的人流。一个国家，只有懂得崇尚和尊重英雄的民族，才是有希望的民族。

也有一些战友患上战后“抑郁症”，有的高度紧张，精神恍惚，晚上睡觉常常失眠。

秦国富说：“我觉得自己做得太少，而党和国家给予我的荣誉太多。我认为‘战斗英雄’这个荣誉称号不属于我，它应该属于那些与我一起并肩战斗却把生命留在那片红土地上的烈士！”

国泰民安，山河无恙，就是秦国富最大的祝福和希望。如今，英雄即将老去！我们本不是旁观者，该如何走进他的内心，感受那激烈喷涌的满腔爱国热血?!

退休30多年来，秦国富到过曾并肩作战的班长、排长、连长家，还有牺牲的通讯员家。走到全国各地，为机关干部、企业职工、校园学生以及村寨乡亲宣讲老山精神，分享战斗故事，希望更多的年轻人、更多的学生不要忘记这场战争，不要忘记那些为国献身的英雄。

“我亲如兄弟的战友们啊，正是他们用血肉之躯，撑起了中华民族抵御外敌的脊梁！”秦国富仰首向天，泪花闪动，那一字一句蹦出来的话语，带着贵州乡音，拨动着每个人的心弦。而那天地间吹响的冲锋号，常常在他的耳畔萦绕……

【作者手记】

接到任务开展创作以来，我有三个比较深刻的感受。

第一，深感责任重大，使命光荣。秦国富是原中国人民解放军第14集团军40师119团二连三排排长，开阳人，先后参加对越自卫还击战、扣林山作战和老山战斗，被中央军委授予“战斗英雄”称号。他作战英勇，九死一生，战友们称他为“不死金刚”。2021年，他被邀请到北京参加“庆祝中国共产党成立100周年大会”，入选《中国退役军人》杂志封面人物。这样一位战斗英雄，令陈赓大将的儿子陈知建将军常常挂怀，中央军委副主席张又侠（曾任119团团长）夫妇曾经为他举办生日宴（1986年，秦国富30岁生日），能有机会用手中的笔书写这样一位了不起的英雄，令我感到是人生一件幸事。老英雄有火热的青春，我则充满澎湃的激情，用了一个滚烫的标题《血色青春——记一级战斗英雄秦国富》！

第二，深感困难重重，压力不小。一是找不到比较理想的原始素材。由于秦国富从来不用稿子，每次都是现场宣讲。不论是省级乃至县级的退役军人事务机构，还是秦国富的家乡开阳县相关部门，都没有寻找到秦国富英雄事迹的完整资料，哪怕是宣讲报告录音或整理稿，都没有找到。所以我觉得自身责任不小，争取尽量完整地写好秦老英雄的故事，也算是对退役军人档案建设做出一点小小的贡献。二是互联网素材虽然不少，但是也没有一个相对完整的素材。秦国富到底是一个什么样的人？他的童年、少年和参军前后都有哪些难忘的印记？在战争考验中，他有着怎样的内心感受？还有就是他现在所处的真实境况到底怎么样？如果找不到这些答案，就会感到对不起秦老英雄，也对不起跟他一样热血洒疆场的战友们。好在得到了秦老英雄战友周保华，贵州省政协委员、天下贵州人活动组委会秘书长、文化企业家刘学文及相关部门的指导和帮助，得以加快了解秦国富的英雄事迹。三是受到新冠肺炎疫情影响，迟迟没有机会完成当面采访。虽然距离那段硝烟已经30来年，但我深知，这篇报告文学不仅仅是写秦国富一个人，而是又一次记载那个时候、那一代人用血肉铸成的爱国情怀，和极为珍贵的中华人民共和国记忆。“嚼别人吃过的馍没味道”，因此我一直想着拜会老英雄，寻找不一样的视觉。

第三，深受感染，跟英雄打个照面，敬礼无与伦比的意志和美学。2022年12月8日，疫情管控形势刚刚好转，我便迫不及待地赶到500多千米外的昆明，拜会心中的老英雄。在一个叫作“黑豹基地”的训练营，我见到了他，黑黝黝的脸庞，坚毅的眼神，刚毅的性格令人肃然起敬，也亲耳听到了他感人肺腑、惊心动魄的英雄故事。在告别前，我问老英雄有什么心愿？秦国富饱含深情地说：“‘战斗英雄’这个荣誉称号不属于我，更应该属于那些一起并肩战斗却把生命留在那片红土地上的战友兄弟们！正是他们用血肉之躯，撑起了中华民族抵御外敌的脊梁。”他说他现在已经66岁了，特别想回到贵州建一个爱国主义或者国防教育的基地，将那群人的故事延伸下去，不忍心说离开这个世界的时候，还把他们的故事都带到坟墓里去。他想把这些年云南、广西等地建基地的好经验也带回家乡贵州，那么这一生也就没有遗憾了。为此，他希望能够得到贵州省退役军人事务厅、贵州省教育厅等有关部门的关心支持。我不知道自己能够为英雄做些什么，只有用这些从内心沁出的文字，表达对中华人民共和国英雄们的崇敬之情，以及对祖国山河无恙、永享太平的衷心祝福！

“陈政委”和他的“老兵”公司

——来自贵州海智达文化教育发展有限公司的报告

◇ 张　兴

我问过陈晓义：“你创办的文化教育发展公司，为什么要起‘海智达’这样一个名字？”

他似乎先前没怎么回答过类似的问题，略略思索了一下，才一脸微笑地看着我：“可不可以这样说，我们面前有一片很广阔的海，要靠智慧方能到达彼岸！”

陈晓义眼中的“海”是什么？“智”又是什么？这后面有说不尽的故事。

今年 52 岁的陕西西安人陈晓义，军龄就有 26 年。因为所在部队长期驻守贵阳，妻子又是贵阳人，2016 年，他从空军某团团政委岗位上自主择业返回地方，目的地就定在贵阳。

作为一个兵，兵营当然就是他的“海”，而那一轮一轮的兵，都是这海里的水滴；军人的情怀和责任感，自然就是他的“智”。运用发挥这种“智”，他和他的兵一直追逐着“海”彼岸的风景，用热血印证“当兵的人”的崇高与神圣。

自主择业回到地方，“海”已不是那片海，“智”也必然会有新的诠释。

可陈晓义坚持认为：前后两片“海”和两种“智”，关系密不可分。

他这么想，是因为觉得自己应该永远是一个兵。

水有源，木有根，陈晓义从小就有深深的军人情结，最初，缘于家庭环境的影响。

外公、妈妈、舅舅都是共产党员。尤其是外公，曾经跟随徐向前元帅长征过的红军老战士。外公年事已高且罹患疾病，时常会处于糊里糊涂状态，好些过往的事情早已不记得了。但只要有人跟他提起红军，说到长征，老人眼里除了泪光，全是幸福的表情。病病歪歪的他，会突然来了精神，非要挨着个讲自己在长征途中亲自经历的那些故事。长征的事他没忘，细小到哪一次行军，经过了什么样的村庄，哪一次和敌人交手是怎样的动魄惊心。

外公的举止和故事让陈晓义心灵震撼。

这样的感受多了，他要当一个兵的意愿越来越坚定。

1990 年，他终于如愿以偿。入伍后，他收到父亲写来的一封信，信中的几句话叫人刻骨铭心："儿啊！当了兵，就要争取进步，回报党和国家，千万不要忘记了自己的使命！"

他知道，这是全家人对他的嘱托和期望。

有这样的家庭氛围影响，陈晓义在新兵训练结束后就迫不及待地递交了入党申请书，两年后他成为一名光荣的中国共产党党员。

"自从有了党员的身份，我就知道自己肩膀上不断增添的是越来越多的责任。干什么事都会先想到自己既是军人更是党员，哪些事干得，哪些事不该干，要干的事怎么干好？全得反反复复想个明白，要不，岂不是辱没了家门，辜负了全家的期望？"

无形中，这成为他前行的动力。在成都四个空军部队服役期间，他从班排干部开始，一步步走上团政委岗位，先后参加过演习对抗、抗震救突、森林灭火、抗击冰雪凝冻等重大的战役行动，五次立下三等功，先后被评为"优秀学员""优秀班长兼教练""优秀团支部书记""优秀党支部书记""优秀基层主官""军区空军优秀管理干部"。

就这样，陈晓义当了 26 年合格的好兵。

可战士征战又岂止在兵营和战场！

26 载军旅生涯，陈晓义对"兵"的朴素感情上升为浓得化不开的家国情怀。这种情怀将会时常经受考验，"铁打的营盘流水的兵"，部队整编的步子越来越快，那段时间，他经常会和亲友们讲心里话："或许有一天我会离开军营，但不管到了哪里，你们都看得到一个永远的兵！"

人生中总会有几个新的起点。

从部队退役自主择业返回贵阳，陈晓义没有选择提前进入"退休"生活，而是以"兵"的姿态走上全新战场，进入人生一个新的起点。

这时，他将要面对的，是一个过去基本没有涉足的"海"。

涉过这片“海”到达彼岸，所需要的“智”也必须全新。

2015 年早春，一个偶然的机会，他听到了不同寻常“海”的声音。

那阵，陈晓义岳父不幸病逝，他事情多，无法分身，便把丧事大小事体一应托付给已退役的战友办理。事情办完后，他把战友们聚到一起，一来想表达谢意，二来也要找机会叙叙战友情。

“退役后在地方干得怎么样？”聚会进入高潮，陈晓义借机发问。

岂料全场鸦雀无声，不少人欲言又止，还有的摇头叹气。

过了一阵，有人告诉他，一位有 12 年兵龄的老班长，在部队时是技术和管理方面的骨干，退役后回到家乡却靠蹬三轮车维持生计。

有人开了头，话头就止不住了。大家讲的事林林总总，集中到一点，无非是一些退役军人到了地方，在社会环境冲击下显得有些落魄，渐渐产生英雄无用武之地的想法，觉得前景迷茫。

陈晓义被深深刺痛了。“当时我觉得心中有团火在烧！”

谈起当时的感受，他至今记忆犹新。他说，我当然知道，出现这种境况，与许多原来打算在部队干一辈子的老兵缺乏回归社会的思想和技术准备有关，部队里那么优秀的兵，回到地方就真的一事无成吗？

见陈政委动了情，几个老兵拉住他的手表态：“政委，我们是你的兵，你带着我们再干一场吧，你走到哪里我们跟到哪里！”

此情此景，让当了 26 年兵，即将面临自主择业的陈晓义主意笃定：带着自己的兵再上一次战场，创业办公司。“很多企业都以别人不能复制自己的成功经验为傲，我却希望能为有想法的退役军人探索一条可以复制的成功之路。我要让别人知道，退役军人不仅不会成为社会的负担，而且是社会发展的新鲜动力。”

陈晓义眼前的“海”不再是军营单纯的绿色，迎接他的是过去从未见过的万千风景。

“老兵新传”自此开篇。

从此他常讲一句话：“我不是自主择业，我是转岗；我不是转业，我是转行；我不是离开部队，我只是部队政治工作的延续。”

陈晓义要面对的“海”和“智”都在升华。

创办什么样的企业？办起公司来干些什么？这道题必须回答。

一开始，目的并不是那么明确。

就在2015年那次战友聚会上，大家的主意是倾向于办餐饮，开一个有特色的老兵酒楼，这样干的前景被描绘得很迷人。

“创办一个退役军人之家，天南地北的老兵都可以在这里找到家的感觉，可以在这里得到就业信息，找到创业途径。”

“天下老兵是一家人，只要你是退役老兵，来到这里就能感受理解和温馨。”

设想很美，但从设想到实际，绕不开现实的距离，自然，设想没有成为现实。

怎么干？干什么？答案还是被陈晓义找到了。2016年，他自主择业离开军营，往昔军旅生活一幕幕如电影般在脑海中回放。“我所在的部队曾担负专业技术兵种的培训任务，同时也是当地中小学的军训基地。组训、管训我都有经验，可以说驾轻就熟。”就这样一锤定音，陈晓义最终选择熟悉的培训行业作为创业突破口。

他找到曾经并肩作战的原空军某团副政委，也将自主择业的战友杨声兵，告诉他自己想成立一家教育培训机构，把转业、退伍的战友们召集起来，一起做对社会发展有益的事。陈晓义的想法，得到战友的赞同和大力支持。

2017年2月，贵州海智达文化教育发展有限公司（简称“海智达公司”）正式挂牌成立。2018年2月，经贵阳市云岩区黔东社区党委批准，公司成立党支部，陈晓义担任公司党支部书记。公司创办之初，只有陈晓义、杨声兵和梁敏三名退役老兵。

有人不止一次问过他：“你自己创办的公司，为什么不做董事长、总经理，而只当这么个书记？”

陈晓义的回答不紧不慢，却听得出他坚实的底气：“我创办企业不是为了赚钱，就是想帮退役军人创业探一探路，摸索一些经验。等到我们的经营、培训模式成熟了，欢迎员工和其他有意向的退役军人学习效仿，走出去开创新企业。”

他有自己认定的成功之道：一个人的成功，比不上一群人的成功。“我不是一个企业家，我还是喜欢大家叫我‘政委’。我的身份只有两个，共产党员和退役军人。全力当好支部书记，责任大着呢！就是为公司前行把好脉，掌稳舵。”

这脉不好把，这舵，掌起来谈何容易！

创业之初，陈晓义面临重重难题：没有办公场地，没有启动资金，没有创业经验。

“军人的字典里，没有退缩两个字。”陈晓义明白，脱下了军装，自己仍然是一名战士，要用战士的情怀去破难前行。没有办公场地，他做通家人工作，把岳父的住房腾出来做公司驻地；没有启动资金，他把全部退役金和多年积蓄一并投入；为了解相关政策，确定发展方向，掌握市场需求，他拿出当年考学的劲头，加班加点学习。

公司老员工忘不了最初的日子。

公司注册了，以传播红色文化为己任的定位也确定了，同时还有了相应的发展规划。这时大家才发现，其实对贵州红色文化还是一知半解的，大体上知道有遵义会议、四渡赤水、娄山关战役，再往深里问，便有些不知所云。“己不知，如何施教于人？”老兵就是老兵，陈晓义掂得出事情的轻重，毅然放下手中其他事务，带着另外几个老兵，开始一次新的长征之旅，深挖贵州红色文化底蕴。

一位参与者，拉出了当年的行程表。

陈晓义他们整整用了4个月的时间，行程2000千米，走遍了省内大小28处红色遗址。从中央红军入黔第一城黎平，走到瓮安猴场会议旧址；再北上遵义了解遵义会议详情，去苟坝寻找那盏照亮了中国革命道路的马灯；在险峻的娄山关，遥想伟人写下“西风烈，长空雁叫霜晨月”不朽诗句的场景；在辗转湍急的茅台渡口，仿佛听到了当年战争的枪炮声……

不仅要走，还要听，更要学。

一路走来，他们走访专家学者、老红军、红军家属以及根据地原住民20余人次，积累下10万余字的调查报告。

走访期间，陈晓义组织战友聆听了贵州省委党校教授关于“红军转战在贵州”“遵义会议与遵义会议精神”等6场专题讲座。

他问随行老兵：“这一圈走下来，最大的收获是什么？”

“当然是知其然，更知其所以然，觉得头脑很充实。”

心中有底又有数，4个月的挖掘之旅形成了1至10天不同时段的特色课程和现场教学路线。刚开张的贵州海智达文教育发展有限公司，有了第一笔教学实施资源，他们将其视为“第一桶金”。

让陈晓义高兴的还不止这些。

在业务活动中结识的党校教授成为他的朋友，这让公司的培训活动有了实实在在的理论保障。

陈晓义深耕红色文化的态度，打动了红色线路上的历史讲述者，他们成了公司的签约教师，公司每次培训都可以请他们参与互动。

公司变得有血有肉。陈晓义办企业，目标一开始就准确清晰。

这“第一桶金”的价值，是无法用金钱标准来衡量的。陈晓义认为，4个月的行动，使公司拥有了四笔财富：集聚党校教师，有了理论保障；吸引退役军人，有了组织保障；开设特色课程，有了实践保障；建立合作基地，有了后勤保障。有了这4大核心资源，公司一开始运作，就会显现出与众不同的个性。

有资源不用，资源就成了“活化石”。

这不是“永不退役的兵”陈晓义的行事作风。

陈晓义雷厉风行，很快创造出课堂教授、现场教学、体验训练等形式综合运用的培训方法，渐渐形成了“上一次传统党课，看一批旧居旧址，重走一次长征路”等“十个一”特色教学模式。陈晓义还总结出“面向大众有温度、面向党员有深度、面向领导有高度”的立体化、全方位服务理念。

有了不同凡响的资源，企业就有了灵魂。

活的灵魂就是企业最亮丽的名片。

有了“名片效应”，公司办得风生水起。

贵州海智达文化教育发展有限公司最初不过是一张白纸，说它“一穷二白”也不为过。摸着石头过河，逐渐发展成拥有红色培训、拓展培训、企业培训、研学旅行四大特色板块，辐射党政机关、企业事业单位、院校机构，年培训近万人的红色文化传播基地。累计培训了全国24个省份数十个单位23000多名学员，先后组织了90多个单位269批次，18632人参加了红色宣讲培训辅导，全体员工被聘为“贵阳市红色文化宣讲团”成员。公司被确定为“贵阳市退役军人思想政治工作教育基地”“云岩区退役军人文化教育基地”“云岩区退役军人就业创业基地”“黔灵东路退役军人服务和就业培训基地”“红色文化大讲堂”。公司先后被评为“贵州省爱心企业”“贵阳双拥模范单位”“贵阳贵安十佳军创企业”。

对于海智达公司的成功，不同的人做出不同的评价。陈晓义的感受就是一句话：“我们没有忘记，始终把自己当作一个兵。”

公司内外都一致认同，公司最大的特点便是“兵”味十足。

走进公司，像是走进军营。“急难任务抢着上”“一切行动听指挥”“24小时在岗”“早上布置、中午督促、晚上验收”，这些在部队里习以为常的工作态度和工作激情，明确地告诉你，眼下活跃在你身边的，仍然是当年龙腾虎跃的“兵”。碰到的每一个员工，照旧以军营的职务相称，“政委”“队长”“主任”……过去在部队里没有职务的两个人见了面，也会充满感情地喊一声“老兵”。

这又成了公司一张人无我有的名片。很多单位找到公司联系培训业务，一开口有句话往往大体相同：“我们喜欢这种兵味。”

“兵”味吸引着越来越多退役的兵来海智达公司创业。到2022年，公司的退役军人已经从最初的3人发展到10人。

10位老兵，以自己不同的方式践行陈晓义明确下来的企业宗旨：姓军为民。

敏锐的记者最先发现了这个独特的亮点。一段时间，一篇又一篇新闻报道让海智达公司迅速成为“网红”。

看看标题，就很让人提起精神。

《这家公司，全部由退役军人组成！》

《脱下军装的他们，依然是最可爱的人！》

《陈晓义：他“姓军为民”，从军营给地方带来了红色文化》

《海智达为退伍军人推开一扇敞亮的门》

再看内容，激荡人心。

“贵州海智达文化教育发展有限公司是一家全部由退役军人组成的企业。公司管理沿用部队管理模式，教育手段嫁接部队优良做法，以传承‘红色精神’为引领，全体人员转业不转志，退伍不褪色，充分发挥军人政治信仰坚、军事素养强、管理能力佳的优势，努力把这支全部由退役军人组成的队伍打造成为为民服务标杆、党性教育熔炉、坚强战斗堡垒、退役创业旗帜。”

“退役军人，是党和国家的宝贵财富，是新时代的见证者、开创者、建设者。戎马半生，他们青春无悔，把最美好的年华献给了军营；虽已脱下军装，但军人的担当与奉献，已经融入血液。回到地方后，他们继续发挥优良传统，活跃在各行各业。脱下军装的他们，依然是最可爱的人。”

对为什么坚持“兵”味十足办企业，陈晓义有自己的理解和诠释。他说：“与地方相比，部队的思想教育、毅力锤炼、素质培养等具有无可比拟的优势，我们应该扬长避短，让优秀的退役军人技有所用，长有所展，用部队宝贵的财富为地方建设添砖加瓦。”

这就是陈晓义眼中和心里的“姓军为民”。

回到地方了，“兵”该是什么样？他要用自己的言行当一回标杆。

在公司员工心目中，陈政委还是当年那个英姿飒爽的军官。

在社会公众看来，陈晓义的每一个行为举止都能让人感动。

“党课教育备课本”“现场教学备课本”“红军长征学习记事本”……翻开陈晓义的工作本，授课排得满满当当。从事多年军队政治教育工作，他积累了丰富的理论基础，锻炼出扎实的授课能力，能把深奥的理论讲解得活泼生动、直白易懂，也善于从身边人身边事中挖掘哲理启示。他还参与了《贵州省党性教育现场教学经典案例》读本的编写。“授课人陈晓义”成为海智达公司培训课程中一张耀眼的名片，许多学员参加培训，最大的心愿就是“一定要听一堂陈老师的课”。

陈晓义被贵州省退役军人事务厅、贵州省委宣传部授予贵州省“最美退役军人”称号后，应邀为部队退伍老兵授课，除了精心准备教案，他还带来一份特殊的礼物。授课结束后，当场为两名优秀的退伍老兵颁发证书，请他们到海智达公司一起参加创业，并宣布为他们报销前往公司的全部路费。握着两位老兵的手，陈晓义高声说道：“退伍不褪色就是军人最好的名片，只要坚持军人本色，摆正心态，放低姿态，保持状态，就能闯出一片属于自己的天空！”一时间，会场上掌声雷动。

陈晓义常说：“只要不负军旅时光，未来就是一片光明。”

他用行动不断诠释自己的感悟。

自创办海智达公司以来，他已累计宣讲红色故事和理论知识 1000 多场次，累计听众达 10 万人次，在寒暑假等培训业务集中期，他常常一节课接着一节课讲，有时嗓子都哑了，也从不言休息。陈晓义说："从部队到地方，宣讲的对象在变，宣讲的内容在变，但初心不能变，使命没有变。作为一名受党教育多年的老兵，即使脱下了军装，也要继续当好党的宣讲员。"

写到这里，我不禁想起本文开头那段关于"海智达公司"名字的答疑。陈晓义退役之后，徜徉于一片新鲜的大海，适应新形势，创造新智慧，击风破浪的身姿让人肃然起敬。

陈晓义的业绩得到了社会公认，各种荣誉纷至沓来，但没有哪一次不是实至名归。继被评为"贵州省首届最美退役军人"之后，2021 年，被中央政法委长安剑、中国长安网评为月度"平安之星"。

2021 年 12 月，陈晓义被评为"贵州省退役军人创业之星"。

从他退役后的任职情况来看，可以看出陈晓义对社会事务参与的深度：

贵阳市红色文化宣讲团副团长；

贵州传统文化促进会秘书长；

贵州收藏家协会红色专业委员会副会长；

贵州省税务干部学校特邀教师；

黔南州委党校客座教授；

福泉市委党校特聘教授；

云岩区退役军人创业就业指导师；

贵阳一中新世界国际学校"共青团荣誉讲师"；

花溪区第一中学校外辅导员；

花溪区青岩中心小学名誉校长……

退役之后坚守初心的华丽转身，托起一个永远在战场上拼搏的老兵身影。

海智达公司就凭这浓浓的"兵味"，吸引着一个又一个想创业的退役老兵。

在公司里，我见到 30 岁的退伍女兵赵雪尹。她是云南人，她说话时，只要仔细听，还分辨得出家乡话的尾音。

赵雪尹与陈晓义的密切交集始于 2016 年。"那时他是政委，我参加部队带兵骨干培训，政委问我，将来有没有意愿回地方跟他一起干？我听得很心动，但也有双重疑惑，干什么还不知道，怎么干更是没搞得清。"赵雪尹说。

2016 年年底她退伍回到云南，在地方上干了几个月，总感到有这样那样的不适应。几个月后，赵雪尹到贵阳找到陈晓义，见面第一句话就是："政委，我来报到，要跟你干到底！"

赵雪尹来得正是时候，她跟着陈晓义和其他老兵参加了为时4个月，行程2000千米的红色文化发掘之旅，深深感受到贵州红色文化的博大精深，意识到传播红色文化有着十分重大的意义。

赵雪尹到公司的第一年接下的第一单任务是为安顺供电局开展党建培训活动。一做方案，她才知道里面学问大了去。怎样安排食宿车辆，参观地行程如何做到科学合理？讲课能否深入浅出？把哪一项工作搞好都不容易。

"陈政委见我这种情况，一再安慰我别着急。"赵雪尹绘声绘色地讲起陈晓义怎样帮助她"渡难关"，夹杂着不少细节，"我不禁回忆起他当年在部队时给我们上课的样子，心头一阵阵发热。他都奔50岁的人了，在学习、工作上还有这样好的状态，我们年轻人凭什么不把事情干好。"

赵雪尹圆满地完成了公司分配给自己的各项任务，迅速成长为一名业务骨干，还在公司里成为一名共产党员。她说："我在海智达公司找到了回家的感觉，觉得这里有很多关于军营的联想，每当我喊一声'政委''科长'，他们叫我'老兵'时，心头那股热乎劲是无法形容的。"

40岁的陈菲，个头不小，身体微胖，退役前担任过武警贵阳支队宣传科长、组织科长。自我感觉很好，而这种良好的感觉，他认为是在海智达公司良好的氛围中形成的。"我感觉自己是优秀的人，优秀的人要和优秀的人聚集在一起才能发挥优势。"海智达公司恰恰有聚集发挥这种优势的氛围。

陈菲退役之后，见到不少退役老兵"高不成低不就"的事例，也一直在思虑自己退役生活怎么过的问题。在部队时，他担任过3年连队指导员，3年都被评为"十佳政治指导员"，感觉自己有优势，但在地方上优势没有很好发挥，多少有些遗憾，甚至产生了自卑感。见海智达公司办得红火，他找到陈晓义要求"加盟"。

陈菲对海智达公司的第一印象是，这里政治生态好，让人很开心。他有一番肺腑之言："部队是有情怀的地方，哪怕不是一个兵种，但战友情始终燃烧在我们心中。"他由衷敬佩陈晓义，"在公司，我就是'一块砖'，政委需要我去哪，我就去哪。任务多时，可以帮助搞材料做文案，平时党建培训，也要尽量做到让人满意。”

撑起贵州海智达文化教育发展有限公司“一片天”的10名退役军人，都觉得公司对他们来说，称得上有魅力。

纷至沓来要求与海智达公司签订培训合同的地方单位，问他们要合作的缘由，回答总是：这家企业一身“兵”味，正是我们做选择时的第一考虑。

缘何产生如此大的吸引力？与其他同类企业相比，海智达公司究竟不同在哪里？

我在采访期间，同陈晓义和公司其他员工进行过一番讨论，最后一致认为可以归纳为三个“不同”。

第一个不同，招牌打的就是“姓军为民”。

陈晓义想创办一家与众不同的企业，初心便是回馈社会，始终秉承“植根退役军人、聚合退役军人、服务退役军人”宗旨，一路创业过来，他用红色精神照亮别人，自己也成为别人眼中的“红色坐标”。

人们常常诧异出现在海智达公司的现象，尽管企业经营红火，但积累的利润却没有多少。钱到哪里去了？除去公司运营的开支，其余部分多数被陈晓义捐出去了，这正合了他“我办企业不是为了赚钱”的本心。

请看这样一份清单：

公司成立以来，先后为贵州省退役军人关爱基金会、贫困学校、困难学生和困难党员捐款20.7万元；

与4所山区小学结成帮扶对子，定期开展系列国防教育，为学校捐赠图书、文体用品，为学生捐赠爱心书包；

为贫困村党支部搭建学习交流平台，为社区困难党员和群众送温暖、献爱心；

面对2020年初新冠肺炎疫情，组织战友和爱心人士筹集15.8万元善款，捐给湖北鄂州用于疫情防控；

向福泉市110名退役军人家庭考取大学的子女捐款2.2万元；

为退役大学生士兵67人提供工作岗位……

有人做过统计，海智达公司自创办以来，向社会捐款捐物累计近46万元。对很多企业而言，这个数字或许十分不起眼，但是数小情意重。人们从这家全由“兵”组成的企业，看到的是一群“最可爱的人”的家国情怀和浓浓爱心。

海智达公司有6个女兵，班诗璇年龄最小，谈起参加抗击新冠肺炎疫情的往事，班诗璇声音手势都透出“兵”的感觉。

“兵味，最要紧的是雷厉风行。疫情发生了，陈政委的反应快得惊人，公司火速建立了以支部书记为组长的突击队。2020年2月10日，公司就向组织递交了请战书，随时听令而动。陈政委有几句话讲得很硬朗：‘抗击新冠肺炎疫情是当前国家和人民最重要的任务，我们公司姓军为民，当然，为抗疫斗争贡献力量是重中之重。’”班诗璇道。

班诗璇说，得知要去武汉支援抗疫，小姐妹们第一时间都在微信群里响应。大家知道，作为一名退役女兵，战斗一打响就要迎难而上。后来听说前线缺乏的主要是医护人员，其他人去了也帮不上大忙，反而是卡点人员太辛苦，能有人去换一换他们，对值守人员和抗疫斗争都算真正尽了一份心。公司其他女兵暂时没有回到贵阳，家住贵阳的班诗璇就和其他战友一起挑起了抗疫卡点一线值守的担子。

一线值守是什么滋味，突击队员们无法忘记。口罩戴上一整天摘不下来不用说，防疫卡点场地往往很狭小，一个小帐篷就是值守点。人手也有限，更苦的是还要通宵达旦地干，充血的眼睛红红地让人看着心疼，自己也难受。“可那时谁还会喊苦讲条件？陈政委说了，‘抗疫斗争没有前方和后方，曾经是军人的我们，还要在新的战场尽显军人本色’。就凭这几句能敲响人心的话，再苦再难我们都要坚持干。”班诗璇说。

抗疫期间，海智达公司出资5000多元，三次购买口罩、消毒液、牛奶、方便面等物资，送到贵阳市花溪区黄河路街道、清溪街道，南明区小车河街道，乌当区高新街道，筑新路卡点，友谊路卡点等疫情监控点，既慰问一线工作人员，又带着突击队员，同他们并肩战斗。

抗疫斗争取得阶段性胜利后，这支红色突击队受到贵阳市表彰。

毕节市纳雍县勺窝镇杓可小学，地处深山，办学条件艰苦，学生多是留守儿童。学校里100多名孩子都记得海智达公司为他们免费上课的老师的模样，能一个个喊出老师们的名字，老师们很久没来，他们会心存念想。有了海智达公司这几年的关注，杓可小学学生的课间生活和课余生活丰富起来。公司开展免费教学，安排了国防知识讲座、队列训练、军体拳、太极拳、消防应急演练、社会主义核心价值观手语操、感恩教育等内容，很对学生们心路。下了课，同学们还可以打乒乓球、羽毛球。海智达公司携手西行心胜心理教育咨询有限公司，向孩子们捐赠了我军装备最先进飞机的模型，山里的孩子，也能逐梦蓝天。

第二个不同，支部真正建在了连上。

陈晓义对党一往情深，誓言自己创办的企业既要姓军，更要姓党。

这在海智达公司的党建墙上可以得到印证。

“永远听党话，铁心跟党走”“军旅航船在这里靠岸，战场归来在这里换乘”“退役不褪色，建功新时代”，几条标语，道出了海智达公司凭借“党建之力”推动企业发展的初衷。

公司总经理杨声兵，也是个有几十年军龄的老兵，退役前任空军某团副政委。他说自己之所以和陈晓义志同道合，一同来地方创业，就冲着两人都有多年部队政工干部的经历和对党的无比忠诚。“我很赞同陈政委的一席话，人是凭着一腔热血去创业，但不是仅凭一腔热血。脱下军装到地方办公司，环境变了，岗位变了，靠什么去适应新环境、创造新业绩，靠的就是一心向党，忠于党的信念永存于心。”

海智达公司党建工作有些招数很新。

引入“政委”负责制。采访陈晓义，他告诉我他喜欢人家还喊他“政委”，这不单单是一种怀旧，更是想创新。用部队的党建政治工作方法去处理地方的事务，往往也很灵。归结起来就是一句话：“党组织必须建在一线，形成公司业务开展到哪里，党组织就设到哪里，党建工作就抓到哪里的格局，始终坚持用党建工作的高度规范引领公司科学发展。”

27 岁的“老兵”杨映欣，在部队就是陈晓义直接管的兵，中国共产党是什么模样？中国共产党党员能发挥什么作用？她觉得从陈晓义身上找得到答案。

在部队时，陈晓义给杨映欣的印象，一直是一个很能干又很实干的领导，她常同要好的女兵朋友向婷讨论：“真正的共产党员就应该像陈政委一样。”

杨映欣退役时，陈晓义还没有转业，陈晓义问过她回地方想干点啥？当时她真没想明白，回答自然是“还要再想想”。

退役后，杨映欣在地方医院上班。有一天，她突然接到战友向婷的电话，电话那头，向婷的语气有些激动。

“喂，我已经在陈政委的公司上班了。我想让你也来这里一起干！”

向婷告诉她，这家公司很有军旅情怀，老政委还像当年在部队那样，时时刻刻起着共产党员先锋示范作用。“我一退役就到了政委的公司，政委带着我们干，他还像过去那么能干，那样有激情。跟着他，绝对干得成一番事业。”

一石激起千重浪。

杨映欣必须做出抉择。终于，军旅情怀和向婷的战友情占了上风，她在地方工作一段时间后，选择了进入贵州海智达文化教育发展有限公司。

进入公司，杨映欣的第一感觉像是回到了部队。

熟悉的面孔，熟悉的办事激情，熟悉的雷厉风行作风，样样都能使人怦然心动。

她惊喜地发现，公司里的情况仍像部队一样，支部建在连上，苦事难事硬任务，都是党员先上，冲在最前头的总是政委和党员干部。此时，陈晓义正在公司健全党员人才开发培养“双培”机制，把党员培养成骨干，把骨干培养成党员。10个人的公司，有正式党员7人，预备党员1人，入党积极分子1人。3名自主择业干部参加过全军政治工作高等院校专门教育和党务工作专项培训。陈晓义的愿景是通过党建活动，引导公司成员当好红色文化精神的忠实守护者、践行者、传播者。把在军队练就的一身“武艺”带到地方，把党的组织力、军人的执行力带到企业，把新时代的要求贯彻到支部建设中，将公司打造成退役军人就业创业、再创辉煌的高质量展示平台，打造成赓续红色血脉、传承红色基因的亮丽名片，打造成饱含“姓军”气息的战斗集体。

崇敬的领导在前头挥舞大旗，杨映欣自然要向标杆看齐。

到公司的几年里，她的任务就是带点开展党建培训活动，这工作有时能让你忙得像疾风骤雨。每年4月至11月，杨映欣每个月至少有10天离家在外奔波。带的团有大有小，少的十几人，多的有七八十人。带团说起来容易，干起来常有预想不到的麻烦。一次，贵阳花溪青岩3个小学联合起来组织培训，参加者就有300多人。

紫云是美丽的

◇杨　杰　肖仕芬

一

“能不能不要吹这样的牛？气球吹大了会爆。”

黄恒礼一向谦卑低调，定无乱吹一说。可是他的这个“在村里做大数据，搞数字赋能乡村振兴”想法从一开始就有人质疑。

尽管，黄恒礼用了诸多解数去解读贵州“大数据”发展的定位、方向和未来，以及安顺市提出的“数字赋能”是如何如何的好，可还是有同学和朋友给他泼冷水，甚至有人这样嘲讽他：“老黄啊，你真正读懂贵州的大数据了吗？贵州大数据不就是建成了所谓大数据的仓库吗？仓廪不是秧田，种不出稻香，而仓库哪里都能租得到，贵州的大数据不就是建了诸多的仓库来出租。难道不是吗？”

还有更偏激的话语。有朋友说，贵州有个贵安新区搞大数据，你们安顺又来一个“数字赋能”怎么理解？贵安就是贵阳和安顺市部分区域融合搞成了大数据中心区，按区域算，安顺是“大数据”边缘了的，却硬是来凑热闹？来和中心区抢饭碗？

黄恒礼当然不理会那些所谓“好心”的劝阻，他有属于自己的坚定“思路”和笃定“想法”。

主要原因是他认认真真读懂了贵州省第十三次党代会精神中就未来5年（“十四五”期间）的“一二三四”总体思路和安顺市第五次党代会确立的“1558”未来5年发展思路，那是省市的未来规划，不可能有瑕疵。

不是明摆着吗？省里的“三”就是深入实施乡村振兴、大数据、大生态三大战略行动，加快推进农业农村现代化，深挖大数据“钻石矿”，把“绿色+”融入生产生活各领域，为经济社会高质量发展提供强大引擎。这正是乡村振兴发展的最好思路，最基层一线的干部也许最深有感触。

还有安顺市的“1558”更是明确指出，今后5年，要按照“一高地、五个区、五个新安顺、八大工程”的“1558”发展思路，其中第一个“五个区”就有“数字经济创新区”，“八大工程”又有“数字赋能工程”。

省里的未来5年与市里的未来5年都说要加快“大数据”发展难道还有问题？黄恒礼不信冷嘲热讽和诸多质疑，反而是越学习越有劲，越是坚定了要大干一场的信心和决心。

黄恒礼以他自己26年的大学、军营、研究生生活都与“计算机”打交道的经验，和在部队执行多次多种任务时，“大数据”发挥作用的甜头，再加上他对农村工作近两年的苦苦钻研与恶补，他判定“数字”走进农村是农村发展的又一新天地。

黄恒礼有科技兵的温文尔雅，也有当过站长的刚毅，他说干就干。

当然，敢干是他真的懂大数据，包括发展历程和未来走向等。他不仅懂，而且还看到了“数字赋能”是“乡村振兴”真正快速发展的一道破题之举。

就这样，这个连别人想都不敢想的“大数据进村”事儿，从黄恒礼的黄鹤营村开始吧。黄恒礼捏了捏拳头，坚持每天一下班就把自己关在屋里。

不到半年，我走进黄鹤营村见到的是另一番景象：

戴上健康手环可以监测老人的身体情况，老人一跌倒立刻发出振动和警报，提醒人来帮忙。

老百姓用手机随手拍下身边的不文明现象，可以上传到数字平台进行曝光。

村干部通过数字平台可以看到百姓家门口的卫生状况。

远在外地就业务工的老乡家里如果有矛盾纠纷，村里打开视频会议就可以几方坐下来商量解决。

以前评个“五星级文明户”，村干部要加班加点几天才搞好，现在就一个数据统计与平时的积分相关，最多现场再核实就能搞定……

他的“焦虑”是有原因的，还有另一个故事。

1994 年高考前夕，根据当时“择优保送”和“免考直接进入高校”的原则，一向品学兼优的黄恒礼可以直接被保送到贵州师范大学。基于录取率的考虑，学校派人到黄恒礼家和他的父亲商量“建议不保送”的事。父亲担心出意外，为保险起见，执意要黄恒礼选择保送。

黄恒礼不愿意。

他知道自己的成绩，他相信自己能考一个更心仪的学校，而且他想考军校，他从小就有从军梦。后来，他的第一志愿、第二志愿填的都是军校，第三志愿才是中央民族大学。

父亲脾气太倔，非要他选择被“保送”。

为了说服父亲，黄恒礼做通了学校的工作，学校支持他参加高考。在分歧面前，校领导去了他家，当面给黄恒礼的父亲承诺，如果黄恒礼当年考不上大学，补习的一切费用由学校承担，如果次年有保送名额仍旧会给黄恒礼。

可父亲还是没有同意，校方与家长的沟通仍未达成一致。

临近高考，一天傍晚，黄恒礼从学校溜回家，见到父亲，双膝下跪，请求父亲同意他参加高考。

他哭着说：“爸啊，我认认真真学了 3 年，是好是坏，我都要检验一下。如果考不起，我就再补习 1 年。”

见到儿子的偏执，父亲没有同意，但也没有反对。

夜里，父亲找了一辆拖拉机，把儿子送回学校。到校门口时，父亲只对他说了一句话：“好好复习，好好考。”

结果不出所料，黄恒礼发挥正常。在紫云这个国家级深度贫困县的民族中学，黄恒礼以高出重点大学 60 分的成绩成为当年全县的高考状元。

虽然成绩优秀，可到军校体检环节却出了岔子。

因为黄恒礼体重和身高都不达标，被刷了下来，然后被第三志愿的中央民族大学录取了。不过，好在黄恒礼参加高考时年龄本就偏小，上大学之后的几年还在长个儿。

他不知道自己这次能否过关。迫切的从军梦让他在等待的煎熬中非常焦急。

终于，在班上其他同学纷纷收拾好行李准备回家，准备各奔东西时，学校通知黄恒礼到礼堂换军装了。

三

从军梦圆了，黄恒礼一直在拼。

在部队期间，黄恒礼干过工程师，当过站长、党支部书记、党委书记和信息化办主管，两次荣获三等功，多次被集团军评为“优秀共产党员”“优秀大学生干部”等。他发明的“军用无线路由器”获得军队科技进步三等奖，个人先后5次获得军队优秀人才奖。

2008年，他再次考取桂林电子科技大学，并于两年后取得硕士学位。

时光荏苒，2017年，从军19载的黄恒礼已是上校正团，他决定申请转业。

那年，他回老家看了一眼：父亲老了，村庄旧了，可不变的乡音还在，贫困的帽子还在，落后的生产生活方式还在……

故林旧渊常相思，故土最是情浓处。

既然已经提交了转业申请，又见到老家贫困依然，黄恒礼大脑里最初萌发的想法是：要想方设法地把老乡的农作物卖出去，把老乡养殖的家禽卖出去，还要卖出好价钱。于是，他收起行装回到贵州，办了一家专卖老家特产的公司。

公司全称为贵州百居关农旅开发有限公司（简称“百居关”），为什么叫这个名字？

黄恒礼有自己的想法，他说：“公司取名‘百居关’，就是希望老百姓安居乐业，我为他们把好每一道关，让消费者和老百姓都能吃到最安全的绿色食品。”

做生意就得冒风险，生意也时好时坏。

生意人艰辛自知。不过，黄恒礼心态好，他说：“我不急，每个月都有国家发给我的自主择业费。我有工资拿着，收购农民特产的价格会高一点，能挣钱就挣，不挣钱也没关系，毕竟挣钱不是我的主要目的，让百姓开心更重要。”

黄恒礼的公司运营了一年半，名声越来越好，用他自己的话说：“老乡的农产品是原生态的，质量有保证，我挣点小钱，核心还是要老乡的东西一拿出来就能换成钱。那样，乡亲们才高兴。”

心态好了，万事大顺。

不过，生意也有不顺的时候。

2019 年夏天，家乡的蜂糖李大丰收，黄恒礼开着车到村里收购李子，然后通过自己的平台帮老乡售卖。

从成本价到零售价，黄恒礼一分钱没加，却遭遇了一波退货潮。因为天气炎热，广东、广西等地的客户打来电话，说有些李子已经不能吃了，有的客户甚至发微信给他说："箱里的李子都是坏的。"

"退款！退款！！退款！！！"黄恒礼二话不说，全部退款。

也有客户没有收下他的退款，说这是气候问题，属于不可抗因素。

黄恒礼却说："到你们手里的水果不能吃了，什么理由都不是理由，我要的结果只有一个，那就是客户拿到的必须是放心食品。"

钱退给客户了，可乡亲们收到的钱却一分不少。别人说他傻，说他亏大了，黄恒礼却开心得像个孩子。他说，一个人的苦恼换得全村人的微笑以及客户的信任和口碑，这不是"一加一大于二"吗？

没过多久，县里、镇里的老乡们都在议论：这个每天在村里跑上跑下收购老百姓农特产品的"上校老兵"，要是能参与村里的工作，带动大家一起干，真正让老百姓一起富裕，那该有多好啊。

四

紫云是美丽的。

群众的"呼声"传得飞快。

时任猫营镇党委书记郑光兴一听就觉得好。他说，要先探一下黄恒礼的口风，看他是否愿意到村两委来工作。

于是，郑书记找到黄恒礼并谈起请他到村里工作一事，没想到黄恒礼竟然满口答应。

只是家里反对，家人认为他在部队里干了多年，解甲归田能轻松一点，而且农村工作烦琐，他又没有这方面的工作经验。黄恒礼自己也犯起了嘀咕：虽然父亲当了一辈子村支书，有问题可以请教他，但自己真正干起来究竟行不行呢？

紫云县地处麻山腹地，是典型的贫困山区，截至 2018 年年底，贫困发生率依然高达 25.7%。除了“红心红薯”这一销售量高的特产外，这里几乎没有让人一睹思“紫”的有名气的产品。

习近平总书记曾说：“到 2020 年现行标准下的农村贫困人口全部脱贫，是党中央向全国人民做出的郑重承诺，必须如期实现。”2019 年，作为深度贫困县的紫云县，决战决胜脱贫攻坚进入最后的冲刺阶段。黄恒礼老家所在的紫云县猫营镇黄鹤营村也向最后的贫困堡垒发起总攻，当过兵的黄恒礼暗自下定决心——坚决不落一人，没有退路。

基层的支部书记实在太重要。在部务会任命黄恒礼为黄鹤营村支部书记前，时任紫云县委常委、组织部部长袁媛就亲自到村里找黄恒礼谈过话。

从当初满口应允当村支书到现在，有一个重要的原因让黄恒礼信心百倍：那就是有“兵”字的“支书”这个品牌。

据黄恒礼回忆：他刚到村里收购农特产品时，就听说安顺市委、市政府与安顺军分区正在联手打造“兵支书”，让当过兵的人退伍不褪志，脱下军装不脱色，继续在农村做贡献，为退役军人服务社会找到了新战场。

何谓“兵支书”?

“兵支书”是担任村党支部书记、村委会主任、村两委委员的退役军人的统称，由兵支书、兵主任、兵委员构成，其特点与优势并非“支书”而是“兵”，是已经退伍、转业的军人。

所以，他们的特点才如此鲜明。

“我觉得这样非常好啊，一是咱当兵的人得到了充分的尊重和重视；二是在一些地方将退伍兵当成包袱时，咱们安顺却把这一支不可小觑的队伍当成宝贝。人嘛，得到了尊重就一定会更加尊重自己和他人……”

黄恒礼是个性格耿直的人。在支书的岗位干了一年多，酸楚自不待言。

黄恒礼说：“在部队我是上校，在村里我是支书，支书是拿来带头的，是拿来冲锋在前的。作为一名退役军人，我必须把责任与忠诚放在肩上。倘若能得到家乡人的认可与党组织的肯定，我认为一切就是值得的。”

此外，黄恒礼还专门提到他肩上原来戴着的“两杠三星”上校军衔的含义。两杠：一杠是父老乡亲和这片土地的抚养之恩，一杠是党的培育之恩；三颗星：一颗是“不忘初心、牢记使命”之责，一颗是从“脱贫攻坚”到“乡村振兴”

之责，一颗是实现“农业强、农民富、农村美”之责。

在部队，军衔代表级别。而作为村支书，军衔代表的只有责任。

一年多过去了，黄恒礼言行一致，知行合一。

这个拥有研究生学历的支书，每天风雨无阻，奋战在脱贫攻坚的第一线。

2020 年 12 月 11 日《解放军报》的长征副刊上，一首赞美黄恒礼的诗被人们传诵。节选以下部分：

紫云，最美的解读是“紫色的云”
紫云有珍珠般跳动的格凸河
有千年悬棺的神秘
有五千年苗族史诗《亚鲁王》
有延续千年的蜘蛛人徒手攀岩
有群山在云上，有苗族布依族阿妈的传说
有酒、有诗、有紫王葡萄、有纤纤藤竹
家乡在大山里，空气是温润的
鸡蛋是土的，牛是散养的，蜂糖李脆甜
红心薯也是纯天然的
父亲在黄恒礼十岁那年当选村支书
一干就是 20 多年，接过父亲的接力棒
一直是他的一个梦想
……
“兵支书”已成为安顺品牌
一枚党徽挂在胸前，黄恒礼懂得这个分量
摆脱贫困，一个都不能少
走农旅一体化的道路，打造美丽乡村
“菜籽油”“纯麦面条”“酸辣椒”
“高山辣子鸡”“红薯干”
如一幅画，画出黄鹤营的明天
黄恒礼和黄鹤营村的黄鹤一个姓

恒心之“恒”，礼让三分之“礼”

时间检验人心。有“兵支书”这一称谓后，黄恒礼感觉肩上的担子重了很多。他下定决心，一定要对人民负责，对“兵”字负责。

2020年初秋，基层机构改革，支书主任“一肩挑”。

虽然没有要求支书必须是本村人，但村主任的户口必须在本村。组织上便问黄恒礼愿不愿意将自己的户口从城里迁到村里。

“没关系啊，我愿意把户口迁回来，这里本来就是我的家乡。”就这样，黄恒礼的户口在离开故土26年后又重新回到了黄鹤营村。“胜非其难也，持之者其难也。”这是在2021年2月25日全国脱贫攻坚总结表彰大会上，中共中央总书记、国家主席、中央军委主席习近平发表重要讲话时引用《吕氏春秋》中的一句话，旨在强调要稳定脱贫攻坚政策，主要针对在脱贫攻坚的关键阶段，容易出现撤摊子、歇歇脚等松劲懈怠现象，要求做到“四个不摘”——摘帽不摘责任，摘帽不摘政策，摘帽不摘帮扶，摘帽不摘监管。

如今的黄鹤营村，花朵正艳，山水相依，廊亭风韵，秋风徐徐，稻浪丰稔，欣欣向荣。

脱贫攻坚战打赢了，可脱贫攻坚成果如何巩固，脱贫攻坚与乡村振兴如何有效衔接，是摆在黄恒礼眼前的难题，而“兵支书”又该发挥什么样的作用呢？

2021年7月2日，在安顺市庆祝建党百年“七一”表彰大会上，黄恒礼作为优秀党员代表上台发言，他给自己提出了更多的要求。

2021年8月1日，黄恒礼获得“贵州省最美退役军人”荣誉称号。表彰会上，他那不褪色的军礼仍旧光彩照人。

在接受记者采访时，黄恒礼表示，名誉很多了，但只要一静下来，他就会与安顺辖区的900多名“兵支书”一样，时刻都在思考：“兵支书”的路该怎么走，乡村振兴的路该怎么走？

我们也应一起思考，边思考边前进。

五

我写过10万字的报告文学《兵支书》。其中《引子》部分就写的是黄恒礼自主择业返乡当“兵支书”的事，半年后，我颇有遗憾。我曾经写过黄恒礼的一个故事，却没有出现在书中。

那是2020年，我是贵州省委派出的“督战脱贫攻坚”工作队的一员，《贵州日报》向我约稿写“我的扶贫故事”，我写了一篇《“保”桥记》，2020年12月7日刊于“天眼新闻”——

将“保”字用在标题上我非常忐忑。

我的本意是抒发对那个小小村落和特别有情怀的村支书的敬佩，他们“保护”和运用好了这座小桥的历史故事，值得点赞。但我又担心把故事讲完之后会被误读为“保住”这座桥。纠结了几天，还是将这个“保”字用上吧，不管怎么讲，这座美丽的小桥和它的红色经典故事是值得铭记的。

猫营镇黄鹤营村是当年红军长征经过的一个地方，属于紫云苗族布依族自治县。那座桥是雍正七年（1729）修建的，据说那年鼠灾泛滥，稻田庄稼受到破坏，百姓生活境况不好，但又不知所措。一位道士经过此地时道出“天机”，说河这边是猫猫山，河那边是老鼠山，这条河挡住了猫，猫无法去逮老鼠，所以老鼠繁殖快，越来越多。于是，当地一黄姓先贤带领乡亲们凭着肩挑背扛修了这座桥，取名翁弄大桥。

200多年之后的1934年4月14日，中央红军直属分队从这座桥上走过，之后离开安顺到达黔西南，之后这座桥就叫作“红军桥”。

“兵支书”黄恒礼说，这座有着近300年历史的石桥有太多的故事。他记得他还是几岁的小孩时，为了让这座桥通车，当时的政府在这座桥的上面加了一层钢筋混凝土，直到今天还在通车，可随着当地百姓慢慢富起来之后，私家车多了，这个桥就老是拥堵，已经不能满足当地经济发展的需求。2022年夏天，洪水百年不遇，滔滔江水翻过桥面3天，乡亲无法过路，黄恒礼夜夜难眠，随时担心桥毁或乡亲安全，可桥固若金汤，洪水走了，桥继续挺立。

黄恒礼是2020年初才正式接过他父亲的接力棒，从25年前的县“高考状元”，到大学后的“特别优秀”，再到投笔从戎至正团职军官，然后自主择业回到老家带领乡亲发展，并当上村支书。

民生至上，黄恒礼多次向上级反映修一座新桥方便老百姓安全出行的想法，县里也非常重视，多次论证后决定修这座桥，投资方案本着“坚固、美观、方便、实用”的原则经过几次修改，最后决定投资150万修这座桥。乡亲们都说，桥修起来后村里就更加漂亮了。

可在新桥选址时，有人提议在原址上拆桥修桥；也有人建议在旁边另修，拆掉老桥……理由、建议、方案各执一词。黄恒礼却坚决不同意拆桥，他说：“老桥是红军桥，不能拆除，是难得的教材，也是我们要打造国防教育基地的物证……”

刚开始并没有人决定一定要拆桥，可黄恒礼一听到“拆”字就难过，他不是诗人，可他太爱那座有着满满的红色故事的桥了。他一气呵成，写了百行诗歌，题目就叫《红军桥》。他把那首诗发在村里的公众号上。

黄恒礼没想到一首小诗会有那么高的点击量，引来如此多的关注。《红军桥》纯朴的文字讲清楚了桥的故事、“保护”桥的期待，表达了“不拆”的呐喊，红色文化根的展望注入了诗者的夙愿。这首诗有几千人的关注。黄恒礼还发微信朋友圈说，他想把当年红军走过的那些青石板给展露出来，让村里最宝贵的红色故事继续传承……

但修桥的相关部门还是要拆桥，并做好了全部准备，先拆后修。黄恒礼无言以对。

巧的是，正好那天县里分管文化旅游的副县长带领有关部门到黄鹤营村进行旅游安全检查，看到施工现场，她问相关部门的同志怎么回事？怎么要拆红军桥呢？

施工方的理由很充分，说是为了赶时间进度，在原址上拆了修会更快，老百姓会更快享受到福利。

“先暂停，你们知道吗？此桥是不可移动文物，是受法律保护的，怎么说拆就拆呢？”女副县长斩钉截铁地说。

真是天意啊，黄恒礼的想法终于见到了光明。

最后，上级不仅决定先修新桥，新桥修好之后，再将老桥的上面一层钢筋水泥刨开，让200多年前的大石头露出来，还原当年红军经过时的桥面情况。

还将修桥的建设费追加 70 万，总计 220 万修了这座桥。

听黄恒礼说新桥已经开始修了。2020 年 12 月 3 日，我和督战队的同志大清早就直奔黄鹤营村看那座桥的施工情况。我们赶到时，施工队工人还在吃早餐，趁未施工时机，我和黄恒礼一起来到桥下不远处，一睹桥的真面目。

太神奇了，铺在桥面上的每块石头宽 1.5 米，长 2.8 米，厚 30 厘米。经预测，每块石头的重量有 8000 多斤，在当时没有机械的情况下是用什么方法将这些石头抬到这里，并如此精准地铺成了那么坚固的桥呢？神乎其神。

我在国家级深度贫困县紫云督战 10 个月了，总感觉紫云人在消灭贫困战斗中的那股韧劲和拼劲非常独特，紫云用勤劳的双手创造出一个又一个奇迹。透过这座桥我们就可以想象其曾经的辉煌，它正是紫云人精气神的写真。

这么好的桥怎么可以拆除呢？那厚厚的青石板，那壮观的石板拱桥建筑让人赞叹不已，怪不得天天从桥上走过的黄恒礼为此桥哭过，并以诗述真。

我和黄恒礼站在桥上感慨。此桥就是一首史诗，这些石头诠释着岁月的印记。那段值得追忆的历史，怎么能随便拆掉呢？一是有情节、有情怀、有历史、有丰富内涵的桥，让它真正活到我们的心中吧！我们约定，一起为黄鹤营这个美丽的村落鼓与呼，将“红色”故事越讲越生动。

看着快速修建的新桥，目睹往昔的文脉，多好啊。保护这样的桥吧！让曾经从这里走过的先烈看见今天紫云的蝶变，让他们知道我们没有忘记历史。

……

那座美丽的桥与黄恒礼的那首诗歌《红军桥》还被我介绍给了《贵州日报》的“天眼新闻”。

时隔一年，当我重新见到黄恒礼时，黄鹤营村变得更美了，那座新桥如披着红色经典故事的彩虹，跨过碧波，车流不息。

六

黄鹤营村在黄恒礼的带领下打赢了“脱贫攻坚”战。

2021 年 2 月 25 日，习近平总书记在全国脱贫攻坚总结表彰大会上引用了《吕氏春秋》里的一句话，告诫我们：“胜非其难也，持之者其难也。”意思是说，取得胜利并不是最难的事情，保持住胜利、巩固胜利成果才是最难的。

生活的疲惫与工作的艰辛让这个不屈的汉子——黄恒礼越来越明白肩膀上的任务有多重。

的确，让老百姓吃饱穿暖的事成功解决了，“乡村振兴”可没有那么容易啊。让家乡富起来的同时，还要让其美起来。

没有破茧成蝶，没有摧枯拉朽，没有发展的四梁八柱，一个小小的村要实现“振兴”，依然是一句空话。

一段“战役”结束，另一段“战役”又开始。乡村振兴的战鼓擂响，黄恒礼又开始思考“战法”，拟定“作战计划”。如何实现乡村振兴，让百姓从脱贫走向富足？黄恒礼说，“强产业、美乡村、兴文化”是关键。

如何对现有的产业进行调整？如何进行乡村人居环境整治？如何化解村民突出的矛盾？如何传播优秀传统文化......这些都是黄恒礼“作战计划”的重心。黄恒礼说：“从部队转战农村，战斗的阵地不同了，作战的方法也要改，但部队的优良作风和战斗精神是相通的，专业也是用得上的，我在一样一样的实践。”

在黄鹤营村，乡村的早晨是被鸡鸣喊醒的，同时喊醒的还有黄鹤营村的村支书黄恒礼。他坚持每天6点半起床，然后到村巷小道转一圈，拾垃圾、思发展、看转变，这是黄恒礼的日常行为。黄恒礼说：“清静的早晨总会给予人灵感，很多好思路好想法，都是我捡垃圾‘捡’到的。”

村里的上班时间是8点半，黄恒礼总是在8点之前“巡视”完自己包保的人居环境整治区域，回到村委办公室进行总结和思考一天的工作日程。在脱贫攻坚期间，黄恒礼以雷厉风行的作风，带领乡亲们战贫脱贫，攻克堡垒，连连告捷。他用了一年多的时间，环境脏乱差、村民怨声多、干群关系紧张的局面就得到了全面扭转。2020年以来，黄鹤营村先后被评为“安顺市民主法制示范村”“安顺市文明创建村”“安顺市特色田园乡村集成示范村”“安顺市宜居乡村创建先进村”“国家级3A风景区”“贵州省乡村旅游重点村”……如今，这些荣誉就是黄鹤营村一个个响亮的新名片，也是黄鹤营村在乡村振兴战略上的一个个新起点。

2021年10月，黄鹤营村党支部书记换届选举，黄恒礼全票通过，连任黄鹤营村党支部书记。12月份，第十一届村民委员会换届选举观摩活动在黄鹤营村举行，贵州省安顺市相关负责同志、各县区相关负责同志到现场观摩，黄恒礼高票当选村主任。在换届工作中，整个过程公开、透明、正规、有序，得到了广大群众的认可和上级领导高度评价。

这些荣誉的获得，总结起来，主要是充分发挥和调动了“兵支书”的优势。“听党指挥、能打胜仗、作风优良”，这是部队的优良传统，也是黄恒礼从部队带回村的精神。他的热血，仿佛乡村振兴的燎原之火，点燃小小的黄鹤营村，在紫云的大地开始熊熊燃烧。

七

热血滋养着热土，初心散发着芬芳。敢挑重担，勇当先锋，这是黄恒礼在军旅生涯中铸就的信念。人居环境整治，他带头干；矛盾纠纷调解，他冲在前。建大桥、修水渠、扫庭院、砌花坛。他在村里，什么都干，而且都带头干。他既是指挥官，也是排头兵；既是警卫员，也是宣传员。黄恒礼经常这样打趣自己：“我是黄鹤营的儿子，村里的发展就是我的责任，只要老百姓开心了，我就值了。”

是的，一句“我就值了”，在常人看来，是多么轻松的几个字，而黄恒礼却用行动践行着它的“重量”。黄恒礼深知，村两委是发展的核心，村民是发展的主力，要想壮大集体经济，要想带领百姓致富，必须发挥好村党支部在群众中的感召力和凝聚力，这是突围的唯一法子。

有了“战法”，就有了“出路”。黄恒礼说，“只要钱能进老百姓的腰包，我们可以大胆去做，放手去搏”。黄恒礼与老百姓算经济账，与技术能手、致富带头人、龙头企业合作，建立产、供、销一体化平台。黄恒礼说干就干，2020 年以来，他带动村里先后种植 34 个大棚菌、200 箱林下蜂、200 余亩甘蓝、350 亩红心薯、400 余亩辣椒、400 亩万寿菊，带动用工人次 1 万余个，发放土地流转费 60 万元、务工费 110 万余元，有效解决了留守妇女、老人的就业问题。同时，村集体经济收入超过 20 万元。

产业渐渐有了起色，百姓的荷包鼓了，脸上的笑容多了。但黄恒礼还是高兴不起来，他知道，黄鹤营村地少不连片、种养成本高、收入不稳定，这些制约发展的瓶颈必须解决。

为此，黄恒礼又开始彻夜辗转反侧，如何破解？如何取胜？怀揣这些难题，他一遍一遍地从红军桥上走过。他信，当年红军能取胜，他也一定能有解决的办法。有时，他在桥上想得入迷，过路的村民问："黄支书，你在看啥呢？对面好像什么也没有呢。"黄恒礼笑道："没有看啥呢，我在想从前我们村是什么样子的，你知道吗？"黄恒礼反问村民。年纪大的村民会给他讲："我们村啊，从前可有名了，'上翁弄的染缸，下翁弄的酒缸，鹞子岩的文章'讲的就是我们村。"

一语点醒梦中人，"多元化"这个词语在黄恒礼脑海里不停闪烁。黄恒礼说："以前的黄鹤营村，已经实现多种产业融合发展，现在我们为何不继续？"依托黄鹤营村现有的资源优势，黄恒礼开始拟定新的产业发展计划，在多元并举上做文章。如：积极引进农特产品深加工企业，为村剩余劳动力提供就业平台；积极建设非遗小作坊，为返乡农民工提供创业平台；利用乡村旅游资源，积极打造客栈、农家乐、民宿等产业链。温泉酒店的引入，百灵、中顺、月华等9家企业的进驻，15家酿酒、织染等小作坊的建设，13家农家乐、客栈、宾馆的产业链，成为黄鹤营村乡村振兴战略推进的重要保障。

村民的收入增加了，村党支部在群众中的威信增强了，乡村治理的难题也迎刃而解。在黄恒礼的感召下，村民不仅有了发展的动力，更有了强大的凝聚力，乡村美成为村民的期盼，也成为群众的自治。

在黄鹤营村的群众交流群里，常常会看见这样暖心的对话："我家已经从沟的位置缩了60厘米进去，如果还有需要，为了村里的发展，为了大家出行方便，我家的花台可以再缩一点。""我可以让出地盘，把路拉直，为了美丽的家乡，每个人都有责任和义务。""能为家乡建设略尽绵薄之力，是我们的荣耀，感谢我们村的党支部书记，为家乡建设尽心尽力尽责，这是我们全村的福气。"

这是治理有效的具体体现，村民向善向美、礼让团结的新风气正在形成。

"四个知道，一个跟上"，讲的是部队带兵人要随时知道战士在哪里，在干什么，在想什么，需要什么，思想工作要及时跟上。这是部队的一种带兵方法，是干部对战士的根本态度。黄恒礼说："四个知道，一个跟上。不仅对密切官兵关系，增强官兵团结，保持部队的集中统一，有着见微知著的作用，移植到乡村社会治理工作中，同样适用好用。”

黄恒礼担任村支部书记以来，未发生过任何上访事件，也未发生过任何重大、特大安全生产事故，全村保持了高度的稳定和谐局面。黄恒礼说：“矛盾不出村，这是用心用情的结果。化解矛盾，法律法规要讲，站在老百姓的立场更要讲。”

所学皆所用，所用皆所长。在部队期间，黄恒礼曾担任军队综合集成信息化重要岗位，他把部队所学的知识结合到乡村振兴工作中，有声有色。

“数字化”是创新，“三字经”却是地气。在黄鹤营村，有情有趣有味的“三字经”盛行，传为佳话。村民们在群里、在歌里用“三字经”这样特殊的方式颂扬党的恩情，赞美村书记，歌唱美丽的家园，传递真善美。

“婚丧简，不大办；不铺张，不浪费；其他酒，一律禁；违规办，收菜盆。”这是黄恒礼围绕遵规守纪、环境卫生、安全防盗、邻里和睦、尊老爱幼、疫情防控等事项，把村规民约写成“三字经”。

“黄鹤营，好书记；姓名叫，黄恒礼；前半生，从军旅；后半生，回故里。”这是黄恒刚、胡家辉、罗海波等村民为黄恒礼写的“三字经”，是对黄恒礼的真情的深情告白。

“种菌子，产蜂蜜；栽辣椒，种红米；多产业，见效益；可就业，不出门。”这些都是村民自创的“三字经”，道出了黄鹤营村的嬗变。

文化赋能，这是黄鹤营村在乡村振兴中的另一实践。黄恒礼说：“我们还要抓紧乡村旅游项目建设，立足黄鹤营村交通区位优势明显、红色历史文化厚重、河湖瀑布资源丰富等优势，大力发展乡村旅游，让村落、河流、瀑布等‘冷资源’变成旅游‘热经济’。”

如今的黄鹤营村，在黄恒礼的带领下，呈现出一幅幅产业兴、村庄美、文化浓的美丽画卷。

人生如此，每个人心中的故乡时远时近。

万事用心了，转身一望，故乡总在心尖上，那里有紫色的云，祥云。祥云下有 2284.09 平方千米的热土和近 30 万乡亲。

是的，紫云是美丽的，因为有紫色的云朵与云朵下的一腔热血在燃烧。

归于江河

——邹鑫一生中的几个关键词

◇ 陈章泉

人的一生，无论短长，在几个关键词上做出“人样”，便未辜负花开果熟的春秋，便未辜负披星戴月的求索，便睡得安稳、眠得踏实，并以灯塔的明亮散发光彩，引领来者。

——题记

他是英雄

只要一声令下，我们决不彷徨，钢铁队伍，冲锋在最危险的地方。

——《爱在蓝天》

这个夏天的一些日子，我以异乎寻常的热情忙碌在遵义这座城市。的确，是他们的精神感动了我，我停不下收集他们更多故事的脚步。虽然，这一切都已经是过去式，但它们已经深深镌刻在人们的心中，成为某种不可磨灭的记忆。群众的口碑凝重而珍贵，胜过诗赋美文，不粉饰、不夸大，原汁原味，听来真实可信，分外亲切。

“邹鑫，放心！我们送你回家！”2022 年 4 月 18 日上午，护送邹鑫灵柩回家的车队从毕节市大方县出发。

中午 12 时许，遵义高速公路东站出口处，遵义市蓝天救援队队员、预备队员、志愿者和自发赶来的遵义市民早早便排成两列长队，在路旁迎接“蓝天英雄”邹鑫“回家”。当运送灵柩的车辆缓缓抵达，静候在这里的几十辆汽车一时间喇叭齐鸣，数百人齐呼：“邹鑫，我们来接你回家了！遵义人民的好儿女，英雄邹鑫回家了！”

这是一座英雄辈出的城市。那一刻，仿佛历史重现。1935年1月，遵义，同样的仪式，同样的场景，同样的心情，饱经沧桑的千年古城，迎来了铁血长征中穿枪林过弹雨，一路厮杀奔突，闯关夺隘而来的红军英雄们。从此，中国革命的星星之火在此燎原，命悬一线的中国革命在此获得转机，伟大的中国共产党在此播下革命的火种……从此，一种崇高的理想、必胜的信念，在这里光芒闪烁，薪火绵延，影响着一代又一代。

就在4月18日这天，一直为儿子担惊受怕的妈妈年满67岁，本该是儿孙绕膝、同欢祝寿的日子，老人家却在凌晨发了一条沉重的朋友圈：“自你启动了人生风风雨雨的艰险之路，再也不见温暖的阳光。你每次出门，我心都在颤抖，不怕一万就怕万一……一句话，儿行千里母担忧。你说过给我过生日，今天我的生日却听不见儿子的祝福声，你却去了一个遥远的世界……”

贵州蓝天救援队队长王毅在电话里哽咽着告诉我，邹鑫的儿子15岁，小女儿刚刚4岁，他是家里唯一的经济支柱。“18号的那天，两个孩子还不知道爸爸的情况，还想跟爸爸视频……”

7月19日早晨，天降大雨，这是遵义高温天气持续已久后的一个拐点。6点过，耳朵里便灌满了滴滴答答的雨声，忽然便想到英雄回家的那个日子。4月18日，乍暖还寒，遵义城区气温极低，冷雨淅淅沥沥，仿佛天空都在垂泪。

邹鑫，曾是遵义市蓝天救援队的头儿，从2019年9月至他去世，在“队长”这个既无报酬，又无荣耀，压力却不断加重的岗位上已经风一路雨一程干了近3年。

2022年4月14日，周四，下午，邹鑫正在他所供职的遵义市邮政局忙着处理押运事务，手机忽然响起，他没理会。连续几次，停了又响，他感觉有些不对，赶忙抓起来一瞧，毕节来的。一番简短的交谈，很快，遵义市蓝天救援队收到毕节市蓝天救援队的求助函。大意是毕节市某景区有两艘作业设备落水，有空气泵、压缩机等需要打捞，当时毕节市蓝天救援队的队员们都在隔离点忙于防疫任务，一时半会出不来，所以就发函求助。

队友回忆，接到信息后，邹鑫说，疫情期间，遵义市汇川区、务川仡佬族苗族自治县出现疫情，毕节市蓝天救援队的兄弟们都是第一时间驰援，无怨无悔。这一次毕节有需要，我们当然要鼎力相助。

曾经，生活、工作、学习、奋斗、奉献在这座城市，邹鑫，是幸运的。像当年长征扩红时，遵义儿女踊跃报名参军一样，邹鑫同样肩负神圣的使命，满怀征战的豪情，胸藏必胜的信心，他率领他的队友，直面挑战、不避艰险，义无反顾、英勇向前。他说遵义和毕节情同手足、唇齿相依，危难处我们不上，谁上？何况，河南那么远的地方我们都去了，这家门口的事，我们更不能袖手旁观。

他如常了解情况、清理装备、商议方案。他是蛮有把握的，他拥有在6年时间里于不同环境救援积累的经验，大大小小38次溺水救援打捞，使他经历了纷繁复杂的风险考验。何况，救援队的行动是非常谨慎的，他们结合实际需要制定了快速有效、稳妥的救援程序：接到救援电话后，要问清救援地点、救援难度等信息，要进一步核实救援性质、范围、受伤人员等情况。了解清楚后，才第一时间在救援群通知，由有救援能力的队员和救援车辆出勤，确保两人以上参与救援，准备救援装备，出发。如果需要救援的地点在危险路段、事故易发生路段、车流量较大的国道或夜间道路，则需要根据实情增加队员陪同出勤，在确保自身安全的前提下，用最短的时间到达现场。

他去了，队员刘建收去了，杨坤霖去了，蔡思佳、段芸汐也去了。遵义的好男儿，血气方刚，沉着自信。他们背后，是600多万遵义人民的祝福，是父母、妻小、无数友人的祝愿，是巍巍英雄娄山的注视，是浩浩荡荡赤水河的鼓舞。当然，邹鑫和他的队友们不会想这么多，他们只知道重任在肩。去了，就要打一场漂亮仗，再显遵义市蓝天救援队的神威。

毕节市，位于贵州西北部，某景区地处大方县。大方县位于毕节市中部、乌江上游六冲河北岸。从遵义市中心城区去往救援地点，不是一步之遥。由于路途遥远，车上载满潜水设备，经过近4小时的疾驰，邹鑫和队友们才心急火燎抵达现场。可眼前的情景让大伙儿傻了眼，跟电话里的描述大相径庭。景区在山区里面，救援现场和平时说的公共潜水的水域完全不一样，实际水深也不是求助时报备的十几米，而是二三十米。水下的环境更是复杂，钢筋、钢缆缠绕密布，跟迷宫一样。河水自溶洞滔滔奔涌而出，洞口被两艘搭载着工程平台的无人作业船倾覆。

展开工作，刻不容缓。16 时 28 分，带着装备，手里攥着小拇指粗的钢缆，邹鑫从皮划艇上翻身入水，他所背的氧气设备能够维持他在水里待上 30 分钟左右。队友王林在艇上攥着邹鑫身后的导潜绳，这根直径 8 毫米的细绳是潜水员的生命线，也是水上水下的唯一连接，保持联系的特殊方式是“绳语”。所谓“绳语”，就是一种交流暗号，水面上的信标员拽两下，是询问潜水员的状态是否正常，如果一切都好，潜水员也会拽两下回应；若潜水员拽三下，则是“给我更多绳子”的意思；拽四下表示“找到被搜寻的物体 ”。每隔一会儿，王林就会拉动导潜绳，他能清晰感知到邹鑫的反馈，也可以看到邹鑫下潜的位置不时有气泡涌上来。

按说这是一次再简单不过的任务——下潜，找到船，将随身携带的钢缆拧上去。只是这一次，邹鑫没能冲出水面，喊出以往上岸后的那句口头禅——“妈哟，好冷咯”。

一切正常。“你永远可以相信邹鑫，技术过硬，冷静克制。”王林甚至开始盘算，任务结束后，要和毕节市蓝天救援队的兄弟们好好喝一场。

16 时 38 分，邹鑫下潜 10 分钟后，王林手中的导潜绳突然绷紧，他一个前倾抓住绳子，拉动两下，却没有一点回应，原先的拖拽感消失了，气泡不再有节奏地浮上水面，原本时缓时紧的导潜绳软塌塌地垂在一边，水下的信号戛然而止。

邹鑫出事了。

由于救援现场出乎意料的复杂，加之设备有限，地面人员不敢贸然下水，于是立即报警，同时联系专业力量展开救援。

救援人员从四面八方赶往毕节。17 时，贵州蓝天救援队公共安全潜水队副队长杨曦和两位队员，驾车从铜仁出发，另一位副队长宋建汐则从贵阳动身，是第一个到达现场的潜水员。“我到毕节时，当地政府已经成立了专门的应急指挥小组，公安、消防、毕节市蓝天救援队都来了。水下环境太复杂，为了避免二次事故，都不建议我下水，只能用水下机器人进行探测——浑浊，线缆密布，什么也看不清。”宋建汐只能等。宋副队长没有想到，总是冲在前头的邹鑫，也会遇到等待别人救援的这一天，他心里有说不出的拥堵。

当晚20时，遵义市蓝天救援队副队长代虹赶到现场。他一下车就冲到水边把手探进去，“水温很低，岸边的风很大”。他在岸边走来走去，心里焦急，空空荡荡毫无依傍。水，怎么突然变得这么凶险。“那种感觉一般人体会不了。”代虹直言。

2020年初，代虹在遵义的高速路口撞见邹鑫。那时，邹鑫穿着蓝色队服，正忙着手上的消杀工作。“太酷了，当时就想着要加入这支队伍。”代虹经过努力，后来如愿以偿。也是和邹鑫有缘，此后的日子里，邹鑫每一次下潜都有代虹陪伴，导潜绳也一直握在代虹手中。

那天是个例外。接到电话时，代虹还抱有点滴希望，并暗暗为队长祈祷。“那时他已经在水下呆了近40分钟，我什么也做不了，只能寄希望于他被卷入了水下的暗洞，有足够的生存空间可以让他等待救援，但是我也知道这已经接近生命的极限了。”代虹不无惋惜地念叨，“队长每次都是打头阵的，他本想先下去固定锚点，打开通道和下潜路径，评估风险后再让队员尝试，没想到队长下潜仅过去十几分钟后就失联了。”

代虹碰到宋建汐，四目相对，默然无语。“这个时候，相互熟悉的人是不想待在一起的，因为不知道该聊什么。我们知道，水下救援的黄金时间已经过去，没有希望了。”当晚，临时指挥部给救援人员准备了煮鸡蛋和烤土豆。代虹记得，在邹鑫准备前往毕节的前一天，两人还商量，等任务结束后，在毕节开展一次卖土豆的助农活动。“他闲不住，只要有他可以帮到的地方，就一定会去。邹鑫一直觉得，帮助别人是一件有着巨大成就感的事情。”

土豆是毕节人非常喜欢的食物，但代虹吃不下。他离开人群，一直走到可以看到邹鑫下潜位置的地方才停了下来。“我就站在那儿，看了一宿，我总在期待什么，而眼前又那么的无助。”

15日早上8时，杨曦乘着小艇进入溶洞到达邹鑫出事的水域，开始第一次下潜。这位拥有30多年工程潜水经验的老师傅，当时要做的是搭建下潜通道，为其他队员提供保障。水下如黄泥一般，能见度几乎为零，水流很急，很难保持固定的方向下潜。“前一天上游应该经历了强对流天气，短时间内降水量很大，邹鑫可能正巧撞上这股突然增大的激流，发生意外。”杨曦猜测。

下潜四五分钟后，杨曦触碰到了倾覆的船只。两艘自制的钢棚船，船体周

具备基础的专业素养、知识和能力，在救援行动中更好地发挥作用。

2022年7月16日，我约访了邹鑫生前的队友余鹏，他的第一句话便是："再过一天，就是邹鑫真正从遵义离开我们3个月了。一个季度，时间过得好快啊。"然后是短暂的沉默，那一刻，似乎谁都找不到恰当的话继续下去。我知道，他在努力控制自己的情绪——抽泣、呜咽，闭紧了嘴唇想把什么咽回去，但他分明想急于表达出来……埋头，陷入思考。他想组织更为精准的语言来回答我的提问，他怕说漏了嘴，对不起已经永别了他们的队长。他的泪水在夏日清晨明亮的阳光里，特别干净清澈，直击人心。对，那天正好入伏，他的内心似乎也翻卷着热浪。他有太多的话想找个人聊聊，聊邹鑫，聊遵义市蓝天救援队，聊队友……尽管他知道，队长生前非常反对这些，尤其是聊关于队长的故事。然而，一个大男人，一米七五的大高个，在一个陌生的记者面前，流泪，多少还是有些不庄重。他不允许自己的宣泄破坏了这秩序井然的采访，他必须保持思路的清晰，把队长的故事，遵义市蓝天救援队的故事讲好，这是情感的必然，也是责任所需。

"好兄弟，当初你跟我说'加入蓝天救援队，你会觉得没有白活这一生'。进队两年多，我读懂了你的话。"都说男儿有泪不轻弹，余鹏说起邹鑫，几度掩面落泪。余鹏说，生活中邹鑫寡言少语，说起救援却滔滔不绝，仿佛变了个人。

常有人问邹鑫："每一次下水救援都会面临生命危险、有去无回，付出太多，却毫无报酬，究竟图个啥？"他说："在公益救援中，我找到了自己的价值。我帮助了别人，别人也可能会再去帮助需要帮助的人，爱就传递下去了。当我老了回忆这些，我的一生足以让我自豪。"

自从引路人一般的邹鑫遇难后，余鹏夜夜失眠，无法自已。"好兄弟，你是我们所有队员的榜样。平凡的我们，因为救援事业而拥有了人生的一份精彩。你未竟的救援事业，我们继续替你做。"

提起邹鑫这个"队长"，夏玥很有感慨，她说这个"队长"没有酬劳，没有光环，只有责任。当时见大家犹豫，邹鑫主动站出来，说"如果信得过，就让我来"。夏玥说邹鑫少言语，但这一句，却讲得斩钉截铁。

妻子廖军艳谈到邹鑫，无限深情。她说："邹鑫出任务的时候，总是在路途中给我电话，他还是怕我絮叨太多担心的话，怕看我不舍的眼神，怕我拖他的后腿。在具体的救援过程中，他往往会发一条信息给我，比如‘安全的’，或者‘正忙’。但这次在毕节大方，他说了不少的话，印象最深的是说毕节的樱桃熟了，好红、好艳、好亮，一定摘一袋给你带回来。然而，我最后等来的……”廖军艳背过脸去，情到深处，无以言表。

邹鑫的遇难如晴天霹雳，让队员们不敢相信，无法接受。29 岁的马林悲怆呼唤：“鑫哥，你多次经历水下险境，成功将众多溺水身亡者带上岸。这一次却为何不带自己上岸啊？”入队以来，每次救援行动，马林都跟随着邹鑫。他说，邹鑫的水下救援技能和经验在省内名列前茅，在全国蓝天救援队伍的水下救援技能大比武中曾经一举夺魁。贵州水域环境极其复杂，水下能见度极低，施救前如果对水域环境预判不好，就可能发生不可逆转的险情。“贪生怕死莫入此行”，邹鑫曾经这样说。每逢复杂危险的水域展开救援，邹鑫总要独自先下水，探察水情。多次救援中，他凭借自己非凡的胆量、丰富的水下救援经验，找到了溺水身亡者并带上岸。

邹鑫实施救援的一幕幕场景在马林脑海里翻腾——在共青湖，被渔网缠身的他，邹鑫在黑暗中摸索着，用潜水刀一点点割断渔网，良久才得以脱身上岸，休息一会后，他再次下水打捞。在凤冈某地的滚水坝，才下水的邹鑫，瞬间就被湍急的水流卷入漩涡，转眼间又被激浪裹挟着摔到对面的乱石滩边。在一次救援中，几名先下水的队员良久找不到目标，邹鑫下水后却找到了。在道真仡佬族苗族自治县的一次搜救中，8 分钟内邹鑫找到两名遇难者。仁怀市茅台镇 1935 广场旁边的新桥下，河水湍急，且有老桥炸毁后留下的众多钢筋钢管，这给水下救援造成极大的阻碍，但再难也难不倒邹鑫，最终他还是把溺水者找到了。

无论救援任务有多重，水域环境有多凶险，邹鑫总是处变不惊，根据水流速度、有无回水湾等因素进行分析，推测溺水者会漂到哪里，继而有的放矢地去搜寻，直到搜救成功。

2021 年 7 月，河南省遭遇罕见的洪灾，在贵州蓝天救援队接到河南省新乡市卫辉市应急管理局的邀请函后，贵州省内各蓝天救援队立即启动紧急救援机制。遵义市蓝天救援队第一时间向主管部门报备，在取得同意后，经过仅 2 小时的整理，第一梯队便于 23 日中午 12 点出发，次日中午 11 点 45 分抵达重灾区卫辉市，并立即投入紧张的救援工作。25 日，第二梯队 19 名队员奔赴卫辉市。

邹鑫一马当先，带领35名一线救援人员，在随后异常忙碌的9天，累计完成搜救面积260万平方米，环境消杀面30万平方米，安全转运受灾群众近4000人。

因为被淹路面水下情况复杂，为了保障被救援人员的安全，遵义市蓝天救援队的队员们都把救生艇留给群众，自己则在齐腰深的水中拖拽皮艇行走。他们在搜救中不放过任何一个转角，不错过任何一位待救群众。4天，他们只睡了6小时，救援超过200小时。就地而食，席地而睡，死守一线，毫不退缩。由于长时间在水里浸泡，不少队友满身起了红疙瘩，痒了，抓破了，却依旧继续救援。作为领头人，邹鑫看在眼里，心里有说不出的滋味。

2019年7月23日，六盘水市水城区鸡场镇山体滑坡事件是当年全国十大自然灾害之一。为了找到一个小女孩，邹鑫带领队员们在齐膝深的泥潭中连续搜索了24小时。运送食物的队伍无法进入，便尝试用无人机投放食物，但由于地理位置偏僻，没有信号，无人机也无法进入。长时间、高强度的搜救使队员们又累又饿，大家只能采摘附近的辣椒充饥。“不放弃，不言败”，戏称自己是“搜救犬”的邹鑫，通过灵敏的嗅觉“闻到特殊的味道”，判断遇难者遗体所在的大概位置，从而将遇难者找到。

2020年新春伊始，一场突如其来的疫情，让大家措手不及。邹鑫与队员们全身心投入到这场没有硝烟的战争中。每天背着60斤重的消杀装备，穿着密不透风的防护服穿梭在大街小巷开展防控消杀，先后为遵义市近400个单位进行了疫情防控消杀。“队员能在一线安心工作，要感谢队员家属的支持和奉献，是他们撑起了家里的‘天’，作为蓝天救援队队长，能说的只有感谢。我们向大家保证，疫情不退，我们不退。”邹鑫曾经这样说。

“鑫哥，你走了，我们失去了一位好大哥。”夏玥说起邹鑫就哭泣，“鑫哥是队长，更似大家的兄长。他经常邀约队员去他家吃饭，他的家是所有蓝天队员的家。在他的团结带领下，蓝天救援队凝聚成一个温暖的大家庭。”夏玥有些哽咽。“每次外出救援，车辆有限，装备车载满救援物资，鑫哥总是把自己塞进装备车里，让大家舒舒服服地坐其他车。救援期间，食物补给有限，他总是先考虑大家。”夏玥说，看似木讷的他，却是一位十足的暖男。只要别人需要帮助，他都会竭尽全力。这么多年来他的电话总是24小时开机。他总说，别人找你帮忙，是信任你，有能力就帮一下。“鑫哥，我宁愿相信你已经化成蓝天里的一颗星，在另一个世界里，你一定还会继续传递大爱，一定会有很多人爱着你。”夏玥说完这话，内心的焦灼感似乎有些缓解。

在余鹏眼中，邹鑫除了做公益，似乎没有什么特别的爱好。“如果硬要说他喜欢什么，他妈妈做的霉豆腐、糖醋蒜是他的心头好。住处楼下的火盆烧小店，是他常挂在嘴边的‘老地方’。点一份烤小肠，要一瓶啤酒，是他最爱的放松方式。”代虹在这个“老地方”见到过邹鑫最放松的笑容，“每次任务结束，他都会来喝几杯，复盘总结。可能在他心中，没有什么比把事儿做好，再和兄弟们一起坐到炭火前，喝上一口酒，吃上一口肠，更快乐的事了。”

黄河说：“鑫哥在离开前，还在不断感叹，我们的装备少了，很需要像生命探测仪这样的器械。2022 年 5 月，复星北铃（北京）医疗科技有限公司向我们队捐赠了价值近 40000 元的急救物资，同时还捐出 10000 元作为家属的慰问金。遵义疫情防控期间，遵义市萌芽幼教集团捐献了 25000 毫升酒精、5000 元现金支持我们救援队的工作，给了我们巨大的鼓舞。”

何政一直很忙，他是遵义铝业股份有限公司的基层管理人员，是遵义市蓝天救援队的法人代表、现在的队长，中共党员。他说邹鑫兄弟是他们的典范，综合素质叫人打心眼里敬佩。“2015 年接触到邹鑫兄弟，就是因为搞公益，感觉他言行中的那份热诚特别真，特别感染人，自己便想和他靠拢。现在，社会对我们这个主动开展公益活动的团体也很重视，我们队员购买救援保险，遵义市红十字会就给报销了 6400 元的费用。邹鑫兄弟走了，但队里的工作不能停顿，邹鑫兄弟一直挂牵的训练场地，已经在有关部门的关心下，落实在了新蒲新区一个小学内，有 30 亩左右的面积。当然，准备将遵义市蓝天救援队打造成为三级救援队的相关工作也在进行中。”何政队长不无感慨地说，这也算是对前任队长的一个告慰吧。

他是志愿者

怀着共同的梦想，笑对风雨兼程的过往，哪怕困难重重，道路漫长，蓝天勇士步伐坚定，口号响亮。

——《爱在蓝天》

邹鑫生前曾是一名出色的扶危济困志愿者，因受朋友影响，很早就参与了公益活动。

夏玥说："2015 年，我在做公益的时候认识了邹鑫。2016 年，我们的公益活动做得有声有色。当时，大量工作就是到处联系爱心人士，对那些真正需要帮扶的孩子寻求帮助，基本形式就是"一对一"。上班期间大家都忙，只有周末，三三两两约一块，开着私家车，走村串寨核对贫困生情况，与家长、学校沟通。记得邹鑫还常常带上老婆和孩子，说让孩子们去另一种环境，切身体会什么叫生活的美好，为什么要珍惜美好的生活。印象非常深的是，有一次我们顶风冒雪去了遵义市桐梓县偏远的黄连乡。三四月份，连绵的山峰银装素裹，大地一片白茫茫，当地村民都关门闭户蹲在火炉边嗑瓜子、喝烧酒。我们去了，深一脚浅一脚翻山越岭走进了老乡家。老乡们问清楚来由后，感动了，纷纷叫我们进屋，握我们的手，拍打我们身上的雪花，拉我们到火塘边坐下，端热茶煮鸡蛋。那一刻，我感觉自己的公益做得值，忍饥受冻没有白忙活。"

2015 年的一次经历，使邹鑫的侠肝义胆受到不小的触动，那也是他断然干上救援工作的根本原因。2018 年夏天，邹鑫他们在为桐梓县狮溪镇敬老院的老人运送公益物资的途中，突遇洪水，滔天洪水有如猛兽，处处险象环生。面对需要救助的人，邹鑫虽有一身的力气，那一刻却只能干着急，特别是眼睁睁看着一个妇女被洪水冲走。那一刻，他流泪了，作为军人的自尊受到强烈的冲击……那是一次像利刃一样扎进生命的经历，令他好长一段时间难以释怀。之后，随着国家脱贫攻坚的深入开展，曾经处在贫困线上的不少家庭的经济状况得以彻底改变，需要帮扶的面越来越窄。无意间邹鑫他们听说了蓝天救援这个品牌，知道如果想把公益继续做下去，蓝天救援队这个社会力量发挥的作用不可低估。于是邹鑫和朋友们商量，决定加入专业救援队伍，学习专业的救援技术。

于是，革命圣地遵义各行各业的志愿者不断聚拢，集合在遵义市蓝天救援队的大旗下，凭借各自的智慧和爱心，向处于困境中的人们送去希望。队员们不惧荒寂的大山、烈日风暴等恶劣环境，以"人道、无私、公益"的救援理念，以坚强的意志和决心直面险境，不图名、不图利出手相助，让志愿服务精神光彩大放。救援队从成立之初的 10 来个人，到目前的 200 余人，包含队员、预备队员和志愿者，这背后有太多的故事。

除了救援，这支队伍还广泛参与各项志愿服务活动。2020 年，邹鑫他们联合遵义市壹和志愿者服务发展中心，组织了 16 次温暖包活动，为 548 名山区贫困的孩子筹集到了温暖包，在孩子们的心灵播下了爱的种子。

2021 年 11 月，在遵义市异常紧张的抗疫期间，遵义市蓝天救援队承担了汇川区所有封控区域和隔离点的消毒消杀，全体队员集体驻扎在汇川大道的营地里。邹鑫每天统筹调度一切工作，从早晨忙到深夜，疲惫得一坐下就会睡着的他，却坚持不休息。他要等着队员归队，直到最后一位外出执行任务的队员归来，他才会放下一颗悬着的心去歇一会。

“他是与我密切合作的抗疫志愿者，一个公益事业者、一个义务救援者、一个优秀的组织者、一个纯粹的人、一个对社会只图奉献的人！”对于邹鑫，汇川区疾控中心消杀科负责人游明生高度评价。英雄的离世，他痛惜不已。

邹鑫在疫情防控中的表现，汇川区疫控中心认为帮了他们很大的忙。在接英雄遗体回家的现场，汇川区疫控中心的数名工作人员自发地赶到，有人甚至拄着双拐，坚持要亲临现场接邹鑫回家。“邹鑫在我们汇川区出现疫情的时候，义无反顾地承担了大量的消毒消杀工作，对我们汇川区防疫工作做出了重大的贡献，我们要去接他回家。”游明生说到此事，言语中是对邹鑫满满的敬意。

抗疫期间，邹鑫带领救援队，听从汇川区疾控中心和汇川区红十字会的统一调遣，为抗疫做出了杰出贡献。全体队员 24 小时备勤，在确保队伍自身安全的前提下，很好地完成了救援的闭环处理。他们深入汇川区隔离酒店和封控区域，高标准消毒消杀。在移动核酸检测方舱内做试剂分拣，在社区卡点执勤，协助搬运物资，为学校、社区、企业等单位协调提供抗疫物资，为学校、社区、企业复工复产复学做全面消杀。

提到这次抗疫，副队长黄河感慨不少。他说他最初与邹鑫相识，是在 2020 年 1 月 1 日，但真正从本质意义上认识邹鑫，却是在紧张的疫情防控阻击战中。当时邹鑫早出晚归，生活里完全忘了周末。那时邹鑫负责后勤，每天接到来自四面八方的救援包裹有四五百个，包含大量的口罩、防护服等。在随后的配发中，最忙的一个晚上，队里需要 9 个秘书来统计，进行严密的数据分析。

在抗疫长达 23 天的艰苦鏖战中，蓝天救援队三班轮岗，死守一线，连轴转昼夜不停，直到隔离区域最后消杀的完成。多好救援队，他们用实际行动兑现

子也是妻子和母亲一手带大的，自己能有现在的荣誉全靠家庭和单位的支持，对他们除了感恩还是感恩。”邹鑫曾经这样说。

在事迹材料的后面，我看到了那些精选的留言。

一个叫 Z. 微的网友说：“邹鑫同志以实际行动践行着一名共产党员的光辉信仰，致力于‘为人民服务’的宗旨，是每一名党员同志学习的榜样、楷模。”

另一个叫 Solitude 的网友留言：“鑫哥，天国的马车来接你了，祝你一路走好。我为你送行了，你是蓝天的骄傲，人民心中的英雄，蓝天以你为荣，我们以你为荣！”

他是军人，也是党员

我们是蓝天救援人，信念燃烧在胸膛，用双手托举生命，用双肩扛起担当。

——《爱在蓝天》

“要关爱退役军人，他们为保家卫国做出了贡献。”在 2019 年的新年贺词中，习近平总书记专门向退役军人表达了关心和问候。同年，遵义市汇川区退役军人事务局成立。几年来，事务局严格按照习近平总书记在十九大报告中关于“推进军人荣誉体系建设”“让军人成为全社会尊崇的职业”等重要指示，不折不扣，踏踏实实做好相关工作。遵义籍广大退役军人秉承军队的光荣传统，“脱下戎装，奉献地方”，在不同的岗位奋力发光发热，以出色的成绩回报新时代。

邹鑫是这支队伍中的一员，作为一名退役军人和先进共产党员，他拥有崇高的理想信念、可贵的价值追求和百折不挠的英勇气概。出师未捷身先死，43 岁，走得太早，去得太匆忙。但他，却如丰碑树立在那儿，那是一座叫人敬仰的英雄的丰碑。

汇千山万壑涓涓细流，方有大江大河的激扬澎湃。43 年的每一步，其实邹鑫都走得坚实沉稳。

申先进老师曾是邹鑫初中时的班主任，他对邹鑫的离去格外惋惜。他说：“邹鑫是我印象非常深的一名学生，读书时就乐于助人。记得当时班里有一个叫熊治中的学生家里出了火灾，邹鑫便带头捐出零花钱给予帮助。邹鑫对老师也分外讲感情，后来当兵回家刚参加工作，便利用空闲时间专门回了一趟老家务川，敲开我的门，喊了声老师，向我行了个军礼。个子忽然高了，我当时都差点没认出来。送我的一瓶低度白酒，我一直收藏在那儿。小伙子走了，真是可惜。”

在部队，由于邹鑫在政治思想、军事技术、作风纪律、完成任务等方面的突出表现，曾获得优秀士兵的称号，军旅生涯是邹鑫短暂人生里最灿烂的章节。

2022 年 7 月 28 日，在遵义市汇川区退役军人事务局副局长的办公室，王刚字字句句充满了对汇川退役军人的感佩，他凝重的表情与沉痛的话语，表现出对好战士邹鑫的怀念。他说邹鑫在 16 岁的时候就去部队当兵了，3 年的磨砺，邹鑫练出了过硬的作风和意志，为他后来成为一名合格的蓝天救援队队长奠定了很好的基础。近几年来，邹鑫自费去省里和外地学习，去讨教，最后实现了从怕水的“旱鸭子”到潜水技能最高的队员的过渡。这个事件的意义在于邹鑫不仅战胜了自己，同时也在队员中树起标杆作用，他们的队伍里需要这样的标杆。邹鑫为什么能够带出一支好队伍，这与他始终坚持“吃得了亏，打得拢堆”有关。邹鑫的心胸很开阔，自律性很强，大凡当过兵的人，干事中都少不了一腔热血。邹鑫光荣的履历铸就了他守规矩、懂规矩，能吃苦耐劳、执行力强的品性，他无愧为退役军人的典范。干公益、搞救援，邹鑫不仅自己冲锋在前，还带领家人朝这条线上奔。记得军人事务局曾经给救援队协调了办公场地，邹鑫异常兴奋，带上他的老婆和弟兄们去清理、去刮瓷。邹鑫身患结肠癌的妈妈还忘了病痛，坚持去现场为他们煮饭。邹鑫所做的这一切，让队员和志愿者们分外感动。

王刚说，站在邹鑫献出生命的那条河流的水边，河风浩荡，他感慨万千，那些无私救援的人，究竟是一种什么样的信念在支撑他们，他们真的是太崇高了。人啊，做一件善事不难，但要冒着生命危险，要无数次去做，并且要做出好的结果，不图回报，不容易！没有在部队这个大熔炉里锤炼过的人，不可能做到这个地步！

在妻子的眼里和心里，邹鑫始终是她的鑫哥。在她看来，鑫哥体轻，但高大，1.77 米的个子。当然，这里的高大，不仅是个头，鑫哥的品行品质，为人处事，在她看来都不矮。她说她一直在想，在接触了蓝天救援队之后，是什么使鑫哥变得那样坚定从容，有时还很固执倔强。后来总算是明白了，是他们军人特有的一种信仰，就是鑫哥曾经时常挂在嘴边的“如有战，召必回”。她说自己的父亲也是一位服役多年后退伍的老军人，那时就经常听他们爷儿俩聊部队的那些事，感觉他们特别默契，特别融洽，总能找到话题的契合点。“记得鑫哥喜欢吃胡豆，父亲就在汇川区董公寺街道的菜园里专门为鑫哥种了几行胡豆，把鑫哥当成自家儿子来宠。可惜的是，2022年的胡豆还未成熟，鑫哥便走了。”说完这话，廖军艳早已泪流满面。

对邹鑫他们来说，每一次救援都是一次征战。这支胸怀大爱的救援队伍，有相当一部分是复员退伍军人，他们经过人民军队“大熔炉”的淬炼，在军队是维护国家安全的坚强柱石，回到地方是社会主义现代化建设不可或缺的重要力量。他们不缺军人特有的热心热肠，他们不可能每一次都冲锋在一线，但是谁都不敢肯定这一次可以旁观，或者指定在第二梯队暂不出列，因此他们必须苦练过人的胆识和本领，培养献身的精神和气概。每当这个时候，他们总会看见，作为队长的邹鑫，总是站在最前面，给队员做示范，夏练三伏冬练三九。

黄河，是遵义市蓝天救援队副队长，与邹鑫情同手足。他曾是河南省武警总队开封市消防支队禹王台消防大队的一名战士，中共党员。谈到个人素质的提升，黄河说他十分佩服邹鑫的毅力，无论是体能、潜水、绳索，还是急救的训练，作为军人，邹鑫都是率先垂范。黄河说：“作为军人，我们最懂得招之即来、来之能战、战之能胜的要求，因此苦练本领，是我们自觉的行动。我和鑫哥都曾谈水色变，后来，鑫哥的潜水技能已经在贵州境内的蓝天救援队里名列前茅，人人敬佩。鑫哥是我的榜样，由于他要求严、带得好，两年多的时间里，我的进步也不少，我遇水敢下，不紧张，不慌乱，现在都拿到了PADI国际潜水证了。鑫哥对我的影响太大，尤其是在救援中不计报酬，不图回报，一直敦促大家朝正道上走。”

在妻子廖军艳看来，邹鑫是一个很要强的人，他想干的事，好像就没有什么干不成的。“记得他说过，有一次在乌江为打捞一个小女孩的尸体，他自己不会潜水，面对现场有偿打捞的讨价还价，干着急，最后是他后来的潜水训练师傅无偿为死者家属解了燃眉之急。他说你很难想象死者亲人们齐刷刷地跪在你面前表示感激的那种场面多么叫人揪心；你很难想象自己不会潜水，眼睁睁地看着死者家属悲痛欲绝，作为救援队员却爱莫能助的焦急。后来，怕水的鑫哥开始下水了。”

高危作业，不退缩，军人的血性在，邹鑫能力强。黄河说：“作为退伍老兵，干得值！我有一帮出生入死的好兄弟，有消防队的、有蓝天救援队的，我称他们为生死兄弟，有情怀。”何政坦言：“邹鑫兄弟付出的实在太多，作为退役军人，每次任务来了，他总是那句话‘我先上，跟我上’，这句话激励了太多的人。他是我的挚友，更是我奋斗的目标。他做到了蓝天救援队的队训，有事队长先上，可我却失去了最坚强的兄弟！”

邹鑫殉职后，他的队友接受采访时表示：“把邹鑫从水里抱出来时，他的身上好冰……每一次救援，无论多冷、多累、多苦，他都是第一个冲上去，只因为他是军人，他是队长。”这使我们自然而然联想到了黄大发、杜富国，他们都是敢为人先的时代楷模，是遵义这个革命圣地催生的骄傲，他们也曾发自肺腑喊出这样的豪言。

英雄精神一直是习近平总书记推崇和倡导的。“党和人民需要我们献身的时候，我们都要毫不犹豫挺身而出，把个人生死置之度外。我们都做不到，让谁去做？”习近平总书记在中共中央政治局民主生活会上的话语直抵人心。“中华民族是崇尚英雄、成就英雄、英雄辈出的民族，和平年代同样需要英雄情怀。”英雄精神就是我们的民族精神，它是激励我们实现中华民族伟大复兴的磅礴力量。

2018年，王毅与邹鑫相识。此后，他们在重庆万州大巴车坠江打捞和河南洪水救灾等多次任务中合作参与救援。王毅回忆，邹鑫是个幽默风趣、做事特别踏实的人。“他总是笑呵呵的，虽然身为队长，但他是个老好人，凡事总是替队员着想，为他们说好话。”

2020年，代虹被单位派到高速公路卡点做志愿者，负责信息登记等工作。那时，邹鑫和队员们也在同一卡点负责消杀。“鑫哥的白色防护服外有个很显眼的蓝色现场指挥袖标，我就上前问他加入蓝天需要什么条件。”邹鑫比较瘦，个子也不高，在代虹看来，邹鑫和电视上那些救援队员的形象大相径庭。后来，代虹正式加入遵义市蓝天救援队，通过体能训练，认识到邹鑫的厉害。“鑫哥技术硬、体能强，出任务可能路上要花几个小时，但到现场一般很快就能完成任务。平板支撑可以做到40分钟一动不动，也有四五年的潜水经验。”代虹回想起让他最受触动的那次救援。河南暴雨，邹鑫带领遵义市蓝天救援队到卫辉市，他们刚刚卸下装备，还没来得及吃饭休息就接到第一个任务。“那次鑫哥带着我还有另一名队员一共转移了 9 个老人，有一个老人腿脚不好，鑫哥瘦瘦的，但还是主动背着老人颤颤巍巍地从水里走过，那个背影深深地感染了我。”

“鑫哥是个非常低调的人，他很少接受采访，能推的尽量推掉。”队友们告诉我。低调的邹鑫却是救援队的灵魂式人物，除了工作，他的业余时间几乎都给了救援队，不是思索救援队的发展，就是安排队友们培训学习。

低调的邹鑫在出任务时，总是冲在最前头，用他的话说：“我是队长，我要先上！”无论是抗疫还是救援，邹鑫都展示出了军人执着、勇往直前的精神，令人十分敬佩！汇川区红十字会会长李春节说：“前不久，洗马路社区的一位老人上山采蕨失踪，邹鑫带队满山搜寻三四天，地毯式反复搜寻，不放过任何一个旮旯，最终找到老人遗体。就在邹鑫遇难前几天，老人的亲属向邹鑫送上 5000 元感谢金，邹鑫断然谢绝。邹鑫的高尚品质让老人的亲属唏嘘感叹，进而坚持把 5000 元钱通过红十字会捐赠给蓝天救援队。”

“多好的人啊！没想到就这样离开了我们！”汇川区上海路街道茅草西社区党总支书记于敏英，忘不了邹鑫对社区工作的支持，泪水在她的眼眶里打转。于敏英介绍，邹鑫家住茅草西社区，此前他经常参加社区组织的各类活动，在忙完自己的工作之余，他积极向社区群众宣传救援相关知识。

退役不褪色，身为退役军人的邹鑫，仍旧保持着子弟兵高尚的情怀，在单位克己奉公、任劳任怨，无愧于优秀共产党员、先进工作者的称号。

“很遗憾，很痛心，以这样的方式认识你。你无愧于‘遵义市道德模范，遵义市最美志愿者’的称号。你用宝贵的生命为遵义这座文明城市留下了一曲动人的公益颂歌，这支歌一定会永远传唱……”网络上，有人为邹鑫写下这段话。

邹鑫今年 43 岁，比他小 14 岁的宋建汐却一直认为自己是看着邹鑫成长的。“我比鑫哥早入队 5 年，他的很多救援知识都是我负责训练的。”宋建汐觉得，这个细心、善良的老大哥有一股子拼劲和闯劲，不达目的不罢休，可能这就是军人共有的刚毅执着品行。“他很瘦，在河里进行激流救援训练时，我让他站在靠后的位置，这样前面的人可以帮他分担一些水流的冲击力，可他不服气，总会抢在第一个。出事前一周，我们还在筹备新一期的水上救援演练，邹鑫又是第一个报的名。”

2022年4月16日17时，邹鑫的潜水教练、贵州蓝天救援队公共安全潜水队队长翟轲到达现场。休整准备后，翟轲开始下潜："我怕找到，又怕找不到。找到，我自己难以接受；找不到，没法给家属交代。"在翟轲心里，邹鑫是他最好的学生。"第一次见他，觉得这人虽然瘦，但有股子韧劲儿，不服输。他怕水，却硬生生练成了贵州排得上号的潜水员。那批一共4个学员，只有邹鑫达到了下水救援的标准。"

在"道德模范"的授奖仪式上，邹鑫的一番感慨仿佛还在耳边。"古往今来，无数的英雄为国捐躯，正是这一代代共产党人的顽强拼搏、不懈奋斗，革命先烈的视死如归，英雄人物的英勇奋斗，先进模范忘我的无私奉献，我们才能在这盛世蓝天之下得以生活与学习……作为一名共产党员，我时刻谨记共产党人的信念，不断严格要求自己。我所做的一切，不过是尽了一点绵薄之力，远不及他人先进事迹那么伟大。我相信我能做到的事情大家也一样能做到。我是众多党员中最普通的一个，是在座的各位中做得最平凡的一个，但同时也是最幸运的一个。之所以普通是因为比我优秀、比我做得好的人太多；之所以幸运是因为领导对我的关爱、对我工作和生活上的支持与帮助，给了我一定的时间和空间，让我能积极参与各类活动，能够为社会做出微薄的贡献。从我的内心来说，我深感自己所做的事情太少，太过平凡。"

仍然要说到英雄

历史是人民书写的，英雄是人民的优秀代表，他们用英勇无畏的浩然正气，凝聚起引领人民奋进、推动社会进步的强大精神力量。他们的身上，充满了血性和果敢；他们的心里，写满了忠诚和担当。为了国家和民族，为了党和人民，他们随时准备牺牲一切，他们用一身英雄胆，铸就了中华民族魂。

在水深处命悬一线的那一刻，邹鑫在想些什么？那些水，他与之较量了千百次的水，最后他总是以胜利者的微笑与之握手言和。但是这一次，一度柔软的水却变得坚硬无比，毫不让步。他在退无可退的境地，我宁愿相信，他首先想到了身患结肠癌的母亲，想到了3天之后就是母亲的生日，再忙都得停下来，尽一尽儿子的孝心。当然，他想到了答应要给爱人摘一袋毕节的红艳艳的樱桃回去，想到了正在刻苦磨砺、备战中考的儿子，还想到了盼着同爸爸视频撒娇的小女儿……

这个世界需要英雄，需要英雄的壮举与果敢，在临危处以超乎常人的英勇，赴汤蹈火，舍生取义。天灾、人祸，太多难以预测的因素，每时每刻都在威胁着这个世界正常的秩序。安宁来之不易，有的人可能已经麻木，就像面对一缕空气的清新，一丝小草的嫩绿，一滴水的清澈，它们背后并不简单的经历和故事，已经很难唤起某些人的警醒。但英雄不能，英雄相信这个人世会越来越美好。他们更多地肯定：每一点美好的呈现都暗含了这样或者那样的牺牲。他们不是堂吉诃德，他们的每一步都踩在坚实的大地上，直面困境，临危不惧，因此他们获得了社会的广泛认同，普遍尊敬。社会的安定，江山的稳固，人心的向往，环境的改善，人民生命财产的安全呼唤英雄，渴望英雄，离不开英雄，这是英雄存在的价值，更是我们缅怀英雄、歌唱英雄、礼赞英雄的意义！邹鑫从来没有想过自己会成为英雄，如果“英雄”的荣耀注定需要死亡来印证，我们宁愿他活着。这样，他还可以为更多的人做更多的事，为这个并不太平的人世解更多的难，异常宝贵的生命也会在非凡的奉献中更加熠熠生辉，光彩夺目。

不是所有英雄的离去都在轰轰烈烈的瞬间，事实上，不少生命的枯萎都在悄无声息。生如夏花之绚烂，死如秋叶之静美。邹鑫是普通的，他曾经就是我们中的一员，平平淡淡、从从容容地活着，大则为国，小则为家，寒来暑往，风雨兼程。他知道，无论从哪一个身份出发，他都必须脚踏实地，生活中哪来那么多的悲壮与辉煌，社会需要更多人默默地付出，并且不图回报；他还知道40出头，他还很年轻，有很多事情等待他去料理，他没有离开的理由；他甚至还知道，纵然是为了自己，也该活下去，多么好的时代，社会安定、物质富有、环境宽松，只要人勤快，都有好生活。然而，他走了，连挣扎的样子都从我们的视野省略了。他曾经是军人，直面生死、军令如山，要的是勇往直前、无所畏惧，然而流水带走了一切。我想起了那句古话：上善若水，厚德载物。既如此，我所有的推测都是毫无意义的。走好，邹鑫！作为水的一个部分，天地何其广阔，时光何其浩瀚，山水有情，拥你于怀，何其圣洁，又何其崇高。

魂归江河，江河是不朽的，它以万古不变的奔流，激励敢于弄潮的勇士一路高歌，所向无敌；它以与生俱来的柔情，润泽珍惜生命的万物蓬勃向上，硕果累累。魂归蓝天，蓝天是永恒的，它以从未改变的辽阔，给志存高远者以引领；它在黎明时捧出旭日，在长夜中点亮星月，为去往远方的行者明确方向，送去信赖。

在中华民族通向伟大复兴的征途中，应将英雄精神牢牢刻写在圣洁的民族精神殿堂，让英雄人物成为引人向前、催人奋斗的精神坐标，让英烈传递过来的火把，照亮我们的脚下之路。

邹鑫，我们向您致敬！

退役不褪色 当好先锋兵

——记安顺市西秀区幺铺镇阿歪寨支部书记韦俊

◇ 李祥霓

清晨，在通往安顺经济开发区幺铺阿歪寨“十里荷廊”用防腐木搭建的小径旁，一个伟岸的中年壮汉颇为局促地张望着。此景，在我加快脚步的同时，不由得想起了一句“挡风的墙”。他，就是专程来此等我的阿歪寨党支部书记韦俊？是了，是了，就是经电话采访后如约而至的韦俊。喏，挺拔矫健、高大英俊、满面红光。作为一名军人，在国家安全需要的边防，他手握钢枪挺立边疆；作为一名退役军人，在组织需要的时候，他带头冲锋陷阵；作为一名党员，在国家、人民需要的地方，他就是一堵为国家、人民、集体利益坚如磐石的挡风之墙。

“墙”看着走近他的我，羞涩地微微笑着，操着略带布依语尾音的汉话：“您是李老师？”哈！一双大大的眼睛、两排白生生齐整整的牙齿，顿时满脸满眼地笑开了，一如他身后红红白白盛开的满池塘莲花，好不令人欢喜。

“这十里荷廊是您当村支书以后建造的？好美啊！”我由衷地赞叹。

“不是。是开发区搞的。”

“在这深山里，真不容易啊！”看着曲折逶迤看不到尽头、高枝低叶托举出水的一朵朵荷花，诗人杨万里的咏荷名句霎时涌上心头。我还来不及吟唱出来呢，“接天莲叶无穷碧，映日荷花别样红”，身边的韦俊就轻声念出声来。一个“兵支书”，竟然信手拈来南宋几百年以来咏荷的名句？怎不令人愕然！

韦俊说，十里荷廊观光旅游，横跨幺铺镇安湖、磊跨、羊场3个村，镇政府采取“公司＋合作社＋农户”模式，带动阿歪寨近600人参与种植。目前，十里荷廊已建成旅游观光道12千米、木栈道14千米，景观桥、溜索、木桶漂等旅游休闲项目也同步推进，带火了当地的家庭旅馆和农家乐。十里河廊的后面还打造了天鹅湖，里面可以说是一个野生动物园。不仅有天鹅，还有麋鹿香猪、鸵鸟、孔雀等野生动物。现在还是驯化和打造阶段，相信不久正式营业后也是十里河廊的一大亮点。韦俊喜滋滋地絮叨着，一如当家人谈及家珍的胸有成竹。

是呀，韦俊可不就是阿歪寨的当家人?!

一、吾乡吾土“兵支书”

“这里究竟是叫‘阿歪寨’还是‘磊跨村’?”

一开口，我就急切地想先搞清楚烦扰我几天的“村名”。

“叫磊跨，也叫阿歪；原先叫磊跨，现在叫阿歪。”看我蒙圈，韦俊从“磊跨”二字开始，从容不迫地让我了解他的家乡，他的乡愁，他的乡恋。

阿歪寨位于安顺经开区幺铺镇以东7千米处，地域面积8平方千米，为典型的喀斯特地貌，90%为石质山峰；气候冬暖夏凉，年平均气温为15摄氏度，是典型的布依族聚居村。阿歪寨是一个原始布依族村落，原名磊跨村。“磊跨”在布依语里是“幸福”的意思。磊跨村山清水秀、历史悠久，民族文化极为丰富。但山高路险、交通闭塞，经济发展落后，曾属国家一类贫困村，更遑论“幸福”二字。“贫困的根源在于村两委组织力不强、凝聚力薄弱，带富能力欠缺，村民自我发展意识不足，村级经济发展滞后，村民生活水平低下。”韦俊说。

几年前，磊跨村尽是烦心事：村级组织涣散，村里产业单一，村集体经济收入空白，要想脱贫致富，真的是难上加难啊!

2018年2月，磊跨村个别村民因个人利益原因，煽动100多名外出务工人员返乡过节，鼓动不明真相的群众非法上访，在安顺市造成了恶劣影响，成为全市“扫黑除恶”第一枪的打击对象。在市里开展扫黑除恶专项斗争以来，磊跨村的宗族恶势力受到了严厉打击。

磊跨村原村支书、主任因工作不力被停职，村两委工作一度瘫痪。幺铺镇人民政府针对磊跨村两委组织力不强、凝聚力薄弱问题，瞄准退役军人作风优良、意志力强等优势，遂动员退役军人韦俊回村里工作。当时，韦俊身边亲戚朋友都劝他现在都稳定了，好好过安稳日子吧！但韦俊觉得，作为一名共产党党员和退役军人，不能忘记了入党时候的誓词：“……履行党员义务，执行党的决定。现在正是组织和家乡需要我的时候，我应该站出来。”祖祖辈辈都是磊跨村村民的韦俊说。

“从小，我看到在云南当边防军的大哥寄回来的胸前挎着冲锋枪的照片，我羡慕敬佩极了，就憧憬有一天我也能当上手握冲锋枪的中国人民解放军。从此，我想当兵的念头一天更胜一天。总是在心里默默念着童年时的一首儿歌：大哥在边疆，寄来一张相，站在大海边，拿着冲锋枪……

“等啊，等啊！终于，在1991年的12月，我快乐地当上了广州军区的一名边防军。”

当兵不久，韦俊就光荣地加入了中国共产党，在部队荣立过三等功，获得过优秀士兵称号。

1995年年底韦俊退役回乡，1996年至1998年就职于幺铺镇政府基金会，普通百姓生活也还过得去。可当他看到身边几个朋友自主创业都取得不错的成绩，他亦萌发了自主创业的念头。

只要敢想，就要敢做，只要敢做，就能成功。韦俊相信这句话，决心要把这句话变成现实。韦俊在部队养成了说干就干的好习惯。于是，1998年，他开始自主创业。韦俊先后开过肉铺，跑过客运车。

“创业之初，我既当工人又当店长。”韦俊回忆，靠着脚踏实地的苦干巧干，生意逐步有了起色，也积累了一些管理经验和财富。正当事业发展蒸蒸日上之时，女儿进入了紧张的高三阶段。为了方便照顾读高三的女儿，韦俊便放弃了自己的事业。2017年，他应聘到安顺市经济技术开发区星光社区当上一名普通的职员。孩子毕业后，有人对他说：“你现在也不用操心孩子的学习了，工作也稳定了，该享受享受了。”对此，韦俊总是憨憨一笑。因为他在部队养成了敢想敢拼、永不止步的优良作风。就在韦俊筹谋着往更好的目标发展时，幺铺镇人民政府找到了他。什么叫刚刚好？这就是。

见多识广，又有着共产党员的社会责任感，希望自己的家乡也像山外的农村一样美好的韦俊诚恳地对乡政府领导说：“我是军人，又是党员，我有责任、有义务带领大家脱贫致富，改变家乡面貌。”

一诺千金。韦俊这样说，亦就这样做了。

2018年8月，经过幺铺镇党委推荐、村民选举，韦俊成功当选磊跨村党支部书记，踏上了带领村民脱贫致富的道路。此事，真应了韦俊退役时心中所想："只要党有命令，我就会第一时间冲锋陷阵。"此时何时？正是韦俊冲锋时！

磊跨村党支部书记韦俊，怀揣"天降大任于斯人也"的决心，就任后的第一件事，就是组织召开村两委会。韦俊知道，只有通过一次次村两委交心谈心，统一大家思想，让村两委成为村民力量凝聚的中心，才能把磊跨村带动起来。"众心齐，泰山移"，这是团结村民共同致富的硬道理。及时解决村民心里的"梗"，是眼前最急需的问题。

过去的磊跨村，由于受到交通、资源等因素的影响，基层治理工作难以开展，全村一度戴上了"问题村"的帽子。法制意识不强，是导致磊跨村"恶名在外"的主要原因，但归根结底还是一个"穷"字，要真正改变磊跨村的现状，当地政府决定将工作方式落在"扶"字上。韦俊亦紧密配合当地政府，及时将工作重心落在了一个"扶"字上。扶贫先扶"志"的理念，成为韦俊带领磊跨村发展迈出的新的一步。幺铺镇党委政府累计投入1000余万元，对磊跨村基础设施进行改造和完善，通组路、联户路、安全饮水、供电、通讯信号实现全覆盖。

得到上级领导的大力支持，韦俊一心一意策划着，一定要还磊跨村应有的祥和和谐氛围，提升村民精气神，使他们在产业发展中越干越有劲，让村庄发展焕然一新。因此，韦俊与新支部成员协商，决定采取包案化解，定期或不定期到"问题"人家走访、座谈，随时关注他们的思想动态和生活状态。在开展扶贫攻坚的同时，不断提升村民的法制意识，重点围绕入户法制宣传、村民利益诉求化解和发展农业产业三大板块开展工作，制作"扫黑除恶"宣传手册挨家挨户发放，通过院坝会、群众会等多种形式加大法制宣传。但是，惩处的是坏人，而当初不明真相跟着闹事的村民以及23个服刑人员的亲属，都需要安抚，安排他们的生活和工作。这是一件艰难而又艰巨的工作，韦俊相信，这件人文关怀工作做好了，村里的其他困难就会迎刃而解。

韦俊抱定共产党员无私无畏的精神，首先针对当时村两委与村民矛盾问题开展维稳工作。他带领村两委，挨家挨户上门安抚村民情绪，分析矛盾原因。在各级政府的帮助下，协调政法机构到村里组织召开了42次院坝会，对村民进行法治宣传，让法治意识深入村民心中。

院坝会上，韦俊说：“再好的政策、再好的规划，如果得不到村民的支持，那都是白干。只有让村民实实在在参与进来，村寨才能够持之以恒地发展。”

韦俊想到因无知盲从而违法犯罪的村民，在走访、听取大多数正直村民的意见后，韦俊怀揣让全村干部群众团结一心，努力整顿、建设自己美好家园的雄心大志，借整顿软弱涣散的村党组织之机，积极向镇党委提出建议，给村两委充实新鲜血液。在得到镇党委同意后，韦俊从村里 18 名复退军人中择优吸纳 3 人进入村两委班子，还及时发展 2 名新党员壮大支部力量，积极发挥两委班子和党员作用。

对村两委的建设，韦俊有着清晰的思路：“我们借鉴部队管理办法，严明工作纪律，要求村两委人员按时上下班，实行制度化管理，严格执行‘三会一课’等制度，定期组织两委干部开展理论学习，着力解决组织生活不正常、不规范等问题，提升组织战斗力。”

“我们几乎是天天进村、入户，与村民心换心地交流，给他们描绘脱贫致富后的美好蓝图，把老百姓的心结打开，让他们敞开心扉。渐渐地，村民有了对美好生活的向往，积极向上的新气象逐渐形成。”韦俊既严谨又欣慰地说。

磊跨村维稳工作初见成效，让安定团结后的村民脱贫攻坚的信心倍增。韦俊带头严格执行“三会一课”，着力解决组织生活不规范的问题，并借鉴部队制度化管理，要求两委成员打卡上班，推行工作“派单制”，对两委班子和驻村干部明确分工，每项工作任务都点对点派单，明确完成时限，在提高办事效率的同时，确保“事事有着落、件件有回音”。除此之外，韦俊要求村两委干部充分利用各种时间，认真学习各类文件、讲话精神。通过集中学习和自主学习相结合的方式，激发村里的每个党员发挥带头作用开展工作，提升了基层党组织为民服务的水平。

通过一段时间的努力，磊跨村两委新班子逐渐取得群众信任，增强了支部的号召力，为开展下一步工作奠定了坚实基础。在“事事有着落、件件有回音”的大好形势下，韦俊带领村民，开始了脱贫攻坚的新路。

在镇党委的大力支持下，通过安顺市工商联的对接，磊跨村获得了青岛西海岸新区帮扶资金 400 万元，建设 70 余亩蔬菜大棚，打造无公害蔬菜基地，成立了村集体合作社——安顺经开区幸福里合作社。安顺市工商联捐赠28万元入股合作社，并捐赠10万元用于产业发展资金，发展稻田养鸭、蚂蚱养殖等。目前，磊跨村20个连体大棚已建成，引进了一家福建花卉企业到村里投资，已有30余户村民到合作社和企业务工。这看得见摸得着的实效，让磊跨村村民干劲倍增。“同时，我们还结合磊跨村实际，学习借鉴‘塘约经验’，将群众反映强烈的滥办酒席、不赡养父母、毁坏古村落设施等突出问题写入村规民约；制定‘共同缔造’示范评分机制，建立励志超市，村民可以用分值兑换日用品；设立‘光荣榜’，评选遵纪守法、敬老爱幼、邻里和谐、热心公益的村民，表彰好人好事，曝光反面典型，引导群众革陋习、转民风、强自治。”“按照乡村振兴的总要求，我们坚持把每天一次民意汇集、每周一次议事协商、每旬一次公益活动、每月一次理财会议等‘七个一’作为乡村治理的有力抓手，听民意、解民忧，化矛盾、促和谐。对因恶势力犯罪服刑人员及家属，村两委人员经常走访，宣传政策、疏导思想，帮助他们解决生活中的实际困难，还组织家属到监狱送家书、送关怀，强化亲情感召，帮教转化。因此，党支部的凝聚力持续提升，村民从最开始见到干部就躲，到现在主动打招呼、邀请去家里吃饭的暖心场面，每每让我们村委会干部感动不已。”

“渐渐地，我们新班子赢得了群众的信任，党支部说的话有人听了，干的事有人跟了。”从此，村干部从“包办人”变成了“领路人”，群众从“冷眼观众”变成了美好家园的“建设主角”。

清除痼疾后的磊跨村，在各级党委政府主导下实施“共同缔造”有效整合各方力量，共谋、共建、共治，最终实现成果共享和乡村综合治理能力提升。经过短短4个月的集中建设，磊跨村已步入乡村振兴的“快车道”。

在与我回顾磊跨村脱贫致富道路前期的桀骜与艰辛时，这个吾乡吾土的伟岸壮汉、年轻的“兵支书”韦俊，仍然禁不住戚戚动容。

二、鲜花盛开的村庄

你现在走在磊跨村干净整洁的街道上，一定很难想象这里曾经是一个污水横流、没有产业支撑、农村基层组织薄弱、宗族势力泛滥的“问题村”。

磊跨村里没有产业支撑，路面是没有硬化的沙石路，猪圈、牛圈、旱厕，脏、乱、差、臭，垃圾随处可见，年轻劳动力大多外出务工，村里只剩下老人和小孩……这些都是韦俊上任后遇到的难题。

“小康不小康，关键看老乡。”韦俊首先考虑的是全村百姓如何脱贫致富奔小康的问题，“只有村民生活好了，才会想到村里的发展。”

韦俊围绕如何解决贫困群众就近转移就业，增加群众收入等一系列发展问题进行思考，很快对村里下一步的发展做出规划。

韦俊组织村里党员干部、村民代表和乡贤寨老等一行，到黔西南布依族苗族自治州兴仁市雨樟镇并嘎村示范点观摩学习，回来后组织村民开动员大会，让前去观摩的村民代表和乡贤寨老讲观摩感受，激发全村村民的发展热情。

“党员干部和退役军人在我们村的规划建设上都起到了模范带头作用。规划时要拆掉人行道旁村民自家的围墙、旱厕，党员干部和退役军人带头无偿拆除，不到一周，步行街两侧近 1000 平方米的围墙、旱厕全部拆完。”

韦俊感慨：“这样的事还有很多很多。藤甲谷景区修建时需要迁坟，当时，党员干部和退役军人带头迁坟，5 天时间，完成了 76 座坟墓的迁移工作。”

“我们村有土地 1000 余亩，而且比较平整。怎么利用好东西部协作政策扶贫优势，做好现代农业，持续抓好产业发展呢？这就是我们带动群众增收致富，眼前能够让村民捧在手的一大宝藏啊！”韦俊激动地说。

思路有了，目标定了，说干就干。由于之前的村两委对产业发展不重视，区级统建的产业大棚成了摆设，群众对产业发展持怀疑观望态度。如何将“好钢”用在“刀刃”上？韦俊与同事通过上门走访、召开院坝会等形式，与村民“讲政策、谈发展”，算经济账，扭转群众种植传统农作物的观念；组织村两委干部和党员群众 32 批次 298 人，分别到山东博兴、福建厦门、安顺平坝塘约、安顺西秀大坝等地学习产业发展的经验做法。多次的参观采风，不仅让村民看清了自己的不足与前行的目标，还启发了大伙积极踊跃献计献策，建立远学山东博兴、福建厦门，近学安顺平坝塘约、西秀大坝的理念，开启思维、拓宽视野、凝聚共识；使本村良好的基础设施得到了有效利用，对村民的带动作用也是立竿见影。磊跨村党支部副书记韦永波告诉我，作为一名退伍军人，韦俊把自己在部队上学到的好的作风，好的纪律带到村里面来，作风表率，各方面走在前列，做什么事情他都先做出表率，大家跟着上。在韦俊的带领下，村党支部通过引进蔬菜、花卉、莲藕种植等产业，并借助“传统村落共同缔造示范村”的机遇，挨家挨户到村民家中“讲政策、谈发展、算经济账”，转变村民的思想。

韦俊说：“首先我们就要给村民做好思想工作，然后等企业进来之后，他们才放心、安心地把资金投到我们村来。同时，有我们村两委各位工作的努力付出，我们区党工委的大力支持和帮助，我们村的产业才得到稳步的发展。”韦俊带领村两委一班人开始建基地、促发展、育产业，兴村富民。对村集体土地等资源清查量化，将重点聚焦于村里花卉、莲藕种植等劳动密集型产业和优势产业，采取“支部 + 公司 + 基地 + 贫困户”模式，成功流转了土地 700 余亩，建设花卉连体大棚 40 个，单体棚 61 个。短短两年，实现了种植莲藕 525 亩，茭瓜 115 亩，白菊花卉 60 多亩，大棚草莓等 70 亩，解决群众长期就业 120 多人，实现村集体年收入 30 多万元，形成了“产业建在家门口、支部建在产业链，就业实现低门槛、创业顾家两不误”的党建与精准扶贫深度融合的局面。“现在村里种植花卉、莲藕、草莓、海棠果等近 2000 亩，项目年产值 500 余万元，带动群众就近务工，实现户均增收 2000 余元。”韦俊说。

韦兴秀原来是村里的贫困户，一家 5 口人仅仅依靠种菜为生。村里产业发展起来后，韦兴秀当上了蔬菜大棚的管理员。现在她每月都能拿到 3000 元的固定收入。“现在全部把大棚做起来，有活干了村子里每家都好过。全靠村两委干部，他们带头来把这些街道、房子周边弄得整齐干净，现在每家环境卫生也好，来旅游的人也很多，我们随便在家卖点豆腐脑都能赚钱。”韦兴秀说。

我来到阿歪寨（磊跨村）农业产业基地，一排排整齐的花卉大棚令人好不喜兴。20 个连体大棚和另一边 50 个单体大棚都盛开着一片片黄、白菊花，种植面积已达 110 亩，主要出口到韩国、日本、新加坡等国。

韦俊说：“我们积极配合镇里做好项目落地，打造花卉出口基地，利益联结覆盖全村贫困户，并利用现有的条件，通过‘村社合一’要求，成立了‘幸福里’合作社，采取‘支部 + 合作社 + 基地 + 贫困户’模式，组织村民土地入股，努力整合资源，发展稻田养鸭项目、蚂蚱养殖项目、大棚蔬菜种植等，为村民提供各种就业岗位。”

不仅如此，韦俊还带领村两委深挖阿歪寨民族文化内涵，依托良好的自然资源和得天独厚的历史文化底蕴，积极发展民族特色乡村旅游，充分利用该村被列入“第四批中国传统村落”名录、“共同缔造”试点村落以及贵州省“十百千”乡村振兴示范村、贵州省传统示范村落等有利资源，以人居环境改善为抓手，争取获得各级党委政府资金900多万元，获得青岛对口帮扶项目资金近千万元，为宜居村落建设、产业发展、乡村旅游提供资金保障。

韦俊说：“我们村党组织以脱贫攻坚抓产业发展，以文化传承抓传统村落保护，以村庄整治抓旅游开发，实现了村级党组织通过发动群众、组织群众、带领群众开启乡村振兴的共同缔造新模式。现阶段，我们正依托磊跨村丰富的布依习俗文化与保存完好的传统建筑，还有独步全国的藤甲非物质文化遗产等得天独厚的优势，积极争取各方支持、助建。”

在村党支部的带领下，村两委改变过去大包大揽的工作方式，通过建立“磊跨村共同缔造群”“安顺市磊跨传统村落共同缔造群”“磊跨村十户一体共同缔造工作群”等3个专门推动传统村落共同缔造微信群，181人在群中，发挥村干部主动示范作用，组织带领群众主动投工投劳。2019年末，磊跨村被省住建厅批准为“传统村落共同缔造示范村”“空心化古村落活化示范村”。磊跨村倍加珍惜大好发展机遇，积极联合贵州夜郎国古都文化旅游有限公司，高起点规划、共同缔造传统村落试点布局，抢晴天、战雨天，打造了藤甲谷景区、布依古寨民宿区、“三线文化博物馆”等，形成“农文旅”一体化、一二三产业融合发展的格局。经过4个月的努力，藤甲谷景区一期和特色民宿已投入使用，第一批次就接待了180余名旅客。目前，磊跨村已被住建部列入“第四批中国传统村落”名录和“共同缔造”试点村落，贵州省“十百千”乡村振兴示范村、传统示范村落。

一场党社联建脱贫攻坚战，真正让磊跨村产业“旺”了起来。

2019年年底，在村党支部的带领下，村两委积极发挥村干部的主动示范作用，带领群众主动投工投劳参与到美丽乡村建设中来。全村村民义务投工投劳达1000个工日，村民自愿无偿拆除旧房、猪舍、牛棚等200余平方米，让出土地400余平方米，村民已成为共同缔造美丽家园、发展乡村旅游的主力军。之前，全村247户1072人，有建档立卡贫困户48户191人，2019年年底已全部脱贫。

村民丁莉说："韦支书是共产党员，他代表了我们老百姓的切身利益，在他的带领下，我们村的环境越来越好，挣钱的路子越来越宽，日子越过越好。"

"行动胜过语言，你帮群众做了什么，他们是看得见的。"韦俊说。

韦俊把军人顽强务实的作风、品格带到建设磊跨村工作当中，身先士卒，团结带领村两委全体人员苦干实干，抓党建、促村建、强服务、暖民心。磊跨村美丽乡村正朝着既定的共同缔造美丽家园的目标一步一步靠拢实现。由于在基层工作积极努力卓有成效，韦俊被授予2019年度安顺市劳动模范荣誉称号。在颁奖会上，韦俊激动地说："面对村庄美好的发展前景和更加繁重的工作任务，我会继续加强各方面学习，提升能力，克服'本领恐慌'，继续发扬军人退伍不褪色的优良品质。在下一步的工作中，我们磊跨村将坚持党建引领，以问题为导向，着力在凝聚共识、建好组织、聚好人才、解决资金等方面做好文章，扎实抓好传统村落建设、特色产业发展、文化品牌打造和共同缔造乡村治理等重点工作，全力描绘美丽磊跨村发展的新蓝图！"

一年多，500多个日夜，磊跨村的路灯亮了，道路宽了，有经济产业了；48户191人脱贫了，村民的幸福感增强了。这是"兵支书"韦俊带领的村两委，以高昂的斗志和永不言败的奋斗精神，为磊跨村奏响了一曲脱贫致富、奔向小康社会的幸福之歌。

韦俊说："现在，我们磊跨村人均收入已从2014年不足6000元增加到2019年的8800余元。2019年莲藕基地利益分红每户968元。2018年年底，我们还利用扶贫资金，新建了9个经果林大棚，主要种植车厘子、西梅等精品水果。"

"目前村里正在打造特色民宿群，要让游客在磊跨村有吃有住呀！对吧！有了产业既能解决村民就业，又能增强村集体经济的自身造血功能。"敦厚的韦俊笑逐颜开。

"不愧当过兵，做事总有军人样！"说起他们的"兵支书"韦俊，磊跨村村民赞不绝口。

韦俊在部队养成了敢想敢拼、永不止步的优良习惯，在磊跨村扶贫攻坚的路上继续发扬光大。一天一天，一步紧跟一步，步步进步，步步见成效。脱贫致富、改天换地后的磊跨村，在区政府、镇政府、村委会以及村民大众的共同努力下，又成立了磊跨村种植农民专业合作社，着力打造出农业产业基地、藤甲谷景区、古村落民宿体验区。

三、白云深处藤甲谷

在去藤甲谷的路上，有星罗棋布的布依族老民居改造的精品民宿、“乡村振兴研学基地”和特色文创基地，有石板路、石头屋，有三国藤甲文化和布依族传统文化有机结合的田园民居。

走进磊跨村的藤甲谷景区，各种惟妙惟肖形态奇特的藤甲兵像，顿时让人眼前一亮。

早就听说贵州省安顺市西秀区幺铺镇磊跨村，是一个“三国”时期的藤甲兵后裔聚居的山庄。杜撰的？附会的？还是确有此处、此事？耳听、网传皆为虚。于是，我和俩摄影师，带着满怀的期许，去眼见为实。

穿过十里荷廊，进入民俗风情石板街，我们一路顾盼一路前行，不觉来到了磊跨村藤甲谷。一进藤甲谷景区，映入眼帘的即是100多座神色各异的藤甲兵，以及20来座神秘的夜郎古国雕塑。这些雕塑个个双眼圆睁、目光炯炯，坚定地向游客展示着三国时期藤甲文化的魅力。身处藤甲谷一个个形态迥异的“战神”中，一下子仿佛置身三国时期诸葛亮七擒七纵孟获的故事里。

藤甲谷真的是让人梦回三国啊！一位喜爱三国文化的游客，在一个编织藤甲的老乡协助下，穿上了全套藤甲胄，可是，穿上藤甲胄后，这名游客基本上是动弹不得。不明白当年的藤甲兵，是怎样穿着它行军打仗的？

藤甲是磊跨村祖先留传下来的。相传，他们的祖先曾跟随身穿藤甲的彝族首领孟获，与蜀国丞相诸葛亮部队战前对峙。开始，孟获率领身穿藤甲的藤甲兵马蜀军作战，大胜了诸葛亮率领的蜀军。但退兵后的诸葛亮发现藤甲兵身穿的藤甲只是由山里的野藤编织，经过泡制后权充铠甲的。诸葛亮就设计火攻，一举打败并擒住了孟获。诸葛亮既可怜又叹息孟获“战袍”的不经事，就将孟获放了。如此这般地将孟获七擒七纵后，孟获及其他土著首领终于对诸葛亮彻底信服了，不肯离去，孟获说：“公，天威也，南人不复反矣。”

七擒孟获，又称南中平定战，是建兴三年蜀汉丞相诸葛亮发动平定南中的战争。当时朱褒、雍闿、高定等人叛变，南中豪强孟获亦有参与，最后诸葛亮亲率大军南下，平定南中。

诸葛亮将当地酋长孟获捉住七次，放了七次，第七次在孟获城将孟获擒拿，并使他真正服输，不再为敌。藤甲兵残余逃往深山老林中，贵州的大山便是他们最好的生存之地。由于恶劣的山林环境常有虎豹出没，他们的藤甲正好可防身，于是他们无时无刻不穿着藤甲。磊跨村亦成了一代代藤甲兵栖息繁衍之地。

我们边走边赞叹，不觉走进了磊跨村村史馆，一位老人正在编织一件成年人规格的藤甲胄。在老人灵巧的双手不停地勾、拉之间，藤甲逐渐成形。藤甲编织协会会长韦永春介绍，当地村民制作的藤甲，是一种经过特殊处理藤编而成的铠甲，在冷兵器时代，有着很强的防护力。如今重新掀起制作藤甲的新潮，将为当地打造美丽乡村示范村增添神秘的文化符号。制作藤甲需要经过 3 道工序，采摘青藤晾干，再用黄桐油浸泡，最后才进行编织。按照传统的方法，要泡制 7 次，一次泡 7 天，泡透以后它不吃水，防腐烂，而且增加它的绵度和硬度。整套藤甲胄共有帽子、衣服、裙子、盾牌和护腕 5 样物件。现在我们都在进行改良，希望藤甲能够再软再绵一些。具体做一套藤甲胄，从进深山采藤开始，加上后面的处理工序，需要整整两月才能制作完成。

磊跨村是拥有 600 多年历史的传统布依族村落，也是全国唯一的藤甲文化传承村落。2016 年磊跨村被列入“第四批中国传统村落”保护名录，藤甲文化也入选非物质文化遗产，前来参观的游客络绎不绝。

如今，越来越多的年轻村民开始喜欢、学习藤甲编织技艺，会编藤甲的村民亦有 20 多个。藤甲文化是非物质文化遗产，是祖先留下的宝贵技艺，磊跨村村民会继续发扬传承下去。作为独特的藤编工艺品，藤甲胄是了不得的高级装饰品，亦是冷兵器时代南方地区的独特铠甲，美观之至。

刀枪不入，遇水不沉的藤甲胄，作为冷兵器时代防御的军用装备，如今已是悠远缥缈的物件，可在磊跨村，它已成为编织能工巧匠的经济增收、游客、收藏家喜爱的艺术品。

随着藤甲胄引出的诸葛亮七擒七纵孟获故事的兴起，藤甲编织技艺，布依藤甲舞、布依地戏等民俗文化也融入藤甲谷景区中。磊跨村打造的以“藤甲谷”为特色经典景区，藤甲胄既是“复兴”也是“振兴”。每天几百上千的游客到藤甲谷来体验藤甲文化，我们也会根据时代的需要，将这古老而隽永的艺术品，举一反三、触类旁通地继续发展成多种多样文创产品和手工艺品，并赋予它们丰富的文化内涵。如此，既能将远古悠久的传统文化、丰富多彩民族文化保护传承下来，又能够通过编织工艺品，发扬光大，领跑带动磊跨村的旅游经济。

作为全国唯一的藤甲文化村，磊跨村至今仍保留着布依族沧桑而又多彩的民族传统习俗和丰富的藤甲文化，包括具有布依建筑特色的新兴民宿群。

藤甲谷充分挖掘三国藤甲文化，利用磊跨村星罗棋布的喀斯特地形地貌，别出心裁地雕琢了一座神秘的夜郎古国“藤甲谷”。走进藤甲谷，神化的图腾石雕、威猛而排列整齐的卫兵塑像、宽大的练兵场、带有传奇色彩的点将旗、隐蔽的古村寨、独特的民俗文化和生活方式，无不在述说着藤甲人远古悠悠的神秘往事。

中国人民革命军事博物馆里陈列着一套长2.4米的藤甲，是有心的磊跨村藤甲人后裔无偿捐献，以供军事研究和参观使用的。

磊跨村除了景区规划建设，围绕传统村落、藤甲部落、全域游乐、休闲民宿四个重点发展特色乡村旅游外，更捡拾起散落在历史记忆中的若干“藤甲人”，等着你去亲近呢！

四、布依山寨好风光

磊跨村在2019年被住建部列入“美好环境与幸福生活共同缔造”的试点。试点的核心理念是“共商、共识、共建、共享、共担”。依据该核心理念，磊跨村创建了村“励志超市”，让村民通过参与村公益事业建设，获得积分兑换生活用品；创建了卫生“红黑榜”，不定时对村民卫生进行检查评比。作为退役军人的韦俊，一刻都不曾忘记中国人民解放军部队严谨的管理。他借鉴部队管理模式，将全村247户以10户为一个责任单位，划分为25个联户小组，每小组中选择1户有诚信的村民作为组长，并由党支部成员分别联系包保，构建起“10户单元＋村组网格＋支部主体”的自我管理格局。这个举措，大大提高了村民的团队精神，亦给村干部的管理带来了极大方便。

村里还大胆引进民营企业和各方社会力量参与，撬动上亿元社会资本投入打造藤甲谷景区、布依古寨民宿区、民宿研学区、布依农家乐、养老综合体、布依风情一条街等农文旅结合的田园综合体。

每家每户在自家门前开展“三小”建设，即小花园、小菜园、小果园。从磊跨村村门至村农业产业园区公路两旁，种植有稻谷等观光农业。

当地民宿都是由村民的老房改建而成的，民宿是留住游客的重要载体，通过民宿，可以带动当地的餐饮、种植业等。目前，磊跨村已完成了45栋211间房屋的改造。2020年3月，安顺市推行“兵支书e贷”，让“兵支书”成为农村发展的带头人。“兵支书e贷”是贵州省助力脱贫攻坚和乡村振兴有效衔接的创新举措，为村集体经济持续发展提供金融支持。

2020年7月15日上午，磊跨村村委办公室，早早就坐满了人。磊跨村每周一次的议事协商正在进行时。为更好地打响旅游品牌，磊跨村准备向民政部门申请改名阿歪寨，征询群众意见，村里采取无记名投票的方式表决。村民们都屏住呼吸，倾听着唱票人员的回音。“全票通过！”随着工作人员的一声宣告，磊跨村改名阿歪寨的申请决议正式通过，这是磊跨村充分发挥民主自治的缩影。当然，上级怎么不会支持磊跨村的呼声呢！多好的事啊！磊跨村改名阿歪寨成功！磊跨村从此就叫阿歪寨啦！

通过努力，阿歪寨被列入“第四批中国传统村落”名录，被住建部列为“共同缔造”试点村落，列入贵州省“十百千”乡村振兴示范工程1000个示范村之一。

青山、流水、凉亭、人家……如诗如画的风景，鳞次栉比的民房，干净整洁的村容。这是初夏时节的安顺市西秀区幺铺镇阿歪寨，站在村子对门坡上俯瞰，绿树茵茵，山风习习。山脚下，村里的美丽乡村建设正在如火如荼进行中。

一大早，阿歪寨党支部书记韦俊与驻村第一书记陈恩儒就来到村民韦达平家，对他家正在维修改造的房子进行指导：“老韦伯，改造一定要注意安全！另外，你家房子改造要按照村里打造乡村旅游的设计方案来。”“好的，支书，我们是按照村里的要求来改造的。”正在挥锹铲土、砌墙抹灰维修改造房屋的村民韦达平答道。

韦达平家原先居住的房子位于幺铺镇磊跨村歪寨组对门坡的山脚下。自村里启动乡村振兴、共同缔造美丽家园发展乡村旅游的规划建设后，作为土生土长的韦达平和很多村民一样，看到了村里发展的希望。大家不等不靠，不观望，而是自己动手，并按照乡村旅游的规划设计对自己的房屋及门前门后基础设施进行了维修改造。

“我们这个布依族传统古村寨山清水秀，历史文化底蕴丰厚，民居特色建筑保存得好。现在党的政策很好！鼓励我们发展乡村旅游，增加大家经济收入，我们很有信心。相信未来，我们村一定会有一个大变化、大发展。”韦达平边做活边介绍。

阿歪寨在韦俊等村两委干部的规划归置下，经过4年的艰苦奋斗，选定、立足于布依族丰富的传统文化和民族文化，依托传统民居建筑保存完好以及独特的藤甲非物质文化遗产等得天独厚的优势，走上了特色旅游的路线。

依托阿歪寨布依建筑发展民宿产业，韦俊将废旧的老宅进行修缮，将其作为布依族传统的民宿群，同时租用村民闲置的楼房发展新民宿群，房前屋后都栽种了四时花草，芳香四溢。目前，可接待游客的传统民宿有101间，新民宿有76间。清晨，住宿在阿歪寨的游客，还迷蒙着双眼呢，就能闻到花香；睁开双眼，即可看到远处山顶上慢慢升腾的云雾，听到远近成群结队小鸟清脆的歌唱。徜徉在静谧、一尘不染的阿歪寨中，呼吸着富含氧离子的清新空气，让你在舒心的鸟语花香中，瞬间生出一种天人合一的欣慰之感，久违的与世无争之田园生活，让你顿觉习习生风，仿佛来到了神往已久的世外桃源。

对于阿歪寨的下一步发展，韦俊说，他将继续发挥退役军人“昔日军营挥汗水，今朝回乡助发展”的干劲，依托阿歪寨村民俗文化和历史文化的优势，在藤甲谷项目二期建设上，开发温泉度假区，将中央电视台曾报道景点“怪叫洞”作为亮点推出，大力发展村寨布依族传统风俗文化、饮食文化，售卖传统手工编织工艺品，让阿歪寨村走上社会主义新农村的幸福之路。

感动于阿歪寨渐渐红火的生活，快乐的“兵支书”韦俊信心百倍地说：“下一步，我将始终牢记习近平总书记对退役军人的殷殷嘱托，退役不褪色，团结带领全村党员干部和群众，全力描绘美丽阿歪寨发展新蓝图，打造基础更加完善、生态更加宜居、文化更加丰盈、产业更加兴旺的乡村振兴新样板。”

除此之外，韦俊要求村两委干部充分利用各种时间，认真学习各类文件、讲话和精神。通过集中学习和自主学习相结合的方式，激发村里的每个党员发挥带头作用开展工作，提升基层党组织为民服务的水平。

在政府引导、村民主导、引进社会资本植入的发展模式下，如今阿歪寨集体经济从不足1万元增加至目前的110万元，村民人均纯收入从不足4000元增加至2021年的13800元。

现在的阿歪寨，产业旺了，群众富了，环境美了，美丽阿歪寨“共同缔造”的理念深入人心。目前，村里正在加强特色民宿群的布依族特色打造，有了产业既能解决村民就业，又能增强村集体经济的自身造血功能。韦俊表示，下一步，将坚持党建引领，以问题为导向，着力在凝聚共识、建好组织、聚好人才、解决资金等方面做好文章，因地制宜，充分利用村里的优势发展，带领村民在乡村振兴的道路上奋力前行。

“不愧当过兵，做事总有军人样！”说起村支书韦俊，贵州省安顺市西秀区幺铺镇阿歪寨村民赞不绝口。韦俊是一名退役军人，担任村支书4年以来，带领村民将贫穷落后的村子，发展成远近闻名的乡村治理示范村。

人心齐、泰山移，共同缔造美丽家园，打造乡村旅游发展，增加群众收入，阿歪寨美丽乡村正朝着既定的共同缔造美丽家园的目标一步一步靠拢实现。

说起阿歪寨的寓意，韦俊开心地笑了：“我们阿歪寨的‘阿歪’俩字，是布依话，意思是‘山清水秀、鸟语花香’之意。阿歪寨的寓意就是‘幸福的地方’。所以，‘阿歪’为我们村带来了好多荣誉。”

2021年6月28日，韦俊被表彰为贵州省优秀党务工作者。

2021年7月2日，中共安顺市委授予韦俊“全市优秀党务工作者”称号。

2021年9月，阿歪寨被中央农村工作领导小组办公室、农业农村部、中央宣传部、民政部、司法部、国家乡村振兴局表彰为“第二批全国乡村治理示范乡村”。

2021年10月，阿歪寨入选2021年度拟命名贵州省民族团结进步示范区（单位）公示名单。

2021年11月，阿歪寨被民政部办公厅确认为“全国村级议事协商创新实验试点单位”。

2022年4月，韦俊被公示为第七届“优秀春晖使者”拟表彰对象。

2022年6月，阿歪寨入选贵州省拟推荐第四批全国乡村旅游重点村名单。

2022年7月2日，受表彰的204名“全省优秀党务工作者”中，韦俊的名字赫然在列；同时，韦俊被评为市级优秀共产党员，阿歪寨被评为区级先进基层党组织。

韦俊说：“这次得到全省优秀党务工作者的荣誉称号之后，我觉得心里面的压力更大，觉得自己的担子更重，因为作为先进不是用嘴巴讲出来的，是要靠自己做出来的。在以后的工作当中我更加努力，更要加倍地开展各方面的工作。作为一个党员应起到模范带头作用，把我们美丽乡村和各方面产业、旅游文化带动起来，使我们村民得到真正的实惠，让我们阿歪寨的路子走得更宽、更远、更好。”

韦俊以党员的初心和使命严格要求自己，充分发挥先锋模范作用，不断深化党史学习教育成果，积极开展“我为群众办实事”实践活动，不断壮大村党支部力量，带领阿歪寨广大群众从曾经的一类贫困村发展成为如今的乡村振兴示范村。

韦俊说，其实，真正让阿歪寨“旺”起来的，是这场紧跟党中央的党社联建脱贫攻坚战。中国共产党，就是我们阿歪寨的坚强后盾！

这位吾乡吾土的布依族汉子，正当好年华的退役军人，在任职贵州省安顺市西秀区幺铺镇磊跨村支部书记期间，怀揣“退役不褪色，就要建设好家乡”的雄心大志，通过筑牢基层堡垒、党社联建、“共同缔造”等方式，让阿歪寨铺满鲜花，让党支部“强”起来，产业“旺”起来，环境“靓”起来，使自己和乡亲们都收获了满满的幸福。

阿歪寨呀好风光，
布依美食格外香。
布依古屋来坐坐，
藤甲古韵来寻访。

吃的、住的、玩的、看的都齐活了。欢迎您到“幸福的地方”阿歪寨来！

下篇　征文获奖作品

报告文学

大山之子

——记全国最美退役军人张林昌

◇ 杨秀廷

他是大山的儿子，这位全国劳动模范、全国最美退役军人、全国优秀共产党员，把人生最美好的年华奉献给大山里的乡亲，在乡邮路上书写了不忘初心的人生故事。

2022 年 6 月 10 日上午 7 点，贵州省黔东南苗族侗族自治州锦屏县河口乡河口村，大雨初歇，邮递员张林昌穿上雨衣，骑着摩托车，从河口邮政所出发，沿路投递瑶光村中寨、里寨、上寨的邮件，然后赶到马颈坳坡脚，把摩托车停靠在路边的一个工棚里，挑起沉沉的邮包，往河边码头走去，等渡船渡过乌下江，去对面大山里的韶霭村送邮件。

这条邮路，张林昌已经走了 35 年。最初的线路是从启蒙镇爬雄黄村，上甘塘村，走韶霭村，过塘东村，下河口村，再走瑶光村往裕和村，爬“九十九拐”到东庄、新民，90 多千米的邮路一个来回要三四天。最近 3 年，邮路有了调整，每周一三五，他就往韶霭片区走一趟，其他日子，则奔忙于另外两片山区的邮路上。

一挑邮件，一肩希望。从“小张”变成“老张”，张林昌进山的每一步，带去的是希望，他出山的每一步，传递的是亲情。

关山重重，山路迢迢，张林昌又开始了新的“长征”。

敢于挑起乡邮员这副担子，还要挑稳挑好

2019 年 12 月 24 日，中央宣传部、退役军人事务部、中央军委政治工作部联合发布 2019 年全国“最美退役军人”先进事迹。在发布会上，主持人问张林

昌："一个人坚持做一件事，一天容易，一年容易，但坚持30多年不容易。乡邮员的工作又这么辛苦，你为什么要坚持？"张林昌自豪地说："我在大山里坚守，就是为了兑现我退伍时的承诺，为大山里的乡亲服务是我无悔的选择。"

1987年冬天，23岁的张林昌从部队退伍后，了解到锦屏县河口片邮路没有人愿意走，锦屏县邮政局正愁招不到乡邮员，张林昌主动要求当一名乡邮员，走这条邮路。当时有好心人劝他：这条邮路很长，又难走，之前没有一个人能跑到3年。就凭你的条件，找一份比这好的工作岗位不难呀。

张林昌出生在河口乡培尾村，从小就生活在这片大山里。那时，山里山外传递信息的唯一桥梁就是邮递员。作为大山的儿子，他深刻体会到山里人对信息的那份渴望和等待。他也知道，这条邮路涉及5个乡镇的23个村，服务面积200多平方千米，服务群众25000多人。这些村寨要么在大山上，要么在河谷里，行走起来，跋山涉水，十分艰难。张林昌说："我是共产党员，我身体好，我不怕吃苦，为了大山里乡亲们能收到信，能看到报，我愿意为乡亲们服务。"张林昌暗下决心，不仅要挑起这副担子，还要把这副担子挑稳、挑好。

锦屏县是革命老区县，1934年红军长征两次经过锦屏，红军在锦屏与国民党军队进行两次激烈的战斗，有近百名红军战士牺牲在这片土地上，红军长征河口战斗就是发生在张林昌的家乡。他听着红军故事长大，红军大无畏的革命精神鼓舞了他战胜困难的决心。

上班的第一天，张林昌穿上特意买来的胶鞋，早早赶到启蒙邮政支局分发室，领取了两大袋邮件。正准备出发时，支局长把他叫到身边，再三叮嘱说："路上要格外小心，天黑了就到当地乡政府或者老乡家投宿。"

开弓没有回头箭。张林昌翻山越岭，涉溪渡河，饿了吃野果，渴了喝山泉水。3天后，他拖着疲惫的身躯回到了启蒙邮政支局，同事们发现他头发蓬乱，汗流浃背，裤脚满是泥巴，手脚划出了一道道血印子。他们都替张林昌担心，张林昌却十分高兴地对支局长说："这项工作，我绝对能做！"

就这样，张林昌走上了这条漫长而崎岖的乡邮路，开始了自己的"长征"。从此，张林昌与"乡邮员"这个光荣而饱含艰辛的职业结下了不解之缘。

趟出班。有时遇上天气突变耽误行程，他就打着电筒赶夜路。

风雨乡邮路，张林昌一直是哪里黑哪里歇。乡亲们把张林昌当成亲人，把他当成儿女。在乡邮路上，有的乡亲给张林昌包一个饭团，有的乡亲给他两个红薯。张林昌说：“我是吃着乡亲们的‘百家饭’走过来的。每一次当我背起邮包，我就浑身充满了力量，因为我知道身上背负的是一份份希望，是大山里那一双双渴望的目光。”

那些年，人们需要买点生产资料或是生活用品都要走几十里山路。年轻人大都在外打工，留守的老弱妇孺要出一次“远门”更不容易。人们需要什么，只要村寨里买不到的就会自然而然想到了张林昌。帮人所需、为民服务是一名乡邮员应尽的义务，更是一名共产党员的光荣职责，张林昌乐意为乡亲们提供各种方便，从来没有拒绝过任何人。

张林昌服务的两万多苗族侗族村民，大部分他都认识，前村后寨，张家李家，有什么事，他也清楚。为了更好地服务乡亲，张林昌记下了每家每户的情况，乡亲有需求的时候，哪怕肩上的邮包再重，他也要把他们嘱托的物品带去。每次路过孤寡老人房屋的时候，都要进去看看有什么困难，能帮助的都尽力帮忙解决。

固本乡培亮村有一位苗族老人叫范培碧，每个月都要到乡里领取生活费，他年事已高，出门又不方便，既花钱又伤神。自从认识了张林昌，老人就把这份“跑腿”的事交给了他。此后的10多年里，张林昌把老人的事当成自己的事，老人也把他当成亲人。有一年夏季的一天，张林昌又把帮范培碧老人取来的生活费交给老人。老人拉着张林昌的手说：“你前几天过路怎么不进屋？我特意买了点肉等你来吃，肉都放臭了。”看着慈祥的老人，张林昌眼眶湿润，说不出话来。

河口乡裕和村村民宋国强60多岁了，老伴因车祸常年卧病在床，儿子儿媳都在外打工，家里家外全靠宋国强一个人。宋国强老伴的病需要到几十千米外的启蒙镇去买药。买一次药要花一两天的时间，宋国强一走家里又没有人照顾老伴，他常常为此苦恼。有人提醒他请张林昌带药，但他又不好意思开口。当宋国强怀着试试看的心思找到张林昌时，没想到张林昌一口就答应了，宋国强当场感动得眼睛红红的。此后，宋国强的老伴需要用什么药，只要说一声，张林昌都会及时把药带来。

过去那些年，张林昌的孩子还小，一家4口人的经济来源主要靠他当乡邮员的收入，但是遇到比自己生活更困难的人，他都会慷慨解囊。除了接济困难群众之外，每次遇到捐赠活动，他都会主动参加。有一年，张林昌听到有一位高中生因家庭困难面临辍学，他伸出了援助之手，让孩子又重新回到了课堂。张林昌还联系爱心人士，筹集资金为河口初级中学的132名家庭困难学生订阅书报，为他们的学习助力。

继续走下去，直到走不动的那一天

看着一天天好起来的交通条件，一天天富裕起来的乡亲们，张林昌的心里暖洋洋的。

35年来，张林昌在邮路上奔走，家庭的重担就落在了妻子的肩上。她独自一人默默承受一直没有怨言，可是近一二十年里，看到村里外出打工的人回来都修建了新房子，日子过得越来越红火，她也希望张林昌能与她一道出门打工挣钱，但张林昌舍不下自己热爱的这份服务乡亲的工作。为此他们两口子还发生了争吵。

2004年春天，张林昌一家人还借住在村里一位乡邻的旧木楼里。一次，妻子再次要求张林昌出去打工，被他拒绝了，她忍不住哭着说："你一个月才四五百块钱，能养活家里人吗？"张林昌说："不是我不能出去打工。这条邮路我走了这么多年，跟大家有了感情，要是我不跑这条路，这一带的邮件可能就没人送了。"

说实话，那些年看到村里很多青壮年外出打工挣钱回来修了房子，张林昌也是急在心里。特别是他一个人在深山中摔得头破血流的时候，也曾经有过一丝动摇的念头，但每当这个时候，他的眼中都会浮现出大山中乡亲们期盼的眼神，他就会打起精神，继续坚持。张林昌说："我是穿过军装的人，是一名共产党员，这条乡邮路就是我的阵地，我不能退缩！"

35年的艰辛付出，张林昌有苦有痛，同样有情有爱有收获，尽管张林昌对家人内心充满了深深的愧疚，但每当他看到留守的儿童拆开父母来信时激动的泪花，每当他看到留守的老人收到子女寄来的汇款单时绽开的笑脸，每当他看到乡亲们从报刊上看到党的关怀、看到外面精彩的世界脸上洋溢着喜悦时，他也找到了自己工作的意义，奋斗的意义，生命的意义。

平凡的岗位锻造出张林昌不平凡的人生，他30多次被表彰为报刊发行先进个人；2002年被国家邮政局和团中央表彰为“全国优秀青年投递员”；2007年获得贵州省“五一劳动奖章”和“贵州省十大杰出农民工”称号；2008年获得“感动贵州人物”称号，还被推选为北京奥运会火炬手；2010年5月被表彰为全国劳动模范；2012年被表彰为贵州省创先争优优秀共产党员；2018年被表彰为“全国岗位学雷锋标兵”；2019年被评为“贵州省最美退役军人”“全国模范退役军人”和“全国最美退役军人”；2021年，在全国“两优一先”表彰大会上，张林昌荣获“全国优秀共产党员”称号。

说起自己走的乡邮路，张林昌充满深情，他说：“我的‘长征路’还很长，在为山区群众服务的这条路上，我要继续前行，直到走不动的那一天。”

橄榄绿·火焰蓝

◇ 刘 毅

小 引

2021年11月5日。北京。

人民大会堂金色大厅气氛热烈，掌声如潮，习近平总书记等党和国家领导人亲切会见全国应急管理系统先进模范和消防忠诚卫士表彰大会代表，向他们表示热烈祝贺，并向全国应急管理系统广大干部和消防救援指战员致以诚挚问候。

贵州省贵阳市消防救援支队作战训练处副处长郭又元，作为“全国应急系统先进工作者”，与数百名先进模范和消防忠诚卫士一起，荣幸地受到了习近平总书记等党和国家领导人的亲切接见。

一个年轻的“80后”，何以获如此殊荣，沿着郭又元并不漫长的岁月之河，打捞时光深处他奋勇拼搏、踔厉前行的点点滴滴，领略他“最美退役军人”的风采，当是一次惬意愉悦的精神之旅。

向往“红门”

理想抱负的确立，往往在一念之间。

1986年11月，一个枫叶正红的时节，郭又元出生于贵定县城一个普通家庭，父亲是贵定师范学校（现为黔南民族幼儿师范高等专科学校）的一名教师，母亲是县直机关公务员。也许，这样的家庭，并不算富有，但倒也衣食无忧。更重要的是，郭又元的父母为人善良正直，家风纯正。儿时的郭又元，享受父母倾情关爱的同时，也受到了良好教育。如果说，家庭是人生的第一课堂，父母是第一任教师，那么，少年郭又元，虽未踏入社会，却稳稳地迈开了人生的第一步。

那时，贵定县消防队就在县公安局大院内，郭又元家距这地儿不远，是他上学的必由之路。中小学期间，郭又元每天上学放学，几乎都要从消防队门口经过。开始，他并不怎么在意，日子长了，兴许是在某个阳光明媚的春天的早晨，抑或在某个落叶萧萧的秋日的黄昏，不经意间，他有了新大陆般的发现：消防队的大门是红的，消防车是红的，不少消防器材，也是红的，几乎红成一片。就连大街上隔三岔五的消防栓，也是红的。诚然，当时年少寡闻的他，没听说过“红门”是消防队的代称。可这一溜溜一片片的红，让郭又元产生强烈视觉冲击的同时，也在他脑海里刻下了不可磨灭的印象，以致许多时候，有意无意地，他会将红色与消防这两个概念相互替换。

这一上心，郭又元又有了新的发现，消防队大院院内，耸立着一座高高的形似楼房的军绿色物体（后来他知道那是训练用的塔楼）。这似楼非楼的庞然大物，耸立在宽阔场地的末端，正面看去，每层有 3 个窗口，窗高近 2 米，窗宽估计 1.6 米或 1.7 米，窗间距墙面的宽度，大约 1 米的样子。

许多时候，身着橄榄绿训练服的消防战士，在塔楼前二三十米的地方，举着一架长长的梯子，以百米冲刺般的速度，一个接一个地奔向塔楼，“啪啦”一声，梯子便架到了二楼窗口。随后，一层一层地向上攀援，刹那间，便跃上了塔顶。

这时，郭又元不由自主地放慢脚步，甚至停下来，一边目不转睛地盯着消防战士精彩的演练，一边情不自禁地叫唤：哇噻，太牛啦！太牛啦！

再就是，水带甩开铺设训练。

一卷圆桶状筛子般大小的白色帆布消防水带，战士们从地上抱起来，端在手里，稍一屈膝，身体微微前倾，顺势一甩，水带便笔直地向前铺展开去。旋即，又接上第二根。或者，垂直地将水带向上一甩，悬挂在塔楼高高的窗口上，跟玩魔术似的。他一打听，一根消防水带的长度，整整 20 米。

好几次，因为看得太入迷，上学差点儿迟到。

郭又元除了在现场聚精会神地观摩，还上网百度，搜索查看了许多消防资料和视频，得出的结论和自己观摩的场景高度吻合。

于是他由衷地感叹："牛！真的很牛！"

于是乎，观摩消防战士进行消防技能训练，成了少年郭又元的"保留节目"。寒来暑往，风霜雨雪，他几乎天天必看。

量变，势必引起质变。

看着看着，某一天，一个电光石火般的念头，倏地在他脑海里闪现：自己长大后，当一名消防战士，该多好啊！

打这以后，随着岁月的流逝，向往"红门"的念头，仿佛一颗理想的种子，在郭又元的心田深深地扎根，期盼有朝一日，破土发芽，开花结果。

如愿以偿

眨眼间，郭又元高中毕业了。

那是2005年仲夏，因父母调到贵阳工作，随之转至贵州师范大学附属中学的郭又元，与全国数百万莘莘学子，在6月那两个特定的炎热的日子，走进各自的"战场"，展开事关自己前途命运的拼搏，以期为12年的中小学生活，画上一个惊人的叹号，抑或，一个圆满的句号。

一场没有硝烟的战斗后，郭又元毫无悬念地上了重点线。

接下来，是考究费神的填报志愿。怎么填志愿？填什么志愿？常常让许多家长和考生绞尽脑汁，百般斟酌比较，终究不得要领。填得太高，竞争力不足，有落选之虞；填低了呢，又觉得憋屈吃亏。

郭又元父母，也为如何帮他填志愿，很是踌躇。

这时，早年蛰伏心中的那颗理想的种子，仿佛听到了一声春雷，倏然惊醒，不可遏制地冒出来，他决定报考武警院校。更具体地说，穿上心仪的橄榄绿，当一名消防军人，为民众排忧解难，拯救受困者于烈焰火海，激流狂澜。

郭又元的父母认真倾听了他的意见，表示了充分的理解和支持。

报考意向和范围确定后，经一番比较与鉴别，郭又元最终将中国人民武装警察部队学院（简称"武警学院"），作为填报的第一志愿。

这是一所创立于1981年4月24日，隶属公安部的全日制普通高等学校，被誉为“忠诚卫士的摇篮”，是全国唯一一所为公安边防、消防、警卫部队培养指挥管理和专业技术警官的现役本科院校。

学院坐落于河北省新兴的现代化城市廊坊市区。毗邻京、津，区位优越，交通便利，校园环境优美。

2018 年 9 月，37 年风雨兼程、砥砺奋进的武警学院，正式更名为中国人民警察大学。

这是后话。

应当说，郭又元运气相当不错，似乎想什么，就来什么，心想事成，有如神助。

当年，为面向地方培养消防专业人才，武警学院首次开设消防工程和消防指挥两个专业，面向全国招收 90 名新生，坊间戏称“黄埔一期”，郭又元不早不晚，正巧赶到了这个点子上。

不过，是选择消防工程，还是消防指挥专业，郭又元却一度举棋不定，颇费思量。

坦率地说，那时的郭又元，虽憧憬红门，但于消防专业知识而言，还是名副其实的“门外汉”，几乎一无所知。但顾名思义，他猜想，所谓消防工程，要学的不外乎是消防工程设计、施工、报建、装修，消防设施保养、维护等方面的知识；消防指挥呢，应该包括灭火技术、抢险救援、安全管理、作战组织指挥等基本知识和技能。甚至，也要熟悉各种消防设施，范围也许要大得多。尤其让他动心的是“指挥”二字。指挥消防队员，亲临现场指挥灭火救援、抗洪抢险等，多威风、多潇洒、多有范啊！虽然不是打仗，却胜似打仗。而这种打仗的感觉，不正是自己打小心心念念梦寐以求的吗？

两相权衡，郭又元毫不犹豫地选择了消防指挥专业。

2005 年金秋时节，郭又元告别爽爽的贵阳，踌躇满志地登上北去的列车，如愿以偿地来到位于廊坊市安次区的中国人民武装警察部队学院，穿上心仪已久的橄榄绿军装，迈开了从警的步伐。

那年，郭又元 19 岁。

展现在郭又元眼前的，是一片全新的天地，一道独特靓丽的风景。当然，也有前所未有的压力。如何尽快地实现从“民”到“兵”的蜕变？如何从满腔热忱的青年学子，华丽转身，变成英勇善战、足智多谋的消防指挥员？是郭又元必须面对和攻克的难题，容不得半点闪失和懈怠。

当年的武警学院，最让郭又元难以忘怀的是师资力量雄厚。许多老师是全国各地消防部队抽调或借调来的精英，实战经验十分丰富。其中，他印象最深的是教他们业务技能的赵永利老师。

赵老师时年 56 岁，正师职教员。虽不再年轻，却魁梧健壮，孔武有力，专业课讲得呱呱叫，实战功夫，也好生了得。教他们高空救援训练（滑绳自救训练）时，那么一大把年纪，居然能两手吊着绳索，从六楼一溜而下，动作优美娴熟，身轻如燕，惊得一群观摩的学子个个目瞪口呆，打心眼里佩服赞叹，齐声叫好的同时情不自禁地竖起大拇指。

岂料，大伙的惊奇刚刚缓过劲来，赵永利老师救人的一手绝活，又让他们大开眼界。尽管在此之前，大伙都知道，消防救人方式包括背、抱、扛、抬四种，但实战示范时，赵老师背上背着一个，两侧腋下，居然还能一边夹带一个，一次救三人，一次，可让三条生命摆脱死神的威胁，简直是神得不能再神了。

大伙赞叹，甚至顿生崇拜，赵老师却微微一笑，说："其实，这也没什么稀罕的，要说有什么秘诀，就一字'练'，不停地练！古代侠客有飞檐走壁之说，我觉得是可信的。当然，我倒没这功夫，不过，实战救援中，只要手有扒处，我就上得去，这个，倒不是吹……"

"啪啪啪！"同学们报以热烈的掌声。

此情此景，郭又元暗下决心，一定要以赵老师为楷模，认真学习，掌握消防理论知识；刻苦训练，具备必需的消防救援本领，为日后走上消防救援第一线打下坚实基础。自己钟情消防，热爱消防的初心，就是为百姓排忧解难，如果不好好学习，没有消防救援的过硬本领，岂不违背了初心？

大二那年暑期，也就是 2007 年 7 月，郭又元以见习排长的身份，来到位于贵阳市醒狮路消防大楼的贵阳消防一中队见习，切切实实地体验基层消防队员的工作和生活。这中队，堪称贵州全省出警量最大的中队之一，而他当时最深刻的感受是向往出警。

第一天报到，郭又元在贵阳市消防支队人事干部的带领下，刚走到中队大门口，就看见战士们出警，觉得好可惜。心想，倘若早来一分钟，不就赶上了吗？旁边一个战士似乎看出了他的心思，有意无意地说，郭排长，先休息一下吧！在我们这儿，出警是家常便饭，多着呢！

果不其然，他们出警回来没多久，也就是三四个钟头，郭又元就赶上了消防生涯的第一次出警。

时过境迁，岁月悠远。

问及第一次出的什么警，郭又元已经有点儿模糊了。但他的感受却刻骨铭心，那就是兴奋、紧张，不知道该干什么。

郭又元的回答很坦率。坦率得没有半点迟疑，没有一丝儿修饰遮掩。唯其如此，让人感到不容置疑的真实。与此同时，他的诠释，也让人觉得可信，很有说服力。

郭又元在学校进行消防救援训练，心态是放松的，老师要求再严格，他脑子里也还是俩字：训练。“我在消防基层中队，虽然出的多是些“小警”，比如垮塌，车祸救援什么的，但毕竟是实实在在地亲临现场，也就有了紧张的感觉。当然，次数多了，时间长了，就没事儿了；再就是，从大一到大二，学的主要是基础理论知识，没学到多少技能。所谓见习，主要就是看，虽挂了个见习排长的名儿，也不能带队，即便让带队，也带不了。”郭又元发自肺腑地坦言。

事实上，这样的感觉并非个例，抑或说，是一种常态。人生的许多第一次，都会有紧张的感觉。不少久经沙场，功勋卓著，在枪林弹雨中摸爬滚打、冲锋陷阵的常胜将军，第一次上战场，也会这样。所不同的，也许就在于持续时间的长短罢了。

此后不久，也就半个月吧，郭又元第一次在贵阳棉纺厂见到了“亡人火灾”。

火灾发生于凌晨。

睡梦中，六楼住宅突然起火，一人在火灾中不幸遇难。郭又元到达现场时，死者正从不远处的房间里被抬出来，郭又元下意识地转过头，看都不敢看。有个战士见状，好像要故意考验他似的，说，郭排长，去看看嘛！他连声说，不看，不看！

翌日，他又随调查人员重返火灾现场。

过火后的住宅，宛如黑乎乎的炭窑，凌乱不堪，一片狼藉，不时透出一股股刺鼻的焦煳味儿。惨烈无情的火灾，令他触目惊心的同时，深感自己作为一个准消防员的职责，顿时，觉得肩上沉甸甸的。

一个月的见习，很快就过去了。

严肃紧张，有条不紊之余，郭又元感觉到了基层消防生活的团结活泼，业余时间的丰富多彩。比如，每周五的党团活动，一群朝气蓬勃、阳光向上的年轻人，总以不同的方式，火热的激情，掀起愉悦快乐的浪潮，一浪高过一浪。霎时，令人豪情满怀，热血沸腾。

每次出警回来，他都有种“打靶归来”的感觉，总会轻轻地哼唱那首经久不衰、脍炙人口、几乎每个战士都会唱、都喜欢唱的老歌。

郭又元发现，一个月的见习虽然十分短暂，但自己不可遏制地喜欢上了基层消防中队，这既是一展身手的舞台，也是自己想要的理想生活。

这种喜欢，近乎走火入魔。

告别中队没几天，已换上便装的郭又元，正开着车行驶在贵阳市区的中华路上。蓦地，他看见中队的战士们又要出警，当即调过头来，一踩油门，便跟了上去，直接跟到了现场，贵州省军区那边……

见习结束，回到武警学院的郭又元，不管是专业理论学习，还是基本消防技能训练，都铆足了劲，全身心、心无旁骛地投入，随之而来的当然是各科优异的成绩。

大学四年，除了大一，郭又元都是优秀学员。

赴汤蹈火

2009 年 7 月，郭又元大学毕业了。

同班甚至同系的同学，大多有了各自向往的去向，有的还分配到了机关工作。郭又元心仪基层，初心不改，如愿以偿地分配到贵阳市消防支队二戈寨贵阳消防三中队，被任命为副队长。

二戈寨最早指的是贵阳南郊一个布依族村寨。

随着西南最大的铁路枢纽贵阳火车南站的建成，这个地处贵阳南站一侧的布依族村寨，知名度陡然提高的同时，常住人口不断增多，来往商贾络绎不绝，代指范围，也相应扩大，日渐繁荣。

郭又元到任时，有个队领导培训去了。队长、指导员似乎有意给他压担子，增加锻炼的机会，出操、战训、业务授课等，都是他带着战士们一起干。两个多月，郭又元没离开过中队。忙，却充实快乐着。有一次，附近一户人家起火，全家被困。郭又元奉命带队救援，亲自救出两个孩子。

郭又元在三中队勤勤恳恳，兢兢业业地干了不到一年，奉命调到了贵阳市消防支队云岩大队二中队，任副中队长。

云岩大队二中队地处闹市区，位于贵阳市云岩区贵开花园西侧，出警量在贵州省名列前茅，是贵阳市消防支队的主力战队。

除了出警量大，设施设备的配置也相当不错。当年，贵州全省首台消防登高车就隶属云岩大队二中队。一旦高层建筑发生火灾，消防员可在消防登高车的帮助下，迅速接近火点，争取到宝贵的灭火救援时间。

打在武警学院见习开始，郭又元就有一个梦想，毕业后，到基层去，到主力战队去，在消防抢险第一线，摔打锤炼自己。

如今，梦想成真，他心里别提有多爽了。

在这样的中队，紧张、辛苦、危险，自不消说，但有天天打仗的感觉，他打心眼里喜欢，甚至很享受这种感觉。

身为市区消防中队主官，郭又元深知自己责任重大，必须面对眼下高层建筑日益增加的现实，对症下药，立足灭火救援的需要，进行实战化训练。

于是，他创新了高层居民住宅水枪阵地设置操、充烟区域人员搜救操等实战操法。针对辖区内商住混合的实际，郭又元开展战术研讨和演练，并结合中队实际，编制了“4+X”基本作战编程。其中，“4”，表示消防车的数量；未知数“X”，表示随机处置的机动性与灵活性，乃该编程之精髓。

这个编程的完整含意是：每次灭火救援，基础是出动 4 辆消防车，再根据火灾特点，增加功能消防车，如登高车、高喷车等。

由此可见，每当火灾突发时，指挥员的战术思想，应急判断和处置能力，往往由“X”显现出来，高下优劣，立竿见影。

当然，郭又元深知，所有战术战法都需要消防队员在灭火救援实战中实施检验，前提是他们必须有强健的体能作铺垫，没有这个实打实的基础，不过是纸上谈兵。

基于这种理念，他十分重视消防战士的体能训练，每日登楼 30 层，就是雷打不动、坚持不懈的训练科目。

乍一看，这样的要求，似乎有点儿“狠”。可当战士们在灭火救援实战中，充分享受到拥有强健体魄所带来的“红利”，一个个无不打心眼里感激他们郭队的良苦用心，由此迸发的自然是更大的战斗力。

2016 年 2 月 3 日凌晨 1 时 54 分。

贵阳市云岩区沙河街某商住楼突发火灾。接警后，郭又元亲自率队 5 分钟内到达火灾现场。

由于建筑内火灾荷载大、建筑构造比较特殊，浓烟滚滚，火势凶猛，消防水枪扫射到三楼平台上的积水，一股一股地冒热气。灭火用的消防水带，因“哄燃”，刹那间便被烧断了。往天井里扔的水枪，竟然也被烧坏。更致命的是，7 个单元，279 户人家被困在屋里，疏散不出来，情势十分危急。

人命关天。

情急之下，郭又元明白，救人是当务之急，容不得一丝儿犹豫，更不能有一点儿闪失。

郭又元当机立断，命令消防队员带上斧头，分头上楼，带着队员们一家一家地敲门，实在敲不开，就用斧头劈。然后，用撬棍撬，将屋内受困的居民迅速疏散出来。其间，有户人家屋里烟雾太大，伸手不见五指，全靠消防队员张开双手，一步一步地向前摸索。

后来清理物品，仅劈门用的斧头，就劈坏了 4 把。

可见，当时的场面有多紧张，多危急，多凶险。

早晨 5 时，公安民警对疏散人员进行排查，说有个十来岁的小男孩没出来，正在前沿指挥部的郭又元，当即派两名消防员进去摸索，无果。随后，郭又元又背着呼吸器，带着一名战士进去搜索，仍无果。如此 3 轮，共 6 人次，还是没发现这小男孩。

正焦急间，公安传来喜讯，小男孩已疏散出来，因当时现场人员较多，排查时漏掉了。

虚惊一场。

郭又元不由得长长地透了口气，绷得紧紧的神经，终于缓缓地放松下来。

这次灭火救援，郭又元带领救生组连续作战数小时，冒着高温、浓烟、楼板垮塌等危险，英勇顽强、奋不顾身地30余次冲进浓烟区进行救援，成功营救被困人员10余人，成功疏散279户住户。其中，有位80多岁的老人因年事太高，加之受到惊吓，难以行走，有个战士见状，抢上前去，硬是从三楼将老人一步一步地背了下来。

这次灭火救援战斗被称为“2.3”灭火救援战斗，实现“零伤亡”，及时有效地控制了火势蔓延，最大限度地保护了人民生命财产的损失，受到了上级的好评和市民的热情点赞。

此后，郭又元先后带队完成了贵阳市云岩区威清路“2.12”橱柜商场火灾，普陀路“11.11”民房火灾等急、难、险、重火灾救援任务，实现了“处置零失误、官兵零伤亡、群众零投诉”的目标。

仅2016年，郭又元带领官兵成功处置各类警情1000余起，所抢救的财产价值6000余万元。

郭又元和他的战友们，以血肉之躯为人民群众的生命和财产安全筑起一道坚固的消防长城，用勇往直前的实际行动，尽显林城消防官兵敢打敢拼的“烈鹰”风采。

于2010年到贵阳市消防支队云岩大队二中队，至2017年9月离任，郭又元在这个贵阳市灭火救援的基层主战中队，一干就是整整7年。

7年间，郭又元先后参与4000多起灭火救援战斗。

郭又元2013年任中队长以来，连续两年，被总队评为全省消防部队优秀共产党员。

2015年，郭又元被贵州省消防总队荣记集体三等功。

连续3年，郭又元被贵阳市消防支队评为优秀基层指挥员。

在生态文明贵阳国际论坛2016年年会安保中，郭又元被贵州省公安厅荣记个人三等功。

2017年1月，郭又元被公安部消防局评为优秀中队指挥员。

郭又元所率领的二中队，在参加贵州省消防总队、贵阳市消防支队比武中名列前茅；连续两年，被贵州省消防总队评为执勤岗位练兵先进单位。

……

在二中队7个寒暑的磨炼摔打，郭又元从一个刚出校门时略显青涩稚嫩的青年学子，成长为沉着冷静、英勇善战的优秀基层指挥员，令人刮目相看。

如果说有什么遗憾甚至愧疚，那就是工作这么多年来，他没陪家人过一个春节。老人和不满两岁的女儿，都由妻子陪伴照管。在家陪伴家人的时间，加起来，不足百日。

无情未必真豪杰。

尽管他知道，忠孝自古难两全，但心灵深处，总会时不时地浮起一阵阵隐隐的内疚……

特勤时光

2017年9月18日。

郭又元奉命离开战斗了7年的贵阳市消防支队云岩大队二中队，调任贵阳市消防救援支队特勤大队二中队政治指导员。

在许多人眼里，这是桩好事儿，从副营晋升正营，可喜可贺。但打心眼里，郭又元却有些依依不舍。

往日与战友们朝夕相处、奋力灭火救援的情景，电影似的在郭又元脑海里闪现。他从轻车熟路的环境，突然到一个陌生的地方，短暂的不适应，倒是人之常情，在所难免，而许许多多的未知和难题，正等待着他去破解。换一种说法，即面临新的挑战。

乍一看，原单位与新单位，都是二中队，似乎没什么差别。实际上，差异就在“特勤”二字。抑或说，特勤中队较之于二中队，特勤，就是其特色。

所谓特勤中队，指的是消防部队中以抢险救援为主要任务的部队，是消防部队的尖兵部队，抑或拳头部队。流行且有点儿幽默的说法：一般不出警，出警不一般。除了任务的艰难性和危险性，日常训练强度较大。再就是，装备设施，通常都优于普通的消防中队。

特勤中队就日常训练而言，战士们要扛着60斤左右的拉梯狂奔30米，把梯子拉伸，搭上训练塔二楼，随即爬上去，整个过程，一气呵成，要求14秒内完成；再就是“百米负重”，战士们穿着防火战斗服，拎着两盘20余斤的水带

遇难者。

救援期间，郭又元陀螺似的、不停地奔波于各救援区域，每每发现有生命迹象，他都会亲自前往进行搜寻确认，亲自带领搜救人员，一点点地将掩埋在遇难者身上的泥土、碎石清理，碎石较大，就指挥挖掘机进行清理。仅有泥土覆盖，就小心翼翼地徒手挖掘，尽量避免对不幸遇难者造成第二次伤害。

郭又元精准的定位大大提高了救援成功率。

沧海横流，方显英雄本色。

凭着顽强的拼搏精神和丰富的救援经验，从接警到完成救援任务，6 天 5 夜，全力施救的郭又元，一直战斗在第一线，没喊一声苦，没叫一声累，充分展现了“特别能吃苦、特别能战斗、特别能奉献”的特勤精神，为救援一线指战员树立了光辉榜样，圆满完成了救援任务，得到各级领导的肯定，树立了消防救援队伍的良好形象，展示了“火焰蓝”应有的风采。

实际上，改制退伍后，身为贵州省消防救援队伍的一员，抢险救援与灭火救援，竭力保证人民群众生命财产安全，依然是身着“火焰蓝”的郭又元和他的战友们战斗和生活的主旋律。

短短三四年间，郭又元先后参加战斗 2000 余次。

成功处置了 2019 年“10.28”贵阳美的置业在建工地垮塌事故，2020 年“3.27”贵州商品混凝土有限公司塌滑事故，2020 年安顺“7.7”公交车坠湖救援任务，2021 年经开区“6.12”甲酸甲酯泄漏事故救援任务，圆满完成了 2020 年跨省赴川抗洪抢险，2021 年全国“应急使命”地震救援演习，以及重要会议大型活动消防安保等急、难、险、重任务数百起。

2020 年新春伊始，突如其来的新冠肺炎疫情席卷神州大地，严重威胁人民群众身体健康和生命安全。

疫情就是命令，防控就是责任。

郭又元又一次主动请缨，率特勤消防站组建全国首支重型防疫消杀机动队，承担起贵阳市新冠病毒肺炎感染确诊病例、疑似病例、密切接触者、隔离观察人员，病人居住过的场所、活动区域、转运工具，以及集中隔离点、定点接待酒店、各类疫情检查卡点等重点区域的消杀任务。

消杀过程中，他发扬党员先锋模范作用，奋勇当先，冲锋在前，数百次主动带领消杀队员进入核心污染区域。累计前往重点区域开展消杀494家（次），喷洒消毒药剂47943公斤，消杀面积146.09万余平方米；累计消杀时长546余小时，累计奔赴里程21260余千米，高质量完成了既定消杀任务。

在郭又元的带领下，消杀机动队英勇无畏、敢于担当、迎难而上的战斗事迹和工作成效，得到了省市党委、政府的高度肯定和驻地卫健部门、人民群众的点赞。相关做法，得到了国家应急管理部部长黄明的高度肯定，并作出批示：要求全国应急系统参照学习。其工作经验，被应急管理部向国务院专报，相关事迹在《应急管理报》头版刊载。

消杀机动队和其中一人，被评为全国消防救援队伍抗击新冠肺炎疫情先进集体和先进个人，受到国家应急管理部表彰。

危难时刻，郭又元勇往直前，“逆行”战疫，交出了一份完美的答卷。

新的征程

2020年9月，郭又元离开贵阳市消防支队特勤二中队，调任贵阳市消防支队作战训练处副处长。

从基层到机关，郭又元的角色和工作环境又有所改变。

如果说，过去立足的是消防救援的一个“点”，种好自己那一亩三分地就行。那么，作战训练处所处的就是贵阳市消防这个较大的“面”。从一个“点”，到更大的“面”，无论思维方式，还是工作方法，以及所面对的问题，都有所不同，都需要相应地改变和尽快地适应。比如，典型事故的分析、处置、安全要点，注意事项等，都要有全方位的思考和提炼，尽可能地提出具有指导性的中肯的建议和意见。

令人欣喜的是，很快地，郭又元便适应了机关工作环境和相应节奏，在新的平台上施展拳脚，尽展指挥员的风采。

2021年8月1日。

中国人民解放军建军94周年之际，作为庆祝建党100周年系列活动之一的第二届贵州省“最美退役军人”发布仪式，在省城贵阳隆重举行。

13 名贵州省“最美退役军人”闪亮登场。

贵阳市消防支队作战训练处副处长郭又元榜上有名，赫然在列。

省政府、省军区领导向第二届贵州省“最美退役军人”颁发了荣誉证书。

发布会现场，记者对曾经奉献军营 13 年的“80 后”老兵郭又元进行了现场采访。

郭又元说：“有了军旅生涯，就深深镌刻了军人的信仰、军人的作风和军人的精神，虽然我的身份从橄榄绿变成了火焰蓝，但军人的职责和使命没有变。我要继续苦练本领，在人民群众最需要的时候，冲锋在前，永远做党和人民的忠诚卫士。”

忠心赤胆，掷地有声。

“最美退役军人”这份殊荣，既是贵州广大退役军人立足各领域，建功新时代的缩影，也是对郭又元退伍“转岗”的充分肯定，成了他踔厉奋进、勇往直前的新起点，漫漫征程的加速器。

2022 年 7 月。

郭又元在贵阳市消防救援支队作战训练处副处长岗位上，干了不到两年，又有了新的任命，调任贵阳市消防救援支队白云大队教导员。

他从机关又回到了基层。

他像一颗永不生锈的螺丝钉，哪里需要就安到哪里，竭尽全力地发挥自己应有的作用，无怨无悔地奉献光和热。

转眼间，自跨入武警学院大门那一刻起，郭又元战斗在消防救援第一线，已整整 17 个寒暑。

消防救援，为民众排忧解难，既是他的工作和职业，也是他心中不懈的追求和坚定的信念。

17 年间，郭又元的岗位不断变换，身份从橄榄绿变成火焰蓝。但不管身穿橄榄绿还是火焰蓝，变化的只是颜色，他军人的本色没有变，军人的职责没有变，消防救援、竭诚为民的初心和使命更没有变。

转业不转志，退伍不褪色。

在橄榄绿与火焰蓝的交响中，郭又元始终牢记为民的宗旨，时刻不忘入伍誓言，用实际行动救民于水火，助民于危难，给人以希望。为维护人民群众生命财产安全，维护社会和谐稳定做出了突出贡献，树立了退役军人的光辉形象，无愧“最美退役军人”的光荣称号。

郭又元以一颗赤子之心，用迎难而上的实际行动，无坚不摧的英雄气概，谱写了一曲退役不退奋进志、转岗不转报国心的华彩乐章。

奋进新征程，建功新时代。

意气风发，斗志昂扬的郭又元，又铆足了劲，迈开铿锵有力的步履。

硬汉刘发燕

◇ 姚　瑶

世间上有一种痛，叫痛彻心扉。

世间上有一种爱，叫大爱无疆。

回忆起 9 年前刘发燕舍己救乡亲的那一幕，人们至今还会热泪盈眶。

我曾多次提笔，热泪盈眶，最后放下。我怕我的书写再一次刺痛他的心。

这位退役军人，现在供职于天柱县特巡警大队。谈起当年往事，刘发燕总会沉默。

时光一下子回到 9 年前那个寒风刺骨的冬天……

他说："救起的个个都是亲人。"

从他坚毅的眼神看得出来，他没有后悔。

清水江畔成长起来的苗族硬汉

浩浩荡荡的清水江发源于都匀市斗篷山，流经黔东南 12 个县市，至湖南黔城汇入潕阳河后进入沅江，干流全长 459 千米，是沅江的主源。在地理版图上看，像一条绿色的彩带嵌入逶迤群山之间。

一方水土养一方人。清水江在天柱县境内，途经坌处、竹林、远口、白市、江东、瓮洞等镇，一路奔腾跌宕，造就了天柱文化底蕴厚重，也由此演绎出许多惊心动魄的精彩。

刘发燕 1983 年 4 月出生于黔东南苗族侗族自治州天柱县瓮洞镇巨潭村，在家排行老四，从小生活在清水江边，他和两个哥哥和姐姐在清水江边度过了美好的童年时光。

夏日总是那么燥热，从微热的清晨到闷热的午后，村里的大人小孩都喜欢聚集在一块。刘发燕牵牛到清水江边放养，那是他童年的工作。天气闷热的午后，他经常脱光身子，一个猛扎可以游到清水江对岸。从小锻炼，他的水性非常好。

男儿志在四方。2002 年冬天，19 岁的刘发燕应征入伍，告别家乡来到青海，成为武警青海总队的一名军人，穿上了一身光荣而神圣的橄榄绿，心里别提多高兴。

成为现役军人的刘发燕在部队的大熔炉里，严格的训练培育了他不屈不挠的意志，锤炼了他乐于助人、甘于奉献的思想品格。服役期间，他参加过多次抗洪抢险，曾经获得连嘉奖二次，营嘉奖一次。

2004 年退伍回乡，刘发燕在家待了几个月，帮父母亲去地里干最重的农活，每天从早到晚，埋头苦干，从不吭声。但是农村没有更好的经济来源，辛辛苦苦下来也才能自足自给，大好青春耗在农村不是办法，刘发燕选择外出浙江台州打工。那时，外出务工是最好的出路。

2005 年，刘发燕经人介绍认识了同在浙江台州打工的卢凤英。这位来自福建的姑娘长得眉清目秀，一路总是说说笑笑。刘发燕被她的乐观性格强烈感染了，想方设法对姑娘展开了情感攻势。

当年，小两口喜结连理。婚后一年，他们的大女儿刘金萍出生。女儿的到来，给他们家庭带来的欢乐无法用言语表达，两年后儿子刘淇来到人间。夫妻恩爱有加，一家人和和睦睦、其乐无穷，是乡里乡亲羡慕的美满家庭。

快乐的后面总会有一些不为人知的艰辛，两个孩子的到来，无疑给他们原本不富裕的家庭增加了生活负担。如仅靠几亩田地和饲养家畜家禽，无异于杯水车薪。刘发燕带着妻子和孩子辗转浙江打工，到工厂里做卫浴计件活，农村出生的刘发燕吃苦耐劳，每月工资有八九千元，加上妻子的工资，收入可观。一家人在一起，虽然辛苦点，倒也快快乐乐。

这就是人间幸福的模样。春节回到瓮洞镇巨潭村老家，刘发燕看着清水江缓缓流淌，心里规划着美好的未来。

救起的个个都是亲人

清水江不舍昼夜，碧绿的江水滋润着两岸的田园和黎民百姓。

缓缓流淌的江水看似平静如初，实则暗潮涌动。

2013 年 2 月 11 日，正值春节正月初二，家家户户都在欢天喜地闹新年，亲戚朋友相互串门拜年，鞭炮声此起彼伏，一派热闹的景象。尽管天寒地冻，刺骨的寒风还夹杂着毛毛细雨，依然掩饰不住人们过年快乐的心情。

那天 13 时，刘发燕和妻子卢凤英带着刚过 7 岁生日的女儿刘金萍、5 岁的儿子刘淇，一家 4 口带着礼物高高兴兴前往湖南怀化亲戚家拜年。

过年，是小孩子最快乐的时光。两个孩子穿着新衣，荷包里揣着糖果，一路小跑。

他们兴高采烈来到瓮洞镇清水江边巨潭小码头渡口。寒风从清水江上拂过，带着嘞哨声。还没到达渡口，就隐隐约约感觉到一向平静的渡口暗藏危机。

有一种“风萧萧兮易水寒，壮士一去兮不复还”的悲壮，刘发燕内心稍有不安。

渡口边上，村民刘发昌、刘兆成等人在等船，他们把手缩在裤子口袋里，很焦急的样子。他们带着大包小包的礼物，去清水江对岸走亲访友。

大家正在焦急等待的时候，村民刘茂潘赶到，他发动自己家的渔船要去翁洞镇码头，正好顺道，可以捎带大家到对岸去。大家对他说了几句过年的祝福语，便有说有笑地登上了渔船。

清水江鱼肥水美，有点头脑和本事的人便下河捕鱼，以改善伙食和补贴家用。刘茂潘在村子里属于头脑活络的人，他这艘渔船是铁制的，长约 11 米，宽 2 米，还加装了雨布保护渔船，比其他人家的渔船要漂亮得多，这在当地渔船中属于上档次的船只。

刘茂潘发动了柴油机，渔船离开渡口顺流而下朝翁洞镇码头方向驶去。一行 12 人在船上大声谈论过年的话题。

40 米左右宽的清水江在烟雨笼罩中，也别有一番情趣。

船外，毛风细雨依然在继续。由于能见度低，加上天气寒冷，大家都躲在渔船的帆布棚里说说笑笑。帆布棚外嘈杂的马达声、水浪撞击船身的哗哗声仿佛与他们无关，并没有影响到他们的话题。

几分钟后，渔船行驶到一处叫“对顶角”的地方，因刘茂潘操作不当，加上风大、浪高、流急，渔船重重地撞在礁石上，发生剧烈的颠簸。

“完了，要翻船了。”刘茂潘大喊一声，茫然看着颠簸的船只。

话音未落，舱内的人在严重颠簸中失去了平衡，江水涌进船舱，船体迅速倾斜下沉。

刚才的谈笑风生瞬间变成混乱的尖叫。船上的人员陷入极度恐慌，六神无主。刘发燕的儿子紧紧抱住他，大声哭了起来。

顷刻间，水已漫过了船身，眼看全船人员都要沉入10多米深的清水江中，情形相当危险。

在这生死攸关的时刻，军人出身的刘发燕当机立断。他猛地一脚踹开棚布，拼命撕开一道1米多宽的口子。他知道这道“口子”是生死之门，不打开的话，船内的人都会被裹挟在里面，将会无一生还。

船上的人接二连三地跳到冰冷的水中，扑腾着在急流中挣扎，拼命游向岸边，水性差的随波逐流，被水冲远。

渔船一瞬间就沉入水中，不见踪影。

“救人要紧。”刘发燕凭借着良好的水性和在部队抢险的经验，快速游到了岸边，找到一艘小木船，迅速地划向激流汹涌的江中。他紧张地注视着江面的动静，很快发现江面上露出两个人头，一个是离他近一点的刘兆成，另一个稍远一些，在水浪中若隐若现。看到刘兆成在水中挣扎，他立刻将船划到刘兆成身边，用力拉他上船，由于刘兆成身上穿着厚厚的羽绒服，经水一泡非常重，刘发燕使出了全身的力气，几经折腾才把刘兆头成功拉上船。随后他见到人就救，1名、2名、3名……

同船的12个村民中已有6名安全上岸。此时，刚刚若隐若现的人已经被冲出去了二三十米远。刘发燕顾不了疲劳，拼命驾着小木船朝那个方向划过去。

3米、2米、1米……

他在无限接近……

木船靠近，刘发燕才看清楚眼前的人就是他的儿子刘淇！他感觉到天旋地转，一把抓住儿子的衣服，奋力地把他拉上了船。

儿子脸色苍白，身体冰冷，无论是压心脏还是做人工呼吸，但是一切都晚了，儿子再也没有醒来。

一向坚强的硬汉刘发燕心如刀绞，泪如泉涌，大声呼喊。他一只手把儿子搂在怀里，一只手慢慢地将船划到岸边。

刘发燕数了一下岸上的人，发现妻子卢凤英、女儿刘金萍和另外两名妇女都没在。于是他强忍着心中的悲痛，轻轻地放下怀里冰冷的儿子，再次登上小木船划向江中。

他不停地大声呼喊着卢凤英和刘金萍的名字，可是波涛滚滚的江面全无半点踪影和回音。两小时后，在离出事地 50 米远的江滩边找到了他的爱人卢凤英，她已没有生命体征。而另外两名妇女和女儿萍萍怎么找也找不到，3 天后才被村民在下游打捞起来。

在这次灾难中，全船 12 个人，有 7 人生还，刘发燕的妻子、7 岁的女儿、5 岁的儿子和另外两个妇女不幸遇难。

突如其来的灾难，刘发燕的天仿佛坍塌了。

这个平常坚强的大男人完全不知所措。一家 3 口的丧事都是乡亲们帮着办的。

如果一心只救他的家人，也许 3 位亲人都不会离他而远去。一切都没有如果了，刘发燕面对母亲和亲人的指责，一言不发。

只有他清楚，在生死关头、危难时刻，没有时间去分你我，救的个个都是亲人。

在新战场上续写敬业和担当

《论语・为政》里有这样的一句话："见义不为，无勇也。"退役军人刘发燕以实际行动践行社会主义核心价值观。他的一句"救起的个个都是亲人"，让人间充满人情味、充满大爱。

他的事迹经中央电视台、《经济日报》、贵州电视台、《贵州日报》、《黔东南日报》等媒体报道后，迅速传遍苗乡侗寨，很多单位、部门邀请刘发燕现场宣讲见义勇为事迹，感动无数人，大爱传播人间。

接受采访时，刘发燕毫不犹豫地告诉我，他不后悔，从没后悔过。我相信他说的，任何人遇到这样的情况都会像刘发燕一样。

站在我们面前的刘发燕，憨厚、质朴，毫无雕琢。

刘发燕称得上英雄吗？我问了他的好朋友王合飞。

王合飞回答我："怎么不算英雄?！他不只是天柱县人心目中的英雄，也是黔东南苗乡侗寨所有人心目中见义勇为的英雄。"说起刘发燕的事迹，王合飞伸出大拇指赞扬。

刘发燕因突出的事迹，在2013年度"汉华杯·最美天柱人"评选活动中被评为最美天柱人；2014年被评为"感动黔东南十大人物"，同年被授予黔东南苗族侗族自治州"见义勇为模范"和贵州省第四届见义勇为先进人物荣誉称号；2015年被授予"德耀中华·全国见义勇为道德模范"称号。

2016年，刘发燕成为天柱县公安局特巡警大队队员，与队友一起，继续发扬军人本色。

军人本色除了勇敢，更有干一行爱一行的敬业精神。刘发燕成为一名特巡警后，参加反恐防暴演练，主动加入"打非治违"专项行动，因工作突出，2019年被授予黔东南苗族侗族自治州"第一届优秀退役军人"称号。

退役不褪志。疫情当前，刘发燕和队员们投入疫情防控第一线，坚决打赢疫情防控阻击战。刘发燕常说："时刻听从党和人民的召唤，若有战，召必回，战必胜。"这是承诺，是誓言，更是一名退役军人在特巡警大队的实际行动。

戎装虽卸、初心依然。时隔多年，再次谈起9年前的往事，刘发燕已经解开心中的结，并将悲痛化为力量，走向新的生活。

站在风雨桥上，华灯初上，有"高原黄金城"之称的天柱县城在霓虹闪烁中变得更加迷人。这块神秘的土地孕育了内心金子一般闪光的刘发燕，他的精神必将影响更多的人。清水江一刻不息，悄无声息地流淌，带走了老的故事也带来了新的故事。

如今，刘发燕已组建了自己新的家庭，一双儿女的到来，让他一家人其乐融融的画面再次重现，这是上苍对他最好的眷顾。

"现在最重要的是做好本职工作，守护一方平安，有时间多陪伴妻子、孩子。"对美好的生活，刘发燕更加充满了信心。

柏香树的守望

◇ 王珺偲

一

初秋的黔北，金风带着瓜果稻香荡漾在山峦大地，稻穗弯沉，云淡天高。柏油路蜿蜒在山谷，坳口处仿佛就是尽头，再转一个弯，就到了凤冈县何坝镇鱼塘完小。围墙边几棵柏树屹立，一位满头白发的老人弯着腰，用镰刀割掉黄绿参半的茅草和柔软的藤刺。他是这所学校的退休老师肖霖。

汗水粘着草屑挂在肖霖的额头，他把茅草和藤刺抱在一个荒芜的角落，用黔地最原始的方式点上火，让它慢慢地燃烧，化作烟火升腾，留下的余烬又归于大地。

“这样清爽多了，孩子们来上学也舒服。”

肖霖一边说，一边拍了拍身上黏着的枯草，仰头打量旁边的柏树。高挑的柏树和他一样清瘦笔直，黝黑的外表都是经历风霜的颜色。

1976年春，肖霖和同学种下了这几棵柏树。那一年，他从这个偏远的农村“戴帽”初中毕业，接到高中录取通知书时，激动的心情久久不能平复，他在柏树下暗暗立誓，一定要走出贫穷而偏远的大山。那时的肖霖，怎么也没想到，最后他还是选择在这里，作为一生的归宿。他说他就是那几棵柏树，扎根于斯，坚守于此。

二

肖霖的家就在鱼塘小学门口，旁边有一口不大但古老的鱼塘，村子、学校都沿用着这个朴实的名字。

1979年高考，肖霖以几分之差落榜，那时候的农村还徘徊在温饱线上，他只好回家分担农务，恰逢乡里招考民办老师，肖霖以第一名的成绩顺利考上了民办老师，被安排在鱼塘小学上课。

半年过后，肖霖带着昔日走出大山的理想，到六盘水当了一名消防兵。肖霖有文化，加之训练刻苦，一年半后，就当上了总管全队“吃喝”的司务长。

“你现在入党，将来提干的名额肯定是你的。”战友们带着羡慕对肖霖说。

1982年初，肖霖向党组织递交了入党申请书，由于即将召开党的十二大修改党章，暂时不发展党员。肖霖觉得待在部队看不到将来的希望，得知家乡要选举一名副乡长，于是就拒绝了部队的挽留，退伍回家准备参选。

肖霖回到家不久，党章修订完毕，接替他当司务长的战友顺利入党并提干，而他又在副乡长竞选中落败。这让肖霖很受触动，他多次走进学校，坐在柏树旁仰望夜空思考。风吹着柏树叶簌簌作响，像是在和他说话：“谁叫你工作不安心？不能够干一行爱一行？”肖霖听着，仿佛是柏树对他的嘲笑，仿佛又是责问。

“对，做人不能有功利心，做事要争在前。”肖霖心中回答着。

三

1982年秋，肖霖再次走进鱼塘小学代课，这时的学校只有几间破旧的砖木教室，操场坑坑洼洼，灰尘与泥泞在晴雨中交替。肖霖带着高年级的同学烧石灰、收煤渣、运碎石，把操场砍成了三合土，还自制了篮球架，让鱼塘的孩子们第一次接触到这项运动。

开始的几个学期，肖霖无论怎么用心努力，班级成绩一直提不上去，而同级的全区第一名都是新奉小学校长黄家立所教的那个班。

“当兵人，不服输！”

有着柏树一样坚韧的肖霖较上了劲。他步行数十里去听黄校长上课，探讨教学教法；在区里、县里优秀老师的课堂上，时常也有他认真听课的身影。功夫不负有心人，肖霖所教的班级成绩跃升全区前茅，并一直保持在前三，肖霖也成为全区的语文骨干教师。

后来，肖霖又主动提出教数学，除了听课和与其他老师交流外，还找来前些年的数学试卷，像学生一样反复做题，找出解题思路，再一次次地试讲……

肖霖转教数学的第二年，他所任教班级期末考试取得了全县第一。这期间，肖霖又一次递交了入党申请书。1986 年 7 月，肖霖成为一名正式党员，在他面对党旗宣誓“为共产主义奋斗终身”的那一刻，他对自己说：“我的‘共产主义’就是教书育人。”

代课老师的待遇不高，肖霖在课外还要务农来补贴家用，直到 1999 年，他才从代课老师转为公办教师。

1991 年，乡里要招考一名有当兵经历的驻乡民警，乡长对肖霖说：“你来考，肯定没问题，比你现在工资高，明年转成正式警察后工资会更高。”

肖霖谢过乡长的好意，依旧留在鱼塘小学。后来，组织上多次要调他到镇里的学校去工作，都被他婉言谢绝。他说：“我时刻告诉自己，心中不能三心二意，要脚踏实地教好书。”

四

时光像流水一样匆匆，肖霖也不记得送走了多少学生。学校从破旧的砖木教室变成了楼房，操场和学校环境也漂亮了起来，围墙旁的柏树粗壮挺拔，但是在教室里的肖霖，头发在粉笔灰的晕染下渐渐花白，直到全白。

看着学生吃着丰盛的营养餐，肖霖对他们说：“现在政策好呀！每天换着花样做鸡肉、牛肉来吃。以前呀，每天中午都是饿着肚子呢。”

2012 年之前，幼儿教育在黔地农村还未普及，学校开设学前班为幼儿启蒙，鱼塘小学招收了 10 多个学前班学生。那时候学校没有食堂，学前班的孩子每天中午都饿得嗷嗷直哭，肖霖让妻子吕玉琴在家给孩子们做饭，再和老师一起喂孩子，这样的幼儿食堂一办就是 6 年。家长们商量起来支付生活费，但是肖霖和妻子坚持不要，他说：“孩子小，吃不了多少，都是乡里乡亲，没什么！”

那几年，到沿海务工是黔地农村致富的重要途径。有一天，肖霖上课时发现李红艳同学没有到校。当天下午，肖霖来到她家，看见她一声不吭地在院子旁边用双手刨地。原来李红艳的母亲多病，父亲准备带上全家去浙江务工。那时浙江的农民工子弟学校还不完善，李红艳和弟弟去浙江后没有学校就读，她爸爸也没有办法，肖霖问清情况后对她爸爸说：“你们安心去打工，就让孩子到我家去吧。”

数年间，吕开明、胡成祥、吕旭、张水、张雨……他们都像李红艳一样在肖霖老师家吃住、学习。他们有的是父母外出务工，有的是家离学校太远，也有临时下雨山溪水涨、落雪坡陡路滑等原因，肖霖就像守护校园里的柏树一样，守护着他们。

五

“我最想听到你们来给我说，肖老师，我考上大学了，到时候我要发红包。要是你们在上学期间遇到什么困难，或是经济原因上不起学，你们就来找我，我一定会帮助你们好好上学的！”这是肖霖在每年鱼塘小学毕业典礼上给学生的承诺和鼓励。

性格阳光的李静，是遵义医科大学三年级的学生，10 年前的 2011 年，他还在鱼塘小学读六年级，父亲患上了急性乙肝，医院下了两次病危通知书，父亲的病情给李静的心理造成了巨大的压力。

“现在你什么也做不了，只有好好读书，改变自己的命运，撑起你的家。”肖霖这样鼓励他。随后，肖霖又发动师生和村民捐款，筹集到几千元医疗费，李静父亲的病情得到控制。后来，李静在填报大学志愿的时候，毅然选择了从医之路。

“肖老师最善于从细微处鼓励我们。”这是肖霖的学生们说得最多的一句话。

李琳小学数学成绩一般，在一次考试中，她是唯一做对附加题的学生，肖霖就经常鼓励她：“你很有天赋，一定要好好学习数学。”这让李琳深受鼓舞，从此爱上了数学，后来果真考上贵州师范大学，攻读数学与应用数学专业，并顺利读完研究生，成为正安县乐检中学一名教师。

南京师范大学毕业的吴露露在单位组织团建活动，侃侃而谈的她一直记得自己小学读书时不爱说话，性格内向，是肖霖老师让她一次次到国旗下演讲，在课堂上朗诵，还送了一个写有“持之以恒”的笔记本给她，默默地激励她成长。

…………

每当谈到这些，肖霖总是笑着说：“国家的政策这么好，读大学有奖学金、助学贷。我不过是想通过我的承诺让学生坚定读书的信念，看见他们通过读书改变命运、改变家乡，这才是我最欣慰的事。”

六

2021 年 1 月，肖霖退休的前几天整宿睡不着觉，他在想：“教书几十年了，我究竟干了些什么？”

回想着以往的日子，鱼塘村再也不是那个落后偏远的山村，蜿蜒的道路像银龙翻滚，通往山里山外，褐瓦白墙的黔北民居点缀在宁静深邃的青山旁。曾经外出务工的乡亲们又回到了这里，发展水果、蔬菜、辣椒等产业，村里的每一家都有大学生……

“对，每家都有大学生。”这才是肖霖心中最自豪的事。

昔日学生们的身影、笑脸、琅琅书声的画面，随光影流转，浮现在肖霖眼前，这 14000 多个日日夜夜，竟在弹指挥间；那些掠过的日子，就像柏树长出的年轮，刻在心里。

“……再见了，我的学生们，是你们让我感悟了自信、自律和自强，是你们的成长让我收获荣光，是你们那求知的目光催我奋进……我感谢你们，感谢今生有缘。”这是肖霖在退休时写下的一篇感言。

在退休座谈会上，他说：“……我的退休，不要加‘光荣’二字，我只是在每一天的时间里，记住我是一名共产党员，是一名人民教师，所做的事都是我应该做的。如果真要加个前缀，就加个‘正常’吧！”

简洁朴素的文字和话语，正是肖霖几十年间简单而平凡的初心，亦如学校里的柏树，简单而平凡地坚守。

肖霖退休后，子女让他搬到县城，他却在鱼塘小学当起了义工，穿行在学校旁边的山路上，梳理学校的自来水管；忙碌在校园里，补墙平路，修剪树木……

清晨，肖霖站在校门口的马路上，笑眯眯地看着孩子们来上学，就像柏树一样守望着每天的晨光。鱼塘里的波光闪烁，映照着一抹灿灿的红。

在建筑行业锻造的贵州工匠

——记退役军人杨霖

◇ 黄万鑫

初夏的微风带着一丝凉意拂过榕江县城北的一幢乡村别墅，身材魁伟的杨霖静坐在门前的露台上，眼望着日渐富裕却渐显空寂的村落陷入了沉思。

杨霖是退役军人，曾两度荣获山西省五一劳动奖章、全国五一劳动奖章和全国劳动模范称号。

此时，放眼望去，远处的山峦，近处的田陌，满目青翠，碧绿的河水如翡翠般从村前绕过。几十栋高大且设计风格独特的乡村别墅取代了旧时的青瓦木楼，与他的住房比肩而立，在山脚下一字排开。

这是一个叫便裳的小山村，如今的村落已经发生了翻天覆地的变化，昔日进寨的泥巴路已经被水泥路取代，过去晴天一身汗雨天一身泥的现象一去不复返了，汽车直接可以开到家门口。

然而过去的便裳，并不是这样的。在杨霖的记忆中，一到涨水季节，家乡人要到5千米之外的集镇上去赶集，都得涉水过河，一不小心便会被汹涌的洪水冲走。远近十里八乡的人们要去赶集，可是在汹涌的洪流面前只能望而却步。

1990年，对未来满怀憧憬的杨霖，在家乡父老的锣鼓声中戴着大红花踏上了参军入伍的人生旅程。在陕西秦岭山下的军营里，杨霖克服了水土不服、饮食不习惯等诸多困难，经历了艰苦的训练，在部队里荣获了大小10余次嘉奖。在部队期间，他当过机枪手、通讯员、文书和班长，并光荣地加入了中国共产党。他原本以为，能够考入军校深造，但是残酷的现实却让他无奈地与军校擦肩而过。

复原在家的日子，杨霖与孤独和寂寞为伴，刚入伍时的豪情万丈瞬间像美丽的肥皂泡一样被现实击得烟消云散。母亲不断地盘算着为杨霖找对象，这让他满腹怅然，潸然泪下。

人不出门身不贵，火不烧山地不肥。在杨霖看来，离家才是自己唯一的选择。尽管前路茫茫，尽管一切没有指望，尽管距离在家里人看起来最为隆重的春节只有 10 来天，他还是硬着心肠辞别了二老和家乡。

杨霖和几个战友辞别家乡，南下海南。原来，部队领导在杨霖他们退伍前就给杨霖和几个战友联系了在海南的一家企业，可是两位战友从贵州省瓮安县城赶到杨霖远在榕江乡下的老家来看望他，为尽地主之谊，他们在家里喝了一天酒，又赶到镇上和县城玩了几天，一不小心，距离海南的厂家与他们预约的时间就错过了两天。那时候彼此间没有电话，唯一的联系方式便是电报和书信，等他们一行赶到海口时，有两个战友应聘不上，除了一位战友留在海南之外，其余几人只好离开。车到湛江，看到荷包里的钱越来越少，杨霖和战友心里开始着急起来，再也不能意气用事了，必须找个落脚的地方，才能生存下去。此刻，在杨霖心里有两个去处：一个是山西太原，当时姐夫所在的中铁十二局转入地方管理后，姐夫手头有许多施工项目，找到姐夫就不愁没活干；另一个地方是东莞塘厦，和他一道的战友洪发彬，他的女友当时正在一家台资企业做文员，工资待遇不错，找到她，就找到了落脚处。思来想去，最终杨霖和战友们各奔前程，他和来自瓮安的战友洪发彬决定启程前往东莞塘厦。抵达湛江时，二人身上的钞票已经少得可怜。为了保证能够在计划的时间内赶到塘厦镇，他们尽管肚子很饿却再也不敢买东西吃了。从湛江出发饿了一天一夜才抵达广州，然后又辗转一天才抵达塘厦，从小没有经历过饥饿的杨霖，有生以来第一次尝试了魔鬼一样的讨厌感觉。

一路饥肠辘辘，赶到塘厦镇后，经四处打听，才知道战友的女友所在的工厂。

在杨霖的记忆里，在塘厦镇吃上的第一餐饭，是这辈子最为刻骨铭心，也是吃得最香的一餐饭。饿了一天一夜，在饭桌上他和战友每人吃下了 8 碗饭，跟着战友的女友同来的一位女孩，看到他们狼吞虎咽的样子，竟然满脸泪痕。杨霖读懂了对面女孩的善良，他深感自己和战友的落魄。几年后，这个落泪的女孩成为杨霖的妻子。

他们睡在塘厦镇一家招待所的大通铺上，来不及和战友说上几句话杨霖便“呼呼”地进入了梦乡。

人地生疏的塘厦，工作不好找。为了促成这两个流浪汉似的男人尽早有个落脚处，两个热心的女孩请了假陪着他们找遍了塘厦所有的厂家。当时的塘厦，处处显示出荒凉和无奈，找了一天，回到饭馆，带给他们的却是满满的失望。战友的女友所在的台资企业坐落在荒郊野岭，沿途都是荒蛮的黄泥路，一人多高的芦苇像极了家乡山野里的荆棘，目之所及尽是萧条。

杨霖心里曾有过一个文学梦，在学校，他散文诗写得很好，篮球也打得不错，他创作的散文诗曾在全国散文诗大赛中获奖，在学校曾是老师和同学们眼里的佼佼者。此刻，浑身疲惫的他躺在东莞一家普通的旅馆里，美好的回忆再一次刺痛了他的神经。求职的失败，让他身无分文，一败涂地。他感觉走到了人生的低谷，有些想家。春节临近，塘厦镇的街巷不时传来小孩子嬉闹和燃放鞭炮的声音。每年这个时候，家家都开始打糍粑、发炒米、备年货了，而家乡的村头寨尾在年节里也总是洋溢着喜庆的气息。

找工作无着落，而且因为心高气傲，自己把自己逼进了死胡同，靠一个女孩子接济度日，杨霖的心里不是滋味。他便盘算着准备回家，想着回家筹钱后，再图他路。战友的女友和那个落泪的女孩知道杨霖的想法后，便各自慷慨地掏出了150元钱要借给他作为回家的路费。当时，两个女孩所在台资企业的月工资收入才400元，相比其他国内的私营企业工资高出了一倍多。面对一个刚刚相识才两天的落魄汉子，两个女孩居然一口气答应要借给她钱，这让杨霖心里有了一丝暖暖的感觉。300元钱对杨霖来说可谓是天文数字了。一个落魄的男子面对如此好心而慷慨的两个姑娘，心里像打翻了五味瓶，五味杂陈。

晚上吃完饭，正准备第二天返回老家的杨霖，满怀愧疚地接过女孩们递来的救命钱。当他和战友将两个女孩送到工厂门口时，工厂发生变故了，一打听才知道，厂里失窃被盗，老板计划用来发工资的几万块钱不见了。老板没办法，找保安问责。最后，保安队长带着几个保安辞职了。在战友女友的恳求下，老板终于将杨霖和战友收下，在台资企业当保安，一个月可以有450元的收入，还包吃住。看着两个女孩子高兴得乐滋滋地笑了起来，为了不忍伤害姑娘的善良，杨霖还是硬着头皮答应了下来。当然，如此“天文数字”般的工资从天而降，也让杨霖雀跃不已，一段时间以来经历的饥饿、求职的艰难和不快在舒适的环境中便烟消云散。为此，他还在信中向战友炫耀了一回。

第一次有了属于自己的工作，杨霖和战友将在部队积累的经验运用到工作当中。几个月下来，工厂秩序井然，他们尽心尽力的管理和以厂为家的敬业作风，让一向高傲的台资老板刮目相看。

春节过后，得知杨霖在广东站住脚跟的弟兄们都去投奔他。那时候工作不好找，杨霖还没领工资，向两个女孩借得的300元钱都用光了。刚好远在山西的姐夫和姐姐给他发来电报，让他过去帮忙，说工地正好缺人手，与其让兄弟们在广东为寻求工作而做无谓的奔波，不如带着大家一起去山西干。就这样，杨霖辞别了对他非常器重的老板和两个女孩，带着战友和他的弟兄们踏上了山西之旅。

然而山西的建筑工地与他在广东台资企业的工作环境却是天壤之别，刚到太原，天气的干燥和时不时刮起的夹杂着煤灰的北风，让人眼睛都睁不开。建筑工地上几十个男人挤在到处漏雨、透风的毛坯土房里，睡的是冷硬的竹架板床。到了秋天，奇寒奇冷。然而，更为严峻的是建筑工地上的寂寞。那时候在山西搞建筑行业很难，工人工资低，因为钱不到位，很多工程结不了账，作为农民工，一个月能够领上三五十块钱的工资就不错了。与杨霖在广东台资企业每月450元的工资相比又是一个天上，一个地下。在广东下班了，青年男女在一起聊聊天，喝点饮料，嗑点瓜子，生活是很惬意的。跟着他一起去的兄弟因受不了工地上的寂寞以及各种苦和累最终选择了离开，但杨霖坚持了下来。

他想，在广东干保安是吃青春饭，虽然干净、体面，收入高，但是为了家乡的兄弟们能更好地就业，也为了自己今后能有更好的发展，必须坚持下去。因为城市在发展，社会在进步，今后几十年，国家都需要建设，而建设离不开农民工。当然，能让自己坚守下来的，除了姐姐、姐夫对他的期待之外，还有初闯广东时，在自己穷困潦倒的时候，曾接济过自己的那个落泪女孩。他必须要干出点成绩，才对得起人家对自己的信任和关爱。

初到山西，杨霖协助姐夫干的是当时号称山西第一高楼的唐槐大厦。杨霖从学徒工开始，在这里一待就是3年。3年来，每天他出工最早，下班最迟，用很短的时间学会了简单的看图和施工流程图。在这里3个月后，他带班当了班长。后来因为资金不到位，断断续续干了 3 年，做到三十几层停工了。在工地上耗掉了他 3 年心血，所得收入微乎其微。但是他却积累了钢筋绑扎和建筑施工技术，尤其是带班，让他增强了责任意识。为了学习更为科学的管理经验，杨霖返回东莞又干起了保安，一边工作一边琢磨台湾客商的管理模式，他觉得台资企业的管理模式先进、科学，很适合运用到建筑工程施工上。

坚持让杨霖赢得了机会。7 个年头的苦战让他从小工做到了技术型管理人员，也赢得了所带工班的信任，为以后独当一面打下了基础。

20 世纪 90 年代，榕江农村富余劳动力很多，但都苦于没有门路，只能待在家里过着日出而作日落而息的农耕生活。有几个大胆出门的，却苦于没有技术，找不到工作，中途回来还背上了一身债。有的甚至被骗，整年没有分文收入，这让本来就贫困的家庭雪上加霜。

杨霖在山西有门路的消息不胫而走。很多父老乡亲都将自己的子女送到杨霖身边。在广东，他的收入高，却无法安排乡友们就业。那时候，在农村找不到钱，借钱要利息，有的人家为了外出打工不惜借高利贷，最终找不到活干又回来了。现实很残酷。刚开始，杨霖带出去的都是 18 到 25 岁的小伙子，这批人后来成为建筑行业的骨干。

杨霖又到工地上去了。

2000 年 7 月，由于老板决策失误，自己一人走了，把杨霖和 40 多个工友扔在工地上不管不顾。这时候，几个骨干工友找到杨霖说："哥，你大胆干，我们支持你，发不起工资不要紧，只要有口饭吃就行，我们相信你。"当时杨霖的技术还没有完全成熟，又没有多余资金，接手这个 30 万的工程相当于接下了一副千钧重担，让他感到万分惶恐，万分忐忑。

刚开始接手工程，什么事都得自己操心，每天工人休息后，杨霖自己常常要忙到凌晨三四点钟才能合上眼，第二天天一亮又是第一个起床，带着大家出工。技术、质量、工程进度都得自己把关，还得应付甲方、监理的检查和工程抽查，工人们的吃喝拉撒，事事都得他考虑。艰难的时候，杨霖孤立无援，面对工人们只能强装笑脸，背过身去有时候眼泪就不争气地流下来。不巧的是，刚接手工程时，杨霖身上仅有的几百块钱被偷走了。无奈之下，他找到工程承包方借了 5000 块钱，才勉强将局面维持下来。干到年底，工程没完工，钱不够支付工资，杨霖只能跟几个骨干兄弟商量，这个300元、那个500元地分发给大家过年。第二年，工程完工后，条件趋好，年底结账，发完工资，居然还挣下了24000元钱。后来，经朋友介绍，杨霖又接手一个项目，就这样一步步慢慢走出了困境。

从事建筑施工是一份艰苦的工作，尤其在山西，劳作一天下来满身黑漆漆的。工人们心里也有一种难以言说的自卑，认为这是城里人最看不起的工种。有一回，杨霖下午下工了，骑着车穿着一身工装往驻地赶，也许是太累了，车到半路头一晕连车带人昏倒在路上。当他醒过来的时候，周围围满了人，有人给他递来了水杯，有人给他递来了毛巾。他们都是太原市民。没想到，他一个农民工还会享受到如此礼遇。那一刻，杨霖体会到了太原的温暖。

两年时间的磨炼，杨霖旗下的队伍已经逐渐扩大，从单一的工种转变成综合劳务施工队，并在山西太原市第一建筑工程集团有限公司领导的关心和帮助下，在一建集团安了身。人员也从最初的四十几人扩大到近千人，多的时候有四五千人。杨霖成了一名地地道道的施工队长。来自黔东南苗族侗族自治州榕江县寨蒿、朗洞、崇义等乡镇甚至黎平县的尚重、九潮等镇的外出务工人员都加入了杨霖的队伍。

最初，在太原建筑界没有贵州工人，早一些进入山西市场的都是四川、湖北、山东的工人，是杨霖带领贵州老乡，以讲团结、敢拼搏、肯吃苦、不计得失，在山西站稳了脚跟，站成了一方独特的风景。

在山西创业的日子，杨霖前前后后好几年都没能回家过年。很多时候山西天气转暖时他在山西工作，天气变冷后，在山西无法工作他就赶回广东，因为他爱的人在广东。

杨霖确定恋爱关系后，带着未婚妻去山西，恶劣的环境让她难以接受，刚待了两个月就跑回广东了。结婚后，妻子跟着他住工棚，因为当时材料不讲究，所住的工棚一到雨天便是天上下大雨工棚下小雨。雨天，杨霖面对妻子的眼泪，常常心痛得要命。妻子也无法理解，明明可以在条件优越的广东工作，为什么他们偏偏要往条件艰苦的山西跑，去吃那份苦。杨霖对她说，去山西是为了家乡的弟兄们，出去的乡友大多没技术、没文化，在广东无法解决他们的就业问题，而在山西就不同，他可以通过自己的努力解决大家的就业问题。

杨霖在实施山西省博物馆建设工程时，使用的钢筋都是32号的大钢筋，当时技术员都没有使用过这种设计方案，另外一家施工队面对如此高难度的设计不敢下手。32号的钢筋长9米，而且每根钢筋的长度、角度都不一样，都要计算准确。许多施工队伍都集中过来看杨霖怎么干，杨霖走一步，其他施工队走一步。

如今，行走在山西太原的大街小巷，哪里都有杨霖参与建设的劳动成果。杨霖在唐槐大厦施工时，曾3天3夜不合眼；在2003年"非典"时期，支援太原市第四人民医院建设和动物园搬迁，日日夜夜守在一线，吃住都在工地；在山西省博物馆、太原飞机场建设中，施工队克服技术难题创新了多项技术指标。杨霖用工匠精神要求自己和团队，兢兢业业做好各个环节，取得了优异成绩，并获得社会一致认可和好评。

在山西一建，很多领导都认识杨霖，认可杨霖。他们有一句话常挂在嘴边，"哪里有搞不动的工程，找杨霖"。是的，10余年的打拼，杨霖在山西建筑界已经是响当当的名片，在全国建筑业谈到贵州钢筋工都会讲到黔东南，而黔东南的钢筋工最早都是杨霖带出去的，如今贵州钢筋工在全国都是有名的。

一转眼，杨霖在山西呆了20多个年头。当年在广东接济过他的贵州老乡成了她的爱人，与他一起融入山西太原快节奏的生活。

20多年的闯荡，有付出，有收获，有失去的痛苦，也有收获的喜悦。

2007年，杨霖荣获山西省五一劳动奖章；2009年，获得山西省五一劳动奖章、全国五一劳动奖章；2015年，被中共中央、国务院授予"全国劳动模范"；2019年8月，入选中华人民共和国成立70周年建筑工匠；2020年，被山西省委、山西省人民政府授予"山西省劳动模范"。

2020年，国务院农民工工作领导小组授予杨霖"全国优秀农民工"称号。

在异地他乡的打拼中，父母次第离开了人世，如今杨霖一旦闲下来常常会回家看看。

站在熟悉的乡土上，他常思考着乡村振兴这个命题。乡村振兴，人才是关键，当年为了奔生活，为了生计，他将家乡的兄弟们带了出去，如今大家富裕了，村子却渐渐失去了原有的味道。"现在，乡村振兴，我还得想办法把弟兄们再带回来，建设自己的家乡！"杨霖这样说。

另一种战场

◇ 冉小江

在著名的遵义会议期间，中国工农红军第九军团200多名红军奉中华苏维埃共和国中央革命军事委员会命令将警戒线延伸至遵义凤冈偏刀水一线，开展了轰轰烈烈的打土豪运动，宣布成立遵义市凤冈县“偏刀水苏维埃”革命政权。它是长征过程中红军以遵义为中心所建立的“川黔边”根据地的44个基层政权之一。

时至今日，在贵州高原与四川盆地的接壤之地，逶迤绵延的大娄山脉南麓，乌江水系的北岸，当地群众中广为流传着这样的民间歌谣：“我们偏刀水，有了苏维埃。干人们，大家干起来！官僚恶霸，土豪劣绅，交出字笔（地契）来，投降苏维埃。”“我有苏维埃，哪个敢来挨，区长、保长和甲长，红军回来掉脑袋。”

红军离开了偏刀水，但是红军长征精神却永存，更多当地青年前仆后继走上革命道路。这里的汉族、土家族、布依族、苗族同胞世世代代以参军入伍保家卫国为荣，不忘初心、牢记使命，纵使千翻磨砺也不改人民子弟兵本色。今天，在脱贫攻坚和乡村振兴的建设战场上，就活跃着退伍兵的身影。归根结底，这些退伍兵身上那股拓荒牛的劲头，正是来自人民军队听党指挥、服务人民的坚定信念。

一

历史赋予时代使命，个体命运折射时代变迁。

离开部队23年后，身为茶农的王权，仍旧对1998年那场肆虐大半个中国的长江流域特大洪灾记忆深刻。虽没有在烽火连天的战场锤炼，却也面临着生死攸关的严峻考验。

在之后无数人生境遇面前，王权的耳边依然还能听见浊浪滔天的大堤上，首长的呐喊，看见战友们冲锋在前的身影。军人激昂奔流的血液，自始至终，犹如熊熊火焰在王权的身体里燃烧。

1979 年，王权出生于贵州省遵义市凤冈县新建镇桥塘村，兄弟仨中他排行老幺。在老家旧时的门板、屋基、柱子上，还能清晰地寻着当年红军留下的标语——“红军是穷人的军队”“红军不拿群众一针一线”。听着红军故事长大的王权，打小就怀揣着一个光荣的军人梦想。1997 年高中毕业，他就在家人的支持下报名参军了。凭着自身努力和吃苦耐劳的精神，新兵下连就被特选送教导队骨干培训，并且荣获优秀士兵奖章，成为一名班长。

19 岁的王权，随着部队一声令下，逐与千千万万的人民子弟兵一同奔赴抗洪抢险一线。军令如山！“人民的军队为人民。”连续 40 多天战斗在湖北省荆州市监利县容城镇驻容城中学，杨家湾至长江村沿线地段抗洪抢险。面对浊浪滔天的长江水，王权义无反顾地加入了抗洪抢险突击队。眼看着 100 多斤的沙袋被浪头瞬间吞没，堤坝的缺口越撕越大，在危急关头，他与战友手挽着手，肩并肩，跳下江水用身体做成了人肉堤坝，筑起了一道道钢铁长城，堵住了缺口。他们深知，在他们身后是数万万老百姓的生命，是他们赖以生存的家园。

“人在堤在，誓与大堤共存亡！”他们口号震天。

当然，那场百年不遇的特大洪灾，最终在“万众一心、众志成城、不怕困难、顽强拼搏、坚韧不拔、敢于胜利”的伟大抗洪精神面前化险为夷。中国人民和中国人民子弟兵一起取得了抗洪斗争的伟大胜利，又一次创造了中国奇迹。王权因为英勇的表现，获得湖北省颁发的抗洪抢险英雄纪念奖章。

时间一晃而逝。2000 年 12 月 1 日这一天，在位于河南省郑州市登封市武警 8684 部队 83 分队院内，王权和战友们一起，摘下了军装上的领章和帽徽。当时，他和许多战友一样，流下了不舍的泪水。生命中的这一幕，王权永远记忆犹新。

退伍后，待业在家的王权，目睹父母的肩挑背磨，乡亲们从镇里面走 20 千米山路赶回老家的艰难困境，陷入了沉思。与外面繁华的大城市相比，家乡落后、闭塞，这一窘况让他一时难以接受。多少个夜晚，他彻夜难眠，该怎么办呢？军人的倔强劲儿一上来，他就暗暗给自己定下了一个目标，10年为期限，他要从自己做起，然后试着改变家乡贫困落后的面貌。他犹如打通了任督二脉，河住江翻、虎跃龙腾，精神亢奋不已。

新年刚过，别人还沉浸在一家团聚的喜悦里，王权简单收拾了几件行李，告别了父母，匆匆踏上了赶往广东的火车，他要到宽广的世界里去，磨砺自己的品质，提升自己的能力。初到广东的王权万万没想到，现实给了他当头一棒，别说理想，第一个难题就够他难受。除了当兵的经历，他身无一技，一切得从零开始。

他整日奔波在广东的街头，期盼能寻着一份理想的职业，但现实是残酷的，而且面对诸多的冷嘲热讽，他也曾怀疑过自己，思考着往后的路该何去何从？

二

那天，面对残酷的现实，王权坐在一棵树下心灰意冷。那是一棵杧果树，树下一只虫子吸引了他，那是一只小得可怜的绿壳虫子，它爬得很慢、很慢，浑然不介意王权质疑的目光。它一步一步爬到树根，沿着树根再爬到高高的树丫上，然后像一位得胜的将军那样，迎风眺望。

王权目不转睛地盯着这只虫子，从中午一直到傍晚，时间悄然而逝。当夕阳余晖刺疼他的双目，他才从现实中缓缓抬起自己的头来，然后大彻大悟。此后他越发的坚定：没有什么是一劳永逸的事，只有脚踏实地才能走得更远。

经老乡介绍，他在企业干起了临时保安，不久后又在当地派出所当了巡警，虽说工资微薄，王权却倍感珍惜。他知道，不经一番寒彻骨，怎得梅花扑鼻香！

两年后，他进过电子厂，吃得苦，不计较，肯动脑，仅仅3个月他就被破格提拔为组长。军人的凛然正气更是让他在工友中具有很高的凝聚力和号召力，不久后，他又被提升为线长。这样，他基本上脱离了一线，坐上了很多人梦寐以求的“办公室”，当上了管理员。每天喝喝茶、看看报，悠闲又惬意。

推窗纳晨光，晚景送归人。坐上办公室的王权过上了早九晚五的生活，手上不沾油，脚上不带泥，着实令人羡慕。但细心的人发现，他却不像大多数人想的那么开心。部队的教导让他深深明白“生于忧患，死于安乐”的深刻古训，他拒绝做温水里的青蛙。

初到广东没有技术的苦头令他终生铭记，暂时的舒适并不是他想要的目标。王权几经权衡，经过一年半的办公室工作后，决定申请下到工程部电子车间，学习自动化控制，当一名电力专业技术人员。这事一经传出去，亲朋好友皆来劝阻他，好不容易到手的香馍馍，怎么又转手送人了。大多数人不理解他，认为他一根筋。如果说这件事被大家误解的话，那么后面的事，几乎就证实了他确实“脑壳有病”。

在王权的老家流传着这样一句谚语：事怕有心人。王权要做的就是有心人。在工程部电子车间，王权抓住专业知识不放，像一块汲取营养的海绵，一头扎进了夜校。下班后，工友们纳凉闲吹，或者打牌娱乐，王权常常是嘴里啃着馒头，腋下夹着书本赶往课堂。每天早点到，晚点走，王权成了夜校最“乖”的学员。

读书的时候，他的老父亲王志兴，一位有着 34 年党龄的老党员曾告诫过他“勤能补拙是良训，一分辛苦一分才”。他始终牢记着父亲的教诲，坚持每晚看书到深夜，啃不动的问题就留着第二天请教老师。时间长了怕影响工友休息，他把自己的课桌搬到了走廊里，灯光虽微弱，但好歹能看书习字，对于一心求学的王权，眼前的困难都不算事。他在和时间赛跑，和自己较劲。

功夫不负有心人，经过 3 年的挑灯奋战，王权拿到了自动化维修控制高级技工证书，获得资格证书的那一刻，王权露出了笑容，他要做文武双全的好兵，事实证明，他能行。

朋友们纷纷前来祝贺，为他畅想未来，这张高级技工资格证书含金量高，可以帮助他顺利地当上部门主管，每月拿上几千上万的薪酬，继续下去可以在梦寐以求的大城市安家落户，娶妻生子，从此过上殷实的生活。

面对亲戚朋友的赞誉，王权显得异常的清醒，他想到了家乡，在黔山秀水之间，大娄山脚下，想到了那片绿如大海的茶园。筑梦建巢，他的 10 年规划才刚刚开始。

时间到了 2012 年，在外打拼 10 年的王权，决定放下眼前得到的一切，只为回家。

他的这一举动，再次刷新朋友、亲戚、工友、公司领导的认知，他成了他们口中名副其实的“脑壳有病”的人。无数人的挽留被他一一拒绝。

他的这一决定，不得不从他的家乡，那座叫凤冈的小县城说起。凤冈县位于贵州省东北部，总面积1885平方千米。凤冈县在隋初置明阳县，为明阳郡治。唐朝时期，为夷州，州治先在宁夷，后在绥阳镇。

唐代茶圣陆羽所著《茶经》记载：“黔中，生思州、播州、费州、夷州……往往得之，其味极佳。”宋代《华阳国志》有言：“平夷产茶蜜。”乐史《太平寰宇记》有载：“夷州、播州、思州以茶为土贡。”清代张作楠所著《梅簃随笔》中载：“龙泉产云雾芽茶，色味双绝。”

古夷州治所就在凤冈县绥阳镇，龙泉就是今天的凤冈。这些彰显了凤冈悠久的茶历史和厚重的茶文化。一方水土养一方人，茶叶这株神草是上天赐给凤冈人民的“金不换”。

三

北纬20度至30度出好茶，凤冈处于这个黄金纬度带。独特的地理区位、地质地貌和适宜的气候环境，保证了茶叶的品质。早在1996年，贵州省茶科所专家经过化验研究得出，凤冈茶叶同时富含锌、硒两种元素。上天赐给凤冈这块土地别样的厚礼——“生命火花”的锌元素，“抗癌之王”“长寿之星”的硒元素，这在“世界少有、中国唯一”。“凤冈锌硒茶”，独一无二，成为通往全国走向世界的一张特别“通行证”。

南方有佳木，十年蔚成林。茶叶改变了凤冈，凤冈因茶而兴、因茶而出名。凤冈人民历来种茶、喝茶、懂茶、敬茶，生活中离不开茶，脱贫致富奔小康更要依靠茶。

王权的父亲王志兴教过书，当过村干部，平生就喜茶爱茶，懂得不少传统茶礼茶俗，还有一手制作手工土茶的好手艺，在当地颇有声望，还曾带着百姓种茶增收致富。王权打小耳濡目染父辈种茶、制茶、喝茶、说茶，尤其是每年清明前后，老父亲守着老房的茶台，安然地慢煎细沏新茶，在袅袅茶气与细细茶香里如痴如醉，总令他历历在目。

正是受父亲的影响，在广东打工期间，逢年过节，王权总是不忘从家乡带去一点毛峰、翠芽送给工友和朋友们，由于品质纯正、口感好，茶叶由送到卖，在赚钱的同时，王权身边结交了不少茶业界朋友。王权长期与台湾、浙江、福建商人一起饮茶、品茶，从六大茶系到乌龙茶的繁杂分类，打开了他的眼界，增长了他的见识，从此博大精深的中国茶文化深深吸引了他。王权争做有心人，勤做笔记，多思考，通过不断学习和研究，也从茶叶“门外汉”变成懂茶的“行家”。

完成资金的积累，怀揣最初的梦想，2012年，在广东打工已获得高级技工证的王权毅然辞职回家，将购置新房的款项用来添置设备，装修了老家的砖瓦房，就地办起了茶叶加工小作坊，当起了专职茶农。

“锄禾日当午，汗滴禾下土。”在父亲的帮助下，王权在老家的山林里承包了20多亩土地种茶，每天早出晚归，脚上一双解放鞋，头上一顶斗笠，爬坡上坎，挥锄劳作，渴了就喝一口山泉水，饿了就啃一口打包的馒头，冬去春来，他踏过的田埂，草都伸不直身子。

低头皆是仔细活，抬头需要有底气。头戴厨师帽，身穿大白褂，低头用电炒锅制茶的王权总是被烫伤手，伤疤还未痊愈，他戴着手套继续干。有人说他疯了，也有人说他傻，王权从不回应，只是默默地做，脚踏实地地干，他要用成功的例子予以回击。

读万卷书不如行万里路。王权深知他之前所获得的茶叶知识，只是茶叶智慧库中的冰山一角，要将理论联系实际，他还有很长的路要走。为开发更多茶产品，王权远到浙江、福建、云南、广东等地学习制茶技术，近到贵州都匀、湄潭、邻村田坝参观考察，功夫不负有心人。

经过几年的刻苦钻研，王权成功掌握了红茶、绿茶、乌龙茶、黄茶、白茶等不同茶类的生产，经过5年的不懈追求，他还获得了高级评茶员证，虽在业界站住了脚，但他深深知道，前面的路还很长、很远。

四

久久为功，贵在实践。“绿水青山就是金山银山”的理念在凤冈县变成实践，大力实施“双有机”战略，推进生态文明建设，保护好青山绿水，这里百姓端上了生态“饭碗”，日子越过越红火。

截至2017年，经过多年的苦心经营，王权的茶叶基地已发展到60多亩，他的茶叶加工小作坊升级为公司，注册了“百紫然”企业商标，“百紫然”“初心羽”“百紫然归雪来”等茶类品牌，企业越做越大。连续几年，公司制作的红茶、绿茶、乌龙茶、黄茶、白茶“五大茶类”产量逐步由4000多斤到16000多斤，年产值逐步由50万元达到200万元。他还在凤冈县城、凤冈长碛古寨景区开设了两家茶叶体验店，店里一年四季高朋满座，茶香四溢。

王权说：“我们和茶山有个约定，每冬要开发一款个性雪茶。”

何谓雪茶？

明代诗人王彦泓的《续寒词》中有“新团兽炭净无烟，雪压茶芽雪水煎”，就是对雪茶最形象的描述。

饮用雪茶的历史，可以追溯到明朝。雪茶出产于区内玉龙雪山、牦牛山、药山等海拔数千米的高山上，属地衣类茶科植物。将入冬降雪时采摘的茶做出春天的味道，这是王权做茶追求的目标。

经过调研，王权了解到，不少喜欢饮茶的人认为只有春茶高贵、品质好，不少茶叶企业墨守成规，按照传统思路出牌，着重于做春茶。每年夏秋冬三季，上好的茶树芽头浪费较大，导致茶叶的下树率低，产业的综合效益不高。

事实证明，夏、秋、冬三季的茶树叶子同样宝贵。王权想研发一款雪茶，让消费者在冬天也能喝上刚出炉的新茶，体验有春天味道的茶叶。要知茶，还要懂茶，万物平等，茶和人一样，需要用心对待。改进传统的茶叶加工模式，让每一片有生命的茶树叶子都能尽量发挥它的价值。王权一直苦苦探索。凭着军人的执着，王权不断拜访名师，大江南北、极寒之地都曾留下他求学的身影。

学艺、研究、优化茶叶制作工艺，冬练三九夏练三伏。功夫不负有心人，2022年初的几场大雪，让他的梦想变成了现实。

王权的哥哥王丰忙着清洁手工茶制具，王权背着茶篓便向后山茶园进发。

他们的老父亲王志兴，此刻正守着老房的茶台，围炉听雪。窗外雪花漫卷，老房青瓦积雪，雪绒不时滚落。他一边欣赏窗外雪景，一边微笑地看着进进出出的两个儿子。

百紫然茶坊坐落在半山腰，前眺是山，背靠是山，百紫然茶园就散落在后山和前山上。这几年新农村建设和精准扶贫，乡村公路建设快，百紫然的茶山也通了路，上山的路很好走。

茶地里的积雪已没过小腿，茶垅堆雪压枝。在雪堆里寻找柔嫩的茶叶，是件艰辛的苦差事，得经住冰雪的刺寒。两小时过去了，王权终于采得几小篓适合做雪茶的茶青。刺骨的风雪无法阻挡他下山的轻快脚步，冻僵的手脚早已被做雪茶的激情唤醒。

随着雪茶滚落铁锅，经过轻抓慢抖芽叶在王权手中慢慢温柔起来。茶气升腾，茶香飘散，百紫然茶坊仿佛回到春天，一个山乡茶家的故事也在茶香中娓娓道来。在父亲的眼里，茶是敬茶、孝茶、礼茶、和茶，可奉天敬地请神灵，可以孝祖敬亲和友邻。

据有关专家介绍，雪茶一般指三种：一种是冬天用雪水煎煮茶的茶饮方式；一种指地衣类地茶科植物“地雪茶”；一种是指冬茶，通常是在上一年年底到次年正月初的下雪天，采摘经雪冻的冬茶芽叶，按照独特的制茶工艺制作而成的冬茶。王权制作的就是最后这种。

2021 年，在基地管理中，王权特意续留茶园。在大雪天采青、做青、杀青、干燥……4 天后，雪茶成品出炉了。由于低温凝冻导致芽叶僵化，使得雪茶加工难度更大，工艺也更复杂。制作成功后，王权立即向茶叶专家寄送样品，得到了一致肯定和好评。很多外地客商得知这款雪茶新品后，纷纷打来电话向王权订购。

贵州省农业科学院茶叶研究所高级农艺师、高级评茶师，省茶叶学会第五届理事会秘书长刘晓霞品评后表示，该雪茶样品红茶汤色橙红、甜香，滋味醇正；绿茶清香中带花香，滋味清爽，“这是对贵州冬茶做出的有益探索和创新，应加大品牌打造和文化挖掘力度”。

贵州省茶叶研究所茶叶加工团队负责人潘科表示，茶叶本身内含成分是影响雪茶口感的关键，因此采摘情况对雪茶制作具有重要影响。同时，由于低温胁迫下茶树产生应急反应，糖类物质增加，使雪茶呈现口感回甘的特点。潘科认为，制作雪茶本不是稀奇事，在实验中，研究人员会有意识地对低温冷冻下的芽叶进行处理和观察，但在贵州省茶叶的实际生产中，几乎没有这种尝试。因此，雪茶在一定程度上还能提升综合经济效益，具有较高的开发价值。

五

已过不惑之年的王权，眉高眼深，既有军人的刚毅果断，又有茶人的斯文儒雅。秉持着黔北人特有的质朴和勤劳，在茶产业发展中，带领全家人一起种茶，定下了规矩，必须做良心茶、干净茶，坚持按照“全域有机、全产业链有机”标准来管护。茶园每年人工除草 3 次，在茶园边种香茅草防虫，在茶园里种萝卜、红苕等以草治草，同时增加土地营养……

家和万事兴。这些年，王权的父母对茶园就像对待孩子一样，经常帮忙打理茶园，每天日出而作、日落而息，虽然辛苦，但是他看到孩子的创业业绩，他们十分高兴。王权的大哥王丰，2007 年入党，大学毕业后和妻子在广东一家公司工作。2015 年，为了支持弟弟创业，夫妻俩辞职回家，帮助茶叶基地管理和茶叶生产加工。凭着吃苦耐劳的精神，王丰从零开始做茶，并获得茶艺师资格证。

王丰的妻子来自广西，王权的妻子来自湖南，来自不同省份的她们因嫁给兄弟俩成为妯娌，更因一片茶叶胜似情同手足的姐妹。平时，她们在县城的门店销售茶叶、陪孩子读书；节假日，这两个从没干过农活的女子会来到乡下的茶园，帮忙割草、挖土、施肥。

家人的支持让王权幸福满满。茶，让一家人老少亲、兄弟爱、妯娌和，其乐融融。回家创业，实现事业、亲情、友情三丰收，王权现在最大的愿望就是入党。2021 年他庄重地向党组织递交了入党申请书。

王权说：“诚信是金，遵循‘双有机’标准，从茶园到茶杯，每一款茶都是用良心做出的；家乡山青水美，土壤富含‘世界少有、中国唯一’的锌和硒元素，是富饶的家乡成就了我。”王权说，每当看着茶叶在茶汤中“起舞”，就像看着自己的孩子在森林里奔跑一样，感觉特别幸福。

王权坦诚地透露，他卖茶的“商业秘密”是走“友情”线路，以私房定制为主，努力让茶去适应不同客户的需求。王权大概统计了一下，2012 年以来，他的买茶客户从 200 余人增加到了 3000 余人。

“胸中有天地，自得百紫然。”为什么要申请注册“百紫然”“初心羽”“百紫然归雪来”这几个茶叶商标？王权说，他做茶的理念就是不忘初心，追求生命的本真，尊重自然，保护自然，利用自然，让广大消费者享受来自大自然的一杯好茶。

靠着朋友的口碑，王权的茶叶订单走进了浙江、北京、上海、江苏、山东、青海等全国各地，突破加工瓶颈后的百紫然茶业实现了茶叶随炒随卖，一年四季都有春茶，其产品获得了市场广泛认可，尽管产品价格比普通茶要贵，但一直供不应求，获得客户一致好评。

正是严格的基地管理和产品质量管控，让百紫然茶业获得2019年全国茶叶加工技能竞赛优秀奖，2021年“黔茶杯”二等奖，2021年贵州省秋茶斗茶赛绿茶类优质奖，2021年度凤冈县锌硒直条毛峰工艺创新先进企业，2021年度凤冈县茶叶生产质量管控十佳茶企等荣誉，学习强国、中国网、中国政务网、《贵州日报》等多家媒体刊发了王权的事迹。

王权凭着军人的秉性，坚持到底的韧劲，现在不光做春茶，还做夏、秋、冬三个季节的茶，一年四季都可以采摘茶叶。根据客户需要，在每一个季节都能加工多款绿茶、红茶产品。要说王权做茶有“绝招”吧，他说：“把最简单的招式练到极致就是绝招。”他用心、用情把一片茶叶做到了极致，让一亩茶园多采出三分之二的茶青，茶叶下树率从50%提高到达80%，实现土地资源的最大化利用，农民种茶的积极性也大大提高。

王权深知，幸福都是靠奋斗得来的，第二个10年他的事业已开好头、起好步。在第三个10年规划中，更好的愿景呈现在他的眼前，他将会扎根在家乡这片深情的土地，勇立茶产业时代发展潮头，带领全家、带领群众，一起做好茶产业助力乡村振兴。

王权是这么说的，也是这么做的。2020年，他投入40万元扩建茶叶生产线，投入20万元把老宅建为乡村民宿。

新建镇桥塘村党支部副书记王志礼说，王权是退役军人，更是难得的乡村振兴人才，榜样的力量是无穷的。在他的带动下，当地100余户群众加入茶产业发展大潮，桥塘村6个小组新增种茶面积4000余亩。

“绿树村边合，青山郭外斜。开轩面场圃，把酒话桑麻。”说起王权，桥塘村党支部副书记王志礼竖起大拇指，他说：“去年茶青就卖了8万多元。”在王权的带动下，村里发展了40多亩茶园，村里原来的荒山野地，如今都变成了翠绿的茶山。

蓝图绘就千般景，奋楫争先正当时。王权结合公司实际情况拟定了下一个10年规划，计划在2022年至2032年，扩大租赁生产用地，建设1000平方米的厂房投入生产，打造茶业规模化产业区，可解决当地40人就业，带动400户茶农增收致富。

六

凌晨5点，12千米。茶林掩房舍，晨露迎白鹭。

王权又开始绕着清晨的田畴、乡村公路跑步，这是他一天生活的开始，也是退役后一直保持的习惯。

采访过程中，王权坚定地说："3年的从军经历，是我成功的秘诀。"

在王权的眼里，乡村振兴就是家国兴、百姓富、生态美。披着晨雾，踏着朝霞，采茶姑娘三五成群，结伴向茶园走去。空中弥漫着淡淡的花香，翠绿欲滴的茶树丛中，不时传来银铃般的欢笑声。

一行行茶树依丘顺势，逶迤而去，就像一排排置放在山间的琴键，王权一步一步登上茶山的观景台。碧波荡漾，深吸一口四溢茶香，眺望连绵起伏的茶海，他骄傲地说："看，这是我的家，高原上的海，我的另一个战场。"

散文

鲁班场的守陵老兵

◇ 周小霞

一

南风轻轻地摇动道路两旁的香樟，空气中仍然携带着千军万马的水分子。古朴的鲁班场，宛若一颗珍珠镶嵌在赤水河畔的贵州仁怀南郊，这里三面环山，像个岁月老人记载着充满硝烟的乡愁。八十多年过去，当年的红军战士身负一轮孤月，脚踏雨雪风霜，一路风驰电掣，途经此地血战鲁班场。三渡赤水河的故事有些斑驳了，但红军留下的红色基因却融入此地，星火相传。

陵园在一个小山坡上，一级一级台阶从山脚连到山顶，台阶两边是郁郁葱葱的松柏和苍翠的万年青。山顶，刻有“生的伟大、死的光荣”字样的巨型纪念碑前，一位老人正在为前来开展党史学习教育的党员们讲述陵园往事、鲁班场历史。

老人说，这里先前是一片乱石滩，光秃秃的，没有土，也没有树。后来刘老就带人从山下背土上来，把乱石清理干净，种上了树。你看这些树，都是他几十年一点一点种下的。好多年了，也不知道哪一棵树是哪一年种的，想来高大一些的年纪要长一点。它们安安静静地生长着，荫庇着这块陵园，年年岁岁，新叶长出来，大了，满是绿，而后枯黄了，秋风里，又飒飒落了。

陵园，是烈士陵园，准确地说是鲁班场红军烈士陵园，就在鲁班场中街的晏家堡。在这占地只有 6300 平方米的陵园里，埋葬着 146 位在鲁班场战斗中牺牲的先烈的遗骸。老人名叫郭德刚，今年七十多岁了，是鲁班场红军烈士陵园的第二代守陵人。他口中所说的刘老，是他的师父，鲁班场红军烈士陵园的第一代守陵人刘付昌。

说话间，又有人来祭奠英烈了。

郭德刚赶紧去让来访者登记入园信息，然后为前来参观祭扫的人带路、讲鲁班场战役的历史、讲英烈们的故事。这些都是除了清扫陵园、擦拭墓碑、整理群众敬献的鲜花以外，他每天都要做的工作。

他还会为大家讲述师父刘付昌的守陵故事……

二

鲁班场战役，对别人来说或许只是口口传颂的红色故事，但对刘付昌来说，却是永远不能忘却的童年记忆。那一年，年仅十三岁的刘付昌躲在茂密的山林里，目睹了惨烈的鲁班场战斗，第一次看见为了人民谋幸福的先烈们如何用鲜血染红了河山，也第一次如此近距离地感受到了战场的血雨腥风。鲁班场战斗结束后，他亲眼见到村里的大人们是如何冒着生命危险、含着泪光掩埋了红军的遗体。

那时的他，或多或少体会到了战争的残酷，军人的使命，战场上的刀枪无眼。

那时的他，还不知道，几年以后，自己也会成为一名保家卫国的军人。

那时的他，更不知道，多年以后，自己会守护着在鲁班场战役中牺牲的先烈，直到生命的尽头。

1944 年，为补充兵力，国民党实施“五丁抓三，三丁抓一”的政策。刘付昌被抓去参加了中国远征军，一路颠簸到云南，然后出境到缅甸。不久后，为挡住日军的进攻，刘付昌所在的部队被紧急调回贵州，在都匀、独山和日军激战。那时的刘付昌他们，与鬼子作战似乎是家常便饭。刘付昌在一次与日军的近距离搏杀中，干掉了两个日本兵，也被日本兵的刺刀在左臂上留下了一条伴随他一生的 10 厘米长的伤疤。

1948 年，中国人民解放军发动了规模宏大的淮海战役，刘付昌所在的团在团长带领下，毅然选择起义，刘付昌由此成为中国人民解放军第三野战军十兵团第九纵队的一名战士。在随后的解放江苏、浙江、福建等战役中，因作战英勇，刘付昌先后荣立两次三等功、一次二等功。

后来，刘付昌退役回到了家乡，他将军装、军功章收藏起来，存放于箱底，也将英雄往事、显著功绩尘封于箱底，当上了一名普通农民，默默耕耘在黔北的乡野。

在贵州，在遵义，在大娄山麓，在赤水河畔……革命曾留下足迹、播下火种的老区，人们对红军有着难以言说的崇敬，难以言说的情怀。中华人民共和国成立前，父母送儿参加红军打东洋、妻子送郎参加红军上战场的比比皆是，还有很多老百姓冒着生命危险，为红军带路、收留掉队红军战士，为红军送吃送喝……中华人民共和国成立后，沿着红军战斗足迹走访、收集、整理红军遗留的宝贵文物的人更是数不胜数。老百姓口口流传着“红军菩萨”的故事，他们认为革命先辈用鲜血打下了江山，红军战士、人民军队就是老百姓的守护神。

1968 年，当地政府为了更好地保护在鲁班场战斗中牺牲的红军烈士，决定修筑陵园。当时的区委书记找到家住附近的刘付昌征求意见，请他维修烈士陵园，守护烈士墓。刘付昌想都没有想，就爽快回答：“我一定守好，守到老死！”

这是刘付昌的承诺，他说到做到了。这一守，就是 50 个春秋冬夏，就是一辈子！

三

寂静，有时候在子夜时分会让人畏惧。我不知道那无数个寂静的子夜，老兵刘付昌是怎样与孤独为伴，坚守在烈士墓旁的。我也不知道那 50 个春秋冬夏，是如何让一个风华正茂的小伙子变成了一位容颜迟暮的耄耋老人的。

起初是维修烈士墓，刘付昌带着几名工人，筑围墙、修道路、砌墓地，一干就是三年。这三年中，他领着工人们从山脚下背砖上山，又一块块地修砌。条件艰苦，只能天天吃苞谷饭，喝南瓜汤，工人们吃不饱，干着干着就走了，最后只有刘付昌坚持了下来。

陵园里光秃秃的，他就从山下背泥巴到山上，或者将石旮旯凿出洞，再培上土，种草种树。半个世纪过去了，他在陵园栽下的树多达千余棵，如今小一些的树约有碗粗，大一些的树一个人已经环抱过来。刘付昌还在陵园一角用米仔兰精心栽培出一个巨型党徽。面对生机盎然、光芒四射的党徽，他说，守墓人守墓，不仅心里要有红军烈士，还要心中有党，心中有民！

修完烈士陵园后，刘付昌就在烈士墓旁边搭起了一个简易的工棚，从此这里就成了他的家，长眠于此的146位红军烈士就是他日夜守护的亲人。守墓之初，刘付昌没有一分工资，待遇就是政府解决两餐饭。不够吃，他就在陵园树林下种菜种瓜。他种下的瓜果蔬菜收获后，总是要先祭奠英烈，剩下的才拿来自己吃。

他始终记得，没有先烈的付出，就没有今天的幸福安宁。

在陵园里，他就是清洁工，无论刮风下雨，他总是坚持六点前起床把陵园打扫干净。这些年，经他扫坏的扫帚已有千余把。

他也是讲解员，当有人来祭奠烈士时，他就耐心地为大家讲述那段峥嵘岁月。这些年，经他讲述的红色故事已有上万场。

他更是烈士们的亲人，没有人时，他天天围绕烈士墓静走，与先烈们静静对话，生怕把先烈们冷落了。他告诉先烈们，你们曾经向往的幸福生活，今天的后辈都过上了，你们的鲜血没有白流。

五十个春秋，树叶青了又黄。五十个春秋，树叶黄了又青。然而逝去的日子却回不来了，许多人留在了旧时光里。

2018年7月，刘付昌老人与世长辞，他曾告诉家人，把他葬在烈士陵园对面的山堡上，他要继续守护着这些先烈们。

如今，烈士陵园对面长着野草的山堡上，刘老的坟头已是郁郁葱葱，那些在风中生长的野草始终凝望着陵园的方向。

四

映山红在开，鸢尾花在开，野百合在开。樟树发出了新芽，柏树也发出了新芽。岁月轮转，赤水河自西向东滚滚流淌。

阳光落在鲁班场，落在昔日刘付昌日夜守护的红军烈士陵园，也落在今天郭德刚日夜守护的红军烈士陵园。

郭德刚自从走进这小小的烈士陵园那一刻起，脚步就像是焊在了这方土地上，日子似乎只有时间，没有空间。他盯着这个日夜相守的陵园，如此熟悉，却总会生出一些新鲜的感觉。如今的他能清晰地描摹出整个陵园的样貌，每一个角落、每一步台阶、每一棵树甚至每一棵草的样貌。那些已长了青苔的地砖，那些耸立在树后的大青石，那些擦得锃亮的石碑……它们和郭德刚一样日夜值守着这方陵园，履行着自己的神职。

时光在陵园流逝，也在郭德刚身上流逝。

举目四望，视线越过陵园，越过不断成长的松柏，翻过鲁班场的山堡堡，翻过古老的街道，苍翠的树林，甚至翻过天边的山梁……天气很好，远处的大娄山轮廓依稀可辨。一架飞机从头顶飞过，飞到了更远的世界。也不知它从何处来，要飞往哪里去？

郭德刚说，自从踏进了这个陵园，他就哪里也没去过。

五

空气清凉，风有微棱。陵园，被无边的空寂所装满。静，庄严的静，肃穆的静，陵园里的静。

在这样的寂静中，郭德刚已经习惯了像他的师父刘付昌一样起早贪黑。将一级一级台阶打扫得干干净净，将一方又一方的墓碑擦拭得一尘不染，将一株又一株的花草浇灌扶植，将一段又一段的历史讲给每一位到来的客人听……

是红色基因的传承，还是永不褪色的兵心传承？或许都有。

那是在刘付昌守陵的第三十个年头，他等来了陵园的第二代守陵人郭德刚。在此后二十年的时间里，守好红军陵这份庄严而沉重的重任，刘付昌用自己的一言一行潜移默化地传承给了这位后来人。

也许是命运的安排，也许是上天注定的缘分。郭德刚和师父刘付昌一样，也是一名退役军人，一名老兵。

1973 年 1 月，为响应国家号召，刚满二十二岁的郭德刚应征入伍，在云南保山边防部队服役，四年后退役回乡。1979 年 2 月，对越自卫还击战打响，因为军事技能出色，郭德刚一度被紧急召回部队。第二次入伍，郭德刚接到的任务是参与对越自卫还击战补训新兵和护送士兵。

执行完任务后，郭德刚退伍回到家乡，在生产队带领乡亲们从事农业生产。他始终以一名军人的标准严格要求自己，拼尽心力做农业生产，然而在部队执行任务时落下的风湿病日益严重，导致他干不了重活，这成为郭德刚心中的遗憾，他觉得自己愧对军人这个称谓。

一次偶然的机会，郭德刚来到陵园参观，得知了刘付昌老人的感人事迹。知道刘付昌和自己一样，都是退役军人，又看到了刘付昌老人年事已高，便萌生了接续守护烈士英灵的想法。

几经考察后，郭德刚如愿以偿，自此成为鲁班场红军烈士陵园第二代守陵人。

六

师徒二人共同守护烈士陵园的那些年，对郭德刚来说可谓影响深远。他无数次回忆起那些日子，觉得它们就像一束照亮他灵魂的光。

郭德刚是个好学的人，来到陵园第一天就赶紧拜师学艺，向刘付昌了解陵园情况和学习要开展的工作。刘付昌对郭德刚的认真也感到十分欣慰，但刘付昌除了介绍烈士、陵园修建历史外，并无任何交代。

第二天，天刚蒙蒙亮，刘付昌就起床了。洗漱结束后，他立即拿起扫帚，开始清扫广场、台阶、路道等郭德刚醒来，刘付昌已经在门外扫了好一阵子。郭德刚很是愧疚，赶紧跟在这位少言寡语的师父背后打扫。

扫着扫着，郭德刚感到奇怪，地上没有一片树叶和垃圾，也没有尘土，为什么还要打扫呢？

“你的脸不脏，为啥子一起床就要洗？陵园里的地，就是烈士们的脸嘛……”

这一句简单的比喻，一下子震住了郭德刚。

郭德刚始终忘不了，老人的脊梁像一张弓，每日里张着，在日出之前，在风雨之中。经年累月，弓的弹性也弱了。一次，那张弓在修剪万年青时绊倒了，磕破了太阳穴，缝了五针才止住血，让他休息，他却说，擦擦就好了。郭德刚始终忘不了，政府考虑到刘付昌年岁大了，让他回家休息，他却一直不舍得离开，直到清扫陵园摔伤了坐骨神经才肯回家短暂修养。踉跄的步态，使刘付昌的身影看上去就像变幻的音符，在后来的无数个夜晚，在郭德刚的梦境里弹奏。在鲁班场烈士陵园，那个身影就像一块永垂不朽的纪念碑，岁岁年年伫立着。风中，雨中，雪中……

在生命弥留之际，刘付昌告诉郭德刚，一定要守好陵园。

刘付昌说，曾经的鲁班场穷得连一间像样的房子都没有，要是没有红军，没有革命先烈的流血牺牲，大家哪能过上好日子。我上过战场，晓得先烈们有多不易，烈士陵园里的英灵，我们应该照顾好。

从此，郭德刚懂得了师父刘付昌的那份虔诚，也明白了刘付昌对红军烈士的那份特殊感情。

七

绿草茵茵，苍柏森森。风，顺着山的脊梁，吹拂过鲁班场，也吹走日复一日的时光。

陵园里，苍柏闭目静立，郭德刚仍然在讲述着那些难忘的故事。

如今，故事的讲述者也是另一个故事里的主角。他和他，还有更多的他，用忠诚、用诚信、用庄严与崇高、用毕生书写着新的故事。

师父走了，郭德刚接过了守护陵园的所有工作。

他答应过师父，要把陵园守好。用一辈子。

心　愿

◇ 程　勇

夏远方牺牲后，单位委派我全权处理他的后事。那是 2018 年 8 月初的一个周末，我行走在拉萨西郊的林卡里，遍地野花黄灿灿地开放，通透的天空始终给人以蓝色，偶尔几朵白云飘过，都像是害怕给人间带来阴影。我从裤兜里拿出手机，给远在贵州的张小贤打电话，按下六个数字键后，又犹豫地停下，似乎还没有想好这个电话打通后要说什么话才妥当。我冥思苦想了好一会儿。不管怎么说，今天上午这个电话必须打通，必须将情况说明。于是，我又重新按下数字键，嘟嘟嘟几声铃响，电话通了。我先开口向她问好：

“你好！请问你是张小贤吗？”

“你是谁呀？”电话那头传来轻柔的反问声，稍停后她说，“我是张小贤。有什么事吗？”

“我是夏远方的同事。”我说。沉默了几秒，我将想好的一段话在脑子里重温了一遍才开口：“事情是这样的，夏远方在执行任务时牺牲了，希望你在百忙中抽出时间来单位一趟。”这句话无疑就是向她空投过去的一枚炸弹。不知道她听到这句话的第一时间都有什么反应？反正我的心在那一刻“咚咚咚”地跳个不停。在等待她回话的那会儿，时间像静止似的。我感觉到两个人好像各自从时空的两端，往深邃的洞窟中窥视一样，而此刻我想表达的每一句安慰话，都显得多余。周遭除了一两声鸟叫声，就只剩下静默。大概有十几秒钟的时间，电话那头突然传出：“老天啊！”她带着哭腔，“他怎么就走了？”

她在哭泣中挂掉了电话。我手中还紧紧地握着电话，似乎握着的是一种永恒。

翌日清晨，我手机里收到她发来的信息：“8 月 8 日 14 时 00 分，贵阳至拉萨航班，谢谢！张小贤。”2018 年 8 月 8 日下午 15 时，我去贡嘎国际机场接她，个急浪将他淹没，待战士们用力将他拉上来时，他已经没有呼吸了……”

我没再往下讲了，张小贤早已泪流满面，萱萱沉默不语，她像听懂了我的讲话，但又似一脸懵懂。她突然问：“爸爸怎么了？”张小贤先是小声地哭泣，慢慢地，哭声不断往高处扬起。我找不到适当的词语安慰她，不，是安慰了也没用，我就这样等待她哭泣。稍停片刻，张小贤停止哭泣。我说：“既然这样，不妨告诉孩子实情更妥当。”她表示同意，随后便对着孩子一字一顿地说：“爸爸光荣牺牲了。”她把“光荣”二字用加重的语气说出来。“‘牺牲’是啥子？”萱萱问。“是死去的意思。”我干脆地回答她。对于萱萱这样的年龄，死亡在她脑海中，像是一片白纸。但她还是感觉到死这个词的重量，她紧紧地搂抱着妈妈轻轻地哭。

次日上午十点，在西郊火葬场举行追悼会。军区及本单位领导、部队代表、同乡、战友、同事前往参加追悼会。为实现张小贤的愿望，让萱萱见她爸爸最后一面，我抱着她参加了追悼会。

会后，遗体要进行火化。由我带着张小贤和孩子一起进去送别。当她和孩子看到殡仪人员推着夏远方从一间屋子里出来时，她哭了，孩子也哭了。我紧紧抱着孩子，她一时找不到依靠，也紧紧地抓住我的衣领，将头靠在我肩上大声地哭。大概十来分钟，殡仪人员说：“你们看看，还需要哪些方面的整理？”张小贤摇头，示意没有什么需要整理的。我看着夏远方的遗体，而他不在看我，就像他的名字一样，望着我不知道的远方。随后殡仪人员将炉子的铁门打开，里边熊熊烈火正在燃烧，他轻轻将遗体往里推，然后将铁门关上。虽然是烈火，但我相信那里边才是最冷寂的，回到了真正的平静。

第二天，张小贤稍稍平静了下来，我约她到河堤边散步。孩子走一会儿就累了，要她妈妈抱，我说我来抱抱，她同意。我们走到河堤柳树边，一些柳枝漂浮在河面上，柔韧让它们不会离开母枝。触景生情，我便看了萱萱一眼，她稚嫩的脸上浮现出一丝淡淡的忧伤。我想让她放松一下，便逗她说：

“萱萱，拉萨的天空蓝不蓝？”

“蓝，好蓝，好蓝。”

“喜欢这里吗？”

“喜欢。”

“今后每年假期都来拉萨玩哈。”

“嗯，好的，叔叔。”她看了看妈妈，像是要征得同意似的，然后又看看我说，“我爸爸不在了，我来找谁玩啊？”

“找我呀。”萱萱开心地抱着我脖子说：“叔叔真好。”张小贤看到女儿这么开心，她也跟着笑了笑，还感叹一声：“到底是孩子啊，心里不会装忧虑。”

“也是。”我应和着张小贤的话。继续往前走的时候，我唐突地问了她一句：“下一步都有什么打算？”

她立在原地抬头向拉萨河对岸的雪山望去，又用右手往上扶了一下眼镜（她眼镜框老往下滑）。她在凝视远方，她在思考我的问话吗？片刻，张小贤忽然转过身来对我说：“生活的本质就是痛苦，但你必须在这个痛苦的缝隙中幸福快乐地活下去。”她又面向拉萨河，像背诵一段课文似地接着说，“每一个生命瓦解的过程，都会使活着的人内心感到危机的存在。在这种情况下，她会集中力量，在下一个阶段创造出另一种生活的形态，还要成为强大的更好的自己……”

说到这里，她停了下来，似乎还有许多话没有说完，但此刻，她的确没有话说了。而我却回味起她刚才说过的“创造出另一种生活的形态”的话，这种形态包含着“她”在下一步生活中的新任务——既是精神上的又是物质上的。张小贤如此哲学般的回话，让我不得不佩服她的思想境界和内心的强大已达到一个高度。

“如此说来，”我将萱萱放下来让她自己走走。她高兴地向前跑了几步，停下转身看看她妈妈，又看着我。“虽然命运对你不公，但并没有吓退你，而是让你更勇敢地面对自己今后的生活?!”

“算是吧。”她蹲下轻轻抚摸萱萱的脸，又将她的头发往后捋了捋，然后说，“一切终结了，一切又要重新开始。”

我看着萱萱，孩子穿得干净得体，也挺精神和乖巧。一件花格子上衣，前襟还绣了一个大大的红心；一双玲珑的黑色皮鞋，穿在脚上显得刚刚合适；一条蓝色的牛仔裤上绣着几朵红花。这种种都表明一个女人能干的双手和她精心的照顾。而张小贤本人虽然显得单薄，但接近一米七的身高，衬托着较好的身材，算得上美女一类。说话语速平缓，两眼从镜片中透射出光芒。

她看着萱萱在河堤上玩得自在，便对我讲起夏远方的故事来。她的语速很慢，每一个字都像是重锤敲在我的心上。

“我和夏远方是大学同学。最初的三年，我们在班里只是见面打个招呼，后来我的一次病痛改变了这种关系。从那时起，我对他产生了一种叫爱恋的东西。不，是爱情的东西。它是一种使命和神圣的力量，夏远方就给我带来了这样的能量。我觉得如果能嫁给这样的男人，一定是我今生的福气。

“一年后，我们都要面对大学毕业就业的问题。他自身条件较优异，毅然选择了投笔从戎，而且来到西藏边防。这是许多有志青年梦寐以求的。我毕业后选择报考公务员，在老家民政局工作。恋爱三年后，我们于2007年结婚，那时他已经任职副连长了。婚后，我们跟所有的军人家庭一样——日子聚少离多。那阵子，写信成了我们彼此最大的精神安慰。当然，每封信里我都将泪水隐匿，并对不悔的选择保持微笑，同时向他投掷鼓励和问候。而他提得最多的就是军营的生活，以及对我浓情的思念。真的，望穿秋水，愁肠寸断，日思夜想，这几个词简直就是发明给军嫂的。”

“婚后第六年我们才生下这孩子，有了孩子后，生活一下比想象的困难千倍。他父母在他当兵的第二年双双去世，而我父亲的身体也长年带病，需要妈妈护理。我要上班，带孩子的事，就暂时叫妈妈帮我。真的，那几年，我内心常常挣扎、彷徨，又无可阻挡地反向倾斜，这种倾斜的时间越长，我想让他转业的想法就越强烈。”

她沉默了一会儿，孩子正在边上捡起小石子往河里扔，河水发出“咚咚咚”的回声。河堤边上有几排供人休息的椅子，我说：“在椅子上坐一会儿吧。”她点头。我们坐下来。这段河堤上正好能遥视到布达拉宫，远远望去，那金碧辉煌的宫殿永远屹立在玛布日山上。一只鹰随几朵白云在天空中飘翔，可是在这无言的悲怆时刻，那些万物生机的无垠世界，没给我一点兴致。

“后来你们怎么克服困难的？”我轻声地问。

“后来我也想通了，当初选择嫁给夏远方，不就是嫁给了牺牲和奉献么？爱是一种信仰，无论他身在何处，这并不是我夸张的修辞。你想啊，柴、米、油、盐、酱、醋、茶，工作、人情、病痛等，生活中的点点滴滴，都需要我默默地承担——我把每一个长夜都扛在肩上。这些，夏远方是知道的。他每次打电话回来问长问短，我都不提及我的累和付出，我让他安心在部队工作。他每年都立功受奖，每次得奖后总是说：‘军功章有我的一半，也有你的一半。’夏远方正是用这些荣誉，一次次地诠释着他对军人职业的热爱。我为他高兴和祝贺的同时，也说：‘你保重好身体就是我的全部，我不要另一半。’

“他最后一次休假是去年的6月份，那时女儿刚好四岁，刚开始不认她爸，待过几天女儿渐渐对她爸依恋起来后，夏远方却突然接到部队电话：部队进入战备，火速归队。次日黎明时分，萱萱早早醒来站在门口，小眼里有亮晶晶的东西在闪。夏远方怎么逗她她都不讲话，好像知道她爸爸要离开，要回到部队了。夏远方一边收拾衣物，一边流着热泪，那泪像春雨一样，一滴一滴，落在他的胸脯上。随后，我送夏远方出门搭车，他抱着萱萱，我帮他拉着箱子。前行一段距离后，一辆出租车刚好停在我们面前。这时，他左手抱着女儿，右手将我揽入怀中，旁若无人地在我脸上亲了又亲。而后，他将萱萱放到我怀里便转身坐上了车，当车子徐徐向前移动时，眼泪挡住了我的视线，我抱着女儿模糊地向前走了几步，心仿佛一下空了。没想到这一别，竟成为永诀。”

她轻轻抽泣起来。这时，萱萱走过来摸着张小贤的脸，重复地说：“妈妈别哭了，妈妈别哭了。”孩子安慰她妈妈的口气像大人，又贴心，仿佛在一夜之间已经懂事。

第三天，我将夏远方被评为烈士的消息告诉了张小贤，她表情中透露出一种忧伤的自豪。我问她对抚恤有什么要求时，她说按政策规定执行就好。随后她又补充说：“我没有其他要求，孩子今后长大了，条件成熟了，希望部队能招她到西藏来当兵，完成她爸爸未竟的事业。我相信这是冥冥之中血脉的传承，奉献的传承。”

我有一种想哭的冲动，心口涌起阵阵酸楚。我对着母女俩敬了一个标准的军礼，久久没放下右手。

第四天，我送张小贤和她女儿到机场道别的时候，孩子一个劲对着我说：“叔叔，我每年都要来看你，看西藏的蓝天。”稚嫩的声音从过道上传来，我再也无力抵抗，眼泪瞬间像倾盆大雨似地滚落而下。我背过身不想让她们看到，不想让旁人看到，可我转身没有用，双手捂脸也没用。它来得那样凶猛，所有的闸门统统打开了。仿佛这场伤痛的经历不是她们，而是我。

回程的车上，我不停地想，不停地希望这个坚强的女人，像她说的一样，能够在岁月中经受一切。萱萱在她身边无忧无虑地成长，等她长大了，按照她妈妈的心愿来西藏当兵——献身祖国的边防。

守　望

◇ 杨星明

西藏的查果拉是没有春天的，亘古无绿。有的，仅仅是孤寂。

班长老马却非常坚定地告诉我，查果拉，藏语意为“鲜花盛开的地方”，现实中也是如此。

我抬头望向了窗外连绵不绝的纯净洁白的雪山，和无处看不清的碎石。

“班长，您说，这里能有春天吗？”

“当然是有的。”老马微笑道，“月有四周，年有四季，一棵草也有它的生老病死。”

“可是我不相信。班长，现在已经是夏天了，而我连一株盛开的格桑花也没看到。”我轻靠上窗台，眼神里若有所思。

老马看出我的忧郁，他用力推开哨所的门，发出沉重的“吱吱呀呀”的声响：“今天天气不错，我带你出门转转。”

我便和他出了哨所，踏上这片“荒凉”的土地。

老马昂头挺胸，头也不回地一直向前走。我紧紧跟在他身后，还不习惯地直喘气。海拔 5318 米的查果拉，也被视作生命的禁区。

我走一步看一步，只觉遍地是尖锐的石头，泥土像老马的头发一样少。绿色的生命深埋地底，羞涩如怀春的少女，闭足于闺房，不闻其声，不知其貌。

好像是漫无目的地走着，我只觉得时间轻声流逝，四周光景却了无变化。

不久，老马停下，手指向远处的雪山。我顺着看过去，似乎出现了幻觉，在那雪山脚下竟有一条波光粼粼的小河，在耀眼的阳光下轻快舞动，耳旁是“哗啦啦”的旋律。

“你看，就是那里。”老马兴奋道，“我的班长曾经带我去过那里。”

现在是您带我去了。我想。

所谓望山跑死马。当我们到达那里的时候，太阳已经悄悄跑到了天空的另一边，它脚下召唤出如同海平面般的火红晚霞，美得如梦似幻。在夕阳的映射下，眼前的雪山如同染上了一层金箔，熠熠生辉。

小河其实是静谧地流淌着的，从雪山融化下来的雪水，冰凉刺骨。河岸上零散地生长着一片片墨绿色苔藓，旁边是黄绿色的藏蒿草，整个画面像一张天然的毛绒地毯。

我想挖些泥土，把苔藓带些回去，省下自己喝的水灌溉。老马则攀上了雪山脚下裸露的乱石堆。

“小杨，你快过来！”老马发出惊奇的呼喊。

我丢下刚挖好的泥土，飞快地跑去。老马缓缓地挪开遮挡住地面的指甲凹陷、干枯发紫的双手。我看到那是一朵盛开的雪莲花，是藏族最美丽的女子穿着纯白无瑕的连衣裙在片片娇嫩绿叶搭成的舞台上翩翩起舞，婀娜多姿，令人如痴如醉。

清澈的天空、雪域金山、茫茫草地、蜿蜒小河、圣洁雪莲花，连同两个身着迷彩服的军人在此刻构成了一张优美的画卷，这是我从未经历过的幸福景色。

正当我陶醉其中无法自拔时，老马却严肃起来，声色俱厉，他问道：“这是哪？”

我当然反应不及，支支吾吾道：“雪山脚下，班长！”

“错了。”他挺起宽阔的胸膛，昂起坚毅的脸庞，面朝哨所的方向，“查果拉哨所！位于喜马拉雅山北麓的亚东县吉汝乡，海拔 5318 米，是全军最高的驻防点之一，终年守卫着中印边境，是锡金方向的第一道关卡。”

他顿了顿，继续说道：“每一个刚来到这里的战士，最初都会被哨所外的荒凉所打败，但最后，都是深爱着这片土地。因为我们同穿迷彩色军装，脚踏着中国的土地。”

是啊，我也会深深爱着这片土地吗？

回去的时候刮起了大风，但我走得无比坚定。我远远地望到那矗立在狂风中的查果拉哨所，看清那几个鲜红大字“这里有我们，祖国请放心”。我想到没有战胜不了的困难，没有牺牲不得的私利，没有忍耐不住的寂苦，心中充满了力量。

后来，老马因为服役期满，身体状况急剧下降，在连队领导的劝说下转业回到了贵州，继续在生活的岗位上发光发热。而我却一年又一年地在这里扎下了根。

新来的战士也会和我一样，守着这片看似荒凉的土地闷闷不乐。这时，我也会像老马一样，轻拍他们的肩膀，带着他们到雪山脚下裸露的乱石堆去，看看那里盛开的雪莲花。

我告诉他们，查果拉终年大风，只有石头才能立得住，而我们就是那些立得住的磐石。只有这样，我们才能在这雪莲花盛开的地方，做那盛开的雪莲。这也是老班长老马，对我说过最多的话。

送你一片阳光

◇ 吕高排

那一年，我到偏远的黔西南一个基层连体验生活。连队住宿条件紧张，我被安排到一间放置杂物的仓库里。那间屋子像只闷头闷脑的大葫芦，因为不讨人喜欢，被谁随手扔在一个角落里。屋子门朝北，东西各有一个窗子，我的桌子坐北朝南，南面是一堵严严实实的墙。我将其命名为“葫芦居”。

西边的窗户像一位风烛残年的老人，斑驳陆离的石灰泥大片剥落，参差不齐的边缘同墙壁离开了缝隙，摇摇欲坠。稍不小心，松软的尘土就会从裸露的墙壁上掉下来，闹得整个屋子尘土飞扬。冬天，为了阻止西北风随便出入，西边的窗户已被一块木板挡住，四周又贴了封条，直到第二年春天才开启。至此，那扇窗子在大多数时间已名存实亡。于是，“葫芦居”里唯一亮堂的场所莫过于东窗台下，很遗憾，它被一个沉重的军号占领着，比我早到。

我很满足。我知道，在艰苦的军营里，这个还算宁静的小屋已经十分难得。

可是好景不长，东面的旧房很快被推土机夷为平地，紧接着，官兵们“噼噼啪啪”地打起地基。部队作风雷厉风行，眨眼工夫，小楼已破土而起，而且丝毫没有罢休的意思，那目标是与蓝天白云为伍。

这时的“葫芦居”，已名副其实，即便在阳光灿烂的夏日也一样昏天黑地。于是那架累得“嗞嗞”乱叫的电灯棍陪伴我走了黑天过白日。这样的日子久了，便有孤寂和落寞流进心头，赶也赶不走。

与官兵们熟悉是在那年的秋季，一个沉甸甸的收获季节。我的一本小说集子出版，大家纷纷来到“葫芦居”向我讨书看。在他们走进小屋的瞬间，这些年轻的战士全像发现新大陆一样瞪大了眼睛，他们惊异于房间的阴暗，他们也惊诧于林立在我案头的许多好书。

于是我们成了朋友，军人之间原本亲如兄弟，何况我们朝夕相处。

然而，世界上美好的东西都是转瞬即逝的。就在那个季节的某一天，我们这些可爱的朋友呆立在“葫芦居”里一言不发，我知道，铁打的营盘流水的兵，他们即将脱下戎装退役返乡。想到不久就要到来的惜别，这些军营男子汉禁不住黯然落泪。

没有什么可以留作纪念，我在他们递上的笔记本上写了许多鼓励的话，官兵们爱不释手地捧着，激动中写满不安。一连几天，他们围绕在我的左右不知所措。我知道，这些血性汉子正为没有送给我一件合适的礼物而忐忑不安。

一次特殊的任务将我们的分别提前了三天。就在老兵退役前夕，我接到前往北京参会的通知。在那间已被高楼遮盖得完全失去阳光的小屋里，战士们先为我饯行。那时，他们心中的一份烦恼还没有消失。就在我们纷纷举杯的时候，年龄最大的一名老兵久久地盯着我书桌对面的墙壁，忽然欣喜地说：“有礼物了！”继而，全屋的战士们都欢呼起来。

那一刻，我丝毫没有想到他们送给我的礼物是那么珍贵。

一个星期后，我从北京风尘仆仆地赶回连队。在步入“葫芦居”的一刹那，我被眼前的一幕惊呆了：一缕阳光兴高采烈地掠过南面墙壁上一尺见方的窗口，把柔和的乳白色尽兴涂抹在我铺满稿纸的桌面上，稿纸在阳光的映照下发出欢快的光晕……

我禁不住昂起头，将视线透过精致的窗子投向蓝天。蓝天是这般的明净、深远；我望着太阳，太阳是那么耀眼、温暖。我觉得那是我见到的世界上最美丽的阳光。

“送你一片阳光！”

我一遍遍地默读着几名已经退役老兵的留言，心头被一束明净的阳光氤氲着。我想，对于孤独的我，对于沉闷的“葫芦居”，那一束灿烂明丽的阳光是无与伦比、不啻万金的。

苗寨里的“老兵招待所”

◇ 杨文凭

小时候，我时常看着木墙上那张干公穿着军装、站在一座城楼前拍的照片，问那是什么地方？

长辈们抚摸着我的头说，那是北京天安门，是干公年轻时当兵的地方。

我的干公，与我同村同族，辈分大一级，但年龄跟我的父母差不了几岁，是黔东南苗族侗族自治州锦屏县这个偏远苗寨第一个到过首都的人。

20 世纪 70 年代，干公积极应征入伍，保家卫国，幸运地被分配到了北京军区，连队驻地就在当年的东直门附近，他还在部队里当了班长，入了党。

从此，我也知道了祖国的首都叫北京，那里有雄伟的天安门，内心燃起了淡淡的“军营梦”。

退伍后，干公回村务农，深受村民的热爱。他先后当选民兵连长、村民委员会主任、村支书。

经过军营的洗礼，干公的身体素质一直特别好，夏季肩扛一二百斤的木头很少气喘吁吁，冬季跳进冰冷的河里面不改色，不打哆嗦。

干公家离我家也就步行两三分钟的路程，我时常去他家玩，看电视，听他讲故事。

干公家在村里率先买了电视机，安了“天锅”。他喜欢看抗战剧，从纷飞的战火中感受军人本色，怀念从军岁月。

干公最崇拜的人是毛泽东主席，也熟知毛主席的很多故事，无论是毛主席的青年、少年时代，还是中年、晚年时代，他总能如数家珍，娓娓道来。就在这潜移默化中，我们了解到了党，了解到了中国革命，了解到了中华人民共和国。

他时常跟我们讲抗战故事、军旅生活，讲他参与唐山大地震的救援经历。

他热爱读书，不仅买了《毛主席语录》《毛泽东选集》《邓小平理论》等红色书籍，还有《杨家将》《岳飞传》《续少西唐演义》《薛丁山征西》等小说，这些书籍都被我借阅，滋润我的少儿时光。

苗家人的热情好客，军人的直爽干练，在这位退伍军人身上展现得淋漓尽致。

那些年，无论是县农业局的技术员来推广种植技术，还是电影公司的放映员来放电影，抑或是走乡串寨的货郎，不管于公于私，干公都会邀请他们到家里吃个饭。

很多人怕干公破费，不好意思去。他拉着人家说："反正家里自己种粮食、自己种菜、自己酿米酒，又有农闲时我撒网打来的鱼，花不了什么钱。"

村里只有一间几平方米的办公室，加上乡亲们白天都在忙生产劳动，干公就把村里的会议转到家里来开。夜幕降临，大伙围着火炉，一边品着粗茶、吃着干公亲手炒的小菜，一边开会。村民植树造林的积极性怎么提高、消防水池怎么建设、泥路如何去争取资金来硬化等民生问题，都是在干公家里集思广益，最后一步步落实的……

次数多了，干奶难免发牢骚："这些人来吃饭，都是你个人擅自邀请的，村里又不'报销'，这下可好了，家里都成'招待所'了。"干公不服气地说："现在村里穷，没有什么招待费。我们是在干人事，不过烧掉一些你煮饭炒菜的柴火，哪能那么小气？你说我这里是'招待所'，我这'老兵招待所'还就真要弄出个名堂！"

牢骚归牢骚。目睹干公在这个"老兵招待所"为村里办了不少实事，家里人都开始支持他。

有一次，县政府要加宽乡村公路，占用田地，有的村民便以补偿金低为由，隔三岔五率众阻拦，严重影响工程进度。干公和几位亲兄弟被占的地最多，便有亲友怂恿他们，一起去现闹场，好让政府多赔一点钱。

那晚，干公杀了一只鸡和一只鸭，摆上家宴，把几位兄弟叫到家里。他倒了一大碗自家烧的米酒，敬了大家一圈，然后郑重其事地说："加宽公路，是方便群众，造福子孙的大好事。我也核对过上级的相关文件，征用田地的补偿标准并没有错，是一些自私的人利欲熏心，蛊惑人心！一些不明真相的群众才去闹，但我们大家作为党员和党员的家属，不能去闹，更不能带头去阻拦！不然，我们以后兄弟都不好做了！”

几位兄弟默默地低下头，大口干了酒，发誓再也不参与阻拦行动。见到田地被占得多的人，都纹丝不动，那些闹事的人自讨没趣，草草收场。

卸任村支书后，没那么多大事操心了，干公依旧在“老兵招待所”里管起了“闲事”。

村里的阿富打算中专毕业后去当兵，可他父亲死活不同意，觉得自己家里条件差，既然不读书了，就应该早点去打工，多存点钱，将来好娶媳妇。干公得知后，一拍桌子说：“这事我得管管。”

那天，晚霞满天，干公匆匆吃了两口饭，就背着渔网、乘着小船下河打鱼去了。半夜回家，打了十多斤新鲜肥嫩的鱼儿。

次日，干公早早炒了几道菜，把阿富爹请来，说当兵对身心的历练，谈孩子的梦想，讲祖国的需要。从上午说到傍晚，阿富爹终于点头答应了。阿富入伍后，真没给干公丢脸，不仅当兵呱呱叫，后来还考上了军校。

村里有两兄弟因分家发生争执，来找干公评理。干公像个政委似的挥挥手说：“大家少安毋躁！我先炒两个‘老兵招待所’的拿手菜，咱们坐下来边吃边聊。”饭菜上桌，米酒斟满，大家吃着聊着，彼此的心结渐渐打开了，好事坏事都摆上桌面上来谈清楚。一餐“劝和饭”，化干戈为玉帛，两兄弟也恢复了往日的和睦。

当然，也不是每个人都能在“老兵招待所”享受到优待的！

2010 年 11 月，黔东南苗族侗族自治州三黎高速公路开工，锦屏县将结束没有高速公路的历史，沿线群众喜笑颜开。这天，有两个人提着礼品来见老支书。干公觉得家里来了客人，准备从坛子里捞几条自家的腌鱼招待。当听完两人迫不及待的自我介绍后，才知道一个是包工头、一个是建材供应商。对方希望老支书能借助自己在当地的威望，上上下下打个招呼，行个方便，开个绿灯。干公闻之，突然脸色大变，把倒了开水的水杯倒掉，直接把他们赶出了家门。

前些年，经济条件落后，生活在山区农村的苗家子弟，上学梦饱受贫困的吞噬，很多人不得不中途辍学，尤其是一些女孩子，过早踏入社会，到沿海打工，养家糊口。这些孩子的命运，深深牵动着整个家族的心，也让干公寝食难安。

2011 年清明节，借助乡亲们回家祭祖的时机，干公约了几大家族长辈来家中开会，大家一边喝着干公采摘的新茶，一边商讨主意，很快便形成了一条“规定”：本族学子考上一本、二本大学院校，全族每户必须奖励该生一百元助学金。整个杨氏家族二百多户，近千人口，就有两万元，即使再困难的家庭，一大半的学费便有了着落。大家也不差一两百元，有不少热心的族人，捐助更多，都是几百元、上千元。

这几年，从“老兵招待所”里传出的好声音一个接着一个：几大家族族长移风易俗，把婚事丧事要操办三天的旧习俗改为早晚两餐新风尚；号召家族里的留守老人积极参与到乡村振兴工作中去，把自家环境搞好，种花种树，养鱼养鸭，少给在外打工儿女添麻烦……

踏踏实实为民办事的干公，收获了四乡八镇群众的赞誉，血浓于水的军民鱼水情，以一种特别的方式在苗寨里延续。

老兵父亲的果树情缘

◇ 赵廷荣

父亲赵德明离开我们已22年啦，但历经半个多世纪的老屋基前后左右10余棵梨树还焕发着蓬勃旺盛的生机。仰望梨树，仿佛又看到父亲一生致力于果树栽培的身影。

我的老家在黔西南布依族苗族自治州安龙县龙广镇烂滩村，父亲在他半岁时，祖父就被当地财主谋害，5岁时祖母被迫远逃他乡，变成孤儿的父亲历尽艰辛靠打长工艰难度日。1948年，父亲被国民党强抓充军于傅作义部队，傅作义率部起义后，父亲参加了中国人民解放军。父亲没有文化，性格刚强，嫉恶如仇，爱憎分明，好打抱不平。父亲对我们子女的教育尤为重视，随着我们七个哥弟姐妹相继读书后，每逢上学报名，父母都要在村中走东家上西户给我们筹措学费。父亲常给我们讲述他一生从孤儿打长工到解放战争、抗美援朝，特别是参加上甘岭等战役的经历。在老人言行熏陶下，我与小弟赵廷兵分别先后服兵役于中国人民解放军云南省军区某边防部队，均经历了终生难忘的那段长达10年的对越自卫反击战争的洗礼。

父亲一生致力于果树栽培嫁接，除了上山找来野梨、桃树苗栽培、嫁接外。外出时都要留心好品种果树苗或摘枝带回来嫁接。我们家房前屋后栽了好几十棵桃、梨、李、花红、樱桃等果树，单单梨树的品种就有桂花梨、秤砣梨、冬梨，果子个大、酥脆，水分多，口感好。

我们几弟兄睡在木质结构房二楼，桃、梨成熟时，常常会用几米长的木杆捆绑上竹编的套子，从木川方窗口伸出去套果子吃。

那个年代生活比较紧张，我们家兄弟姐妹多，仅靠父母集体劳动挣工分分的粮食难以接济来年收成，桃子、梨子等水果为我们充饥帮了大忙。除了摘来生吃，父亲还会变着法子蒸、煮、焖，真是别有一番风味。

挂满枝头的水果，惹人喜爱。来往行人只要给家人打声招呼，都会得到满足而且不收一分钱。特别是见到小学生站在梨树下垂涎欲滴的神态，父亲就会安排我们架上木梯摘给他们吃。父亲常说，给人方便也是给自己方便，自己种的花不了多少成本。

我们家距小学三百余米，水果成熟时，都会请政府工作人员和老师到家尝鲜，还要打包相送。那时，上课没有书籍，教的内容基本上都是老师自己动手加班加点刻印的《毛主席语录》。我的学习成绩在班里拔尖，一天早上上课前，班主任老师黎官琴把我叫到她宿舍，从桌上拿出一本崭新精装的《毛主席语录》说："这本著作里还有毛泽东诗词、老三篇等，送给你赵廷荣同学，希望你好好学习。"

当时，我真是感激涕零，语无伦次地一再表示感谢。从此以后，我更加努力学习。作为报答，水果成熟季节还隔三岔五悄悄从老师宿舍窗口放进去鲜果。

父亲十分爱护敬重果树，不仅对树进行围栏、培土、剪枝，每年正月初一，他都要将饭菜喂给每棵果子树吃（砍条小口，将肉饭放进去），口中念叨着老天保佑风调雨顺果满枝的话。

每年冬季至春节，正是栽植果树的最佳季节，四邻八寨的亲戚熟人都会请父亲去帮忙栽培、嫁接，他欣然前往，且分文不取。生产队经他栽培嫁接的|余棵梨树，纷纷挂果后，每年产量有万余斤，队里都要组织人力摘来分给各家各户。

从 1956 年开始，四乡八寨经他栽培嫁接的桃、梨果树就有上千棵。每到春暖花开时节，满村满寨万紫千红，争奇斗艳，蜜蜂驻足，蝴蝶蹁跹，雀鸟飞舞，好一幅世外桃源之境。

父亲除了钟情于果树栽培嫁接外，还喜欢植树栽竹、种植名贵中草药。公社卫生院的医生经常到家讨要。父亲告诉我们，这些中草药都是从山中移植来的，作为家庭之备闲时找来及时用，医生来要，是拿去治病救人，是做好事，我们就不能要他们的钱。

父亲说，我们山区原本植被就很好，国家级保护的獐、豹、狼、白面狸、穿山甲、野兔、锦鸡、鹦鹉、白灵鸟、野生斑鸠等飞禽走兽出没频繁。到大炼钢铁年代，山林、树木遭滥伐毁于一旦，飞禽走兽越来越少，甚至销声匿迹，很是心痛。他说，改革开放后，老百姓的生活也越来越越好，靠山吃山，你们这代人要带动大家植树造林恢复植被。几十年来，不管集体公有地还是自家土地，经父亲栽种的果树竹木就有数千棵，且已成林。

父母前后于2000年、2016年过世，保护好果树、竹木的任务就责无旁贷落到我们儿女身上。经父亲栽培的老屋基周围十余棵梨树胸围已有一米上下，树龄最大的已有六十多年、最小的已有半个世纪，仍枝叶繁茂，果实累累，富有生命力。

在父亲的感召下，大哥赵廷志自从20世纪80年代中旬当选村干部直到2021年底从村党支部书记岗位退职的30多年间，极为重视村中绿化发展，制定村规民约奖罚措施带动群众积极植树造林，加上国家退耕还林惠农政策的实施，使全村森林覆盖率从当初的35%发展到今天的80%以上。当年销声匿迹的飞禽走兽也现身村中，水土流失得到了有效遏制，杜绝了地质灾害，庄稼产量明显增加，村民生活显著提高。飞禽走兽、鸟语花香之世外桃源的景象，受到政府高度重视，拟建老年人养生谷，并引来云南红塔集团、江苏红豆集团等前来实地考察。青山绿水逐步显现出金山银山、百姓富、乡村美的新农村景象。

诗歌

乡村振兴，一个兵支书的军人情结（组诗）

◇ 祝世军

一个兵支书的军礼

作为兵支书，太多时候
他很想借助半斤纯正的苞谷酒
以报数的方式把一个班或一个排的兵力
驻扎到体内

感觉，大口地喝酒
把体内储藏的能量都释放出来
比如，把参加自卫反击战
留在胸口上的几道仍有些隐隐作痛的
疤痕亮出来

侧侧身，把身后上千亩的烤烟地
也亮出来，还有那数十双烟农的眼睛
这些，泥土之上渴求致富的眼神
是他紧紧攥在手上
乡村振兴最为质朴坚实的兵力

粗着嗓子，亮一个烟农们
最熟悉不过的手势——

把一片金灿灿的烟叶高高举起
向乡亲，向祖国敬一个胜利的军礼

他的背影，很像村里的一面墙

准确点说，他的背影很像
村委会的一面墙

一面靠近山体的墙
摸摸，似有枪械金属的微凉
脱贫攻坚的那一阵子
贫困户们确信：背靠他没错
不会有山体滑坡
不会有泥石流……

这不，乡村振兴的调子
经他喉咙喊出——
步调高度一致，一块块石头
码出来的自信
扛得住风雨

据说，村口那座小桥
经济增长的指数，就是他带队
一次次步幅共振
经济创了新高

据说，那一面墙
如今已砌进村民心里
村民们习惯喊着“一二一”

将步伐与生长成片的农作物保持一致

贴近泥土的一片烟叶

一次他生病住院输液
像一片角叶烟

烟农们来看他
满满地塞在病房门口
那会，他不知该说点什么
只知烟农们一躬身子
让他看到茫茫一大片烟地

眼下，到了烘烤烟叶的关键时刻
这无异于发起最后的冲锋啊
想起身，但输液管提醒
他是这一方土地最大的一根茎……

攥拢，能听到心脏咚咚地跳
抖抖，似传达一道军中号令——

透过一杆杆列队成排的烤烟
一道道茎脉证实：只要远山抓在手里
就能还一方百姓的福祉
就能替祖国擦拭一回武器

起垄

烟地起垄

很像家乡的土地列队

一方山水被他反复操练之后
便有了山海雄浑的气势

喊一声，这山那山就应了
再喊一声，一方土地队伍一样就要开拔了
瞧，地膜铺向天边
脱贫攻坚的营房也安扎到天边

一如他拱起的脊背
金属般刚毅的韧性纵横天边
让祖国摸摸——

搁那，都是一呼百应
誓死报效祖国的方块字

退伍军人服务站的荣誉墙

他是最后一个站上去的
像曾经那个班在墙上列队。而他
恰好是刚入队的班长

头发已然花白
眼角像两片烤烟的茎脉
顺泥土一样的脸往后纹开
再后，就是满目苍茫的群山

那一刻，即便轻轻的一声号令

身后那数千亩烟地
一定会悄然起垄列队
像折叠的枪刺骤然露出土地

多少年了！他已记不清是铁打的营盘
铸就了胸膛，还是贴身藏下的一支队伍
成了不再是流水的兵。一抬头
他有了舍身冲锋的念头——

假如，那一天真的来临
后山那烟地将会埋伏一千名将士
每一片烟叶的茎脉，都会“突突”奔涌
报效祖国的热血

父亲简史（组诗）

◇ 高　峰

少年

无论怎么踮起
目光，都无法看到山外的世界
故乡的打碗碗花
贮藏一位少年小心翼翼的泪水
风吹起芦花一次
他的梦想就拉动心弦一次
征兵的消息在风中划来，泅渡一次
大山里急不可待的梦

少年的父亲，在风中跑啊
1976 年要去寻找另一种激情
澎湃的人生，打起背包
他第一次剪起寸头
朝七彩云南出发，彩虹色的梦
在天际划出绚丽的光

行到滇池

滇池的碧波

放置少年
青春的倔傲

夏天的绿
是白云邀请涂抹人间的汁
月亮湾的少年
换上戎装，行到滇池
想起故乡的老母亲

思茅岁月

传说，思茅的云海
有位傈僳族姑娘
曾装点父亲七彩的梦

一年又一年，自卫反击战役
打响。故乡老母亲的担心压弯了
乡村懒散的云朵

上弦月用力弯出的弧度
割疼了仰望星空的眼睛

一批又一批士兵
被他运送到战场

子弹穿梭过发梢
战友的鲜血喷洒在火热的大地上
七十九人上战场，回来时只有那
十五人

某一年，父亲坐上飞机探亲
从云端下来
老母亲用目光抱住
火线下来的儿子
在云端的感觉
被父亲炫耀了一辈子

平凡

八年后，风依然在屋檐下
徘徊，只是
老母亲多了些皱纹

训练民兵，惊慌的战士
滑落手榴弹，夏天的花
绚丽地开在父亲面前
起跳、卧倒，不动
父亲救下惊慌的战士
弹片穿越下肋骨，涌出的
肠子，如天边绚丽的虹

后来，父亲的唯一战利品
是放弃武装部编制，抬来的一把椅子
这把椅子，是我们的乐园
一段往事，五十年来静默地躺着
不需再诉说
黄土地上年年的重复
已淹没了少年的梦

一个都不能少

好多年过去
被淹没的荣光在 2008 年复苏
父亲领取每月八百元“两参”人员津贴
一段掩埋的战争岁月
徐徐拉开帷幕，父亲的梦
原来也熠熠生辉

后来，父亲将一个肾脏
移植给弟弟，便纵情栽鲜艳的花
写简陋的诗

今年，战友聚会
他悄悄写下：明年我们还要这样聚会
一个都不能少
刚好被我看到

一群少年谈起枪支，缅甸、云南、越南
他们，再一次
穿上戎装

深入险境，只为使命光荣（组诗）

——谨以此诗献给城市消防和应急救援战线的无名英雄们

◇孙　捷

当烈焰升起

被遗忘的轻佻烟头，抑或闪电
在云层中朝森林随意地一瞥
灾难来临，大地在埋头沉睡
灰烬之上长满了熟睡的树木和花朵

世界并不像我们看到的这么安详
这么平静，被日光暴晒的发烫的电缆
以及夜市中的灯光下，裸露的陈旧管线
在幽暗的夜里口吐白烟

当我们说一切本来都可以避免时
仿佛在历史深处穿行，用受伤的手指抚摸着时间
那难以愈合的伤口
不忍再次回首
熊熊烈火，常常灼痛我们的眼睛

更不应该忘记烈焰升起之后的场景

城市或森林的某处，突然被另一次燃烧
撕开了一个缺口
焚烧自古以来就是一场
完整而彻底的毁灭

面对汹涌的火舌
高温炙烤下的钢铁早已俯首称臣
只有一群身穿橙色制服的人在逆行
他们敢于迎着火焰
火海汹涌

无可避免的牺牲，几张青春的脸
被无情的火焰带走，大地哀痛
哀痛中有洁白的花瓣，吟唱的挽歌
还有不朽的身影和泪花上闪烁的光荣

救援者

这样一种职业，这样一群人
刚从火海走出，又置身一场洪水
世人皆知水火无情，与之相伴的生命
承担了多少难以承受之重

春花秋叶交替，风雨之后又见彩虹
我们在平安生活中待得太久
没有人思考过小节之中酝酿着危险的火星
幸福长着一双麻木的眼神

当火焰即将获得另一片灰烬的奖赏

当一个老人在滚滚洪流中回望苍穹
当一位驾驶员被卡在变形的座位上
隧道里一辆油罐车正在燃烧……

那一天，惊呼声刺痛大地的神经
人群像受惊的鸟，舞动杂乱的羽毛
人们第一时间想到一种颜色
一种时常忘记，从未关注过的颜色

身披火焰之蓝和理想之红的救援者
你们赶来了，带着拯救世界的勇气和信心
你们伸出敢与死神扳手腕的臂膀
将生命的危险和疼痛
紧紧地握在掌心

每当危险来临

水火猛于虎，生命大于天
你常常游走在水与火之间
总是朝着人群涌来的方向
在风雨中逆行，在烈火中逆行
在黑暗中逆行，在绝境中逆行

敢于把火焰披在身上，火焰也会为之色变
敢于将洪水当成实景，镜头必将打动人心
寒冷的冬夜里，你们是一道橙色的暖流
炙热的火焰中，你们是一股生命的清泉

烈焰腾空的火场上，你们

不顾生死往返其中，震后的废墟上
你们是那些深入危楼的身影
高速公路，惊心动魄的高架桥上
你们是那几个高空的侠客
幽深的洞穴中，你们是最明亮的眼睛

在雪山，在峡谷，在隧道，在高空……
难以相信，平凡的生命怎么能够直面
那么多无法预知的危险，血肉之躯
如何承受那么多水与火的淬炼

城市的逆行者，你们枕戈待旦
烈火铸魂，只为不负救援者神圣的使命
每当危险来临，你们一次次深入绝境
只为将更多生命留在幸福的家庭

深入险境，只为使命光荣

警报传来，意味着提前
结束另一个宁静的夜晚
伙伴们习惯于收听危险
城市的另一边又有生命在读秒
我们经得住时间的检验

这个世界，有多少道路就埋伏着
多少死亡的危险，有多少条河流就酝酿着
多少难以预知的灾难
激流冲走落叶
也冲走孩子和老人

我们深入险境，只为使命光荣
我们也恐惧，并不是无所不能
橙色在自然界是一种危险的颜色
不像诗人诠释的那么温馨

我们的职业是与死神争分夺秒
必须身兼梦想之蓝和理想之红
我们的行动不允许犹豫和暂停
每一次出手都是与死神正面交锋

帮助濒危者脱离险境
仅仅是我们生活的一个场景
请不要称呼我们为无名英雄
我们无须鲜花和掌声

我们更不想走进磅礴的泪水
不愿被写进歌曲广为传颂
每一次，当我们与死亡擦身而过
渴望被亲人紧紧搂在怀中

老顾只有一只眼睛

记忆中老顾只有一只眼睛
左手只有手掌，没有了
五个手指

老顾只有一只眼睛
路上遇上他你得大声说话
不是他听不见

那时我刚出校门
他就用这只眼睛
为我筹了城里买房的第一笔钱
这笔钱我偷偷花了十年，这债
我永远还不清

老顾只有一只眼
也只有一张嘴巴
我当时谈媳妇
叫他去说叨
主人家热情的酒
他抬着酒唱歌
酒还没有下肚
主人家高兴
事成了

老顾前几天摔伤了右手
小儿子拉他去城里包了中药
之前他一直生活在荣军院
这次他要回老家
我去看望他
他给我说
人生该多笑
不要一天愁眉苦脸

老顾病情有所好转
丢掉陪伴的拐杖
干家务
他喂了两头猪，还

养了十只鸡
他天天用右手捡鸡蛋

老顾经常叫我背不能驼
走路要直视前方
迈正步
像个军人

没看见他穿过的戎装
我只想看看三等功的勋章
老顾不肯
总唱歌把话题引开
老顾还收藏了一个弹片
在他头颅里
他想去动手术
家人不敢冒这个险

老顾只有一只眼
但他还很多故事
我只能慢慢发现
即使我现在赤手空拳

赤子之心，永不褪色的军人情怀（组诗）

◇ 弋　吾

题记：谨以此诗，致敬所有像谢松一样的退伍军人，人退伍，色永红。

致谢松

越来越远的那些青春，像树苗
长起来就成了森林

把你比喻成一棵松树
松树一样的精神
长起来遮阴
你的背影
仿佛一堵记忆墙

捡拾几粒鸟鸣，讲述身背火种的人
永不褪色的军人情怀
从来不会忘记
松树的初心
撑开一片天空

所有的梦想化成
雨后的希望，空中的彩虹

每一缕饱满的色彩
仿佛是青春
留在大山深处奔腾的火焰

回报桑梓

在哪里长大的，还在那里扎根
手握钢枪站成祖国的界碑
梦回故里
必报养育之恩

石头堆砌的村庄，每一块
都有坚硬的骨头
从泥土里长出来
挺直乡亲们的脊梁
手托光明

新房乡通作寨村
大地上不光生长粮食，也生长像谢松这样
不忘初心的赤子

一位退伍军人，就是一把移动的火炬
传承伟大的红色之光
回报桑梓不是一句空话
要有钉子精神

把根扎在哪里
就是把一生的信念埋在那里
怀抱中那无形的枪

子弹从来都在膛上

六棵雪松的故事

直冲云霄的雪松，也是一个人
埋在泥土中
撑开天空的志向

六棵雪松的故事，不是传说
栽下六棵雪松的人
的确是一个传说
顺着雪松的方向，能看到
一个站在高原上的人

雪松冲云天
为撑开更大的天空
为遮出更大的阴凉

六棵雪松
会把一个伟大的故事
一直讲下去
会把英雄的思想传承

长在雪松体内
飞鸟歌唱，阳光扑下来
告诉故土，一个人的坚骨
有多硬

那条通向光明的路

那些年，走过的泥水路
从此不再
这些年，通往寨村的路
越修越宽，越走越长

资助修路的人，头上的白发
不能阻止
埋在他心里的信念

退伍军人，力求
改变村庄的容貌
把大家的事当成自己的事

一种情怀，一种红色精神
祖国坚实的预备力量
一日军人终身军人

那些坚硬的钢铁
退伍不褪色
不论走在哪里
都是祖国的脊梁

遵义战士

◇ 徐克东

一

从高原的深处走来，一撮平凡的泥土
翻越高远的山脊，跨过幽深的沟渠
汇集到凤凰山下，湘江水旁
红色基因是他们最好的营养
从小扎根在他们深爱的红色大地
他们要成为搏击高原的雄鹰

他们把自己的意志送往祖国各地
要成为一块铮铮身板的铁
两年、三年、五年，或是更长
他们在纯炉烈火中摸爬滚打
重回高原，钢铁意志已成本色
他们要成为搏击高原的雄鹰

二

他十九岁参军去了云南边境
艰苦的训练把他磨成一把尖刀
哪里有雷，他便前进到那里

一千多次进雷场，二千四百余枚雷被拔起
每一次都是扑朔迷离的危险
他总是对战友说
你退后，我来！

稍不留神，轰隆的爆炸声便夺走了他的双手和双眼
他想向困难低头，但他绝不会向自己屈服
无数次刻骨铭心的康复训练
让他重新找回自立自强
他用声音战斗
“杜富国”这个名字
成了“遵义战士”的代名词

三

他本该拥有舒适的退休生活
可他对自己异常“抠门”
把自己所有的退休金聚在一起
去扶起那些乡村孩子
二十几年
六百九十九个孩子的上学梦

十四岁参加红军
爬雪山、走草地
难道惧怕身体里的病魔
他与时间赛跑，靠一根拐杖
把红色的故事种在更多人的心间
他走了，“李光”这个名字
成了“遵义战士”的代名词

四

他本该是一位称职的父亲
五年军营铸就的血性
让他把更多的时间给了别人
哪里有紧迫、危险的任务
哪里就有他和兄弟们的身影
他要让那些走失的人
平安回家

在地震救援现场，在特大山体滑坡点
在公交车坠江后，在新冠疫情发生以来
他们总是不断出发，然后再出发
这一次，他没兑现自己的承诺
他没有归来，“邹鑫”这个名字
成了“遵义战士”的代名词

五

他是一名普通的动车司机
从贵阳到广州，从广州到贵阳
每一次穿山跨河，都是出征
他用自己的双肩扛起旅客的平安
这是他对一生值守小站的父亲的传承
也是对自己五年军旅生涯的使命和担当

当突遇泥石流坍溜入线路
他毫不犹豫，五秒内采取紧急制动
死死攥住这匹即将脱缰的野马

直到列车停稳，直到整车人平安
他却不再醒来，“杨勇”这个名字
成了“遵义战士”的代名词

六

他是带领乡亲们搞养殖、种植致富奔小康的村干部
他是行走在赤水河畔让天绿水更蓝的巡河人
他是长期在遵义会议会址旁为游客免费指路的向导
他是进机关、下部队、入学校播种红色故事的宣讲者
他是社会主义现代化建设的排头兵
他是遍布在各行各业的退伍兵

他们的心中装着军人的赤诚
他们总是在祖国和人民需要的时候出征
他们愿把最美好的年华献给党
他们永远是黔北高原的雄鹰
他们有一个共同而闪光的名字
他们无愧于“遵义战士”

小说

老兵尤四

◇ 史崇高

我今日所做的事远比往日的所作所为更好，更好；我今日将享受的安息远比我所知的一切更好，更好。

——查尔斯·狄更斯《双城记》

之前的尤四与王耳山绝无瓜葛。有了那一次相遇，王耳山成为他心中神圣的山，一座齐与天高的山。

接完办公室主任的电话，搁在尤四心中的那块石头哐当一下落地了。

嘬了一口茶，尤四在十来平方米的办公室踱起来。递交辞去驾驶员申请时，满大街都是女人眼花缭乱的裙子，他当时的心情不错还哼了歌。日子哗哗流淌，女人脖子上五颜六色的围巾随风飘逸，冥冥之中他有一股说不出来的味道。渐渐地，他没有了定律，稳控不了自己，莫名其妙变得焦躁不安。

希望总是有的，他坚信。

但他还是担心组织上把简单的事情搞复杂化了。过去开车走过惊险的路、艰难的路，总之千奇百怪的路，他想为什么就走不通眼前的这条路呢？生活主题开始不声不响发生微妙变化，甚至于让他有点懊恼。他后悔自己做事鲁莽、草率，简直不计后果。他倒是明白一点，提醒自己不管结果如何，走抑郁症那条路是万万不可。有次好不容易在走廊里遇着一把手，便主动迎上去准备问一问那事，可是刚刚把嘴咧开一条缝，一把手就接电话。单位不大，没有人权、财权，只有事权。在县直部门就是个二等科局，要闲不闲，要忙不忙，好歹是政府的一房人，上级在领导职数上给配了个一正二副。一把手经常参加由县里一把手主持的会，忙得脚打屁股；二把手、三把手要么下乡，要么出差，班子成员一年半载总是没有凑齐过。

难过的日子只有自己知道，谁也没有注意到一些细枝末节。那段时间，尤四竟然偷偷关心起一把手的办公室来，连他自己也觉得有点神差鬼使。每当一把手紧闭的办公室从他眼前浮过，他就两眼无光，久而久之连脑袋都摇晃得有些痛了。

从部队回地方，尤四一直是单位的驾驶员，这一晃就是五十多岁的人了。尤其让他措手不及的是，天灵盖上那片土壤越来越贫瘠，苍凉得令人生怜。身板倒是还在，但是连续开车跑上一两天，脚麻眼花实在难以招架。当初他对一把手说，头嘞，出于安全考虑，对单位负责，我才万不得已的啊。换句话说，辞职是尤四他这辈子做出的一次十分慎重的决定。可是尤四度日如年，却摆脱不了一把手那句话的强大魔力。当时一把手在老板椅上说的那些话如今还在他脑袋里叮当作响。这个，嗯，我们会尽快研究答复你。

走进一把手办公室，尤四秃顶上稀稀拉拉的几根头发也精神焕发。一把手在老板椅上绕着圈子对尤四说了一大堆表扬话，他乘着云雾差点晕死。一把手说，尤老兵嘞，嗯，驾驶员不干就不干了嘛，多大点事啦，这么大把年纪了，还扭住那个方向盘做啥子？岁月不饶人，我们十分尊重你的意见。尤四把一双眼睛放在自己的脚尖上听着，感觉刹那间斗大的希望就要向他呼啸而来，一股股暖流在全身上下东奔西撞。他挪了屁股好半天，悉悉卒卒一阵仓皇般给一把手递上一支烟。他的想法非常朴素，就是想趁机感激一下组织对自己的关心和照顾。一把手顺手把烟朝那个长城烟缸上轻轻一扔，接着说，你这个老兵啦，在我的心目中你简直……嗯，一直……嗯……你就是一个无时无刻有大局意识的人，单位的有些事还是要你来顶倒起，我们是一个团队啊！尤四说，是是是。尤四说话时，几个右脚指在鞋子里狠狠地刨了几次。以前给领导开车，和领导一起喝酒，说起话来要圆就圆，要方就方，转瞬间竟然磕磕巴巴语无伦次，回答领导就三个字，三个字竟然屁滚尿流打了两次架。尽管如此，一把手的话他是放在肝上的，认真当回事。回到自己办公室，大脑翻江倒海，一把手最后的那句话到底暗藏有什么深意？同事们纷纷下班了，尤四还在凳子上尽情地思考。

回家就三十分钟的脚程，尤四顶着硕大的问号硬是足足走了六十分钟。他打算在吃饭时和家中的一把手分享喜悦，可是好好的想法被一个脆生生的电话铃声斩钉截铁打断了。单位晚上召开紧急会议，传达县委会议精神。他在喉咙里一阵叽里咕噜转身往单位赶去。

老式空调偶尔发出“吱吱”的声音，会议室显得特别寂静。尤四选择一个角落坐下来，把笔记本铺在大腿上画鸦雀棍似的记录着。会议传达县委脱贫攻坚会议精神，宣读县委组织部的任命文件。最后，一把手在桌子上敲着手指头强调了政治意识、作风纪律等。

尤四听得专心致志，所以他对会议的核心内容清清楚楚。他是组织部名单上的一员，明天一早下乡驻村搞精准扶贫；时间一年。每月出勤不得少于二十天。德能勤绩由所在的村两委负责考核。

尤四是个特耿直的家伙。平时就是说话也是刚刚把话扔出去，就想立马把它拉回来。按他自己的话说，这是年轻时过了几年军营生活落下的病根。举个例子，单位年终评优秀，因为名额太有限，一把手往往被这事搞得焦头烂额，只要有尤四发话说他的不用考虑，这棘手的问题就不再是问题，一般都会迎刃而解。尤四家中的抽屉有好多先进红本本，就是年终优秀一次都没有沾过边。他自己也看得开，一个驾驶员有哪样功劳与同事争？尤四常常说自己有没有都没有关系，同事要紧。一把手口头表扬那倒是经常性的，尤四对此十分知足，心里时常想着领导对他的好。耿直有耿直的好处，单位受益，同事沾光。风风雨雨几十年，尤四凭着自己的脾性与人相处，练就他在同事眼中算是个人物，连外单位的人见着他尤老兵，都竖起大拇指。

妻子在沙发上乐滋滋的，心想尤四回来一定有好消息，结果等到电视上的文艺节目都谢幕了他才耷拉着脑袋回来。尤四不会转弯抹角，说明天要下乡呢，去搞精准扶贫。妻子听到这话脸马上就青了。尤四说，每个单位都有人下去，又不是我一个。他贼了一眼妻子又说，我一把老骨头了，就当去活动筋骨锻炼身体，再说这是政治任务，那几分工资要紧。妻子把下乡要用的东西给他收拾了一大包，叮嘱说去老乡家要随和点，帮助做些家务，饮食上没有家头方便各人将就点……夜很深邃了，尤四躺在妻子旁边扯着呼噜进入了梦乡。在梦里，他在巍巍群山之间的一个小村落里生活、劳作，已经是一介樵夫、渔民，并且娶妻生子……

这个早晨极清冽。阳光早早从大老远走进屋内，把家的温馨重新演绎了一遍。妻子看着尤四活脱脱就是壮士出征，一泓清泪似流非流。看着站在门口的妻子，尤四说，你安心吧，接着一串脚步声在楼梯间回荡。尤四办事从不拖泥带水，他去办公室移交车钥匙，点交车子，给办公室主任汇报了车况、保险、违章等情况，就背着背包坐车去百公里以外的寒窑村驻村去了。

寒窑村位于乐福山下，极僻远，一足踏三县，山前山后都有羊肠小道，山麓半河水朗朗而行。街子在半山扬场而过，毗邻地界的乡亲每隔三天在这里赶场云集，交易皮张山货等土特产。老旧木房临街而建，由于岁月的侵蚀，大多数变得支离破碎，歪歪斜斜，倘疾风吹过，时不时有"吱呀"作响的声音传入耳鼓，叫人毛骨悚然。虽然如此，还是可以看出它曾经繁华的影子。寒窑村，尤四以前听说过中华人民共和国成立前是个出名的土匪窝子，可以说是个藏污纳垢的地方，赌毒淫俱全。中华人民共和国成立后发生的几次人命案还登过报，外面那些陌生人到此往往会谨小慎微，生怕发生意外。后来政府大刀阔斧经过几次整顿，残渣余孽被一扫而光，地方才得以安靖。

顺着一条狭窄小巷子，尤四来到寒窑村办公楼。办公楼以前是土司衙署，很陈旧，木柱子上到处爬满了木衣，单是这一点，就足以证明这儿的岁月不浅。大楼前横挂的"精准扶贫、精彩脱贫"宣传标语很炫目，不过尤四感觉与这儿的环境毫不搭调。来到这里，尤四仿佛一下子进入一个陌生的世界。尤四站在院坝打了一个寒战，径直去村文书那里登记。文书说，书记正开会嘞，你等一会见他吧。

村党支部书记是一个年轻人，鼻梁上架着一副生硬的眼镜。尤四把组织部的文件从口袋里摸出来递给他，自我介绍说："我是组织部派下来的驻村干部尤四，没有农村工作经验，要麻烦书记你今后多指导。"

书记一边沏茶，一边对尤四说："老同志来传经送宝，我们求之不得。"尤四回答说："我是个粗人，没有文化，没有经验，书记你今后要多担待些。"书记说："你这个老兵啊，很仗义，很豪爽，我早就听说过你的大名的。"尤四说："书记你点拨我啊，我那是腰杆上拴鸡屎藤，臭名远扬。"

一番客套话后，书记向尤四介绍王耳山的情况，说以前那里有五十余户人家，由上寨、中寨、下寨组成，由于地势高寒，两年前实施了整组搬迁。那些没有整组搬迁的，都是之前在县城买了房子的，现在留下来的人家，政府都三番五次做工作他们还是不愿意搬迁。说到这里，书记把话稍稍做了个停顿，接着又说，不过那里的民风还不错。

从村办公室出来，天色已晚，尤四在街上选择一家“乐来客栈”住一宿，打算明天一早就去王耳山。客栈临河边，在石阶上能够听到“潺潺”的河水声。两耳吊着大圆圈的女人把他安排在客栈接待室隔壁，好半夜都能听到高跟鞋敲击地面的声音。尤四十分想念自己家的女人。整个后半夜，他浮想联翩，想象着五十多公里以外的王耳山以及接下来的工作情景。这一夜他根本没有安稳。

鸟儿早早来到窗外的树丫上啾鸣，尤四明白向王耳山出发的时间到了。他背负行囊，俨然游者。走在山间崎岖坎坷的路上，他气喘吁吁，汗流浃背，不时停下来歇一歇脚。走着走着，一匹老岩落于眼帘，老岩下的大石礅圆润而闪闪发光，那是因为过路行人经年打磨而致。他放下背包，在石臼里掬了一口水，抬头打量眼前这座山。岩壁千仞，它平静，它沧桑。石壁上，镌刻着清代诗人的《咏观音岩》：“沟尽山缺凸岩眷，穹跃苍天一片险；弧沿边悬连云道，孔明排阁黄鳝溪；险岫翘举观音阁，苍壁灵地菩萨居；前后左右百十洞，一洞一天一离奇。”

咫尺苍山，心境却悠远，任凭一种空无袅袅而生。

淡淡的余晖散落在山间，树林中野鸡等动物不停攒动，偶尔有老山羊的号嗬从对面的箐林传来。翻过山坳，青山成黛。俯瞰村落的黄昏，宛如天河里坠落了一弯金色的月亮，亲吻着田园。炊烟袅袅的村落，传来几声犬吠鸡鸣，仿佛是一个遥远、朦胧的梦。梦幻般的王耳山越来越现实，尤四情不自禁默念：王耳山……王耳山到了！眼前的这片土地就是自己即将落脚的地方，也是接下来要生活和工作的地方！

浑浊的夜色中，尤四在村头叩开一洞门扉，向一位大爷请教阚玉书家怎么走。大爷眯了眯眼，很生疏地询问起原委，尤四如此这般……回答。就这样，自述叫王万金的大爷深感有义不容辞的必要，引导尤四又走了一里地，来到了四周用竹篱笆围起来的房子面前。主人是一个中年男人，王大爷指着说，这就是阚玉书。阚这个姓很特别，以前没有接触过，如果不是这次这个机会，尤四真不知道“阚”该怎么念。尤四进入屋内，玉书赶忙招呼他到火坑边去。火坑的边沿放着一条杀猪凳，宽且厚实，平时用它坐着烤火。杀猪凳是玉书高祖那辈人的家传，在这个家来说算是一件宝贝。玉书自言上山去挖野生药材一天两头黑，刚刚才回到家。屋内的光线不太理直气壮，使杂乱无章的物件丑态百出，把一个困难家庭刻画得惟妙惟肖。玉书在灶上刷锅煮饭，两个女孩子，一个叫树枝，三岁多；一个叫树丫，四岁多。她们在火坑里传柴火。

吃完饭，尤四把自己的身份给玉书详细地说了一遍。尤四说："我是组织派到王耳山来搞帮扶工作的，叫尤四，组织安排我吃住在你们家，一年半载不走，工作任务就是搞帮扶。"玉书带着愧色说："这里天远地远的，我们家条件又不好，实在委屈你啊尤同志。"围着火炉，他们谈得十分投缘，玉书称呼尤四哥哥，尤四称呼玉书弟弟，两人的心理距离越拉越拢。玉书不由自主回忆自己的过往，他说："哥，你不知道，我这个家以前不是这个样子的……"语气有点抑郁。他告诉尤四，他高中毕业参加高考，二本线差十一分，高职院校又不愿意去读，心里一直有一个愿望，就是找钱给父亲医病。从玉书的叙述中，尤四知道，玉书是他父亲在赶集时在大路边捡回来的。玉书说，他的父亲很早就患有类风湿，他一心一意想把老人医好，让老人在风烛残年过个好日子。玉书告诉尤四，前几年走狗屎运，出去"杀广"在一家厂上打工，收入还可以，在厂里又遇到一个姑娘，大家你情我愿不久结了婚。眼看着日子已经有了蒸蒸日上的气象，不料家中父亲病危，不得不回家。玉书勒了一把鼻涕说，他父亲在病床上趟了三个月去了天堂。玉书摇着头叹息一阵说："钱花光了，人走了，半年以后母亲又跟着父亲走了。屋漏偏遇连夜雨，这年年底，妻子不忍家庭的灾难离家出走，至今杳无音信……"玉书盯了盯眼前的两个孩子，眼泪汪汪哽咽不止。尤四感染了，跟着玉书悲伤一通。作为帮扶责任人，尤四感觉自己的两个肩儿瞬间酸溜溜的。他拍了拍玉书肩膀，说："兄弟你要硬气，人是三节草不知哪节好啊。"一番劝慰后，玉书勉强振作精神，尤四见机行事给他讲一些政府的扶持政策，鼓励他把家庭搞起来。这样一直谈到深夜，各自带着几分疲倦才罢休。

第二天一早，尤四悄悄起床在玉书房屋的四周溜了一圈。屋后的杂物乱放一气，院坝污水横流，不堪入目。尤四五味杂陈，他想新的生活从现在开始了。他索性把院坝打扫了，把屋内灶台、桌子清洗了。玉书起床见状十分愧疚，说："哥，我平时管嘴巴都来不及哪有时间管这些，你休息吧，等有时间了我来打理就是。"尤四笑着说："兄弟，这是个习惯问题，不急，你慢慢来，慢慢来。"

这是尤四新鲜的一天。雾幔如丝蔓起，徐风微漾。山路蜿蜒崎岖，他压着声音唱起“天不刮风，天不下雨，天上有太阳……”。今天他要去看望包保的其他三户贫困户。一家住在上寨，其实是山腰；一家住在下寨，就是村尾；第三家住在山坳的另一边。他一家一家地走，把每一家的家庭人员构成情况、生产情况、收入情况仔仔细细了解清楚，记在本子上。逐一拜访完毕，肚里已经装下了乡亲给他煮的七八个鸡蛋，这也印证了书记给他说的话，这里的乡亲好客、大方。

天色渐近昏沉，夜幕陆续打开。在回家的路上，尤四大脑里浮现出到每一家的情景。他思绪如潮，王耳山的帮扶工作应该怎样跨出第一步？站在山垭口，他伫立眺望远方，奇峰耸秀，巉岩峥嵘；山溪竦秀，竹树茂林。他想这片土地上一定留存有众多的传说故事和历史遗迹，那都是大自然和历史的馈赠，是王耳山魅力之所在，精神之所在，希望之所在，是王耳山借以腾飞的基石。

熊熊大火把屋内照得红彤彤的，玉书说，山里就是这样，比外面冷得多，你小心不要着凉了。尤四把树枝、树丫揽在怀里，给她们讲大熊猫的故事，讲奥特曼的故事，一直讲到他口干舌燥，最后在玉书的催促下两个孩子才极不情愿地洗脸洗脚睡觉去。尤四说：“王耳山这地方我第一次来，人生地不熟，只有依靠你呢，你给我讲一讲王耳山的情况好吗？兄弟啊你看，王耳山的人怎样才能够有吃、有穿、有钱花？”玉书往火坑里添加一个柴火说，今天你都走那几家了，情况你都了解了一些。玉书说：“哥，一斧砍不出一个观音菩萨，慢功才能够出细活啊。”尤四回答：“那倒是。”玉书说：“你要我回答的这个问题太深奥，我说不出所以然，再说我的稀饭钵钵都没有吹冷，哪敢吹别人家的汤圆。”尤四说：“没有关系，你愿意怎样说就怎样说，说多说少也无妨，就当你我弟兄间扯闲谈。”玉书说：“那行，不过说不好你不要埋怨。”玉书于是肥着胆子说，下寨王老幺家，有两人在外面打工，这家人不缺盐巴钱。尤四问那他们家差什么呢？玉书说关键缺当家人。玉书接着介绍上寨半山腰那家。玉书说：“李国栋家女人患冠心病好多年了，长年累月在外面捡药吃，身体一直病怏怏的，死不成又活不起，加上有两个孩子读书，家庭的确拖累大。山那边肖廷福家我就要给你说详细一点了。”玉书吞了泡清口水继续说：“他们家曾经办过养殖场，最多的时候有五十多头牛。遇雪灾那年，眼睁睁看着冻死了十几头，在节骨眼上，银行贷款到期，银行催命似的催还贷款，他们向政府申请的产业补助款和微型企业补助款又不见踪影……”玉书似乎对肖廷福家的遭遇很同情，他望着尤四说，“钱这个东西，天上不落地上不长，一家人被逼到绝路上，只好把没有冻死的也卖了，一下子亏了几大十万，从那以后这个家就一蹶不振，到现在都没有恢复阳气。”听完玉书的介绍，尤四点着下颌，若有所思。

连续一段时间，尤四去拜访他包保的十一户非贫困户。每进一家，尤四都要自我介绍：“我是组织派下来的帮扶干部尤四，到这里来搞精准扶贫工作；我是当兵人出身，你们叫我老兵就好。”如此重复这些话，难免不把嘴巴溜干。尤四调查核实到，这十一户非贫困户，有七户在县城买了商品房，在王耳山的老旧屋拆除且复垦复绿，政府兑现了“增减挂钩”补助政策，不过他们的户籍没有迁走，还算是王耳山的人。迁居县城的这些人有的在开出租车，有的在开铺面，有的在浙江或上海打工赚钱，总之各有营生。

尤四的笔记本上有杨顺章、王德远、海亮、申英奎四个人的名字，每当夜深人静时，他都要拿出来看一看，有时还会发呆。这是四户非贫困户，他们在这片土地上作最后的苦苦坚守。这四户同时都是六十岁以上的空巢老人，他们的孩子都在外面打工赚了钱，在县城或者镇上买了房。祖祖辈辈在这个地方生活，他们心里始终隐藏着一种说不清道不明的眷恋之情。尤四想，也许是因为这里有他们的根，有他们祖先的魂，所以他们才压根不愿意远出，更不愿意迁出。

一天，尤四把杨顺章、王德远、海亮、申英奎四位老人召集在一起，和他们拉家常，他想了解他们的内心。尤四说，你们都是王耳山有福气的人啊，孩子们争气，在外面找了钱，买了大房子，日子都过得舒坦，为什么不去和孩子们一起生活呢？杨顺章老人说：“尤同志，你是不知道，我们去和孩子一起生活，心里有一个过不去的坎，一来担心去陌生的地方生活不习惯，二来担心给孩子增加负担。”王德远老人接过话茬，说：“哎呀，我们宁愿在家刨几窝苞谷，栽几窝洋芋，喂几头猪巴儿，养几只羊，苦干苦熬惯了，哪个愿意去过闲云野鹤日子啊。”海亮老人说话直来直去，说：“我们过了大半辈子了，喜欢来去自由，无拘无束，空闲了去赶一下集，在大街上和老熟人、老朋友聊聊天，叙叙旧，即使喝二两柜台酒，也酣畅淋漓心里舒坦呢。”申英奎老人说出了他的内心话，他说：“去和孩子们住在一起，有点心不干情不愿，即或是去住在一起，也只不过是和住宾馆客栈差不多，歇几天脚而已，去去就来……”话题越拉越远，从家庭谈到村上镇上，谈到国家。尤四听得明白，在老人们的内心深处，长期隐藏一个看法，他们认为北京是最大的政府，说的话办的事最贴他们的心，最合他们的意，所以北京是他们心目中最好的政府。他们把村上的干部认成小政府，他们是最痛恨有些小政府的，他们说小政府办事有私心、不公道，把最大政府交给的事情给办歪了、办斜了。杨顺章老人笑着说：“我们这次相信你尤同志是一个叫我们满意的政府，希望你能够帮助我们修一口水池，架通自来水，让我们也喝点干净水。”王德远老人说：“你能不能想个办法帮助我们修一条公路进来，哪怕窄一些都行。”海亮老人说：“我们这里打电话没有信号，看尤同志能不能帮助解决。”申英奎老人最后说：“王耳山的土地、气候都适应种植中药材，尤同志是不是能够帮助贷款，发展天麻、玄参、党参、重楼这些中药材。”

乡亲们关心的问题，尤四始料不及，又满心欢喜。他万万没有想到乡亲们整天日出而作日落而息，却对国家政策了然于胸，心中也装着梦想，只是因为居处僻远无可奈何。

尤四缄默了。一个老兵在百里之外的小山村寨行政府之责，情如千钧在顶。一步一步摸清了乡亲们关心的问题，尤四决定迈出第一步，把每家每户请来，开一个坝坝会，听一听大家的想法。

玉书在院坝燃起一堆柴火，乡亲们陆陆续续到来，自然围成一圈。院坝会的规模不大，总共十来个人，这算是中国最基层的群众会了，然而在这里可以直接听到群众的呼声。尤四的嗓门本来就大，为了引起大家的注意，他把嗓门再提高一度。尤四说：“乡亲们嘞，我是个老兵，大家今后叫我老兵吧。我尤老兵没有文化，没有工作经验，但是我愿意和大家一起实打实地干。今天晚上耽搁乡亲们的休息时间，希望大家原谅。我们今天这个会就专门谈王耳山发展的事，牵涉到每家每户，所以来参加会议的人，都要发言。当然，两口子晚上争被条的事不谈，鸡啄菜的事不谈，只要是不违背国家法律法规、党纪政纪的事都可以谈，行不行？”听尤四这么一说，乡亲们都敞开了心扉，百无顾忌。这一谈，就谈到深夜一点多钟，乡亲们依然意犹未尽。乡亲们异口同声说：“尤同志，你这个坝坝会开得舒服、过瘾，像这样的会你今后多开，我们才安逸。”

走访，调研，核查。尤四自己都忘记了在王耳山干了多长时间。

到了新的一天，尤四挎着口袋又是东家进西家出，他拿着一对一的帮扶措施去和贫困户以及非贫困户见面，并且一家一家地征求意见，详细询问这些措施可以不可以，妥当不妥当，还有哪些地方是不合适的。

肖廷福的家背倚小山丘，青瓦木屋前是一排整齐的圈舍。环顾四周，是一片广袤的灌木丛与草地。他家儿子儿媳在外面打工，家里就夫妇俩另加一个孙子。肖廷福的女人过去在民办小学代课，长得干净，穿得利索，知书达理，见尤四来，笑盈声立马爆满木屋。她说："难怪灶肚里的柴火硬是'噼噼啪啪'的炸呢，原来是有贵人来。"一会儿工夫，女人端来油茶、瓜子和茶食果饼，说："尤同志，是哪股仙风把你吹来，我们这些地势柴不方水不圆的，你不要嫌弃哟。我们这些小户人家，没有哪样吃法，你将就着吃一点，不要拿活人来遭罪。"尤四说："嫂子，这都是天意，天意不可违呀。"肖廷福说："我一看你兄弟就是个好人，俗话说得好，遇到大神好打卦，我今天遇着了贵人，我就想麻烦你一个事。"尤四问，什么事啊，你说。肖廷福慢条斯理地打开话匣子，他说："前几年我们家办养殖场养牛遇到凌冻天气，十几头牛被冻死，结果血本无归，好汉难取身边钱，信用社的贷款我们拖钱借米还了，但是当时政府承诺的补助款和微型企业补助款有将近八万块到现在都没有得到，你看能不能帮我们理落一下。"尤四抬起茶碗喝了一口，回答说："你这事我一定记在心上，但是恐怕一天两天弄不清楚，你要耐心等待些时间。"肖廷福听了很高兴，说："兄弟，时间长短无所谓，有你这句话我就很满意。你不晓得啊兄弟，我前面好几次到村里镇里找过，他们既不解释又不兑现……"肖廷福的脖子胀着青筋。

尤四来到下寨，王老幺一个人正推磨打浆搞得热火朝天，尤四心想这是个勤劳人家。"大哥你忙啊！"尤四先声夺人。王老幺回答说："不忙，尤同志你随便坐。"尤四在方桌前坐下来和王老幺攀谈。王老幺常年经营灰豆腐，小钱时时进。带着好奇，尤四问："一年能够卖多少钱啊你这个？"王老幺说："兄弟，小本生意，磨骨头养肠子，找一点汗水钱。你想，一个人能找到几个钱。"王老幺透露出几年前女人患病离世了，两个孩子外出打工，生活不精不鼓，勉强撑得下去。他说，乡里乡亲有个红白喜事或者逢年过节有人订货就做一点，街上开馆子的也有时来订一些，就是一个人忙不过来。他叹了口气说："做一点是一点，人总不能把自己困死了。"尤四笑着说："你的条件这样好，怎么不找个老伴来晚上焐脚？”王老幺停下手中的活儿说：“兄弟你开玩笑呢，哪个看得起我们这些家庭，再说都一把岁数了。算了，现在还可以动一下，等到哪一天实在动不得了，就指望两个孩子了。”语气中流露出一种豁达态度。

走进上寨李国栋家，墙壁上贴着两排有些发黄的学生奖状，良好的耕读家风扑面而来。他家两个女儿刚刚放假回家。大女儿师范专业毕业，在县城一家私立学校上课，正准备参加县里的招聘考试。二女儿在外省读艺术专业，还有一年毕业。孩子的母亲生病，但是家庭其乐融融，两个女儿乖巧听话，而且争气。见眼前这位叔叔胡子麻茬，球鞋也裂开了一条缝，大女儿说：“叔叔，你们搞帮扶工作好辛苦，路程这样远，一个月可能难得回家一次啊。”尤四盯了盯脚上鞋子痛苦的样子，回答说：“是啊，是啊，是有好长时间了，你看鞋子都闹情绪了。”李国栋说：“有你们叔叔这些干部的辛苦，才有我们老百姓的幸福，要不是有政府的扶持，我们这个家很难支撑到今天。”尤四明白，这是知道感恩的一家人，也是有希望的一家人。捧着大女儿递来的热水缸，尤四情不自禁地对两个女儿说：“你们都是家庭的希望，要勤奋努力，父亲母亲在指望着你们。”尤四特别对大女儿说：“你好好复习，力争一举成功，下一步支持妹妹，支持这个家。”两个孩子听罢，都噙着泪花，大女儿说：“叔叔，你真是个好人，我们长这么大，除了父亲母亲，还没有人像你这样来教育过我们，我们谢谢你。”

春节前夕，尤四回了一次家。他要到村上镇上汇报工作，要到单位给一把手汇报工作，要到通讯公司、水务、交通等部门汇报工作，甚至要到县监察委员会汇报工作，当然也要随便给家里的一把手汇报工作……关于王耳山的报告，他一个人一个人的递，一个单位一个单位的递，总之他据理力争，争取方方面面都重视、支持王耳山的工作，让王耳山的老百姓有一天能够真正过上有吃、有穿、有房住的舒心日子……

春暖花开。一湾一岭的树叶嫩了，一天比一天绿了。在春天的滋润下，这个十万大山里的王耳山绿野掀涛，万鸟鸣翠，无处不洋溢着生机勃勃的气息。

县联通公司经理是尤四当兵时的战友，手头正有基站扩容项目，接到尤四的报告，立马请示市公司立项，随后带着一班人马来到王耳山。尤四想，先打通山里与山外的通道，对王耳山来说意义非同寻常。基站开通那天，乡亲们放了鞭炮，还聚在玉书家里喝了酒。八十三岁的王万金老大爷过去是个唱民歌的角儿，这天特别高兴，他在院坝中间扯起喉咙唱起了陈年老歌：

六月黄瓜黄又黄，
问你情哥赶场不赶场。
一要带个糖包饼，
二要带个饼包糖；
三要带个鸳鸯枕，
四要带个枕鸳鸯；
五要带个红笼帐，
六要带个象牙床；
七要带个磨刀石，
八要带个救命王。
娇啊！
我又不会做那个糖包饼，
我又不会做那个饼包糖；
我又不会挑花哪有鸳鸯枕，
我又不会织麻做那红笼帐；
我不会木匠做那象牙床，
我不会铁匠哪得磨刀石；
我不会医生哪得救命王。
你说些话来不知情，
免得在世上教训人……

过了几天，村党支部书记带着一拨人马来到王耳山，他拉着尤四的手说："老兵啊，以前我们给上面递报告手都递软了，它就是不冒泡，你一下子就把基站开通了，真是了不起，你是个大功臣！为了方便工作，我们村两委的同志商量，大家凑钱给你买了一部手机，你将就着用。"尤四反复推让，书记却强行要把手机塞进他的衣兜。尤四对书记说，自己累不累都没有关系，乡亲们要紧。书记把村里镇里对王耳山的关心和重视态度告诉了他。书记说："我们特别特别感谢你，你一来，这里就发生了可喜的变化，我相信王耳山的变化会一个接着一个的来。”书记指着县水务局的业务人员对尤四说：“老兵你看，他们就是来王耳山勘察水源的，下一步就是给每家每户安上自来水。你说这个变化是不是一个接着一个？”听到这里，尤四惊喜而感激，他连忙过去和业务人员握手，打炸雷似地说：“感谢你们！感谢你们！感谢你们！”

精准扶贫工作事无巨细，水、电、路、讯、房、寨，哪一件都事关乡亲们的利益，哪一样都不能落下。叫尤四头痛的一件事，是非贫困户王超群家的住房保障改造问题。这是个特殊家庭，家里两个孩子外出打工，在外面购买有商品房，但是老旧房破烂不堪，处于风雨飘摇之中。尤四去他家走访多次，王超群每次都带着他在房前屋后楼上楼下看个遍，透风、漏雨、危险源样样占全。尤四多次思考，这家的住房改还是不改？说白了，改与不改都需要政策支撑，否则，他就有脱不了的干系。尤四反复走访、调查、推敲、琢磨，这家人长期在老旧房生活劳作，老旧房应该不能算闲置房，既然如此，那这家的房子就要改。另一个连锁问题是，如果改，就会大大超出预算资金范畴。

王耳山的夏天糟糕透顶，成天浓雾紧锁，难得有晴天。村里的住房保障工程改造接近尾声，王耳山地处边远角落，工程造价自然高，有几支施工队来把工程量看了后都噘着嘴巴走了。尤四愁死了，现在他还有失眠后遗症。今天书记到来，等于是上天扔给他的一根救命稻草。他央求书记说：“书记，你无论如何到王超群家体察民情啊。”书记见尤四很执着，也明了尤四的意思，就抬脚朝王超群家的破烂房子走去。

尤四的心情格外沉重。眼看书记要下山了，他火急火燎地把前几天准备好的一张纸塞给书记——“寒窑村精准扶贫工作指挥站，寒窑村村两委：本村王耳山村民组非贫困户王超群家，在实施老旧房‘六改’过程中，存在超预算资金的问题，非贫困户包保责任人深感压力大，同时也不利于“六改”工程队施工。为了把事办好，把事办实，非贫困户包保责任人紧紧围绕精准扶贫工作的有关政策要求，特将该户有关情况报告于后，敬请重视，尽快研判决策……”书记看完前面的几行字随即就将纸装在衣服口袋中，拍着尤四的肩头说：“老兵，请你放心，我一定会把情况据实向镇里反映。”书记的背影在山的另一头消失了，尤四仍然站在那里一动不动，他喘了一口气，好像如释重负。

白云空中飘，点点细雨落香草。那天，尤四站在镇里会议室的主席台上，向全镇介绍“王耳山”经验。三百多号县、镇、村帮扶干部把会场坐得黑压压一片，尤四炸雷似的吼了几个字：“同志们，真枪真刀地干！”发言出奇的简短，县委常委、脱贫攻坚战区总指挥长第一个从座位上站起来连声说：“好！好！好！”全场的人于是应声起立，掌声响彻屋宇。

从镇政府会场出来，尤四径直往镇产业合作社跑。他有一个愿望，要在王耳山发展中药材。从镇政府办公大楼对面拾级而上，一眼就可以看到镇产业合作社办公室，衔牌亮闪闪很耀眼。走进合作社办公室，简洁朴素的装修风格令尤四肃然起敬。那时经理正在看一个文件，和办公室的装修风格一样，眼前这个年轻女人在穿着上有点简约，但是大方得体，她务实的性格从行为举止上体现出来。尤四省略许多客套话，自我介绍说：“我是王耳山的帮扶干部尤四，是来向经理求援的。”尤四把经理递过来的手握了，就把王耳山能够种植中药材的优势滔滔不绝地说了一番。经理是商场上摸爬滚打见过世面的人物，尤四说话时，她嘟着嘴笑，然后一边沏茶。也许是职业习惯，经理见尤四把王耳山的情况讲得差不多了，便向他介绍合作社目前的生产经营现状和规模，说：“尤同志，你来得正是时候，我们正在寻找发展中药材种植的合作路子，你那王耳山的特色和优势，我很感兴趣，我们今天简约地谈一谈吧。”尤四正中下怀，又把刚才的话重新说了一遍，说：“经理，你是不知道，王耳山气候独特，种植中约材历史悠久，产品曾经稳占中大药材市场，而且还一度销往东南亚地区。只是后来村民大量外出务工，有的外迁，中药材种植逐渐歇业下来，像重楼这种天然中药材在王耳山上俯拾皆是，乡亲们哪一天想吃了就去山上扯一把，到现在还有村民以采集中药材为生。”经理被打动了，她举起手机“电传”副经理和业务人员到办公室来一起座谈。彼此都是实在人，经理说：“我们今天先谈个意向，改天到王耳山实地考察再说好不好？”尤四说：“那好，不过你们要抓紧，我们等不起。”经理回答说：“行，一周之内就来王耳山。”业务人员是个年轻清秀的女孩子，她理了理秀发，拿了一张《中药材种植意向合同》通稿交到尤四手上，说：“叔叔，你抽空看看吧。”

尤四今天的心情特别好。镇政府办公楼与村办公楼之间的距离不过两公里，尤四穿过一串狭长的村街，给村党支部书记汇报王耳山工作打算，希望村里和合作社衔接种植中药材的事。书记斩钉截铁地回答："都是分内的事，一定会上心上手。"尤四听了书记的话差不多吃了定心丸，他的心"扑通扑通"地直跳。他隔着窗子瞟了一眼天空，估计天黑之前还能赶到王耳山，便谢绝了书记的晚饭的邀请。尤四走到街子的尽头，在路边摊买了几袋面包，要了一瓶矿泉水就急匆匆往王耳山赶。深藏在大山中的原野泛起一片青烟似的白雾，远望王耳山，只隐约辨出它灰色的山影。尤四的心境似有一轮明月朗照，脑海里浮现出王耳山一幅幅美景，这不只是他的遐想，而是一份期待。

回到王耳山，尤四迫不及待地把消息告诉玉书，说："兄弟，种植中药材的事初步有了点眉目，下一步要做的事情多呢，你千万要给我撑起才是。"尤四把口袋里的面包分给树枝和树丫，便和玉书探讨连片种植中药材的事。尤四说："看样子我们得发动乡亲，把一家一户撂荒的田土都整合过来，一年给些租金，这才有规模。"玉书说："如果把撂荒的土地全部租过来的话，我估计有三百亩左右。"两人越说越有劲，接着探讨种植什么品种的中药材风险小赚头大。玉书说："凭我的了解，我们这个地方可以种植重楼，因为山坡上本身野生重楼就多，况且重楼药用价值高。"尤四说："兄弟，这不是玩儿戏，我们必须打有把握之仗，不然乡亲们会骂娘，会操我们祖宗的。"

说干就干，尤四一不做二不休，和玉书商量开坝坝会，目的是设法把乡亲们种植药材的积极性调动起来。鸡们懒洋洋地走进鸡舍，乡亲们来到了玉书的院坝。尤四说："种植中药材的事有点眉目了，种子由合作社提供，现在的问题是土地七零八落，分散在一家一户，要搞规模种植难度大。我的想法是自己能够种植的尽量自己种植，合作社按合同承诺实行保护价收购，没有劳力和时间种植的，把土地拿出来，我们租赁，按一亩三百元，每年付给租金。"说到这里，会场七嘴八舌议论，有的甚至从会场上溜开了。看到这种情景，尤四的心顿时凉了，他诧异乡亲们的行为举止，是不是大家不愿意？他立即吩咐玉书悄悄去跟踪探听，这才知道这些人都在给家人或者沾亲带故的人打电话，问："王耳山帮扶干部尤同志发动大家规模种植中药材，你们家要种不种，土地愿意不愿意拿出来。"尤四接到玉书打听到的消息心里马上有了底，干脆等大家把电话打完再接着说。见乡亲们打完电话又围了过来，这时尤四底气更足，便问道："乡亲们你们种还是不种？干还是不干？""干！怎么不干?!"尤四的话刚讲完，会场上王万金老大爷大声回答，他说，“那时候大集体，我们这个地方就种植过药材，质量好，数量也可观，只要你尤同志下决心，我把打工的儿子孙子都给你喊回来。”老大爷这么一说，大家都喜笑颜开，说：“尤同志，你是我们的主心骨，我们支持你，种！”坝坝会后的第三天，镇产业合作社的同志就上山来丈量土地，和一家一户签订种植合同。规模种植中药材的摊子铺开，前前后后花去半个月时间。尤四目睹一弯一岭的土地全部种上中药材，他才松了一口气。

那天早上起来，一只喜鹊“嗖”地飞来停驻在院落的树枝上叽叽喳喳叫个不停。树枝、树丫追着问：“叔叔，叔叔，那鸟叫什么啊？”尤四告诉她们，它叫喜鹊呢。说完，喜鹊“嗖”地飞走了。就在那一刻，尤四的电话响了。电话是书记打来的，书记告诉他：“从村里到王耳山的公路项目县里已经批复，资金使用渠道是捆绑组组通资金和产业路资金，本月底走完固定程序后正式动工……”尤四听完追问一句：“书记，是真的吗？”得到书记的肯定回答后，尤四孩子似的高兴得跳起来。玉书见尤四高兴得不能自已，就站在院坝中间跟着“嘿嘿”大笑。尤四倒是不明就里地反问他：“笑什么啊兄弟？”玉书说：“我没有笑什么，只是看见你那么高兴所以就跟着高兴。”尤四说：“我今天可是真高兴呢，我告诉你一个好消息，公路马上要动工修了。”玉书问：“这是真的吗？”尤四说：“这肯定是真的，书记刚刚才告诉我的，你想会有假吗？”

王耳山要修公路的消息不胫而走。早晨习惯散步的王万金大爷打算来找尤四说点话，他走到院坝坎子时听到尤四在打电话，接着看到尤四眉飞色舞的样子，揣摩尤四可能遇着了好事，于是在墙根贴着耳朵听了一会儿，便迁回到自己家里。这是件喜事，王万金大爷很快把消息透露了出去。一向平静的王耳山这天又一次热闹起来，乡亲们有的提鸡，有的提腊肉，有的提鸡蛋，全都聚在玉书的院坝里有说有笑。玉书于是提议：“既然难得这样高兴，我们今天就一醉方休。”王万金大爷插话说：“对，人逢喜事精神爽，不醉不休！”

王耳山就是那么平实，从容。中秋节过后，王耳山顺利通过国家脱贫攻坚工作评估验收。或许，这是上天赐给王耳山的第一张贺卡。一个月后的一天，王耳山的乡亲在电视中看到尤四参加了全省的脱贫攻坚工作总结会。不过，开完会他就要回原单位工作，因为他的帮扶时间已经结束……

辞别王耳山，尤四连行李也没有带回，他想自己的魂儿还在那里，他要和乡亲们永远在一起。临走那一刻，尤四站在客车门前，面向万峰群山中的王耳山垂下头颅，深深一躬。汽车一路飞奔，他的脑海里回旋着王万金大爷优美的歌声——

哥啊！

牙齿就是糖包饼，

口皮就是饼包糖。

左手就是鸳鸯枕，

右手就是枕鸳鸯。

……

回到家中的第一晚，尤四梦见肖廷福的养殖场红红火火，王老幺的灰豆腐远销到马来西亚和新加坡，李国栋的一双女儿都参加了工作，王超群的房屋修葺一新，王耳山成为远近闻名的中药材种植专业村……没过多久，王耳山公路竣工，镇里、村里特别邀请尤四去剪彩，可惜，他正在外地出差，无法分身也就没有时间来。后来，他听说截留贪污肖廷福政府补助款的有关人员受到了党纪政纪追究……

尤四至今还是尤四。只是在他的生活中多了一份惦记，多了一些惆怅。他怀念王耳山。他不是诗人，固然不会作诗，但是潜意识里有一股莫名的躁动。他想，他要是李白就好了，放几张秋天的图片和几句描写秋天的诗词，可以借此抒发自己心中的思念。

兵支书

◇王　刚

一

绝壁千仞，直插云天。孔如鹏站在吴王山下，双手叉腰，脑袋后仰，脸庞几乎与天平行。过了许久，疲惫的目光经过长途跋涉，终于爬上云雾缭绕的峰顶。不得不说，要在岩壁上凿出一条公路，真是比登天还难啊。

岩壁呈灰白色，如刀砍斧削，几乎与地面垂直。崖上古木倒挂，似乎稍有一点响动，就会轰然掉落。正值秋天，稀疏的荒草一律倒伏，一阵风就能卷走。靠近岩顶的地方，赫然有一处色彩斑斓的灌木，像振翅欲飞的凤凰。更高的地方，就是虚无缥缈的天空。苍鹰贴着天幕飞翔，像飘浮的云朵。

这个叫天门的村庄，就匍匐在吴王山下。村庄呈三角状，伏在凹陷之处。具体点说，村后是巍峨的吴王山，构成三角形的底边；北盘江从左边峡谷奔涌而出，毛从河从右边峡谷咆哮而来，两江于村前汇合，构成三角形的另外两边。江岸绝壁耸立，如镜插入水中。两江汇合之后，跌入凶神恶煞的深谷。

听老人讲，上百年前，祖先为了躲避战乱，逃到了这个阎王也找不到的地方。曾被视为屏障的大山大河，如今却成了坚不可摧的障碍。儿孙们忍不住抱怨，正是祖辈轻率的决定，让他们陷入无法挣脱的绝地。

不错，这地方就是一块绝地，是天然的囚室。乡党委鲍书记也说过，天门人可怜啊，被判了终身监禁。按鲍书记的说法，让孔如鹏来天门挂支书，就是要接过老支书王天平的担子，砸掉天门人的脚链枷锁。如何砸呢？最要紧的一件事，就是打通连接山外的公路。对天门来说，打通一条公路堪称开天辟地的大事，相当于瞎子重见天日，哑巴开口说话，瘸子奔跑如风。

孔如鹏移动目光，盯住挂在悬崖上的石梯。上百年来，那条细如丝线的石梯就是连接外面的唯一通道。石梯陡峭，行人稍有不慎，就会坠落深渊。据说，悬崖口阴气重，太阳落山之后，或阴雨天气，经常有一些缺手断脚的人影坐在岩石上，望着脚下的村庄叹气。他们面容枯黑，身体残破，衣衫褴褛，飘飘忽忽。有风的时候，村里人能听见悬崖下传来哭声、呻吟声、叹息声。一般人看不见他们，只能看见一团雾气，贴着悬崖爬来爬去。当地人警告，太阳落山之后，不要单独从那里经过。那些不甘心的鬼魂伏在悬崖上，只要看见有人走过，就会猎狗般窜出来，将行人拽下山崖。唯有如此，它们才能找到替身，投胎转世。

两天前，孔如鹏沿着石梯，从天上降落天门。他背着帆布包，跟随村主任刘志发走到悬崖口，蜗牛般沿着石梯往下挪。风真大，从崖下“呼啦啦”冲上来，吹得草木“唰唰”发抖。风口的树木又矮又小，扭曲变形，裸露枯黑。说是石梯，其实不过是岩壁上开凿出来的或横或竖的石头槽子。脚下悬崖垂直，深不见底；头顶犬牙交错，挂着一些枯树断藤。风中伸出无数双手，使劲把人往下拽。途中经过一道狭窄的石缝，仅能容一人走过。两边是绝壁，抬头仰望，只能看见一线天空。刘志发说，天门的名称就是从这里来的。老天没有赶尽杀绝，给村子留了一道门。有了这道门，村庄就有了嘴巴鼻子，就能自由呼吸，可以活上千年万年。刘志发还说，村民对石门充满虔诚，不许任何人损坏这里的一草一木。从石门经过的时候，他们总会屏住呼吸，放轻步子，担心稍有动静，就会把石门弄垮。没了石门，天门无门，无门的村庄，只能寂然死去，连草木也没办法生长。

孔如鹏的目光滑过石梯，缓缓坠落。脚下是一段公路，破破烂烂的，还不成型。路面堆满乱七八糟的石头，石缝里长出稀疏的野草。几把锄头躺在干燥的泥土上，已生出细密的铁锈。草丛中摆着两三只破撮箕，拉出七长八短的篾片。不远处站着一辆歪歪斜斜的木板车，轮子沾满泥土，木板已经发霉。

听人说，木板车是老支书王天平的。半年多前，他带领村里人，试图从岩壁上劈出一条公路。开工不久，他被石头砸断了一条腿。老人们认为，岩上住着山神爷，王天平惊扰了山神的安宁，注定要付出血的代价。

断腿的王天平不得不扔下板车，被人们用木头做成的简易担架抬回村里。近半年来，他天天坐在门前，抱着一支唢呐，反反复复地吹。

落日西坠，耳边又传来“咿咿呀呀”的曲调。

二

用天门人的话说，孔如鹏是从天上“空降”下来的。

王天平出事后，再也挑不起天门的“担子”。乡领导筛来筛去，也筛不出一个合适的接班人。巴掌大的盘子，就那么点人，谁能干什么，谁不能干什么，一眼看得清清楚楚。稍微合适的，要么不愿干，要么出门在外。恰在此时，孔如鹏从部队转业，被安排到花嘎乡机关。乡领导一合计，认为这小子有股狠劲，可以加加担子。鲍书记开玩笑说，怪谁呢？谁叫他撞到枪口上。

事实上，孔如鹏并不想被“空降”。待在乡机关多好，有身份有地位，谁见了不高看一眼？天门那个“窝窝”，就是无底深坑，掉进去就爬不出来。那地方是人住的吗？交通基本靠走，通讯基本靠吼，治安基本靠狗……只要掉进天门，就会成为一只蜗牛，长年趴在“井底”。再看看天门那些人，个个面目模糊，如同坚硬的煤炭。长期待在这种鬼地方，要么变成傻子，要么成为疯子。孔如鹏认为，去天门算什么“空降”，顶多不过算是流放而已。

为了不被“流放”，孔如鹏打算动用父亲的关系。孔如鹏的父亲名叫孔学忠，曾是赫赫有名的战斗英雄。多年前，年仅二十的孔学忠奔赴老山前线，参加对越自卫反击战。他曾孤身深入虎穴，抓来对作战有重大作用的“舌头”；曾挥舞一把大刀，在左手受伤的情况下，干掉三个越南兵；曾带领部下以身排雷，为大部队开辟了生命通道……后来，在一次战斗中，他的右腿被地雷炸成扫帚，从此成了瘸子。孔学忠退休后，安心回家颐养天年。孔如鹏的意思，让父亲跟乡领导打一声招呼，就别玩什么“空降”了。凭父亲的名望，这点事应该没什么难度。

谁料，听了孔如鹏的话，孔学忠久久不语。孔如鹏心里打鼓，脚杆发颤，真想一跑了之。他最怕面对沉默的父亲，感觉被某种力量牢牢拽住，浑身上下犹如火烤，却没有办法动一下。父亲目光平静，似乎空空如也，似乎深不可测。孔如鹏搞不懂，父亲要唱哪一出？这种感觉很不好，就像一个犯人，在等待法官的审讯。不知为什么，面对垂暮之年的父亲，他仍然怕得要命。

孔学忠叹了口气，颤巍巍地打开柜子，提出一只木箱，递给孔如鹏。木箱乌黑斑驳，挂着一把铁锁，看上去很有些年头了。孔学忠捡起拐杖，弓着腰往外走。孔如鹏不敢多言，只得提上木箱，跟着父亲走出家门。父子俩一前一后，穿过玉米地，爬上山梁，走进一片杉树林。茂盛的荒草中间，站着一块青石墓碑。孔如鹏一震，那是祖父的坟墓。五六年不见，这地方荒芜了许多。

孔学忠对着墓碑跪下，磕了三个响头。孔如鹏放下箱子，学着父亲的样子，也磕了三个头。孔学忠坐在坟前，掏出一把钥匙，小心翼翼地打开木箱。孔如鹏瞥了一眼，看见黄澄澄的功勋章，红彤彤的荣誉证，还有泛黄的报纸。

阳光直直地照下来。孔学忠一枚一枚捡起勋章，细细摩挲之后，再递给孔如鹏。日光明亮，勋章泛起金黄的光芒。孔如鹏托着沉甸甸的勋章，眼前又浮现出一张消瘦苍老的脸庞。那是祖父的脸，似乎很远，似乎又很近。

孔如鹏的祖父名叫孔大勇，也是一名老兵。孔大勇十六岁参加红军，跟着部队跋山涉水，走完二万五千里长征。他参加过抗日战争、解放战争及抗美援朝战争，屡次立下战功，受到上级的嘉奖。他多次受伤，脸部有刀疤，头皮被削掉一块，身上刻满纵横交错的疤痕，还丢掉了两根手指。在他干瘦的身体里，留下了多块弹片。奇怪的是，他回到老家后，从来不提战场上的事情。有人问他，他摇摇头，表示什么也记不得了。孔如鹏一度认为，祖父的脑子坏掉了。

孔如鹏九岁那年，祖父灯枯油尽，驾鹤西去。医生说，他的脑部及肠胃出了问题，是由于旧伤引起的。奇怪的是，祖父生病之后，话反而变多了。孔如鹏记得很清楚，祖父拉着他的手，絮絮叨叨地说起许多往事。祖父说："我从没遇过那么冷的天气，天天刮风下雪，哪怕哈一口气，也会结成冰块；尿撒出去，马上成为棍子……嘴巴被冻住了，头发被冻住了，衣服也被冻住了，整个人就像冰块……地面硬邦邦的，比钢铁还要硬，哪怕用刀戳，也没办法砍开……我们伏在冰雪中等了许久，终于听见隐约的脚步声……"祖父的故事没有讲完，就闭上了眼睛。多年后，孔如鹏也成了一名士兵。他终于知道，祖父并没有虚构故事。事实上，还有比这个更惨的，比如说长津湖战役中，有一支连队甚至被冻成了"冰雕"。

勋章分为两堆：一堆是孔大勇的，一堆是孔学忠的。日光明亮温暖，静静地洒在勋章上，洒在荣誉证上，洒在陈旧的报纸上。孔学忠不说话，默默地抽烟，看着那些闪光的东西。孔如鹏瞟了一眼，瞥见报纸上跳出祖父的名字，还有父亲的名字。他颇不服气，心想自己要是生逢乱世，肯定也会成为叱咤风云的英雄。可惜啊，他虽然当过兵，却毫无用武之地，只能当一个不起眼的破支书。

孔学忠吐了口烟，点点头说，你爷爷是好样的。

他顿了顿，又一字一句地说，我没给你爷爷丢脸。

孔如鹏冷哼一声："要是有机会上战场，我也不会给你丢脸。"

"孩子，你错了，天门就是你的战场。"孔学忠拍了拍孔如鹏的肩膀，加重语气说，"记住，你这个战场，并不比我们的战场容易啊。"

孔如鹏抬起头，看见一轮残阳挂在天边，鲜红如血。

孔学忠举起拐杖说："去吧，别给老孔家丢脸。"

三

脚步沉重，如灌了铅。唢呐萦绕耳旁，那么忧伤，那么悲怆。孔如鹏想起王天平皱巴巴的脸庞，苦大仇深的额头，锥子似的日光，心里不由瘆得慌。

孔如鹏"空降"那天，村里开了个欢迎会。说是会，不如说是接风宴。刘志发的意思，随便弄几个菜，叫上村委会的干部，以及部分村民代表，喝喝酒，聊聊天，增进增进感情。孔如鹏认为不该让村里破费，应该由自己做东。刘志发拉下脸说："你什么意思？瞧不起我们吗？来到天门，就得按天门的规矩。"

刘志发解释说，他这样安排，是为了让孔如鹏一次性解决问题。天门是一个以布依族为主、多民族杂居的村庄。村里有一条不成文的规矩，一家来客，家家轮流邀请。如果客人拒绝，邀请的人会觉得受到轻视，从而产生隔阂。也就是说，孔如鹏应该接受村里人的邀请，挨家挨户上门做客。为了省事，刘志发想出这个折中的办法，一家来一个人，一家出一个菜，在村委会共进晚餐。

酒过三巡，刘志发提议，请孔如鹏讲几句。孔如鹏表示，今后要与大家一道，千方百计谋发展，齐心协力求致富，红红火火过日子……正说在兴头上，忽然响起一声凄厉的唢呐。所有人齐刷刷转过头，只见王天平拄着拐杖，提着唢呐，一跳一跳地走过来。

刘志发愣了一下，赶紧迎上去说："老支书，你来了。"

王天平推开刘志发，径直走向孔如鹏。

刘志发拉过一把椅子，赔笑说："老支书，快请坐，我敬你一杯。"

王天平冷笑一声："少来这套，老子没酒喝？"

众目睽睽之下，刘志发坐不是，站也不是。他实在想不通，王天平为啥冲他发火。搞接风宴之前，刘志发再三派人请王天平，可他死活不来。现在倒好，他忽然怒气冲冲地来了，就像一只黑色的可恶的乌鸦。

"大伯，别老站着，坐下喝一杯。"孔如鹏笑着说。

"孔支书，你有本事把公路修通吗？"王天平举起拐杖，指着孔如鹏。

刘志发缓过来，叹口气说："孔支书刚到，给点面子。"

"大伯，你放心，我尽力。"孔如鹏拍着胸脯说。

王天平指了指酒杯："路通了，你才配喝这杯酒。"

一个二十出头的女孩跑进来，拽住王天平的胳膊，让他不要胡闹。刘志发低声告诉孔如鹏，女孩叫阿朵，是王天平的独女。阿朵穿着布依族人家的服装，个子虽然不高，但头发浓黑，眉毛弯弯，眼睛又大又亮，看上去格外漂亮。

"路通了，你才配喝这杯酒。"王天平逼视孔如鹏，不依不饶。

孔如鹏硬邦邦地说："大伯放心，路不通，我辞职。"

王天平扬起唢呐，沉声说："路通了，我为你吹三支曲子。"

经这一闹，大家丧失了喝酒的兴趣，早早地散了场。孔如鹏走出村委会，仰头眺望月光中的吴王山。月亮挂在山顶，看上去如一把弯刀。岩壁上传来夜鸹子阴惨惨的叫声，高一声低一声，让人汗毛倒竖，背脊阵阵发凉。

走进村子，一幢幢吊脚楼已经亮起灯火。天门的房屋很有特点，清一色吊脚楼，木质结构，青瓦房盖。房屋一律两层，一楼作圈舍，二楼住人。孔如鹏来天门之前，鲍书记再三提醒，天门是罕见的千年古村落，一定要做好保护工作。除了吊脚楼，天门还有大山大河、芦笙舞、唢呐、古树、梯田、红米……鲍书记说，天门是一座沉睡的金矿，正等待有人将它唤醒。

一路走下去，有人在喂猪，有人在吹唢呐，有人在说笑……人们热情地打招呼，邀请孔如鹏进屋坐。有人提着酒壶跑上来，斟满一杯酒，拦在他的面前。孔如鹏知道，这叫拦路酒，是天门人待客的一种礼数，万万不能拒绝。他一路走，一路喝，竟然喝了五六杯。米酒度数不高，醇厚绵长，很是爽口。

唢呐断断续续，若丝线牵引脚步。拐个弯，冒出一幢吊脚楼，孤零零地站在大樟树下。王天平黑衣黑裤黑脸，笔直端坐在竹椅之上，托着一支唢呐。屋檐上吊着一个灯泡，散发出昏黄的光。小虫子绕着灯泡乱飞，看上去像一团乌云。唢呐停了一会，断断续续叫了几声，又戛然而止。

孔如鹏一步一步走上去，一直走到台阶下。王天平似乎没有看见他，枯瘦的影子端坐在竹椅上，如一柄铁剑。

“大……大伯，能和你聊一会吗？”

王天平凝然不动，锥子般的目光忽射过来。

孔如鹏悚然一惊，颤声说：“大伯，我……”

王太平起身，拍拍裤子，提着唢呐，倏然闪进屋里。

孔如鹏叹了口气，准备转身离开。忽听嘎吱一声，木门打开，阿朵闪身而出。她穿着布依族服装，像一朵斑斓彩云，沿石头台阶飘下来。

“孔支书，你别介意。”阿朵低下头，小声说。

孔如鹏结结巴巴地说：“没……没……没什么。”

“真对不起，我阿爸心情不好。”

“放心吧，我不会介意的。”

“唉，自从出事后，他就这样。”

阿朵沉默片刻，又说：“我真不应该，跟他吵了一架。”

“吵架？为什么吵架？”

“没什么，我要去打工，他不让。”

孔如鹏笑笑：“放心吧，会好起来的。”

“谢谢你，孔支书。”

“别叫支书，叫大哥吧。”

“好，孔大哥，谢谢你。”

四

村委会也是一幢吊脚楼，坐落在梯田边上。不同的是，村委会作了不少装修改造：一楼隔成三间，分别为图书室、资料室和医务室；二楼也是三间，中间为会议室，左边为工作人员办公室，右边暂时作为孔如鹏的卧室。

回到住处，孔如鹏看了会儿书，准备上床睡觉。他躺在床上，仰面看墙上的地图。那是天门的地图，吴王山巍峨，北盘江豪放，毛从河蜿蜒，村子藏身凹处，像一口深井……孔如鹏盯着吴王山，想象有一条公路贴着岩壁爬动，一直爬上山顶，爬向山外。恍惚中，炮声轰响，吴王山动起来，石头漫天飞舞。他尖叫一声，一下子从梦中惊醒。这时，他听见“砰砰砰”的敲门声，催命似的。拉开门，民兵连长陆胜利一阵风闯进来，气喘吁吁地说：“妈的，那帮龟儿子，又赌上了。”

陆胜利说：“村里有个叫马明的，不愿耕田种地，不愿出门做工，成天游手好闲，专干些偷鸡摸狗的事。这狗日的，仗着懂点拳脚功夫，成天牛逼轰轰。”怎么说呢？天是王大，他就是王二。马明带着几个兄弟，今天捣鼓这样，明天捣鼓那样，搅得村子不得安宁。比如说，王大爷家的黑山羊丢了两头，张大嫂家的放山鸡少了三只，龙三叔家的黑狗被人砍断前腿……大家都知道是怎么回事，但没有谁敢明说。这些坏东西，还时不时招惹村里的大姑娘、小媳妇。前一段时间，马明勾搭上陈大傻子的婆娘，弄得鸡飞狗跳，差点搞出人命。这些杂碎，闲得骨头生锈，总想弄出点事来。这段时间，马明聚众赌博，已有不少村民上了贼船。马明的想法很简单，就是要设局做局，把其他人的钱掏出来。此时此刻，他们聚集了十几人，正猫在赵家老宅血战呢。据眼线说，有人连裤衩都输光了。

孔如鹏抓起手电说：“走，我们去看看。”

陆胜利说：“孔支书，多叫上几个人。”

孔如鹏给刘志发打电话，通了，没接。又给文书、出纳等人打电话，要么关机，要么不接。陆胜利冷笑：“别说打电话，就算打雷，恐怕也没用。”

出了门，只见月亮高悬，月光如霜。陆胜利在前，孔如鹏在后，穿过稻田，穿过树林，踏过一座石桥，绕过一座小山，直奔灯火隐约的赵家老宅。老宅远离村子，建在一堵断崖下。乍一看上去，就像一只鸟窝，挂在岩壁之上。据陆胜利说，赵家人外出打工多年，这房子几乎被遗弃了。

走近些，陆胜利停住脚步，低声说：“怎么办？”

孔如鹏越过陆胜利，猫腰爬上斜坡。

陆胜利赶紧跟上，拉住孔如鹏说："算了，他们人多。"

孔如鹏回头看了一眼，目光灼灼，如同闪电。陆胜利仿佛被火灼了一下，猛然缩回手，跟上孔如鹏，猫腰爬向老宅。

近了，更近了。烛光摇动，人影绰绰。老宅像一只巨大的马蜂窝，发出"嗡嗡"的吵闹声。陆胜利的心猛然跳了一下，又跳了一下。

孔如鹏大步走上去，一脚踢开腐朽的木门。吵闹声、叫嚷声戛然而止，仿佛被刀刃咔嚓割断。十几张混沌的脸转过来，惊愕地看着孔如鹏。他们的手上，要么捏着牌，要么夹着烟，要么端着酒杯，要么拿着纸币……一排拉开的木桌上，胡乱摆放着酒瓶、杯子、纸币、纸牌、纸烟……烟雾袅绕，气味熏人。

"别动，把手抱在头上。"孔如鹏厉声吼道。

众人按照命令，机械地把手放到头上。

孔如鹏吩咐陆胜利，辨认参加赌博的人，并记下名字。陆胜利的目光扫过去，碰上一双凶狠的眼睛。他陡然一惊，仿佛被针刺了一下。那是马明的眼睛，充满了严厉的警告意味。陆胜利顿了顿，避开马明的目光，缓缓走进屋子。

一丝风吹来，烛光动了动。马明忽然跳起，一巴掌拍灭烛火。赌徒们像出笼的野兽，到处乱撞乱窜，逮到窟窿就钻。屋子实在太破，顾了这头，顾不了那头。几个黑影冲上来，猛地把陆胜利撞翻，从小门逃走了。孔如鹏急了，伸手抓住两个家伙，将他们摔倒在地。他转过身，又抓住一个。这家伙力气很大，不管不顾往外冲，像一头蛮牛。混乱中，是谁举起椅子，劈头盖脸砸过来。孔如鹏闪身躲过，椅子擦过耳朵，恰好砸在肩膀上，发出"嘭"的一声巨响。

不一会工夫，赌徒全跑光了。孔如鹏捡起电筒，照着满屋狼藉，不由鬼火乱冒。作为一个当兵的人，却斗不过一伙赌徒，真丢脸啊。

远远地传来几声鸡鸣，天快亮了。

五

赌博的事，对孔如鹏似乎没有丝毫影响。接下来好长一段时间，他天天早出晚归。人们看见，他穿着迷彩服，戴着太阳帽，戴着墨镜，走过吊脚楼，走过金色的稻田，走过石桥，走过树林……或沿着河流跋涉，或绕着古树转圈，或看着绝壁发呆……更多的时候，他抓着悬挂在岩壁上的石梯，一直爬到吴王山顶。不止一次，有人看见他独坐悬崖，对着呼啸的风，像一只秃鹫。

人们还发现，他背着一个帆布包。那包鼓囊囊的，仿佛是身体的一部分，使他看上去像一头骆驼。他走走停停，或写写画画，或举着手机拍照。有雾或下雨的日子，他撑着一把伞，随意走进某户人家，跟主人喝酒吹牛。有人说，孔支书是把喝酒的好手。有人说，孔支书记性好，能叫出每个人的名字。还有人说，孔支书不挑食，哪怕是酸汤苞谷饭，他也能吃三海碗……

有句话说得好，新官上任三把火。孔如鹏呢，一把火也放不出来。自从来到天门，他不像支书，倒像个游客。刘志发很快就把他看轻了，认为他顶多是个纨绔子弟，什么也不会，什么也不懂。老支书王天平成天拉长脸，见鸡骂鸡，见狗踢狗。阿朵劝他不要生气，保重身体要紧。他皱着眉头说："姓孔的占着茅坑不拉屎，我心里能好受吗？这狗日的，哪有心思干支书？分明是为了镀金。不行，我得向上级反映，把狗日的弄出天门。"阿朵让他不要折腾，把腿养好再说。王天平长声哀叹，缓缓举起唢呐。于是，村庄上空又响起了哀婉的旋律。

在人们看来，孔如鹏就是一只孤魂，游荡在天门的土地上。用刘志发的话说，除了晃荡，他还会做什么？还能做什么？谁也没有料到，忽然有一天，孔如鹏不"晃"了。他一反常态，通知村委会干部，召开重要会议。

刘志发提着水烟筒，趿拉着拖鞋走进会议室，看见孔如鹏沉着脸坐在会议桌的一端。其他人都到了，稀稀拉拉围桌而坐。刘志发坐到位置上，"吧嗒吧嗒"抽水烟。孔如鹏皱了皱眉头，让他收起水烟筒，准备开会。

刘志发吐出最后一口烟雾，放下水烟筒说："孔支书，我提个意见。"孔如鹏点点头，问他有什么意见。刘志发说："村委要少开会，开短会，多做事，少空谈。"孔如鹏看看手机，加重语气说："我也提个意见，以后请准时参会。"

孔如鹏的目光扫过众人的脸，敲敲桌子说："刘主任说得对，我们要少开会，开短会，多做事。不过，我再补充一句，该开的会还是要开。开会是为了统一思想，是为了安排工作。下面，我安排三件事，请各位做好记录。"

出乎意料，孔如鹏提到了马明聚众赌博的事情，问大家有什么看法。刘志发表示："这种事经常有，管不过来。再说呢，乡里乡亲的，不过是找点乐子，批评教育就行了，没必要上纲上线。"陆胜利起身说："马明那种人，难道不该收拾？”刘志发冷笑：“哦，我忘记了，你是民兵连长啊。这事该你管，赶快把马明抓起来啊。”陆胜利使劲拍了一下桌子，吼道：“我就不信，派出所治不了他。”

孔如鹏敲敲桌子，示意所有人安静。他打开笔记本，安排了三件事。第一，村委要向村民广泛宣传，严禁任何人参与赌博。过去的事既往不咎，之后绝不姑息。若谁不听招呼，该报警就报警，该抓人就抓人。他特地要求陆胜利，一定要操练民兵，护一方水土平安。第二，村里要形成广泛共识，对古树、吊脚楼、唢呐、芦笙等加大保护力度。将来发展旅游，这些东西会比金子还宝贵。第三，要尽快召开村民大会，商议修路事宜。要想富，先修路，没有路，能有啥出路？孔如鹏拍着胸脯表示，如果打不通公路，他就辞去支书的职务。

刘志发表示，修路这事不靠谱，应该慎重考虑。正如村民们所说，要是吴王能修路，石头开花马长角。老支书干过这事，结果怎么样呢？山上有山神，谁碰谁倒霉。一句话，这事不能草率，应该从长计议。村里可以向上头打报告，拨一笔足够的资金，找最专业的工程队，也许方能啃下这块硬骨头。

孔如鹏坚持认为，再硬的骨头也要啃，晚啃不如早啃。乡里的意思，由村委组织村民出工，乡里提供“炸药雷管”，还可协助联系技术员。毛路打通之后，政府再投入资金，对路面进行硬化。没办法，用钱的地方太多，政府有政府的难处。村里应该打消“坐、等、要”的念头，尽早把修路的事情提上日程。

大家纷纷发言，有支持的，也有反对的，还有和稀泥的。陆胜利提出，秋收之后动工，理由有两条：一是错开农忙季节，大家的时间比较宽裕；二是入冬之后，外出打工的人陆续返回，人力较为充足。

刘志发叹口气说：“行，你们说了算，但我保留意见。”

孔如鹏一锤定音，秋收之后，便是动工之时。

六

天气渐冷，在外打工的村民陆续返回。按照计划，村委决定召开动员大会。陆胜利提醒孔如鹏，让他去找找王天平，请他在大会上说几句。陆胜利强调，王天平不只是老支书，还是村里的寨老，村民们都听他的。

孔如鹏提上两瓶平坝大曲，去了王天平家。跟往常一样，王天平端坐在竹椅之上，黑衣黑裤黑脸，托着一支唢呐。一曲奏完，孔如鹏爬上青石台阶，喊了声大伯。王天平一动不动，仿佛没有看到，也没有听见。孔如鹏放下酒，掇一张凳子坐下，笑笑说：“大伯，我想找你谈一谈修路的事情。”

王天平转过头，指着酒瓶说：“提走，少来这套。”

“一点小心意，还望大伯笑纳。”

“提走，赶紧提走。”王天平捡起拐杖，站了起来。

“修路的事情，还得大伯帮忙拿主意啊。”

王天平眯起眼，叹口气说：“我老了，腿也断了，没用了。”

阿朵闻声跑出来，责怪父亲说：“爹，咋不让孔大哥进屋？”

王天平摇摇头，拄着拐杖往屋里走，只留下一个坚硬的背影。阿朵伸伸舌头，带着孔如鹏走下石头台阶，低声问有什么事。孔如鹏说明来意，让阿朵把平坝大曲收下，设法劝劝她的父亲。阿朵说：“酒你带走，我会尽力。”

村民大会如期召开，效果却不理想。按村委的通知，每家每户至少派一个人头参加，结果有一半多缺席。孔如鹏强打精神，发表了慷慨激昂的讲话，响应者却寥寥无几。村民们心不在焉，有的抽旱烟，有的看手机，有的拉家常，有的打瞌睡……孔如鹏声嘶力竭，嗓子都冒烟了。他的目光四下搜寻，也没看见王天平的身影。直到会议过半，他才看见阿朵匆匆赶来，站在人群后面。

散会后，孔如鹏又用喇叭反复播报通知，请村民第二天早上八点到村委集中，一起上山修路。喇叭如雷轰响，盖过了“咿咿呀呀”的唢呐。王天平忍无可忍，对着天空大骂：“号丧啊，嗓门大有毛用？有本事把路修通啊。”

第二天早上，孔如鹏叫上村委干部，早早候在村委会门口。时间已过，只来了五六个人。孔如鹏打开喇叭，让大家赶快来村委集中。天地间回荡着声嘶力竭的吼叫，村庄却寂然无声。人们仿佛成了聋子，那么大的声音也听不见。

陆胜利看不下去，叫孔如鹏别喊了。他告诉孔如鹏，村民大多是布依族，他们只听寨老的。换句话说，如果王天平不开口，喊破嗓门也没用。刘志发拖长声调说：“那怎么办？还上山吗？”孔如鹏想了想，斩钉截铁地说：“走，上山。”刘志发惊异地看着孔如鹏：“什么，上山？就凭这几个人？”孔如鹏说：“对，就凭这几个人。”刘志发忍不住笑道：“孔支书，你疯了？”孔如鹏沉声说：“走，上山。”

刘志发不想去，认为这不过是要猴戏。个别干部也犹豫不决，大有打退堂鼓的意思。孔如鹏拉下脸，要求村干部必须上，一个也不能少。就这样，孔如鹏扛上钢钎，带着十几个人组成的队伍出发了。他们迎着萧瑟的秋风，走出村子，走过稻田，走过那段还未成型的破路。赶到吴王山下，孔如鹏一马当先，领着众人攀上石梯，恍如一串蚱蜢。秋风吹来，蚱蜢随着绳子飘来飘去。

孔如鹏听从技术员的意见，决定从峰顶切入，从上往下掘进。顶峰虽险，但人在顶峰之上，气势胜了一头。从下往上，绝壁压顶，抬不起头，伸不直腰，恍若背负巨石作业，哪有什么出头之日。古人说，射人先射马，擒贼先擒王。从上往下，一鼓作气，先拿下最为险要的地方，无异于射马擒王。

话虽如此，当孔如鹏站在悬崖口，却忍不住腿脚打战。风声响亮，从崖下“呼啦啦”冲上来。风口的灌木又矮又小，裸露枯黑的枝干，瑟瑟作响。他小心翼翼地探出头，但见悬崖垂直，深不见底。要是一脚踩滑，后果不堪设想。那些曾经坠落悬崖的人，是不是如折翼的飞鸟，垂直撞向岩石？风中传来哭喊声，呻吟声，叹息声，咒骂声，哀号声，碰撞声……孔如鹏背脊发冷，不由往后退了一步。

众人盯着孔如鹏，似乎在等他拿主意。孔如鹏伫立崖顶，不能转身，也不能往前。他知道，只要自己软了，修路的事就算彻底完了。

一轮太阳从天边冉冉升起，洒下万丈光芒。孔如鹏久久伫立，久久不语。其他人还在等待，硬硬的目光直戳到后背。恍然中，他看见祖父托起金黄的勋章，目光炯炯地看着他。祖父说：“我从没遇过那么冷的天气，天天刮风下雪，哪怕哈一口气，也会结成冰块；尿撒出去，马上成为棍子……嘴巴被冻住了，头发被冻住了，衣服也被冻住了，整个人就像冰块……地面硬邦邦的，比钢铁还要硬，哪怕用刀戳，也没办法砍开……我们伏在冰雪中等了许久，终于听见隐约的脚步声……”

孔如鹏霍然转身，大声说：“来，给我系上绳子。”

在技术员的指导下，孔如鹏系上绳索，缓缓坠下悬崖。

众人也系上绳索，举起钢筋扛上大锤，走向坚硬冷漠的岩石。

吴王山上，响起了敲打声、吼叫声，还有隆隆的炮声。沉默的石头，坚硬的石头，顽固的石头……被钢钎撬开，被大锤敲碎，在炮声中分崩离析。

正午时分，日头高悬。阿朵背着背篓，拽着石梯爬上崖顶。那些灰突突的男人们，忽然看见花朵般的阿朵，不由目瞪口呆。阿朵挥挥手，吆喝大家开饭了。众人纷纷扔下钢钎锤子，丢下锄头簸箕，一下子涌到阿朵身边。阿朵盛饭舀菜，吩咐大家不要急，慢慢吃，管够管饱。有人边吃饭边问："阿朵，明天还来吗？"阿朵说："要来。"有人又问："后天来吗？"阿朵说："我天天都来。"

孔如鹏把阿朵叫到一边，低声说，真不好意思，辛苦你了。

阿朵不说话，低头踢飞一粒石子。

"谢谢你，阿朵，我干活去了。"

"慢，等一下。"阿朵扑哧一笑。

"有什么事，你说。"

"我爹想喝酒了，让你把平坝大曲送过去。"

"好的，没问题。"

七

孔如鹏躺在床上，身子骨几乎散了。闭上眼，感觉身体仍挂在绝壁上，随风飘来晃去……钢钎一下一下撞击岩壁，锤子一下一下敲打岩石……敲打声，吼叫声，轰隆的炮声……石头飞起落下，灰土如烟雾弥漫，火药呛人的味道满山飘荡……日头高悬，阿朵背着背篓，抓着绳子似的小路往上爬……

敲门声骤然响起，急促如同暴雨。孔如鹏竖起耳朵，听见有人喊："孔大哥，孔大哥。"披衣起床，拉开门一看，不由愣住了。阿朵站在门外，握着手电筒，提着雨伞。她的身后，冷风呜呜咽咽，小雨淅淅沥沥。

"你怎么来了？阿朵。"孔如鹏闪开身子，让她进屋。

阿朵摆摆手，说她父亲得到消息，马明等人正在野猫洞赌博。自从村里颁发了禁赌令，马明消停了几天。这段时间，马明旧病复发，暗里张罗赌局。为掩人耳目，他将赌场设在荒郊野外、河沟山洞等隐蔽之处。野猫洞位于北盘江附近的岩壁之下，周围长满茂盛的芦苇，是马明聚赌的主要窝点之一。马明这家伙警惕性极高，具有较强的反侦察能力。他规定，凡是"参会"的人员，事先须提出申请，经过多重考验，取得入门"会员证"。一旦入会，不得背叛组织出卖"同志”，违者扔进北盘江喂鱼。王天平安排眼线，经过半个多月的盯梢暗访，终于大致掌握了马明的行踪。这个晚上，马明纠集十余人，趁夜色摸进了野猫洞。

孔如鹏抓起电筒，骂道：“狗东西，我看他怎么逃。”

阿朵拦住孔如鹏，压低声音说：“我爹的意思是，他负责联系派出所，你带人盯住野猫洞，尽量拖时间，等派出所的人来了再动手。”

孔如鹏给陆胜利打电话，让他带上民兵，立马到村委会集中。他又给其他村干部打电话，除了刘志发没接，其他人均表示马上就到。

十分钟后，该到的人都到了。孔如鹏提醒大家，不要说话，不要打手电。所幸夜色并不浓重，能够看见灰色的小路。涛声隐隐传来，牵引着脚步的方向。走着走着，小路忽然消失了。芦苇越来越多，看上去乌压压一片。涛声渐响，如战鼓齐鸣，如雷声轰响。他抬起头，看见浓重的水汽中，矗立着一堵断崖。

冷雨滴答，露水浓重。芦苇丛高大茂盛，密不透风，一丛一丛低垂头颅。人走在芦苇中，脚步凝重缓慢，就像蜗牛爬行。爬到距离岩壁不远的地方，阿朵噘起嘴巴，学了三声鸟叫，一低一高一低。不一会，芦苇深处传来三声应答，一弱一强一弱。几分钟后，一个黑影钻出芦苇，弓着背爬过来。

来人叫毛小鹏，是王天平安排的眼线。毛小鹏将手指压在嘴上，低低嘘了一声。所有人屏住呼吸，跟着毛小鹏匍匐向前。芦苇上的雨水饱满硕大，不时砸落头上背上，发出沉重的破碎声。爬上一片斜坡，毛小鹏停下来，指了指前方。众人趴下身子，隔着密密层层的芦苇，依稀可见一个乌黑的洞口。仔细看，洞口若有光，忽明忽暗，忽暗忽明。再往里看，离洞口一米处，坐着一个黑影，背靠石壁，怀抱砍刀。毛小鹏说，那是放哨的，大约两小时轮换一次。

孔如鹏吩咐众人呈扇形排开，将洞口团团围住。冷风吹过，芦苇影影绰绰。粗大的雨点砸落，发出“嘭嘭嘭”的响声。冷气穿透身体，骨头“嘎吱”作响。孔如鹏低声对陆胜利说：“要不动手吧，弟兄们熬不住啊。”阿朵说：“不行，我爹说了，派出所的人来了再动手。”孔如鹏看看手机，还要等多久？这样下去要死人的。阿朵给王天平发短信，却发现信息无法发出。这地方太偏了，手机没有信号。

又等了半小时，民警还是没有来。孔如鹏认为，天气不好，路不好走，民警一时半会来不了。阿朵又是拨电话，又是发短信。陆胜利让她别忙活了，一点用也没有。有人受不了，提议先回去，等派出所的人来了再说。

芦苇丛忽然响起几声口哨，划破寂静的夜空。岗哨陡然跳起，冲出洞口看了看，又将头伸进洞里，发出一阵吼叫。几个人影冲出洞口，扯着嗓子吼："妈的，怎么了？怎么了？"岗哨连滚带爬，边跑边喊："快，有情况。"

孔如鹏来不及多想，带领众人冲上去。赌徒们惊慌失措，有的抱头求饶，有的掉头往洞里跑，有的试图钻进芦苇丛。不一会工夫，多数赌徒已被拿下，只有少数龟缩在洞里。孔如鹏带上几个人，正准备进洞，没想到马明提着砍刀，骂骂咧咧地冲出来。阿朵尖叫一声，躲到孔如鹏的身后。陆胜利举起电棍，指着马明说："放下刀，不要乱来。"孔如鹏目光炯炯，吼道："马明，你要干什么？"

马明嘿嘿冷笑，上下舞动砍刀，一步步逼过来。众人纷纷后退，退进簌簌发抖的芦苇丛。砍刀劈过，芦苇被刀锋所伤，发出凄厉的叫声。

"不要乱来，放下武器。"孔如鹏捡起一根芦秆，指着马明说。

马明挥动砍刀，骂道："滚开，信不信老子弄死你。"

孔如鹏不退反进，手持芦秆，一步一步走上去。马明连连后退，一直退到洞口边。众人围上来，形成一个扇形。恰在此时，王天平拄着拐杖，带着村民们匆匆赶到，里三层外三层地将野猫洞围住。村民们一人举起一支火把，照得岩壁下亮如白昼。芦苇在火光中晃来晃去，仿佛跳舞一般。

马明退无可退，忽然挥刀劈过来。刀光闪过，众人失声尖叫。孔如鹏身形闪过，避开刀锋，一棍子抽到马明的脸上。马明捂脸惨叫，砍刀"哐当"掉落地上。

阿朵跑上前，连声问："孔大哥，你没事吧。"

马明举手抱头，背靠石壁，与其他赌徒蹲在一起。

孔如鹏蹲下身，看着砍刀说："刀不错，可惜了。"

陆胜利双手叉腰，高声说："仔细清点，把赃物全带回去。"

马明四下瞟了瞟，趁看守的民兵不注意，拔出一把匕首，扑向正在弯腰清点赃款的孔如鹏。斜刺里忽然劈下一根拐杖，准确地将匕首击飞。孔如鹏猛然回头，看见王天平独腿站立，举着拐杖，怒目圆瞪，如同天神下凡。

"大伯，谢谢你，谢谢你。"孔如鹏鞠了一躬。

"谢什么？小子，别以为只有你当过兵。"

王天平顿了顿，沉声说："你记住，老子也当过兵。"

拐杖铿锵落地，又变成另一条腿。

八

很意外，村民们纷纷加入了修路的队伍。

每天早晨，王天平拄着拐杖站在村口，看着长长的队伍走过。孔如鹏走在最前面，头戴安全帽，身穿迷彩服，脚踏解放鞋，肩上扛着钢钎，黧黑的脸庞闪闪发亮。除了那口白亮的牙齿，他与天门人再没什么区别。他的身后，跟着一个个面色黝黑的庄稼人，或扛着大锤，或提着钢钎，或拎着撮箕，或背着背篓……随着铿锵的唢呐声，走出村子，走向悬崖，爬上挂在岩壁上的石梯。

每天傍晚，王天平提着唢呐站在村口，看长长的队伍从暮色中走来。那是一支怎样的队伍呢？个个面目模糊，衣服裤子沾满泥土，手脚膀子刻满伤痕，浑身上下散发出浓重的汗臭……说说笑笑地走来。唢呐的旋律响起，又悠扬又温柔，回荡在村庄的上空。有人忍不住感叹，老支书的唢呐吹得真好啊。

每次从王天平的身边走过，孔如鹏总会举手敬个礼。孔如鹏不得不感叹，老支书虽然拄着拐杖，却脊背笔直，如一柄铁剑。要是时光倒退十年二十年，老支书会是什么样子？要是他的双腿仍在，又会是什么模样？

女人们也没闲着，变着法子给干活的男人们"搞服务"。用孔如鹏的话说，"娘子军"顶半边天，承担起了"后勤补给"的重任。阿朵把女人们分成几个组，或采购各种用品，或浆洗衣服，或做饭炒菜，或把吃的喝的送到工地。女人们还彼此约定，干活的男人回到家，还要吃好喝好地伺候，好言好语地哄着，必要时捶捶背，揉揉肩，吹吹耳边风……一句话，不能给男人添堵。道理很简单，男人心情舒畅了，才会安心干活，憋足劲跟岩石拼命。看着悬崖上日夜延伸的公路，女人们满怀期待和甜蜜。怎么说呢？跟怀胎十月的感觉差不多。

每天中午，阿朵带上一队女人，提着篮子背着背篼，爬上陡峭的石梯，把吃的、用的送到工地。男人们越来越黑了，像一块块煤炭。孔如鹏也是一块煤，只不过块头更大更壮。阿朵管不住自己的眼睛，总忍不住偷偷瞟他一眼。他的脸方方正正，看上去比岩石还硬。赤裸的胳膊结实粗壮，估计能够举起一头牛。

眼睛又黑又亮，好像有火焰在跳动。吃饭的样子真逗，就像一只饿狼。

修路的进程比想象中要快。第一场雪后，公路抵达岩壁的三分之一处。腊月二十九，公路爬到了岩壁半腰。大年初四，村民们扛着钢钎，提着大锤，冒着寒风走出家门。正月底，公路已赶到距离岩脚十几米高的地方。二月中旬，公路跑到山下，接上了那段不成型的旧路。公路修到岩下的那一天，老支书王天平拄着拐杖来到工地，把那辆遗弃的木板车推出来，亲自参与运送泥土……

入秋，公路硬化结束，全线竣工。全村人一起出动，穿红着绿，杀猪宰羊，敲锣打鼓，举行盛大的庆祝活动。宴会上，人们不停地喝酒，不停地唱歌，不停地舞蹈……孔如鹏被村民抬起来，高高地举到空中。陆胜利喝大了，逮到谁都叫大哥。阿朵也灌了几杯酒，面色红如桃花，为大家跳了一支芦笙舞。

王天平叫上孔如鹏和阿朵，让他们陪他走一走。公路劈开岩壁，蜿蜒盘旋，形如巨龙。王天平拄着拐杖，踏着宽阔崭新的公路，"踢哒踢哒"地走在前面。阿朵和孔如鹏要扶他，他说不要，这么好的路，没有腿也能走。

爬上半山腰，阿朵说，这么好的路，该叫什么名呢？

王天平停住脚步，看着孔如鹏说，是该有个名，你来取吧。

孔如鹏抬头望了望，只见靠近岩顶的地方，有一处色彩斑斓的灌木丛，像一只振翅欲飞的凤凰。更高的地方，是碧蓝的苍穹。

他一激灵，拍拍脑袋说："就叫凤凰路吧。"

"凤凰路，"阿朵拍手叫道，"凤凰路，这名字好。"

王天平点点头："好！凤凰路，好！"

爬上峰顶，已是日头西沉。王天平坐在石头上，取下腰间酒壶，变魔术般掏出两个酒杯，斟满酒说："来，我请你喝酒。"

干了一杯，王天平又把酒斟满，说："来，再干一杯。"

孔如鹏说："大伯，不能再喝了。"

王天平不容分说，跟孔如鹏连干了三杯。他放下酒壶，起身走到风口，举起长长的唢呐，对着血红的夕阳，一口气吹了三支曲子。看着伫立崖边的古铜色身影，听着热烈悠扬的音符，孔如鹏禁不住热泪盈眶。

阿朵碰碰他，悄声说："真没出息，怎么哭了？"

长青之夜

◇ 周树平

一

天黑下来，夜风吹过，丝丝凉意夹着燥热。厂房后面，小屯密林间，鸟儿不安地叫。厂房对面，马家大坡树林间，似乎也有鸟叫声传来。马家大坡和小屯坡相接处，从窄口水库流下来的小溪，好像也带来丝丝凉风。

老王坐在凉亭里，一口一口地吸烟，闭眼时，感觉到风似乎是有规律的，忽前忽后，忽左忽右，能听到树叶轻微的声响。他睁开眼，感觉仍然有微弱的风，但说不清来自哪个方向，好像从四面八方拂过来，撩人一下，就开溜了。再闭上眼静心细听，原来树叶不曾响，鸟也没啼，只有高一声低一声的蛐蛐声，像在梦里叫，细听又没了。

风来过吗？老王有些不确定了，只有热汗一股一股渗出额头，渗出后背，好比接连三五天暴雨之后，泥地上到处都冒水。老掉牙的风扇扯开破锣嗓子，“吱吱呀呀”转圈圈，带来的还是热风。仿佛只是一眨眼，世界只剩下令人恐怖的闷热。

老王两口吸完烟，长长舒一口气，对着斜靠着条凳休息的朱建国喊：“三爷，你先回吧。明天要出门，睡早点。”

接着说：“这点茶叶，不到鸡叫头遍，我就做好了。”

“噫，我咋变成三爷了？”朱建国坐起来，提高嗓门，眼睛瞪大了一圈。“提醒你多少次，有人无人，你就叫我老三。”

“你说笑了。我虽是粗人，还分得清主次。”老王说，“其实，你做茶手艺早就比我熟比我好了，你这个人呐。”

"噫噫噫，老哥，你这话见外了，讲不得。我再提醒一次，不准再讲这事。"

"好，好，朱总，你真要去重庆，注意安全。山火那么大，照顾好自己。"老王边收碗筷边说，"前几年，补郎那位老兵，冲进火海，大家把他抬出来，人都烤熟了。"

朱建国抿一口茶，那是小侄在外县实习带回的毛峰，入眼有丝丝白毫，闻着清香，但口感和回味太淡，远不及入秋以来自己加工的毛峰和高绿茶。他望着老王在收洗碗筷，背影瘦小，动作却格外麻利，他忽然想说什么，却没说，只是抿一口茶。外县这毛峰，到第四泡，色味均如白开水。他起身烧水，清洗玻璃杯，用茶铲铲来半铲晚饭前加工好的高绿茶，问老王："老哥，来一杯不？"

"你晓得，我只泡茶沫。"

"要得，给你泡茶沫。"朱建国伸直腰，觉得腰椎部位有些隐隐作痛，反手反揉了揉，"春茶沫？"

"不用。"老王说，"今天的就不错。"

"没揉捻过的秋茶沫，没搞头啊。"朱建国说，"你不是只喝春茶沫吗？"

"春茶秋茶味道是不一样，但汤色区别不大。"老王说，"吃了春茶沫，尝尝秋茶沫，也算一个春秋了。"

朱建国觉得老王话里有话，但他熟知老王秉性，老王正在把碗筷放进消毒柜，追问不会有好结果，便拿一个用过未丢的纸茶袋，去加工房机械旁边，寻茶沫最厚处，从表面轻轻铲起二三两茶沫，回到凉亭，倒少许秋茶沫在杯中，用开水先浸润一下，歇两分钟再加水。

开水入杯，浸湿茶沫，一股浓郁绵长的香味扑鼻而来，居然比刚才自己泡的高绿茶香味还厚重。平时在厂里，在家中，他和老王一样，喜欢喝毛峰茶沫泡出的春茶。今夜第一次泡秋茶沫，没想到，秋茶沫经水浸润，色、香、味，比春茶沫差不了多少。要不是自己种茶制茶十多年，熟悉全县各家茶厂的茶味、汤色，在所有细节上下过苦功夫，肯定分辨不出春茶沫和秋茶沫的区别。

不过两分钟，老王收捡好碗筷，朱建国也冲好了两杯秋茶。一杯高绿茶，一杯茶沫在水中慢慢下沉，汤色由绿渐黄，又渐呈琥珀色。手掌在茶杯口轻轻向面前一扇，吸一口气，一股浓郁的芳香沁入心脾。茶还没入口，茶汽的芬芳，已叫人半醉。

二

老王抿了两口茶，朱建国才坐下，端起杯子，电话响了。拿过手机一看，屏幕上显示出“56”，知是56号队友，快速按下免提：“老弟，情况怎样？”

“报告队长，火势已经稳住，你不用来了！”

听到“报告队长”，朱建国浑身装了弹簧似的，从座位上弹起，略微弯曲的后背，瞬间站成一个标准军姿。“56号，56号，你给我讲清情况！”

“报告队长，我们和重庆市民，排成防火墙，把火打回去了！”

“好！好！回来我敬你们大酒！”朱建国声音陡然提高一个八度，“哪天凯旋？我去高铁站接你们！”朱建国越说越激动，“好样的，没给我们84届老兵丢脸！”

老王也跟着站起来，不自觉地挺直腰身。跟着朱建国十四年，朱建国这么激动的情景，老王见多了。每次看见，他就打心底告诉自己一次：三爷这条汉子，我是跟对了。念头一闪，他不由想起一些场景……

老王记得，2008年腊月，他在医院里六神无主，能借钱的亲友都恳求了两遍，仍然无法筹足老伴动手术的钱。老伴入院一周，他仿佛熬了七年，好多亲友，要么不接他电话，要么直接挂断。无奈之中，他抱着试一试的心理，打通了朱建国的电话。他实在没脸打朱建国的电话，就在一年前，他嫌朱建国开的工资低，决意离开前，朱建国劝他说，目前还在筹建茶厂，才开始种茶。一个茶厂没有两年建不好，一坡茶山少下五年难见效，今天能共苦，往后定能同甘。但他当时就像吃猪油多了，听说另一个新建的厂开制茶师的月工资五千元起点，另加提成，粗略一算，每月六七千元轻轻松松。跟朱建国一年，朱建国人直率，说一不二，从不欠工钱，他虽也有不舍，无奈家里忙用钱，告辞一声，转身离开，头也不回。

他没想到，朱建国接通电话就问：“老王，在哪个病房，我马上过来！”天哪，他心里一惊，我没给他透露半分消息，他怎么知道的？吃惊归吃惊，当即告诉病床号，从茶厂到安顺怎么也得一百分钟，没想到朱建国不到七十分钟就赶到了。一进病房就朝他使个眼色，出病房后拉着他去收费室交费，一边责备他：“哥，你走时我怎么给你讲的？你是我敬重的老哥，也算我半个兵。今天你打不打电话我都要来，我再不来，你要把老嫂子拖死？把你我弟兄的交情拖死?!”

到一楼收费窗口交钱，收费的说三万，朱建国二话不说，掏出一张卡说刷五万。女收费员老王认得，求过几次情，她也表示爱莫能助，见朱建国一下刷卡五万元，小眼睛小嘴巴睁得大大的，问老王：“伯，这?”

老王欲待张嘴，朱建国说：“怎么？这是我哥，马上刷卡，马上通知医生，马上给我嫂子做手术。一小时内我嫂子上不了手术台，我实名举报你。”

老王老伴入院后病情不减反增，老伴也对他讲下死心话。老王在朵贝贡茶之乡也算数一数二的茶师，平时没少帮人助人，没想到走投无路之际，别人都躲得远远的，只有朱建国二话不说就过来了，这让老王感动不已。

老王知道朱建国战友多，是84届安顺普定一百五十名退伍老兵公选的队长。交费后，朱建国连续打了几个电话，说他嫂子在市医院，病重，要马上手术，一小时内不能上手术台，就不要认他这个班长。朱建国边打电话，边回病房，叫老王抓紧给嫂子收拾，一小时内嫂子保证上手术台。

老王开始不怎么相信，结果回病房不到半小时，几个医生护士来了，为老伴测体温量血压，一切正常，告诉他做好准备，十分钟后进手术室。那天早上，老伴十点差四分进手术室，下午两点差十分出手术室，出手术室后换了单间病房。老王才发觉不是做梦，他提心吊胆的日子，画上句号了。

老伴春节前出院，那年的春节过得挺温馨。过了元宵节，老王自己来到朱建国的厂里，说：“朱总，你要不嫌弃我就留下，干到干不动。”朱建国说：“什么朱总？认识那天就告诉你，喊我老三。我还是那个态度，你在我不赶，你走我不留。长青茶厂也分内外，但你不是外人，你同我一个样，去来随意。”那年3月2日，春茶开采，老王当天清早就到茶厂加工房，二话不说，轻车熟路开机、制作第一发春茶，当天制作的十斤毛峰、两斤翠芽，分别获当年全省赛茶大赛金奖第二名、银奖第一名。

想到这里，老王听到朱建国与电话那头的战友爽朗大笑：

“一言为定！你们几个兔崽子回来，一人三斤一级毛峰！”

朱建国说完就挂上电话，老王问：“你刚才说的是真的？”他心里盘算，朱建国说的一级毛峰，就是连续几年获金奖的那种，按今年的市价，只算散包装，一斤最少值一千元。

“老王，你我打拼十五年，我哪次讲话不算话？”

“老三，”老王笑着说，“好茶敬英雄。你舍得我舍不得？他们有几个人？我是怕库存不够。”

“库存不够，我去老国家要，我茶协副会长，向他要两斤好茶敬义务救火的老兵哥，他这个会长，会舍不得？”

朱建国说完，端起茶杯，“咕嘟咕嘟”喝干一杯茶。老王见他一次性喝干一杯茶，只有两种情况：要么听说战友凯旋，要么听到自己帮忙的事有了着落。

三

朱建国喝完杯中的茶，把汗褂一脱，朝加工房去。老王吃茶不快，习惯慢慢品，朵贝茶特有的清香，从舌尖滑过口腔，一股绵远清香经了口腔，直冲脑际，复又滑过喉咙，一路向下，来到胃部，深入腹部，在一股绵密清香的润养中，下午的劳累逐渐消散。

活了六十五岁，制茶四十六年，老王知道，懂得朵贝茶奥妙的人，虽然越来越多，但真正熟悉朵贝茶脾性，能将朵贝系列茶泡出最佳状态、品出神韵的茶老板，朱建国要算其中之一。朱建国来化处创业十五年，老王陪同十四年。老王六十五岁了，头发还没怎么白，朱建国才五十六岁，那头浓密黑发早已白了一半。

朱建国头发白得最快的那一次，前后不过一星期，老王还记得。那一回，是朱建国创办长青茶厂后，第七次去文山。朱建国接到电话时，他们两人正在制茶机边劳作。

“报告班长！”老王听到电话那边的声音很脆，“云南的战友，找到XX战友的遗骸了！正在对接，明天送往者阴山烈士墓。”老王当时看见，朱建国右手握电话时，侧看就像在敬军礼。“好！好！”朱建国说，两行泪水不自觉地滑落，“明天哪个时候出发？”对方说明早八点，你不要急，后天入土。朱建国又连说：“好好好，明天见。”接着回过头说：“老王，今晚不陪你了，我休息一下，天亮就出发。”

老王说快去睡一会，都凌晨两点了，不用调闹铃，天麻麻亮我叫你。

春分的夜，还有些冷。朱建国休息后，老王继续制作春茶。制茶最考究耐心与毅力，任何一道工序出差错，就前功尽弃。一年四季，制作春茶最累，往往一开机就要好几天，通宵达旦纯属家常便饭。好多茶厂制作春茶时，最少请三位制茶师傅，上班实行三班倒，人歇机器不歇，茶产量也就成倍增长。

老王待过几个茶厂，他发现，像朱建国一样，天天陪着制茶师一晚通宵的老板，他没见过；像朱建国一样，从不少算、从不拖欠一分民工工资的老板，他也没见过。他没当过兵，但他父亲年轻时打过游击战，他对军人有一种天生的发自内心的尊敬，对提得起放得下、说得到做得到的军人，更是有一种与生俱来的崇敬。他觉得，每当见朱建国处理厂内外事务，他少年时代那种对军人的崇敬感，不自然地冒出来。

那天晚上，加工好五十斤春茶，正好鸡叫五更。老王心知肚明，如果朱建国帮忙，五十斤春菜，最少能提前一小时完成加工。看看时间，正好五点十分，他走出加工房，灯光亮亮堂堂，对面的马家大坡，白天里那一坡山花和新绿，全都黑咕隆咚。拐进茶房正门，穿过小凉亭，卫生间旁的房间灯光亮着，朱建国四仰八叉躺在床上，没脱鞋，被子一角盖住胸部腹部，呼噜声中，那张床就像一只小船，随着呼噜声在黑夜的海洋中稳健前行。

老王抹把冷水脸，浑身的汗水渐渐干下去，凉意上来，抓紧去烧水、泡春茶沫。他决定喝一杯热茶，待五更鸡叫才叫醒朱建国。谁知，他才烧好水泡好茶，朱建国就醒了。“香啊，老王，还是你会品！”他听到朱建国的声音，又泡了一杯春茶沫，说：“老三兄弟，既然醒了，喝杯热茶，暖暖身子，再慢慢开车，赶早赶晚，不在几分钟。”

朱建国说：“那是，你帮我烧点水，装进热水壶，车上泡茶方便。我去装十斤毛峰，到了云南分点给战友，免得那几个兔崽子，过几天就打一次电话。”

老王不知道朱建国这次会遇到几个战友，但每年春茶上市，朱建国都要给战友免费寄出十多斤春茶。除了战友，朱建国还给另外几个老板寄茶。这几位老板，他没见过，只听朱建国说过，一位在成都，一位在上海，一位在北京。每年清明前，按三人给的地址，分别寄出三五十斤春茶。老王拿到发货单，拍一张照片发出去，收茶的人还没收到茶，三位老板已经把钱打到朱建国卡上。

老王烧了两壶开水，用朱建国常用的玻璃杯泡一杯毛峰。茶叶还没完全在水中打开，茶的形状还没完全出来，茶味还没有完成全上来，朱建国已从冰柜拿出十斤装的一级毛峰，又拿了三十来个长青茶厂专制的简易纸质茶袋，用背包装上茶，把水壶、茶杯、茶全部提上车，和老王打个招呼，开着车离开了。车灯把黑夜撕出一道长长的口子，留下一路鸡鸣狗叫，留下沿路林中阵阵鸟雀惊叫。

天亮后，老王给老伴打电话，让她来帮忙收茶青。春茶开采期间，只要朱建国有事离开，他就会叫老伴来帮忙。每天收回的茶青，必须当天加工。朱建国不在厂里时，收茶青欠下的钱，他用本子记好，等他回来后，不超两天，就按照他记录的茶青等级、斤两，一一付钱。有时候，老伴悄悄问老王："老头，朱老板也是，一两二两都较真，我们采给其他茶厂，三两以下都四舍舍掉，他这是何苦？"老王就说老伴："给你讲过多少回，如果他是这个德性，我转身就走。古老人讲，抹汗钱抹汗钱，不要说一两，就是五钱茶青，哪个乡亲不是一小片一小片采回来的？你是不是几年没挨好好收拾，上火了？"老伴说："看你那鬼样，我不是试探你么，要是不得朱老板，我早两脚一蹬去西天了，我看你去收拾哪个！"

老伴来厂里帮忙，一帮就是一个星期。朱建国出发时说顶多三天就回来，结果一个星期后的深夜才赶回。老王记得，朱建国从不喝酒，回到茶厂的那天夜里，破天荒地喝了一顿老酒，边喝边抹泪边自责。老王从没见过朱建国那样伤心，他和老伴在一旁不敢劝，又怕朱建国喝多喝醉误事，也不敢离开。直到朱建国睡下，为朱建国盖上被子，才和老伴在平常休息的房间和衣而眠，却怎么也睡不着，他和老伴每隔半小时就起床去看朱建国。以前他回来后，轻轻地"嘘"一声，或者轻轻躺下，或者坐在床前，讲些重复了几十年的废话。

第二天清早，老王起床后，发现朱建国已经起来了，在厂房前的林荫道上，来回踱步，一根接一根地吸烟。看过去，烟雾包住朱建国的脑袋。遇到这种情况，老王不好说什么，暗示老伴煮早餐，吃过早餐好干活。

煮好早餐，老王才喊一声，朱建国已来到厨房。朱建国端面条时，老王发现，朱建国的头发昨晚还是黑黑的，一大早起来，两边的鬓角怎么就白多黑少了？

"朱总，你……你……"老王见老伴欲言又止，示意她停下，没想到朱建国说："老哥哥老嫂子，原本第三天就往回赶的。一个战友，在离开者阴山的路上，为避让一辆客车，跌下一个深沟……大家多忙了四天。我那战友，娃儿才读高中啊……"

四

老王来到加工房，朱建国仍旧赤裸着上身，汗水顺着背沟沟淌，皮带周围，裤子也湿了一圈。

今年这老天，不知是消化不良，还是来了火脾气，立夏以来，眼下处暑已快过半，三十度以上的高温，少不下四十天。入秋后，清晨夜晚，还以为山间、水库方向，甚至厂房下面上千亩的荷田，刮来的风会有些凉意，哪里知道，风是热的，风扇吹出的还是热浪。这六十五年来，老王想，这样热的天，真是头一回遇到。

走近朱建国，老王大声说："三爷，今天采的茶青不错，不行晚上加工点毛峰，秋毛峰味道也不错，不用向老国借。"

朱建国提高嗓门："就做高绿，又不是销不出去。我的战友，答应给一级毛峰，就是一级毛峰。不用你操心。"

老王说："好，我不操心，但你得听我的，你抓紧去休息。才去黄果树参加三天培训，你那个拼命三郎性格，看你眼珠丝丝，红得怕人，那几天肯定没睡。回来这几天，你又陪我熬两个通宵，你是铁巴打的？"

"喂，我敬你是哥——"朱建国说，"你哪个时候变得婆婆妈妈的？十四年了，你劝我多少回？我哪回听你的了？不过，老哥，话说回来，你是不是还有绝活，想藏着掖着，不想教老弟我？"

朱建国一反问，老王一张老脸被激将得通红，脖子根也红了，却也不看朱建国，一字一句地说："你，你，好你个朱老三，老板做大了，听不进哥的话了，翅膀硬了是不是？"

朱建国一听就笑开了："老兄，你道行也不行嘛，两句话就把你撂倒，年轻时候是不是遭不住别人激？"

"开玩笑，"老王说，"不要讲男人，女人激我都没用。一个人是强是弱，人品高下，处一回就心知肚明。老哥我只是懒得讲。”

“那你说说看，我人品入得了你法眼不？”

“你没品，”老王说，“你只是凑一点汉子人气。带点令狐冲的性格，偶尔夹点韦小宝的心眼。”

“你这是夸我呢还是贬我？”朱建国认真地问。

“我识人看人，六十多年，不褒不贬。人是复杂的，令狐冲也好，韦小宝也罢，不过是正常人生活中的一种代表。我也曾经豪情万丈，也曾经像韦小宝那样趋利避害。但有一条，任何事都得看情况。”老王不急不缓地说。

朱建国不笑了，也正色道：“老兄，你果然敢说敢当。我朱建国一无钱二无本事，改行种茶，结识你就是我最大的福气。”

老王说：“你不用搊抬我，古老人讲，人心换人心，你自己做过什么，不要以为老哥我眼睛瞎。”

朱建国抓住杀过青的茶叶的双手上扬中顿时停住，茶叶缓缓滑下，他右手拍了拍老王的肩膀：“我做的哪件事瞒不过你的法眼？说来听听。”

老王说：“沙子坡那一家父子三个，你瞒得住我，瞒得住所有人？”

“老兄，你还真讲错了。”朱建国说，“那家三父子，你也晓得，个个残疾，他们采一天茶青，我就收一天，我公开收，也有人讲我傻讲我憨，他讲他的我做我的。你觉得有问题？”

“没问题，没毛病，但你公开放水，明眼人一看知道你会照顾人，心窄的人看到，会说你偏心啊。”

朱建国正色说：“老哥，这事你提了多少次了？他们三父子第一年采茶青来称，我就讲过，他们采多少，我都按中上等次的茶青付钱。谁不服，只要像他家三父子一样，我照样按中上等次的茶青付钱。你认为是我没讲清楚，还是别人会误解？”

“唉，我不好讲你，你那是睁起眼睛拿钱送人嘛。”

“老兄，不是兄弟我说你，这真不叫睁起眼睛送瞎钱。我也没读多少书，但当兵三年半，我明白一个道理：劳动没有尊卑。他家父子三人，凭自己双手挣钱，只要是个人，就要给他们应有的尊重。”

老王没有回答，双手不停地抓茶叶，轻轻扬手抛洒，一把又一把。半晌才说："你这么一讲，今天晚上，好些想不通的事，我总算想明白了。老弟，你值得我叫一声朱总。"

"噫！又来了。是哪个讲的，我们两弟兄在一起，只有老兄老弟，没有老板职工之别。"朱建国语音又高了些。

老王说："规定是死的，人是活的。就像你经常说的，不用多，二两茶叶，可以认清一个人。今晚我也才晓得，你办茶厂，为哪样不取名老朵贝茶厂，偏要取名长青茶厂？"

"哟，"朱建国说，"这两个名字，你我两老弟兄第一年收茶青加工时，你把我耳朵念起老茧，干了一年你就离开，也有我不听你劝的因素。你说说看，我为哪样取名叫长青茶厂。"

老王看了朱建国一眼，见他的头发黑发白发各占一半，今年以来新冠疫情反复不定，茶产量下滑，县内几家茶企无法经营，但朱建国再苦再累也不言弃，便缓缓说："我想，你大体想表达两层意思，一是情谊比山青比水长；二是茶品看人品，茶品比山青比水长。"

朱建国怔了怔，看着老王，看清老王双眼里的血丝，再盯住他的眼说："老哥，你讲对了两层意思。"

老王眼睛一眯："还有？"

"对，"朱建国斩钉截铁地说，"还有一层意思，1986年，在35255部队，老班长离任，我接任班长后，我们班的战友立誓：退伍后，做个长青的人。"

"哦——原来是这样，老王讷讷地说，原来是这样。"

"所谓理解，不过是一个解释。"朱建国说，"老兄，你的理解，最接近本义。这些年我所做的，正是你理解的这个意思，做好这两点，就很好了。"

"你那班战友——"老王话到嘴边又咽下。

"不提了，"朱建国说，"除了脑溢血那位，其他的都好好的。我们在一天，脑溢血那位战友的子女，就是我们的儿女……"

老王看见，朱建国说这话时，身子又挺直了。这个平时宁流血不流泪的汉子，提到战友，提到附近村子来采茶青那些生活特别困难的乡亲，眼眶里总是有晶亮的泪珠，左一下，右一下，打着圈圈，转来转去，又从不离开眼眶滴落在地。

五

鸡叫四更时，下午收回来的六十八斤茶青，全部制作成高绿茶，除了用不成的茶青，成品高绿茶近二十斤。

老王计算一下成本，二十斤高绿茶，批发市价二千到三千元，除掉六百八十元茶青钱，余下的，不够二十个人为茶林除草一天。立夏以来，长青大坡一带，七百多亩茶山，每天三十人除草，从头到尾，要花一个星期。中间顶多再过一个星期，又得从头到尾，再除一次草，如此循环。为了不让杂草盖住茶树，平均二十天除草一次。立夏到处暑，八个节气，一百二十天，少说也得除草六次。三十人，每天工价四千五百元，供应中餐和部分晚餐，每天约五千元，七天就三万五千元。一年中，夏茶适合加工红茶，红茶价格更便宜，七天加工的红茶，产量最高时顶多能卖五万元，除了茶青、除草的人工成本，再加上茶内茶外固定两三个人的工资，只要一开机，茶企大都倒贴。

老王搞不清，明明一开机就烧钱，非但不挣钱，反而倒贴钱，朱建国为什么坚持做茶，为什么不学学其他茶厂，每年除草的次数少一些，茶园采不出茶青，就收一些外面来的茶青。

老王只要心中有疑问，在茶场时都会和朱建国交流。将制作好的高绿茶摊开，让它们晾半小时到一小时，水分稍干，就得装袋存入冰柜或者冷冻库。晾茶也得分气温，气温低时晾的时间长一些，气温高时可以不用晾，直接入库。

晾成茶的空档，老王就到凉亭里坐坐，喝一杯茶。有的时候，他和朱建国，什么也不说，只泡茶喝茶，只一个手势，两人就懂得对方的心意。朱建国因此和老王开玩笑："老哥，你我的默契，怕各自的老伴都赶不上吧？"老王认可朱建国这个观点，男人或女人之间，信任和友谊到达某种高度，默契程度远非夫妻能够相比。看来，这世间，的确有一些情感，能够超越夫妇之情，家庭之情。

在凉亭坐下，老王经常坐那几个树干直接锯成的圆凳子，他从小就喜欢这种凳子。老王说："朱总，既然他们说重庆的山火稳住了，估计明天就要回来。趁现在凉爽，好睡觉，你抓紧休息一下，说不定明天就要为他们接风呢。"

朱建国没回答，低头看微信，突然骂："他妈的，没上火线？年轻人不让上就不上？还有脸说是我的兵？"

老王问怎么回事。

朱建国说这几个家伙，在小群里唉声叹气，说当地人不让他们上山，安排他们帮忙搬运物资。哪里有这么怂的人，别人不让上就不上了？

老王说："我听说有邻省的消防官兵去支援，你那几个战友，虽则当过兵，年纪和你差不多，五十六七岁，体力再好，哪里有二十出头的年轻人利索？我觉着，搬运物资，这个安排恰当。"

朱建国说："你是班长还是我是班长？有你这么说话的？"

老王说："老三你不要生气，有时候你真的横。你不是经常讲军人的天职是服从命令吗，那么多人，肯定有临时指挥部，防疫时你不是也弄一个临时指挥部吗？你觉得你的兵应该往前冲，指挥部的命令也不要了？"

朱建国没想到平常很少和自己顶撞的老王说出这番话，转念一想自己果然有些冲动，便笑着说："我只是觉得，军人就应该往前冲嘛。这回，你老哥说得对，我听你的。那几个家伙，好歹是我的兵，没给我丢脸。行，我眯一阵，你看看一级毛峰还剩多少，他们几个猴崽子回来，一人三斤。要是不够，我找老国去！"

朱建国说完，也不喝茶，径直朝房间去，上床不到一分钟就响起了鼾声。

老王点点头，又摇摇头，他庆幸自己刚才没给朱建国提收外地茶青的事，这事儿他说一次就被朱建国骂一次。朱建国总是说："我自己茶山的茶青，品种纯正，就算一斤茶青高两元，做出来就是放心茶，信誉茶。退一万步讲，要收只收朵贝的茶青，收外地茶青，附近的乡亲喝西北风？"朱建国也爱念叨：做茶和做人是一个道理。先把人做好，不要说做茶，随便做什么，温饱没问题，小富也不成问题。

老王喝掉杯中的茶，转身去加工房。天亮之前，把成茶收进冷库，他就可以放心休息了。顶多凌晨五点，一觉睡下去，可以睡到十点。起床抹把脸，吃碗早餐，朱建国收回茶青，他就可以轻轻松松接着制茶。

收茶时，老王觉得头有些沉，他扩扩胸，左右活动一下脖子，人就清醒了。将所有成茶收进冷库，看看时间，还没到凌晨五点呢。如果昨天晚餐没人耽搁，他们今天凌晨两三点准能休息。那又有什么呢？十四年来，早已习惯了。老王想，茶喊人，茶喊人，茶不仅喊来故交，也能喊来新朋，这应该是长青茶厂又一个秘密吧！

想到这里，老王笑了笑。心想："我这把老骨头，但愿能再陪三爷十年。"人啊，这一辈子，能遇到几个，愿意陪你一起长青的人！

爱在乌蒙

◇ 卢仁强

一

云秀站在黔灵山山顶，她再一次俯瞰筑城。此去一别，虽隔百里，也难说多久才能再见。

离别总是在秋季。筑城天高云淡，朵朵白云，宛若几只小船，漂泊在湛蓝的大海。云秀高挑的身材，清秀的面容，一双大大的眼眸含满秋水，乌黑的长发随风飞舞，即使是穿着淡绿色的旧军装，也令人陶醉。她捋一下长发，再整理军容，又向筑城敬了一个军礼。云秀退伍六年了，她仍然舍不得淡绿色的军装，即使没有肩章，每逢重要时刻，她总是穿在身上。此时，离别没有眼泪，只有一个标准的军礼。她的心，好像一只蜜蜂，忍不住寻着花香，飞越高山深涧，早已远赴百里之外的乌蒙。或许，爱是无法言表的。

“那个男人到底有多好?”亲人们一次次追问。云秀找不到答案，她也不知道，陈山河好在哪里？她的心中也有太多疑惑，若是陈山河不站岗，若是她不请假，若是她有一张假条，即使他们同在一座大院当兵，也会是两条伸向远方的铁轨，此生不会交错。可人生没有若是，只有注定。

那年，家住筑城的云秀和身在乌蒙的陈山河参军入伍，经过三个月的艰苦训练后，他们同时被分到了团部大院。云秀在通信班，陈山河在警卫班。

有一天，陈山河在团部大门口站岗，正遇上云秀要出军营。陈山河要云秀出示出营的条子，云秀说她已经给团长请假，而且得到了批准。陈山河说，口说无凭，他必须要看到团长签批的请假条。云秀先是软磨，左一句兵哥，右一句兵哥。听着云秀温柔的呼唤，陈山河没心慌骨酥，仿佛大山一般，没有丝毫怜悯之心。后来，云秀又来硬的，她耍起小姐脾气。陈山河始终坚持原则，提醒云秀，他是卫兵，卫兵不可侵犯。正当两人闹得不可开交之时，团长来了。团长了解情况后，说他确实口头同意了云秀出营。这时，云秀斜了陈山河一眼，很是得意。陈山河没有理睬云秀，他走到团长面前，先敬了一个军礼，然后大声说："对不起，团长同志，这是您的规定，没有首长签批的条子，任何士兵都不能擅自出营。"

陈山河就是一根筋，认死理。云秀想起他们的初次相遇，总是哭笑不得。可是，就是这样一根筋的男人，却让她爱得死去活来，爱得如此艰辛。

去年，一个天高云淡的秋天，士官陈山河退伍了。云秀开着北京吉普越野车来到军营，第一时间把陈山河接到筑城正大街58号的三层楼房里。早在云秀退伍时，父亲就把这栋三层楼房送给了云秀。如今，这栋楼房就缺一个男主人了。

深夜，天上的云彩散尽，眨巴着眼睛的星星也跟着离去，只有孤零零的月亮在夜空游走。云秀和陈山河毫无睡意，他们坐在楼顶，彼此依偎，仰望夜空。

"我们结婚吧，这房子就差你了。"云秀忍不住打破沉默。

"可以，但是，我要回去。"陈山河说。

"去乌蒙吗？"

"是的。"

"这里不好吗？"

"好，但这里不是我的家。"

"可是，这里是我的家。"

"对不起，我要回到乌蒙去。"

"不准你去。"

"秀，我必须回去。"

"你怕别人说你是吃软饭的吗？"

"不是。"

"你不是男人。"

"我是男人，我必须回去。"

"乌蒙比我重要吗？"

“这是两码子事，不能比。”

“你好狠心。”

“对不起。”

“我不要对不起。我和乌蒙，你选一个吧！”

“秀，不要这样，行吗？”

“不行，这么多年了，我还以为自己最了解你。可是，今天我才发现，我们是多么的陌生。今夜，你必须做出选择。”

“你别逼我。”

“我就要逼你，我应该在很多年前逼你。”

“我选择乌蒙。”

“啪！”云秀给了陈山河一巴掌。泪水如清冷的月光，流淌在她的脸颊。这一巴掌，宛如打在云秀的心上，心都碎了。

云秀醒来的时候，秋阳已经高高地挂在黔灵山山顶。陈山河早已走了，一切仿佛一个长久的梦，做了很多年，没有告别，忽然在秋阳里惊醒。

云秀没有去追寻，该走的会走，该来的会来。这些年了，她与陈山河的爱恨，就在一根筋上滑来滑去。这一次，她不知道会滑向哪里？

思念的种子埋在心里过了一冬，在春天里也会跟着大地冒出新芽，云秀决定去乌蒙看一看，那个狠心的男人是不是生出了石头心肠。

见到陈山河时，他正在砌猪圈。过去的这个冬天，陈山河开山凿石，当起了石匠，他倒是生出了石头的模样，满脸沧桑。云秀望着一脸石粉的陈山河，她的心又碎了，泪水在脸上“哗啦啦”地流成了两条弯弯的小河。

第二天早上，睡梦中的云秀被一阵叫喊声吵醒，陈山河从猪圈的石墙上摔倒下来，好像左手断了。云秀来到猪圈时，陈山河已被村里人送去了上关县人民医院。云秀又急忙赶去上关县人民医院，陈山河的 CT 检查结果出来了，左腕骨折。

“没事的，小问题。”陈山河大大咧咧。

“骨头都断了，还是小问题。”云秀有些生气。

“过几天就好了。”

“伤筋动骨一百天。”

"哎，我大意了。"

"怎么这样不小心呢？"

"可能见到你，高兴得分心了。"陈山河望了一眼云秀。

云秀没有接过话茬，脸一下子红起来。

"我还以为这个春天能砌好圈房，看来又要等到秋天了。"

"怎么不多请几个人帮忙呢？还亲自做。"云秀接过话来。

"我的退伍费不多，只能自己当免费劳力了。"

"你准备做啥？"

"养能繁母猪，我找过县畜牧局，这个风险小些，一步一步来。"

"还差多少？"

"几十万吧！"

"我给你想办法。"

"哎，不用，银行答应我了。"

"这个暂不说，先养伤吧。"

陈山河出院那天，云秀回到了筑城。她正式把正大街58号二层楼房卖掉，沿着那根筋滑到乌蒙去，云秀要做一名猪倌夫人。

二

乌蒙的秋天，万山多情无限。红的、黄的、绿的、蓝的、紫的……一山连着一山，山与天相接，浩瀚如海。

云秀和陈山河从上关县民政局办完结婚证出来，他们之间发生了争执。云秀也是一根筋，认准的事，八匹白马也拉不回来。她是一个喜欢留长发的女人，可是，当年为了参军，她主动剪掉了秀发。今天，为了做陈山河的女人，再次忍痛割爱。云秀说，结婚照上印下了她一头乌黑长发的模样，她剪发明志，嫁鸡随鸡，嫁狗随狗，做一个真正的乌蒙女人。陈山河好像变了，他没了那些年的倔劲，在云秀面前妥协下来。

冬天来临的时候，陈山河的猪圈落成了。他们虽然是合法夫妻，但是也得入乡随俗，趁着猪圈的落成典礼，一起把婚礼的酒席补办了。陈山河双喜临门，加之不知道是谁把他们的爱情故事传成了乌蒙的一段佳话，道贺的人很多，连上关县畜牧局的张局长都亲自上门贺喜。当然，也有些妒忌的猪倌。不过，乌蒙的乡亲们都很羡慕，张局长更是鼓励陈山河再接再厉，努力成为上关最大的猪倌，带领当地的老百姓脱贫致富。

转眼间，春天来了。云秀家双喜临门，好事成双而来。陈山河的养猪场的两百头能繁母猪怀上了猪宝，云秀也怀上了宝宝。可是，云秀却高兴不起来，反而整天忧忧愁愁。云秀从筑城来时，兜里装有上百万元。不过，又是砌猪圈，又是买能繁母猪，还要开工人们的工钱，仅过了半年，兜里的钱快花光了。

有一天晚上，陈山河与云秀商量，他想去银行贷些款。云秀不同意。她说当初自己之所以把筑城的房子卖掉，就是怕陈山河差账。云秀最怕欠账，银行的贷款带有利息，每一天就是不吃不喝，那利息也得记下来。

第二天早上，陈山河去了上关县城办事，云秀换上了工人服装，拿起铁铲与工人们一起铲猪粪。大家劝她还是多休养，毕竟这是第一胎。云秀说自己没那么金贵，而且当过兵，身体素质好得很。

陈山河回到家中，听说云秀去铲猪粪，心里十分难过。他想起云秀是筑城的千金小姐，跟着自己到大山里来养猪，眼睛禁不住湿润了。他来到猪圈，劝说云秀别干这种又脏又累的活路。可是，现在的云秀，已不是以前的云秀了。而他陈山河，好像又回到了以前的陈山河。两个一根筋碰到一起，云秀和陈山河闹了起来。

“你回城吧！”陈山河说。

“我爸妈都不要我了，你也不要我吗？”云秀说。

“不要。”

“真的。”

“真的。”

云秀没有搭话，她放下手中的铁铲，往屋里走去。云秀没想到陈山河会说出那种伤人的话，她似乎要离开这个负心的男人。然而，云秀没有走，她出来的时候，手里拿着一把杀猪刀。

陈山河知道自己说错了话，再说，好男不与女斗，他撒腿就跑。云秀扬起明晃晃的刀子跟着追上去，一边追一边大声喊道：“狗日的陈山河，有本事你不要跑。”

云秀的异举惊呆了在场的工人们，待大家反应过来，她已追出好远。大家又急忙跟上去，拉住了云秀，夺下她手中的杀猪刀。大家让云秀不要激动，若是动了胎气，那就不好了。

后来，乌蒙流传着一个小道消息，陈山河家那个婆娘厉害得很，别看她是从大城市来的，比哪一个村妇都还泼辣，千万别惹她。

三

云秀卖了那辆北京吉普越野车，这是她从城里唯一带来的东西，本想作个记挂往事的念想，现在，云秀把它置换成了一台皮卡车。

陈山河的两百头能繁母猪嘴头越来越好，每天都要吃掉小山堆似的猪饲料。但是，陈山河和云秀早已囊中羞涩，很快就支撑不下去了。云秀死活不准贷款，可是，难道要让这些猪饿死吗？陈山河想来想去，他亲自带起工人们，到乌蒙的山野里去打猪草。小时候，他陈山河就是一个打猪草的高手，远近闻名。没想到，多年以后，他又能重操旧业了。

夏日的乌蒙，遍野葳蕤。车前草，小刺菜，蒲公英，蓑衣菜，肥猪苗，白蒿，鸭舌头，酸豇菜，露水菜……层层叠叠，铺满大地。这些昔日的猪菜，都是上好的苦口良药，它们春生冬死，自生自灭，已经寂寞很多年了。虽然偶尔有些人把它们摘下来，装满箩筐，送到城里卖给城里人当作火锅野菜，但是，因为不太值钱，渐次被人们忘记。

打猪草，云秀听说过，但没有亲身经历过，这勾起了她的好奇心，云秀吵闹着要跟着去。陈山河知道她的脾气，就让她坐上皮卡车，跟随大家一起进山。不过，陈山河也给云秀约法三章，她可以下车，但只能站在皮卡车周边，不能爬坡上坎，更不允许去割猪草。

有一天，他们来到一块坝子里，陈山河与工人们都钻进了苞谷林里，只剩下云秀一个人守车子。她闲得无聊，就想亲自去割猪草。

俗话说，不得猪肉吃，还见过猪走路。云秀打小生活在城市，自是不认识猪菜。这些天，云秀一直在旁边看，也不停地问，多少也知道了一点儿。云秀在车上找到了一把镰刀，顺手在路边割了一些。云秀又怕陈山河望见那些猪菜，说她不遵守约定，再不带自己上山了。云秀把她割的藏进了猪菜丛中，陈山河与工人们还以为是自己打的。

第二天夜里，云秀家有一头猪死了。陈山河仔细查看，发现死猪的口鼻上全是白沫。同时，有十几头能繁母猪，坐卧不宁，好像也要死去。云秀十分慌乱，陈山河却很镇静，他首先把喂养的过程从头到尾梳理了一遍，始终没有发现错误。“是不是有人下毒？”陈山河的脑海里闪过一个可怕的念头，或者是猪瘟？陈山河越想，心中的疑惑就越重。他立即拨通了张局长的电话，张局长听了陈山河的诉说，感到事态有些严重，他亲自带起畜牧局的王兽医连夜赶到乌蒙。

凌晨一点，张局长和王兽医来到了陈山河的养殖场，他们没有歇息，立即开展工作。才十几分钟，王兽医做出了诊断结论，死猪不是死于猪瘟，确实是中毒了，口鼻有白沫，肛门外翻，这是吃了雷打伞中毒死亡的典型特征。但是，其他那十几头，王兽医还难以断定。王兽医介绍，雷打伞又称五朵云、鬼打伞、猫眼草等，各地的叫法不一样。这种植物有毒，猪吃了，很难被发现。但是，吃了雷打伞中毒而亡的死猪，口鼻白沫和肛门外翻的特征很明显。陈山河恍然大悟，记得小时候，村里人打猪草有一句俗语：“除了雷打伞，只要箩筐满；除了火烧颠，只要箩筐尖。”可是，他和工人们都防范着雷打伞，猪从哪儿吃到的雷打伞呢？

排除别人下毒和猪瘟的可能，王兽医照着雷打伞中毒的症状，给十几头能繁母猪喂了药，张局长连夜赶回了县城。

天亮后，陈山河把王兽医的诊断告诉了云秀。云秀当即脸色大变，哇哇大哭起来，还喃喃自语，说自己害死了那头母猪。陈山河说：“那雷打伞是你割来的？”云秀把自己打猪草的经过原原本本告诉了陈山河。

四

猪瘟还是来了，有人说瘟疫是从陈山河家传出来的。

张局长又带着王兽医来到乌蒙，他们一方面给陈山河证明，另一方面指导乌蒙的猪倌防疫。可是，此次疫情来势凶猛，一周时间，大部分养猪户家里的猪都死光了，而且疫情还在全县扩散，一发不可收拾。不过，令人奇怪的是，云秀家的两百头能繁母猪却毫发无损，而且即将临产。

张局长打电话给陈山河，请他把自己的防疫经验讲出来，让全县的养猪户共享。可是，自从猪瘟发生后，陈山河也是手足无措，根本没有采取什么防疫措施，只是听天由命。陈山河也弄不清楚，他家的猪为什么就有了免疫力。也许，他和云秀的创业之旅，感动了苍天和大地。

当天下午，红红的太阳停在乌蒙山山顶，久久不愿落下山去，大地一片血红。半月之内，张局长带着王兽医第三次来到了乌蒙。陈山河刚把张局长迎下车，他就开门见山，今天务必要拿到陈山河防疫的秘方。陈山河把张局长和王兽医请到家里坐下，并盛上朵贝茶，然后把自己的疑问也说了出来。陈山河没有秘方，自己也感到莫名其妙。若是张局长逼迫，他只能说秘方就是天地保佑。

在家里找不到结果，张局长要亲自到圈里看一看。陈山河带着张局长和王兽医来到猪圈，几个工人正坐着休息，他们一边吃烟，一边聊起这次瘟疫。

“各位师傅，陈山河家的猪到底吃了什么药啊？”张局长听他们聊得起劲，就搭讪一句。

“吃山上的猪菜，那些全都是药啊！”一位老者衔着烟斗回了一句。

“是不是因祸得福！”王兽医若有所思，他脱口而出。

“天啊！高手在民间，这老人讲出了陈山河的秘方。”张局长仰天长叹。只有陈山河没有说话，他的眼睛在几个人身上晃来晃去，仿佛走进了云里雾里，一脸茫然。

五

又是秋天，天高云淡，离开多年的云秀第一次返回筑城。多年来，云秀跟随陈山河在大山里转来转去，他们已经从养猪路上转行到了环保建筑材料制造业上来。这一次，他们来筑城领奖，云秀夫妇被评为了全省退役军人创业创新之星。

迎难而上

◇ 廖明华

一

明乐天这一次回乡，是在一个凛冽的冬季。他在遵义站下了动车，出现在眼前的家乡，显得亲切又陌生。亲切的是从身边经过的人，乡音未改；陌生的是，遵义新火车站，视野开阔，所有的建筑，都像春笋般出现在大地上。各种标识，十分醒目地指引着人们前进的方向。明乐天走向汽车总站方向的时候，人潮中出现了一道亮丽的风景，几个武警战士迈着整齐的步伐巡逻在站外广场。明乐天心里一亮，一个班的新兵。他潜意识地把胸膛一挺，背着的包，提着的行李，都像是听到号令的兵，一晃一动，都是行军的节奏。明乐天回味地一笑，恰好被与他一起回来的小李看到了，小李问他笑什么。明乐天望了一眼遵义站远处的乡村才说，咱退伍快有二十年了，在部队上练出来的许多动作，生了根地留在记忆里。我们刚才坐的动车，是从广州开往遵义的第一列动车。

小李“嗯”了一声，也学着明乐天那军人迈步的模样，大步流星地走向客运站。小李才二十几岁，明乐天在他的心里，像首长。

大巴车载着一车的游子，向家乡奔去。

熟悉的山峰，云雾缭绕，如仙境一般。宽阔的高速公路，让明乐天心情十分舒畅。三小时之后，车窗外出现的地名，开始变得陌生了。明乐天心里有些纳闷，这是要开向哪里呢？明乐天拿出车票看了一眼，没有错啊。明乐天这个动作，被和他俩坐在一排座位上的女子看在眼里，对方微微一笑说：“看你俩这样子，是去我们花园镇旅游吧？新闻上说，咱贵州，正成为许多外省人的诗歌和远方。去我们花园镇，以前，以后，都是经湄岗县最近。这段时间，有一座耗资好几千万元的高速公路桥梁，是在原来的小桥上开建，所以来去的车辆，得从思德县绕。以后，这些盘山绕水的公路，将会归隐山林。”

大客车开了几十分钟后，女子往窗外看了一眼，叫道：“哎呀，你们看那块牌子，又是一条高速公路正在建设之中，看来我们花园镇，今后东南西北四个方向，无论山峰有多高，都是笔直的高速公路从大山里穿过；无论河谷有多深，都是一座座桥梁像彩虹架在天空。”

大客车停了。司机说：“请各位先下去吃点东西，这段时间到处都在修路，路不好，车轮子出了点故障，要换个轮胎，大概要两个小时才能出发。你们两位广东来的客人，这儿风景不错，值得你俩好好欣赏。”司机说话时，车已停在一家修车店的门口。明乐天他俩在遵义上车的时候，就和司机熟悉了。司机听他们说一些东莞的事，车子加油的时候，有人要上厕所的时候，车只要停下来，司机都会兴致勃勃地像导游一样向明乐天和小李介绍家乡。明乐天为了不扫他的兴，一直没告诉他，我俩往祖上数到八代，都是仡苗县仡佬族的子孙。

明乐天和小李在店里吃了饭，才留意司机说的风景来，面对连绵起伏的山川，饭店恰到好处地位于一道观光长廊的黄金分割点。在落日的余晖里，明乐天骤然想到红军长征在遵义时，毛主席写《忆秦娥·娄山关》时的景象来，那里虽然距离娄山关有二百多公里，多次出现在一些影视作品的娄山关景色，在那里却是很容易让人联想到，苍山如海，气势磅礴。忽然，一阵山风吹起，明乐天的心里沁入了一种醉人的、久违的花香。家乡的桂花开了，明乐天闻着那种清香，走到一棵桂花树下，桂花树旁边，有一块铭牌。看到铭牌上的字，明乐天挺直了腰板，举起右手，行了一个军礼！

小李看明乐天的行为，觉得有点莫名其妙。明乐天说：“你看这些石头上的字，‘优秀的共产党员冉启武同志栽于一九九六年，摘星村全体村民铭记！’冉启武是我外公，去世已有十一年了。1996年，他差一点就牺牲在这里了，那一段往事，我是刻骨铭心。没想到这次回来，这车还会在我曾经奋战过的地方停一会儿，此乃天意。”小李双眼一亮，另外一些乘客也看着围了过来，明乐天仿佛是高山碰到了流水，讲了起来。

二

所有的人都站在堂屋里，屏住了呼吸。这些人的身上、手上还粘着新鲜的泥土，他们年龄最小的读初中，年龄大的有五六十岁。大多数人都穿着那个年代流行的中山装。蓝色的，灰色的，黑色的，都是洗了一水又一水，有些甚至还打了补丁。有的中山装的领口还有红领标，一看就是老军人。穿着迷彩服的多是年轻人，未必参过军。军迷，参加过民兵训练的，或多或少有一套迷彩服。也有的老年人头包着的帕子、仡佬族标志的青色布料长衫已洗得发白，打着补丁。年轻人少说穿了三件衣服，时节已经是下过几场雪的腊月了。

偶尔有人把手从耳朵根子伸进背心，用指甲搔痒的声音，“沙沙”响着。

“怦！”“怦！”“怦！”明乐天分明听到了每个人的心跳，包括他自己。尽管大家伙心里都知道，将要发生什么事，闪烁的眼神证明每一个人的担惊受怕。一屋子的人，都用手指堵住了耳朵。

“轰——隆——”终于响起了第一声。那一声巨响，仿佛是在地底下炸裂。脚下的大地一阵颤抖。每一个人的心，仿佛都从心脏跳到了喉咙。所有的人，惊魂未定，“轰！”“轰！”“轰！”“隆隆隆……”爆炸声一声比一声强烈，每一声爆炸都是地动山摇，排山倒海。明乐天看着一屋子紧张的人，大声地说：“我们的物理老师讲过了，突然听到剧烈响声，嘴巴要张开，耳膜才不会受到损害。”大家伙半信半疑，瞪了一会儿白眼。不知道是谁开了口，说：“这里到底安不安全？以前放炮，最多只放两节炸药。现在一个炮坑，至少放了一箱炸药啊。”

“放心好了，我们躲在这里，是专家研究过的。”

“大家都干了一个星期了吧，最大的官，除了村主任外，谁看到专家了？”

人们七嘴八舌地说着。村主任冉长江抬腿站到一个凳子上叫道：“都给老子闭嘴！别打扰我数炮声！”

空气中弥漫着一股烈性炸药的味道。明乐天通过木条格子窗框望出去，太阳仿佛是一头被炸伤的巨兽，群山，天边，都染红了鲜血。

16，17，18，19……冉长江在心里数着爆炸的声音。数到 29 时，他抬起左手看手表，大声叫道：“五分钟了，猴子，还有一炮，怎么没炸？你怎么搞的？在镇政府培训的时候，你耳朵打蚊子去了？”

人们都望着猴子。猴子不是他的真名，是他长得太瘦了，他真名叫何友逵。何友逵从小到大，做什么事都像猴子一样跳来蹿去的，十分机灵。左邻右舍就习惯叫他猴子。人们从没见过村主任发这么大的火，猴子也害怕了，结结巴巴地回答："我……我……我……"说了好几个"我"字之后，终于像是吐出了卡在喉咙里的洋芋蛋儿，"我剪导火线的时候，把两根不够长的用胶纸绑着，我看了呀，有火药，估计是在那里死火了。"冉长江伸出手，食指指向猴子，恨铁不成钢的样子说："猴子啊猴子，我看你真他妈的是穷日鬼了！你知道这样做会是什么结果吗？没人知道它哪哈儿响！开工前一天，汪书记亲自来开动员大会，特别强调，放炮前半小时，要安排人在山头喊话。炮声响起，各村村主任要亲自计数。一定要等炮响完，才可以通知乡亲们出门活动。"

"啪！""啪！""啪！"冉长江顺着响声和大家一起看去，冉启武正在敲他的旱烟锅。

冉启武望了一眼冉长江才站起来。只听他叫道："乱弹琴！你这个村主任给老子听到起，好好想想全村哪些人嗓门大，叫他们出去喊，还有一炮没有炸，乡亲们不要出门。老子先出去撒泡尿。"冉启武说罢，像是尿泡要胀破的样子，离开人群，几大步就出去了。

村民们都忍不住笑了起来，这个老家伙，怪不得会做月老。这时候了，还会逗大家开心。

笑声还没有停，明乐天叫道："何全海大叔，饭做好没有，我饿了。"厨房里传来回声："你是饿死鬼投的胎吗？一天三顿饭，还喂不饱你。"何全海话音刚落，和他一起做饭的陈明奎的声音又传了出来："明乐天过了年就要考大学了，娃儿们正是长身体的时候，我们这伙食，我这个不长身体的老头子都吃不饱啊。"何全海接着说："那有什么办法啊，全国人民都知道，咱贵州是人无三分银，再等一哈儿啊，马上炒菜。"

"明乐天，你嘎公（外公）马上给你加菜，一条黄蛇都给你吃。"说话的人故意拉长了腔调，大家伙哄堂大笑。方言里说的黄蛇，谁都知道是人拉的屎。说话的人叫吴自怀，这人常常老没衣食的一句话，把人肚子都给笑痛。明乐天立即回了一句："马拉个巴子，把你肝炒了都没人吃。"

屋内的光线有些暗了，明乐天擦了一根火柴，点燃了煤油灯。屋梁上有电线，灯泡，却没有电。那时候，整个花园镇，只有在雨季的时候，水电站的机器才能响起来，才会有一段时间的亮光，大多时间的照明，靠的是煤油灯。有些人拿出了扑克，有些人掏出了旱烟，明乐天拿出一本课本。

明乐天看了一会儿，突然拿起书本在手掌上拍了起来。好几个人看着他，只听他恍然大悟的样子叫道："我嘎公还没进来啊，他撒尿从没超过三分钟。他拉什么尿？我还不知道他，他去排哑炮去了！冉永建，把你千里眼给我。"

冉永建是一个才学刮胡子的小伙子，不但长得高，脑水也长得多。笛子、唢呐，山村常见的乐器他能做也能吹奏。只是太穷了，初中没读完就出去打了一年工，回家做了一个千里眼，外形就是一个大竹筒，玄机在里面的镜子里。明乐天早就欣赏过了，他是把一个坏了的望远镜改装到竹筒里。他说的能看千里，那是运用了李白飞流直下三千尺的思维。千米之间，看一坨东西是人还是石头是没问题的。听到明乐天的叫声，他用夸张的动作双手举着千里眼，露了一个卓别林式的微笑，挺绅士地递给明乐天。

明乐天出门，站在院坝的一棵李子树下，举起千里眼看了一下，就递给了冉长江。冉长江看了一眼就喊了起来："二伯，你给我回来。"其他的人也喊了起来："二哥，不要去啊。""冉启武，老子猪腿都给你准备好了，我儿子等着你，向他心爱的姑娘提亲呢！"明乐天双手捂成喇叭叫了起来："嘎公，你回来，天马上要下雨了，下雨导火线就会熄的。"

冉启武仿佛什么都没有听见，大步流星向前走去。一座山挡住了人们的视线。

"轰！"人们不愿意听到的爆炸声响了，叫喊的人，听着这一炮的炸响，仿佛战场上拼杀的战士，眼睁睁地看着战友粉身碎骨。冉长江突然扔了千里眼叫道："猴子，老子今天要砍死你！"转身拨开人群，一会儿提着一把菜刀冲出来了。

猴子跑得像风一样快。跑了一会儿他才转身喊道："乡亲们，帮我拖住冉村长！冉——村——长——你听我说，你砍死了我，你就成了杀人犯，是要判死刑的。我自己去死，我去跳岩。我这样死，罪有应得！你还要带领乡亲们修路呢！你还要带领乡亲们致富呢！你在汪书记那儿说的话，我都听到了。冉村长，听我的话，让我自己去跳岩！我死了，就把我埋在这儿，我要看着你们，把路修出来！乡亲们，拖住他！乡亲们，再见了——"猴子边喊边跑。

"猴子——你有种就别跑啊！"冉长江恨不得飞起来去追猴子。猴子毕竟是一个小伙子，冉长江哪里追得上，再加上很多人都在劝他，拖着他。

“冉村长，把刀放下。”

“冉长江，冷静！”

“冉长江！不要冲动！”

“冉长江！冉村长……”房屋里的人都出来了，很多人喊着叫着。也有些人打起了口哨。“汪汪汪……汪”“汪汪，汪汪汪……”狗也仿佛听懂了人们的呼喊，跟着叫起来。有的人点着了火把，有的人拿着手电筒乱晃。

跑着的猴子突然发现一座山出现在眼前。抬头一看，退了几步才叫道：“你……你……是人，还是鬼？”

“老子是冉启武！老子哪点像鬼了？”冉启武说着掏出火柴，一声脆响，光亮了起来。他把头靠近猴子说：“你给老子好好看看，睁大了眼看，看清楚啊。我是你大爷冉启武！”冉启武又擦亮了几根火柴，对着自己，上上下下照了一遍，吼道：“立正！稍息，向后转！跟老子回去！”

两人走了一段儿。猴子也喘够了气。俩人往人群里望去，冉长江被几个人扶着，拉着，哭得稀里哗啦。

猴子搔了几下头才说：“冉村长，我大爷你二伯他是福将，他就在我后面，他好好的，能放过我吗？村长，对不起！我错了，我这脑子真的是穷日鬼啦……”

村长抬头看了一眼。一个长辈正在检查他二伯有没有受伤。好一会儿才笑呵呵地说：“二哥啊，你都六七十岁的人了，还当自己才十六七岁啊！”

“二伯，你真是气死我了！”冉长江一边说一边晃着两只手，“你知道一个炮眼我们放了多少炸药吗？你要是出了什么事，我回去怎么交代？”冉长江叉起腰说：“汪书记特别强调，我们修这条路，要做到零死亡！”冉长江缓了一会儿才慢慢地说：“二伯，我也当过兵，当年对越自卫反击战，我打死过敌人，我身边也倒下过战友。我退伍后结婚，我从没有像今天这样怕过，哭过。因为这是在和平年代，汪书记交代，修这条路，安全为主！零死亡！明天，你回去！”

“你叫老子回去，你不知道老子是哪样人吗？”冉启武说着跳到一块石头上，风吹着他的仡佬族长衫。长衫里，脖子上，老军装上的两块红袖标闪着光芒。很多人都望着他。他的声音铿锵有力。“冉长江，你给我听着，你二伯，我是当了十几年兵的共产党员！老子啊，打了三年的土匪，后来又是工程兵，西南三省的铁路，都有我冉启武的功劳。算下来，那是几千几万公里，修这点路就能吓倒老子了啊？这条路，直线距离不过十几公里。老子虽然书读得少，但是那炸药的德性我清楚得很，排这种哑炮，小菜一碟。爆炸的时候，是这样子的……”冉启武说着张开双臂，做了一个向上散开的动作后，身子一个转身，一个卧倒后又站起来，接着说，“那石头，它向天上飞，四周落。只有我，才会确定这个安全角度。”

“二伯，你真是吹牛逼不要赌气牌了。你们那年代的炸药，能和现在的炸药相比吗？”冉长江说罢望着夜空。冉启武伸出他的大手，拍着冉长江的头说：“在这里，你二伯我，党龄最长，这是我一个老革命军人的责任。我真没事了，记得啊，回去了不要对你二伯娘说，也不要对你爹说，否则你爹会揍死你的。”冉启武又提高声音说：“今天的错误，绝对不能再犯！猴子，今晚上你要给老子写份检讨书！明天晚上开会，我要请我外孙念给大家听。”冉启武说罢，把头转了一圈，大家伙都被他震住了，都在看着他。冉启武突然把胸一挺，气运丹田，叫道：“立正！向右看齐！稍息。向后——转！”村民们，有的像他的兵，听着口令行动起来，有的则瞪大眼睛望着他。只见他大手一挥，说：“解散！回去吃饭，好好睡，明天才有力气干活！”村民终于忍不住笑了，嘻嘻哈哈地散了去。

摘星村，是仡苗县的一个边缘山村。传说是被贬官到黔州的大文豪黄庭坚，攀爬到那山顶的时候，感慨地对为他带路的几个年轻人说：“如果是在晚上，我能把天上的星星摘下来送给你们玩。”那些年轻人久慕先生的诗词和书法。黄庭坚和他的老师苏东坡一样，被流放到哪里就把文化带到哪里，深受百姓喜爱。摘星村的名称就这么来的。摘星村，有些地方，一块石头就可以称为山。有些地方的山，像是天宫断在半天云里。有些地方，昂起头看到的都是山尖。山村人家，一天见到阳光不过五六个小时。山的那一边，是四川省了。单是翻过那一座山去四川的一个镇，天亮出发，至少要走到下午三四点。去花园镇赶场，一样要翻山越岭，中午十一点钟才能赶到。

山腰的土地都是陡坡坡，偶尔有几块稻田，像马刀片一样放在山腰。要不是露着些稻谷桩，没人相信是一块稻田。油菜和小麦，白菜或是萝卜，在寒冬腊月，在一些人家的附近，长着一些青绿色。更多的风景，都是叶凋零，草木枯。

明乐天他们学校放了寒假，回家那一天，村小组组长冉向阳就拿着一个坏了胆的保温瓶铁皮壳子当喇叭喊开会。组长在会上传达了镇领导的计划和安排。镇政府决定修一条公路，从花园镇到摘星村。摘星村是花园镇最边远的村子，要想富，先修路，手心手背都是肉，山里山外一家人，齐心协力奔小康。但是镇里没有钱，就发动全镇人民义务修路，工期计划半个月先刨出一条公路的模样来，等以后有钱了再铺钢筋水泥、沥青。镇财政挤出一部分资金购买物资，再向在外经商、工作的人募捐一部分资金。

那些年仡佬族山村人家的房子都是木结构房，有五架房、七架房、九架房。屋面多用人字形两面排水，底部用川字形连接。一般人家，住的都是七架房，四柱三瓜，多为二层楼。墙体、楼地面均为木板装封，屋面盖青瓦。住宅一般为四列三间，中间为堂屋，比两边房间要凹进去四五尺，外面形成厅口，正中两扇大门内开。堂屋不住人，用于供奉祖先、神灵、祭祀和接待贵客，左右两间偏房作卧房和厨房。九架房，也是四列三间，一般被视作有本事的人家。

修路的工地上彩旗飘飘，鲜艳的五星红旗分外妖娆。要想富，先修路！发扬愚公精神，党群齐心把山移！大红标语挂在树上、墙上。在肃杀的冬季，人看着，热血沸腾。十几公里的工程，十几个村的花园镇，每村分一段，抓阄决定。明乐天他们村在最远的摘星村高岩组。要修的路，有风化石地，黄泥巴，黑泥土，这条山路，有百分之八九十是龙骨石地。

修路干得最多的活是打炮眼，用手工。一个人握着钢钎，另一个人甩着大铁锤打。打炮眼，是村子里经验丰富的石匠负责，其他人用锄头挖、掏。碎石与泥土用篼箕装了然后挑着往外倒，稍微大一点的石头，由一个人抱出来，很大的石头由几个人推到边沿垒起来。天黑前放炮炸，有时二十响，有时三十声。装炸药，剪导火线，点炮，县里请了专家来培训。

毛坯路刨出来之后，全镇三万多人的“大部队”撤离前一天，老军人老党员冉启武带着他的外孙明乐天，去了一趟摘星村村长的家里。当着村长的面，冉启武这样介绍明乐天：“他是我的警卫员！”喝了两碗村长泡的红茶后又说：“我要栽一棵桂花树在我差一点光荣了的地方。”村长大力支持，还叫自己的儿子跑去喊来村里的雕刻匠。

栽好了桂花树，回去时路过一个巨石穴，冉启武钻进去，坐下装了一烟锅旱烟，明乐天帮他擦亮火柴点燃。他吸了一口才说：“我的亲外孙啊，记得我排的那哑炮吧，什么安全角度？我点着了导火线，跑这里来了，这事儿，你至少要二十年后才能说。我知道你也想去当兵，我要送你一句话。不只是当一个大头兵要足智多谋。我要是没这点能耐，打土匪那阵子就光荣了。”

“我没考上大学，当了两年兵。外公的话，我一直记在心里。我文化不高，打工、创业，吃过的苦，受过的伤，因为当过兵所以能爆发坚强的力量。”明乐天说。

一堆人听得津津有味的时候，修车店里的伙计跑过来叫道：“师傅，车修好了。”司机向明乐天敬了一个礼说：“我也是一个兵，我还以为你是广东人呢，没想到还是我们家乡的骄傲。”

小李嘴快，说：“我们明总啊，半年前接了一个电话，老家村委打来的，说村里正在搞乡村振兴，希望我们考虑一下家乡的发展。明总在电话里说着笑着，最后决定做个村委参谋，不拿村里的工资，为乡村振兴出谋划策、牵线搭桥。他是我的‘首长’，他到哪我就跟到哪。”

明乐天看了一眼小李说：“你还是个大学生呢，低调，低调。”转头对着大家伙说：“小李呀，才是我们家乡的骄傲，读大学期间去我公司做过临时工，说是受我的影响又去当了两年兵，大学毕业了在我公司实习，现在跟着我回来建设家乡。这孩子有知识有文化，名字也取得好，叫李想！”

三

因为明乐天在广东商界的影响，他如愿当上花园镇复兴村的村委参谋。2019年夏天，李想去一个村里做了第一书记。

花园镇，脱贫攻坚战，如火如荼。镇政府办公室更像军队作战的指挥所。

镇委书记王天生刚把聘书递到明乐天的手里，电话响了，已经响了好几次了。看着同一个号码的多次闪亮，王书记看了一眼，有些吃惊地说：“老村长冉长江打来的啊，他一般情况是不会找我的。”王天生直接按了免提。老村长的声音显得十分焦急：“王书记，我们村关于土地流转的事，刚打了一仗，派出所的警车玻璃都被砸破了。”老村长的话音刚落，又来了一个电话。“王书记，我是派出所所长吕鹏，现在在石桥村，事态严重，我想请求上级处突部门支援！”

王书记回答：“少安勿躁，你们一定要冷静，一定要冷静。等我们来看看再说。”

明乐天说道：“是老村长冉长江啊，我也去。”

几辆轿车风驰电掣般地向石桥村奔去。明乐天下车时抬头望了几眼，一些人家的房顶上，很多人举着手机。远处的山头上，架着长焦镜头的相机像大炮，瞄准那片熟悉的坝子田。

挖机早已停火，即将开工的工地，一片狼藉。派出所的警车上，粪便和稀泥，满身都是。十几个民警，拿着盾牌、叉子，一脸严肃。

老人和小孩，是他们战斗的对象。

小孩显然已经是老人家们交代好了，拿着玩具旁若无人地玩着。老人们，看样子是破釜沉舟。他们有的躺在挖机的车轮下，几个提着菜刀，背靠背站成一个圈。他们见又来了一批人，把菜刀横在脖子叫道：“不要过来，否则，死给你们看！”

“老天呐，开开眼，这是哪样子世道啊？你们这些狗腿子，有种你们就打呀。我已经活了几十年，也差不多了，死也要保着这几分地！”一些老婆婆哭天喊地。

老村长冉长江已是两鬓斑白，他站在前面，一下就能看到他的威望。老人们望着他，工程队望着他，派出所的同志们看着他，成百上千双眼睛看着他。他看到王书记就说：“王书记，你也知道，我早就退休不管村里的事了，但今天这场面，我不得不拉下这张老脸，亲自把您喊来，我快招架不住了，我累了。”老村长说着，一屁股坐在地上。

王书记扶起冉长江说：“怎么是您来打这个电话呢？”冉长江有些无可奈何地回答：“村委同志们的电话，还不是被几个老家伙给逼着交出来了吗？你看他们，把刀架在自己脖子上，站成一圈，谁敢不听呀，不过他们还是相信我。”所长吕鹏望着王书记，神色严厉地说：“王书记，我从警二十多年了，从没碰到过这阵仗，如果是些年轻人，我保证，不用半小时就搞定，可都是些上了年纪的老人家呀！”

王书记对着吕鹏露了一个笑脸才问：“你怎么想到向上级处突办请求支援呢？”

“最先只是四个民警来，工程队报的警。警车才停，他们就来砸警车，我电话里一听，严重。袭警的事，我们镇，中华人民共和国成立以来，都没有发生过啊！”吕鹏的回答面带难相。

明乐天向周围望了几眼说：“喊医院的同志们了没有？”

王书记拿出手机，按了几秒叫了起来：“李院长，赶紧把医院能叫来的医护人员都叫来，石桥村坝子田这里。”王书记刚挂了电话，明乐天说：“王书记，我建议让派出所的同志马上撤离。”

“我们撤了谁来保证你们的安全？我叫吕鹏。请问你的尊姓大名？你大概还不知道这里曾经叫倒马坎吧。我简单地说一下这个名称的来源，是在清末民初，一些官员知道这里土地肥沃，要来这里征粮，这里的人，一箭射中了马车夫的脑门，马匹受惊车翻倒，乡长滚下坎摔死。这里就叫了倒马坎。”

明乐天笑了笑：“放心吧，吕所长，我小时候是在倒马坎长大的，又当过兵，我外公冉启武你应该有印象吧？”

吕鹏绷紧的脸，顿时放松了。“谁不知道冉启武呀，许多人怕，更有许多人喜欢，一个智勇双全的老军人、老党员。我和我媳妇都是他做的月老呢。”吕鹏说罢，拿起对讲机叫了起来：“同志们！撤！”

明乐天走向那些老人，深深鞠了一躬说：“对不起，老辈子们，是我们的工作没有做好。请你们起来，地上很湿，这样躺着会生病的。大家都看到了，派出所的同志都走了。”

医院的车来了。医生和护士下车就奔向一些受了伤的人。明乐天半跪着扶起为首的老人家。王书记、何镇长等人也弯下了腰，把老人扶了起来。王书记说道：“有几位老人家在流清鼻涕了，先送去医院观察。”老人们说：“今天，死也不去！”

王书记大声叫道：“所有的挖车司机，锁车，集合！”

工程队长带着几个挖车司机，站在王书记面前。王书记说：“现在请大家把车钥匙给我。”

明乐天说：“那我们今天就先解决问题。”王书记大声叫道：“驻村书记，说话。”

“我叫李想，今年二十三岁，毕业于广州一所农业大学，是石桥村第一书记。王书记，是这样的，在这里建农业产业园，村委去年就召开了村民大会，村里的年轻人都投了赞成票，还说建好了他们就回来。过了年，他们又打工去了。原计划在三月份开工，但这些老人说庄稼都种上了，于是我们等到收了油菜、小麦再开工。”小李说不下去了，他身上粘着的东西，再一次让他恶心想吐，在王书记面前，又绷着嘴忍着。

村主任吴山河说道：“今天的事，我负主要责任。我们开展这项工作的时候，小李书记还没有来。我们的工作疏忽了，开会的时候没有想到这些老人家。开工的时候，他们开始阻拦了，理由就是他们生活了几十年的土地，怎么能让外地的老板来办公司。在山区，公司都是开矿的多，他们打听了不少，一办公司土地就要受到污染，地种不了庄稼，人会得癌症。我们说这是农艺产业园。他们又说，他们的田地，大部分已贱卖给政府修公路。再说，以后他们在外打工的儿女回来吃哪样？于是就出现了今天这样的局面。很对不起，小李书记！”

明乐天拿出一包纸巾，递到小李手里说：“站过去吐个痛快吧。”王书记双手紧紧握住李想的双手说：“小李，让你受委屈了，今天的问题，我来解决，你回家好好休息几天吧。吴山河，你送他回家。”

吴山河把摩托车开到李想身后，小李吐够了才站起来擦干眼泪，上了吴山河的摩托车。王书记拿着一串钥匙，走到冉长江面前，郑重地说：“老村长，我知道你的威望，现在我把挖机的钥匙给你。”

明乐天与王书记碰了一眼，王书记点了点头。明乐天说：“今天的事儿，看来是乡亲们对我们的农艺产业园还不熟悉。这样吧，冉村长，你带老人们去医院检查一下身体，确定大家都没事了，过几天我们包辆大客车，请乡亲们去我们的农艺产业园总公司参观，我们要用事实说话。老辈子们，大家都听清楚了吧。免费请你们去总公司参观，行不行，你们说了算！”

有老人说道：“免费？那电视上说了啊，免费请老人出去参观旅游，到了景区，再强迫你买这样那样，买少了都不行。”“对呀，我们虽然老了，但眼不花耳不聋，这些骗局见得多了。”明乐天微笑着说：“老辈子们，我爸是个手艺人，年轻的时候，十里八乡都夸他手艺巧，心肠好，大家伙都记得吧。我外公冉启武还用说吗？”

“想起来了，想起来了，你爸、你外公都是好人。你小子太让人记得了，读小学的时候，科科都考一百分。”

明乐天接着说道：“老辈子们，我娘生我们的时候，身体差，没奶水。奶奶经常说啊，我和弟弟们，但凡家里有孩子在吃奶的，她们都会让我兄弟俩吃一口。我没有考上大学，我先打了两年工，再去当的兵，退伍后又去打工，现在在广东开了个公司，但是我的心还是在家乡。复兴村的村主任是我的战友，叫我回来做个村委‘参谋’，我就回来了。这担子重啊，现在，全国都在搞乡村振兴，希望老辈子们，给我机会，给我信心。”

“这孩子，还记得一两岁的事。好吧，我们都听你的。”老人们擦着泪水，在医生的劝说下上了车。

王书记对明乐天说：“我去医院了，有事电话联系。”

四

正是五月，山区漫山遍野的绿树红花，把山村装扮得十分美丽。明乐天带着石桥村的老人们去总公司参观，总公司表示十分欢迎。但是找哪家旅游公司包旅游车呢？明乐天一打听，他高中同学甘甜甜的旅游生意做得风生水起。

电话响了。甘甜甜看了一眼，是一个陌生的号码。甘甜甜眯起了双眼。一会儿，电话又响了起来，还是那串号码。甘甜甜只好接了：“喂，你好，请问你是哪位？”

“我是明乐天。甘总，现在听说要找你很不容易啊。”

“哎呀，怪不得我今天打了好几个喷嚏，原来是你在想我呀。老实交代，读高中那三年，你给我写了多少封情书？你要是像你外公在摘星村修路那样，迎难而上的话，咱们现在就是比翼双飞在一条战线了。不好意思，你太让我怀念了，我爸是抗美援朝的老兵，他的儿女为人处世也是军人作风。你高中毕业后打工去了，一别就是二十多年，别来无恙？在招商局上班的同学提到过你，说你在广东是个大老板。突然联系我，是想请我去广东旅游吗？”

“老同学，当年那么多人追你，我家又穷，没底气呀！说来惭愧，打工两年，当兵三年，又去打工，做些小生意。去年一个战友苦口婆心叫我回来做个乡村振兴的参谋，我老家石桥村正在兴建农业产业园，在土地流转问题上，老人们不理解。我想包你们公司的旅游大巴，把那些老辈子带去总公司参观，想尽快把这产业园落实了。”

“那你可以联系我公司的业务部啊，是想我给你优惠吧？”

“对对对，还是老同学了解我。”

“好说，我给你九折。”

“才九折呀。你想想，我们的产业园建起来的话，我们合作的机会更多了。还是少吹这些牛吧，实话讲，这笔钱，刚才镇长何承业说了，难列入财政预算。也就是说，这些钱我个人出，因为是些老人家，中午还得请他们吃顿饭。七折！”

“好吧，你都求我了，我就答应你，不过我还是建议你给他们买份意外险，一个人也就五块钱，你都这样呕心沥血了，这钱我出吧。”

“好，听你的。到底是大老板，心细。”

几天后，碧空如洗。一辆大客车载着五十位老人出发了。

一路上的好风景，让老人们心情舒畅。

产业园让老人们眼界大开。明乐天、何承业、李想他们趁热打铁，还请了产业园的导游。

“老辈子们，你们看，我们要建的农业产业园，不管是老人还是三岁的小孩，站着伸出手来，都能摘到新鲜的瓜果。再看那些蔬菜，天南地北的都有。大家想一想，我们以前种的菜，春季夏季就只能吃缸里泡的酸菜，新鲜蔬菜只能在过年前后那段时间才买得起。再看那些工作的人，是不是很熟悉？以前在地里干活，太阳大了不能出去，大雨来了赶紧找地方躲。在这里，日晒雨淋，已经成了历史。我们充分利用现代科学技术，把每一寸土地都利用上了。天热了，我们可以把高温降低；天冷了，我们可以把温度升上去。你看那边的孩子，在游乐场里玩，也不用担心他们跑出去，惹事或者出什么事。我们有专业的幼教老师，能够更好地照顾他们。再看这个保管员，他身体不方便，就安排他守监控，有什么异常情况，就按那个红色按钮，拿起对讲机说几句话就可以了。在这里上班的人，除了每个月都有工资领取外，公司流转了他们的土地，还能分红。”

中午，明乐天又带着老人们去了农家乐，每一桌，荤菜素菜，山珍海味，一应俱全。老人家们吃得赞不绝口。一年四季的菜，都能看到吃到。最让老人们担心的是，价格！

农家乐的老板拿着话筒讲："无论是鸡鸭鱼肉，还是蔬菜瓜果，都是我们自己养的种的，我们充分利用了科学知识，成本也不高，我把菜价放到电子屏上让大家看。这些菜，是一些大城市四五星级酒店才有的。那价格，至少比我们贵十倍。能吸引游客的，一定是当地的特色风土人情，顺畅舒心的交通环境，物美价廉的消费水平。"老人们都放下筷子，热烈地鼓掌。

五

三天后，明乐天刚到镇里，镇长何承业说："石桥村那些老人家，到楼下来了。看样子，来者不善呀。"

明乐天吃了一惊，几乎是跳起来说："又要打仗啊？"

王书记办公室的门也开了。楼下广场上，老人们已把明乐天和何承业包围了。

老人们都穿着新衣服，像是过节一样，明乐天问何承业，今天是什么节日？

何承业一副猫吃团鱼找不到头的样子。

老人握住他们的手。老村长冉长江说："这些老家伙，知道他们拖后腿了，现在是来感谢政府的，为了让大家过上小康生活，确实是对不住李想这孩子，今天早上我们没有在他家里找到他，于是找到政府来，叫他别再躲我们了。"

明乐天问何承业，小李躲哪里去了？

何承业笑着说："他还能去哪呀，那天那些老辈子那么对他他都没躲。这孩子干劲大，昨天晚上他在微信里对我说了，关于村里发展电商的事。他这样说的，老人们的孩子在外面工作，想给老人们买点什么，快递嫌远了，不赚钱，不送。他说，把快递整合在他亲戚开的电器超市里。他亲戚姓付，在做家电生意，经常送货下乡，把快递顺便带上车。付老板听他电话里一说，当时就在微信里发红包感谢他呢。因为去店里拿快速，感觉不顺便买点什么都不好意思。付老板每次把货送到乡亲们的家里，乡亲们都要好酒好肉地招待他。估计小李这会儿正在老乡家里谈心。"

明乐天说："好主意啊，这孩子……"明乐天话还没说完，老村长拉着他的手说："明总，这些老家伙除了道歉外，他们知道去产业园参观，从包车到吃饭，都是你个人出的钱，所以，我们就平摊了。你花的这一笔钱，我们吃了，玩了，还给你，天经地义。现在请你收下。”

“老村长、老辈子们，要不得，要不得呀。我都说了呀，我是石桥村的孩子，吃百家奶长大，我奶奶常说，滴水之恩，当以涌泉相报。我就这一次，你们就这样，我今后还怎么做工作啊。再说，老人们年纪大了，我非常理解子女们在外打工不容易，别看一些孩子大把地往家里寄钱，其实他们常常吃泡面住烂房子。”

老人们争先恐后地说：“明总，这钱你不收，就是看不起我们。”

一时间，明乐天拿不定主意了。王书记轻轻地拍了一下他的肩膀，接着双手示意大家都安静。王书记才说：“明总，这种场面，我是很多年没有见过了。这也说明，你的工作深得民心啊。我们的理想是，让每一家老百姓都过上小康生活。”

老人们鼓掌热烈。

“今天这事儿，这样吧。车费，我会给旅游公司打电话，车费发票给我，虽然说没有列入财政预算，但也不是所有的正常开支都不能报销，只要是合情合理的，我们都要报销。至于吃饭的钱呢，既然老辈子们都做了决定，明乐天同志，这钱你一定要收下。冉村长，麻烦你让老会计再算一遍。我说的办法，老辈子们没意见吧？”土书记说。

老人们异口同声地喊：“全票通过！”

山茶花开

◇ 陈永忠

一

太阳偏西，山野回荡着声声蝉鸣，仿佛催促着还在野外的人抓紧赶路。其实天气尚早，离夜幕降临还有一段时间。山高谷深，给人的错觉就是这个样子。

这个赶路人，就是吉久。他穿着绿短袖，背着迷彩背包。他已经在村道上走了老半天，腿脚发软。他实在是不想走了，索性在前面的一块石头上坐下，他要休息一会儿。

吉久想想新兵连那会儿，搞拉练，负重跑十公里也没有这么拉胯。后来，分到支队，当了士官，身体发福，腿上没劲……这人啊，养尊处优还是不行。

这会儿，汗水湿透了衣裳，贴在他身上，有些凉意。蝉鸣更加密了，天空越来越暗。他再次起身，又紧赶了一段路，总算在天黑之前看到了村庄。

他站在村头空地上打电话。

“喂，喂……支书吗？喂……这破地方，怎么没信号。”他又鼓捣了半天，那头的人终于知道他到了，让他等等，表示自己马上就过来。

过了好一会儿，一个中年人喘着粗气走过来，打量了一下吉久。伸出手来，久吉不太情愿地跟他握了握。

“不好意思啊，让你久等了，我们这儿信号不稳定，有时要移动着打，才能——”不等中年人说完，吉久不耐烦地打断他、抱怨道：“你们这破——这地方也太难找了。”

“是是是，山高路远，让你受累了。不过没有什么困难能难住咱们解放军的，对不？快快，跟我去你的住处吧。”

支书领着吉久沿着一段泥路，拐了几个拐，绕过几户人家，到了村委。

这是一栋废弃的由村小教室改成的村委办公楼。

“吉久同志，条件简陋，你将就住这儿吧，有什么需要随时同我说……”支书把吉久领进一间空屋。

“现在就有需要，请你跟我们领导说，让我回去。”

“看你说的，挺会开玩笑的，那哪能？你先洗漱一下，到我家里吃晚饭，我在外面等你。”

“真他妈的倒八辈子霉了。扶贫，扶贫，我他妈的一个当兵的扶什么贫啊？”吉久把背包往地上一扔，心里窝火。

二

他索性一屁股瘫在那张破沙发上。头脑里立即浮现接到任务时的情景——

“报告！”

“进来！”

“政委，有什么难事？”

“就你小子聪明……怎么说话的，什么叫难事？有任务！”

“嘿嘿，有好事，您会想到我？”

“严肃点，这次给你的任务是一项十分艰巨而光荣的任务——脱贫攻坚。”

“这，这……”

“怎么？不接受？”

“不，不是的。您看哈，政委，我马上要转业了……”

“这事暂缓。你是优秀干部，正是部队需要的人才。别整天想着转业。这次派你去驻村，是经过党委研究决定的。现在全国上下正在开展脱贫攻坚，咱们支队不能落后。我和支队长认为你行，千万不能给我拉稀摆带。准备一下，明天出发，去吧！”

“哼，说话不算话。”吉久出来，带着情绪。

军人的天职就是服从命令，哪怕有一万个不情愿。第二天一早，他憋着委屈出了州武警支队的大门，一刻不停地朝目的地赶。

三

休息一晚上，吉久感觉精神好多了。昨晚在支书家，支书劝吉久喝了半碗苞谷酒，又同他摆了一下村里的情况，吉久心里的憋屈稍稍得到了释放。两人说好，支书先带他上村民家走访。

一大早，两人就来到这家人的院坝里。支书扯开嗓子喊："二懒子，二懒子。"没听见回应。又推门，还是没有动静。

"是不是不在家？"吉久问。

支书摇着头说："你没见门是从里面闩上的，肯定在睡懒觉。走，上那儿看看。"

两人攀着窗往里看。

"二懒子，看到你了，别给我装了，快开门。"里面还是不出声。支书找来一根竹竿，从窗口往里捅。

"哎哟，是哪个狗娘养的，捅死老子了。"

"再不开门，看老子不把你这个屙屎棚掀了。"

二懒子打开门，搓揉着眼睛，打着哈欠，伸着懒腰。

"瞧瞧，瞧瞧，像什么样子，太阳都晒到屁股了，你还在挺尸，咋个不穷嘛。你看看，谁来了。"

"公安？我，我又没犯法……"

"你别怕，我不是公安，我是来帮你的。"吉久真诚地同二懒子打招呼。

"人家是解放军，来帮你找老婆的。"

"啊，老婆，老婆在哪里？"

"像你这样懒，哪个女的肯同你做老婆。人家吉久同志是来帮你想办法，干点正经事，有钱了哪样女人找不到。"

"是呀，我想了解一下你的情况，有什么需要帮助的？"

"了解什么啊，这不是和尚头上的虱子——明摆着的吗？我最需要的是老婆……还以为是来救济老婆的，没有，快走吧，莫空口讲白话。去去，我还要再睡一会儿……刚才正在梦中逗个女人，被你们吵醒了，搅老子好梦……啊……哈……"

二懒子又伸了一下懒腰，张了一下嘴，像只甲鱼一样，一缩头，合上门，把两人晾在外面。

四

一连几天，吉久上门走访都碰了壁，窝了一肚子的火。这天干脆懒得起床。

支书来敲门。一边敲一边问："吉久，吉久同志，怎么了，是身体不舒服吗？"

半天，吉久才开门。

"哎呀，你吵什么嘛，我心烦。"

"我还以为你生病了呢？没事就好，没事就好。今天不去走访了吗？要不要我陪你？"

"还走访什么啊，那些人都无药可救了。"

"吉久同志，话怎么能这样说呢？"

"你要我怎么说啊，那个二懒子，我后来又去过一次，你猜他怎么着？从外面把门锁了，窗子也钉上了。我知道他在里面，还听见呼噜声……还有村西头烧蛋看香的聋子婆，我去找她，她抓住我，非要帮我看我的对象在哪个方向，简直不可理喻……最可气的是，老李头要把他孙女阿朵从学校叫回来，让她去打工……"

"让阿朵去打工？有这种事？这个老李头，真是糊涂了。你快起来，我同你去看看。真有点不像话。"

"要去，你自己去吧。"吉久没好气地回支书。

"别的，你可以不管，可这老李头无论如何得去看看。我们村好不容易才考上个高中生，将来一定能考上大学的，不能被这个老糊涂给毁了。"支书不容吉久再说什么，生拉硬扯把他拖出了门。

五

还没到老李头家，支书就扯起嗓子，高声大气叫："老李叔。"

"谁呀？"

“你这个老糊涂！”远远地见老李头从屋里出来，支书生气地说，“你呀，怎么回事啊？”

“哎呀，是大杨啊。快进屋，快进屋。”

“你真要把阿朵从学校叫回来？咱们村第一个考出去的高中生，学习又那么好，你是咋了，好好的，为啥不让娃继续念书啊？”

“我也是没办法，自从她爹娘不在后，我是一把屎一把尿把她拉扯到现在。我身体越来越不好，找不到钱，供不起啊。”

“有困难，你要同村里说啊，咱们来想办法，不能毁了孩子的前途。”

走近了，吉久才发现这个老人，腰佝得像一张弓，嘴里叼着烟斗。他接过支书的话说：“昨天就同你老把道理讲清楚了，我这次来，就是了解你们的难处，读书是大事，千万不能耽误孩子。”

这时，阿朵背了一背篓猪草从外面回来。

支书向吉久介绍：“这就是阿朵。前年以全镇第一名的成绩考上县城高中，这是咱们村头一个。眼看再有一年就要考大学了。”

吉久帮助阿朵取下背篓。

“阿朵啊，这是来咱们村帮助大伙脱贫的解放军。阿朵，快叫吉久叔啊。”支书说。

“吉久叔好。”阿朵抹了一把脸颊的汗水，目光从久吉移向支书，说：“你们别怪我爷爷，他身体不好，我也长大了。星期一，我就给老师说，我不读了……”阿朵嘴角有些抽动，随即眼泪便掉下来了。

“看把娃难过的……别哭，阿朵啊，你是懂事的孩子，书一定要读的。支书，像她家这种情况一定要作为扶助对象，不能让老人看不上病，孩子失学。”

“那有什么办法，没有劳动力，钱没有地方出啊。”

“我表个态，阿朵上学的钱，我来出。只要她愿意努力学，将来考上大学，学费和生活费也包在我身上。老人家的病，要去看，现在不是有合作医疗吗？大部分能报销。明天，我就带老李叔去县里看看。”

老李头努力地抬起头，半天也不知道说什么好，愣了一会儿，才说：“这……这……这怎么好啊……好人啊，阿朵，还不给叔磕头。”

“要不得，要不得，这都什么年代了，不兴这个，不兴这个。”吉久赶紧上前扶住阿朵。

六

这天，吉久同村委几个人开完会，聚在支书家吃晚饭。他们又为眼前的一桩事发愁。

支书说："吉久同志，这几年，你到我们村真够辛苦了。山茶也种上了，还帮我们创办了加工厂。可我现在还是很发愁。你看啊，咱们搞出来这么好的茶油，没有销路。光靠你发动朋友，靠你们支队帮我们销，从长远来看，也不是办法啊。"

"是啊，二懒子昨天还找我麻烦呢，说我当初承诺他的，只要他把他那几亩山茶种好，打下果子榨出油，保证一年有万把块钱的收入，还答应一定帮他找个婆娘，可是现在咱们的油销不走，宝贝变不成钱啊，他现在又懒心了。昨天早上我去叫他上山，他不但不起床，还埋怨了我一通。"吉久叹了口气。

村主任接着说："好酒也怕巷子深，咱们这地方太偏僻了，这么好的东西没人知道。"

大家沉默一会儿，吉久又说："最近我看到一条新闻，有个地方，条件也跟咱们这儿差不多，可是人家的东西通过网上销到外面去，效果不错呢。咱们是不是也可在这方面想想办法？"

"网上销售？这个能行吗？"支书表示疑惑。过一会儿，他突然又想起了什么，说："有个事，前两天，我去看老李头，他说阿朵快毕业了，还有一个星期就回来。"

吉久感叹道："看看，时间过得可真快。咱们的阿朵都大学毕业了。老李头还好不？这段时间都为这销路跑出跑进，没工夫去看看他老人家呢。"

支书说："挺好的。"

他们就这样，一边喝酒，一边扯闲话，好半天也没扯出个什么名堂来。到后来就各自散了。次日，支书正和吉久等人在村委会填报相关表格，突然有人急匆匆跑来说："支书，支书，大事不好了。"

"什么事，大惊小怪的。"支书还来不及抬头看来人是谁。

那人换了口气说："二懒子要砍他自己的山茶树，老李头看见了劝也劝不住。"

"走，快去看看，这个浑小子。"众人扔下手上的活，直奔茶山。

七

在一片山茶地里。

老李头瘫坐在一棵茶树下，嚷道："你要砍就砍死我算了……你这浑小子……"

二懒子一手举起柴刀，一手去推老李头，大声地吼："躲开，你给我躲开，糟老头子，小心我弄折了你的老骨头。"

支书等人气喘吁吁赶到。吉久跑上前，夺下二懒子的柴刀，瞪着眼说："你这是干啥，哪根筋短路了？"

"干啥，骗子，你这个骗子，你们都是骗子。种这个能生钱？能给我找来老婆？我是上了你们的当。不如砍了它当柴烧。"

"二懒子，你听我说，别犯浑。咱们辛辛苦苦照顾这些宝贝这么些年，好不容易去年才挂果，吃了多少苦，你不知道吗？你怎么忍心下手。走，走，回村里，我慢慢给你说。"支书说着，与众人一齐走上去，把二懒子拖着下茶山。

八

过了几天，吉久找到支书，说："告诉你一个好消息，阿朵给我打电话，她听她爷说了二懒子砍茶树的事，知道我们正为茶油销路发愁，她说她有办法，她会网上直播，保证把油销售出去。"

"太好了。她说什么时候回来？"支书急迫地问。

吉久说："后天，后天就到。"

九

这天，大家都聚集在老李头家等阿朵回来。可是左等右等，一直到天黑了也不见阿朵的影子。

老李头有些按捺不住了，说："这孩子，怎么搞的，现在还不到，电话也不接？"

吉久安慰道："快了吧，应该快了吧，再等等。"

"你没听错吧，是不是今天到？"支书怀疑是不是老李头记错日期了。

老李头肯定地说："没错，昨天阿朵还给我打电话说今天到的。"

于是，大家只好继续等。

一会儿，吉久的电话响了："喂，阿朵，什么啊，今天来不了，啊？喂……"

二懒子翻着白眼，夹枪带棒地说："看看，又骗人吧。小丫头片子，哪还会回到咱穷山沟里来？走喽，油留着当饭吃吧，茶树早晚老子还是要去砍的。"

十

阿朵回到村里，已经是第二天下午。她带来了一名直播网红。人们只见这名网红姑娘站在手机前面，兴致勃勃地说："亲们，看看啊，这茶园，施的是农家肥，这油是咱们村自己榨的，绿色生态环保。好，浙江嘉兴十件，北京朝阳八件……还有没？赶快下单啊……"

一旁，阿朵在同爷爷、吉久小声说着什么。

阿朵说："昨天啊，昨天我们在乡下，那会儿正忙呢。我找的这个网红，是个志愿者，等她直播完，回到省城已经很晚了，吗所以昨天就没来成。"

老李头和吉久同时点头："哦，原来，是这样。"

直播带货真是神奇，只用了两天，积压的茶全被订购了。

最后一次直播，吉久他们又听见网红对着手机说："啊，不好意思，亲们，没有了，没有了，一件都没有了，明年吧。如果你们觉得好，明年啊，明年再买咱们村的生态山茶油……再见，再见。"

十一

天下没有不散的宴席。吉久驻村六年，终于要离开了。

这天清晨，乡亲们都不约而同来到村委会送别吉久。

“回吧，乡亲们，都请回吧。”吉久身着绿短袖，背上背着迷彩背包，一一与众人辞别。

“吉久叔，你要常来啊。”阿朵扶着爷爷，拉着吉久，难舍地说。

吉久脸上露出欣慰的笑，说：“阿朵，叔没白培养你，现在你回到家乡，这个茶园和厂子就交给你管了，你要经营好，让大家的日子越来越好。我会再来的，等我转业了，到咱们村住上一阵子，好不好？”

人群中，有个人直接走到吉久跟前说：“再有十天就是我结婚的日子，你就不能喝杯喜酒再走吗？”二懒子使劲地拍了拍吉久的肩。

“二懒子，我没对你食言吧。我预祝你们新婚愉快，白头偕老，明年生个大胖小子。你有家了，不能再像过去了。”

吉久用力地挥了挥手。一转身，紧跑几步，泪水模糊了眼睛。